亲爱的

Qin Ai De
Xiao Xian Rou

小鲜肉

茄子萌萌哒

原著

/

西门八宝

改编

微信扫码

听本书主题曲、看甜蜜小剧场，
体验心动的感觉！
加入甜宠娱乐圈，还有独家番
外和第二结局等你来发现。

长江出版社

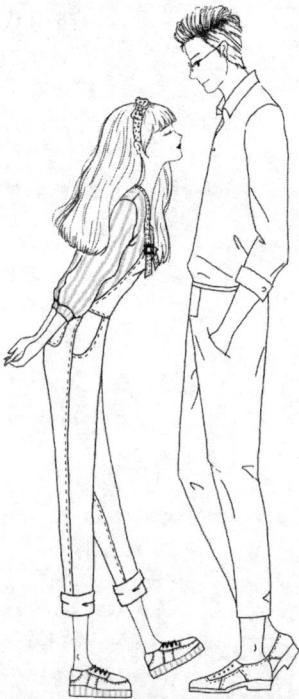

♥
♡
♥

对这个世界来说，你只是一个人。

对某个人来说，你却是整个世界。

目录
C O N T E N T S

序章 哭泣的小丑

你哭得那么伤心
他却觉得你好像一条狗

这世上让人最难接受的事情之一——心爱之人的背叛。

而此刻，夏树稻正在经历着。

"阿树，你在犹豫什么呢？"

说话的人叫林晓羽，是夏树稻的前男友。

所谓前男友，就是已经分手的男朋友。对于现在的年轻人来说，分手不尴尬，尴尬的是分手后其中一方还想着另一方。夏树稻就是始终念念不忘的那个人，而对方早就已经投入了另一个温柔乡。

今天是毕业晚会，酒过三巡，按照传统自然要做游戏，游戏的规则是，抽中黑桃Q和红心K的两个人必须当众接个吻或者一口气喝光两瓶酒。命运喜欢玩弄失意之人，原本今天看见林晓羽就让夏树稻有些不自在，却好巧不巧，偏偏抽中了他们俩。

接吻还是喝酒，夏树稻就像面对"To be or not to be"的哈姆莱特一样纠结。

"你就那么讨厌我吗？"林晓羽的声音温柔性感，喉结因为说话而上下抖动着。

不知道是谁关掉了包厢里的灯，光线霎时暗下来，身边的人已经开始起哄。

黑漆漆的包厢中她只看得清面前林晓羽的脸，即便是分手之后，她还是觉得他无论从哪一个角度看过去都帅得无可挑剔。

气氛愈发地暧昧，林晓羽突然轻笑一声伸手揽住了夏树稻的腰，在她还没来得及反应的时候，猛地用力，将她整个人都圈在了怀里。

"林晓羽你！"夏树稻微微皱了眉，双手抵在对方胸前，微微抬头看着他。

林晓羽对她一笑，那双眼睛似乎是在暗示着她什么，笑过之后，他在众人的欢呼声中闭上了眼。往事袭上心头，她知道，每当林晓羽闭上眼睛，就是要吻她了。

周围安静无比，夏树稻甚至觉得她听得到自己的心跳，她终于也闭上了眼，等待着这个亲吻的落下。就当是告别吧。她心里这么想着。

不知道过了多久，那个柔软熟悉的嘴唇始终没有吻上来。

她疑惑地睁开眼，发现林晓羽竟然躲到了远处，夸张地捂住自己的嘴巴，一边干呕一边说："你刚刚吃了什么？怎么好像有口臭？"

围在他们身边的同学们被这突如其来的一幕逗得大笑起来，此时此刻，夏树稻仿佛成了取悦他们枯燥生活的小丑，只不过，这可怜的小丑连最基本的出场费都没有。

"我没有……"夏树稻的脸瞬间涨红，"你这个玩笑，一点也不好笑！"她气恼急了，转身就要离开。

一个女生突然大叫起来："这里还有一张黑桃Q！怎么一副牌有两张黑桃Q？"此话一出，周围的人纷纷上前，夏树稻惊诧地看过去，发现牌盒里真的还有一张黑桃Q。

"哇，她不会是还喜欢着林晓羽，作弊想勾引他吧。"大家开始窃窃私语。

"不是！我没有！"她不知道该如何解释，更不知道到底是谁在捉弄她。

包厢的门被打开，一个光鲜亮丽的女生站在了门口："今天怎么这么热闹。"

这个女生叫黄淑媛，唇红齿白、娇艳欲滴，是公认的校花。黄淑媛早在进入电影学院之前就已经出道，拍过不少微电影和MV，很多同学都争相巴结她，算是个众星捧月般的人物。但对夏书稻而言，她只有一个身份，就是她前男友移情别恋的对象，林晓羽的现女友。

黄淑媛只看了看现场的情况就一副了然于心的样子，径直走向夏书稻，端着优雅的微笑说："我们家林晓羽要是惹到你了，我代他向你赔个不是。"

林晓羽立刻迎过去，牵住黄淑媛："媛媛，游戏环节出了点问题，一点小插曲而已。"

一点小插曲……

夏树稻在心中苦笑，原来当一个人不再爱你的时候，你的当众出丑对他来说只是调剂生活的一个小插曲。忍无可忍无须再忍，夏树稻从来都不是逆来顺受的人，她不管不顾地冲上去狠狠地打了那个男人一巴掌。

"林晓羽，你太过分了！"

这一耳光，她用了十足的力气，声音回荡在包厢里，所有人都惊呆了。

林晓羽根本没想到夏树稻会有如此举动，挨下这一巴掌的时候丝毫没有闪躲。

"夏树稻！林晓羽是我的人，轮不到你来打！"黄淑媛怒斥，抬手朝着夏树稻打过来。

夏树稻来不及反应，下意识地闭上了眼，然而这一巴掌并未落下，她睁眼就看到一个高大的男人站在她的身边，一只手死死地抓住了黄淑媛的手腕。

夏树稻惊讶地看向这个为她出头的英俊男人，他身材高大，让人格外有安全感，但夏树稻可以肯定，自己并不认识他。

很多时候生活就是这么可笑，在你身陷困境的时候，只有陌生人会来帮你，而那些相熟的人却无动于衷。

夏树稻看着这个男人，可对方的眼睛始终饶有兴味地盯着黄淑媛。

气氛开始变得有些诡异，不知道是谁说了一句："哎！这不是 BW 集团萧董事长的二公子吗？"

一听这话，原本一脸不悦地被抓着手腕的黄淑媛立马换了一副面孔，妩媚一笑："你……把我弄痛了。"她的声音轻柔娇媚，听得人心一阵酥麻。

这个所谓的萧家二公子对着黄淑媛玩味地一笑，攥着她的手腕粗鲁地将人逼到了墙角，一手撑着墙面，一手摘掉了墨镜。

夏树稻看了看那个男生，又看了一眼林晓羽，有些失落地叹了口气，什么突然降临为自己解围的骑士，搞了半天，原来是自己想多了，他不过也是个喜欢美女的花花公子罢了。

萧二公子慢慢靠近黄淑媛，眼睛一眨不眨地看着她："你的眼睛……"

"嗯？"黄淑媛羞涩一笑，"很多人都说这双眼睛会说话呢。"

萧二公子嘴角微扬，嘲讽一笑："我的意思是，整得有点儿太明显了。"

"还有鼻子、额头跟下巴，啧啧啧……"萧二公子放开黄淑媛，略带嫌弃地说，"近距离看真的太明显了，下次记得换一家医院，别舍不得花钱。"

夏树稻在一旁看戏看得差点儿笑出了声，正笑着，萧二公子突然过来搂住她，指着林晓羽轻蔑地说："你，以后别缠着我的女朋友。"

夏树稻一脸惊讶，心说：哎？我什么时候成了你的女朋友？

萧二公子却不管那么多，搂着夏树稻就要走，黄淑媛被奚落了一番心有不甘，她大声叫住了他们："站住！游戏还没做完呢！毕业的最后一聚，有些人不要玩不起！"

她气势汹汹地从桌上拿起两瓶啤酒递到夏树稻面前，冷笑着说："你没作弊就要亲林晓羽。不亲，按规矩，就要把这两瓶全都喝下去！"

夏树稻酒量不行，面露难色。

萧二公子吹着口哨走到了林晓羽面前，两个帅哥站在一起相当养眼，只不过夏树稻没空欣赏这美景，因为她看到萧二公子伸出两根纤细白皙的手指，从林晓羽的口袋里掏出了那张红心K。

"这张牌是我的了，"他回到夏树稻面前，对正在看热闹的众人说，"我来吻她就好了。"

高大的男生占据了夏树稻的视线，他身上好闻的香水味道让她有些神魂颠倒。这家伙的眉眼弯弯的，似笑非笑，带着些许挑逗的意味。

"准备好了吗？"他凑到夏树稻耳边，低声说，"我要吻你了。"

夏树稻和在场其他人一齐倒吸了口冷气，萧二公子要亲她？她脑袋还没想明白，眼看着对方好看的眉眼朝自己逼近，接下来，她的其他感官瞬间失灵，唯一感知得到的就是来自这个人的亲吻。

柔软，温柔。

一吻完毕，对方轻笑一声，旁若无人地牵着她的手离开了包厢。

"刚才……谢谢你了。"从KTV出来，夏树稻终于呼吸到了新鲜空气，她有些不好意思地小声道谢，说完之后，又立刻补充，"但是！你也不能真的亲吧……"一说起这个，夏树稻就回想起了刚刚的那个吻，不自觉地脸红了。

"嗯？生气了？"萧二公子坏笑着说，"要知道，在B市的夜店里，这样整人的戏码屡见不鲜，不过能有骑士及时出现的情况可是不多见，能遇见我，算你运气好！所以说，你是不是应该考虑一下为了感谢我而……以身相许呢？"

"以身相许？这位先生，您想多了吧！"夏树稻没想到这家伙竟然这么轻浮，原本还以为是言情小说里的深情男主，结果却是个骗炮的套路王！夏树稻觉得自己仿佛一瞬间看透了男人的本性，懒得再跟他多说，转身往另一个方向走。

"喂！这么晚了，你打得到车吗？"

夏树稻闻声回头，那位萧二公子正靠在一辆红色的兰博基尼上对着她笑："看你我有缘，不如我从你一程？"

夏树稻越看他越觉得这人不靠谱，从头到脚都写着"油滑且渣"，俗话说得好"无事献殷勤，非奸即盗"，就算这是个帅哥，但这层帅气的皮囊下面藏着的是什么本质还真说不好，搞不好是个奸杀少女的变态杀人魔！

"富二代了不起啊？我可不是什么人的车都上的。"

"油滑且渣"的萧二公子一听她这话，满不在乎地耸了耸肩，上了车，踩了一脚油门掉头就疾驰而去。

"……让你走你还真走了啊？"夏树稻看着远去的车尾，万万没想到这人竟然这么实在，心里竟然有些失落。

又剩下她一个人了，街上不似白天那样人来人往，只有偶尔驶过的车。世界像是被按下了一个奇怪的按钮，明明周围都是彩色的霓虹灯，可在她眼里，却是黑白的。

"夏树稻？"

夏树稻在路边，听见有人叫她便循声回头看去。

黄淑媛正挽着林晓羽的胳膊优雅地走过来，她贴着林晓羽的耳朵小声儿说："你先去把车开出来。"

看着林晓羽走远，黄淑媛的表情变得阴鸷起来，她走到夏书稻面前，嘲讽地问："怎么只有你一个人啊，演戏的帮手走了啊？"

夏树稻懒得理她，转身想走。

"夏树稻，你就不好奇今天的事情是谁牵的头？"

夏树稻停卜脚步，不可置信地看着眼前换了副面孔的女人："是你！？你为什么要这样？"

"哈，准确地说。是我提议的，没想到林晓羽和其他同学都很赞同呢。"她笑起来，精致的妆容下，这样的笑容有种诡异得可怖。

"我哪里得罪你了，你为什么要针对我？"明明被抢男友的是自己，为什么黄淑媛还要做这种事？

"为什么？呵呵，总有一天会明白的。夏树稻，你也用不着委屈，你要记得，这些都是你欠我的！看着前男友被我抢走又配合我捉弄你，感觉怎么样啊？"

黄淑媛的话像是一拳拳打下来，每一下都打在夏树稻的要害上，可她不能就此认输，就算是装也得装得不在意。

"没感觉。我根本就不在乎！"她仰起头努力不让发红的眼眶流下泪来，笑着反问黄淑媛，"倒是你，被一个陌生男人当众人的面说整容失败，感觉怎么样？你眼睛瞪大的时候还看得到割外眼角的痕迹呢。"

夏树稻的话成功激怒了黄淑媛，她再次挥手想打她，但这次，夏树稻反应迅速，立刻死死攥住了黄淑媛的手腕："同样的招数，不要对我用两次。"

两人对峙之时，黄淑媛突然变了脸色，从刻薄的恶人变成了楚楚可怜的弱女子。她带上了哭腔，仿佛受了天大的委屈似的说："夏树稻，我已经和你道歉了，你放开我啊！"

夏树稻回头才知道是林晓羽回来了，她不禁感慨，平时不见黄淑媛演技多好，但这会儿竟然可以瞬间入戏瞬间出戏。

林晓羽见状，冲过来一把推开夏树稻："夏树稻！你怎么没完没了的！媛媛跟你不一样，你有什么就冲着我来！"

夏书稻被推倒一屁股坐在了地上，她看着林晓羽将黄淑媛护在身后，心彻底坠入寒潭。这就是她交往了四年的人，在此刻，竟然毫不犹豫地质疑着她的人品。

"晓羽，别这样，我没事儿了。"黄淑媛柔弱地拉了拉他的手，丝毫没有刚才咄咄逼人的样子，她对夏树稻说："这事儿就这么算了吧，我知道你刚刚生我的气，这下也算是讨回来了，现在也没有公交了，不如让我男朋友开车捎你一趟？"

黄淑媛在说话的时候特意加重了"我男朋友"几个字，用意何为，夏树稻心里自然清楚。

"不用了，"夏树稻对林晓羽无比失望，对黄淑媛无比厌恶，她恨不得立刻跟这两人分道扬镳，"我男朋友会送我回去。"

说出这句话的时候夏树稻有那么几秒钟的心虚，男朋友？人呢？夏树稻在心里苦笑。

"哦？你男朋友呢？"黄淑媛看出她的窘迫，笑着追问。

身后响起一阵引擎声。刚才赌气离开的萧二公子从车上下来，一把将目瞪口呆的夏树稻搂进了自己的怀里。

"我加个油的工夫怎么就有不识好歹的男人来勾搭你？"萧二公子轻轻捏了一下夏树稻的鼻子，声音里满是宠溺，"看来以后，还是要寸步不离地守在你身边才行！"

他再次把视线落在黄淑媛身上，嫌弃地打量着她："你刚才说要载我家宝贝一程？这事怪我，忘了告诉你，低于五百万的车，我家宝贝是坐不惯的。"说完，得意地向夏树稻挑眉，帅气一笑。

此刻晚风冷冽，夏树稻却觉得这个人为她挡住了所有的寒冷。虽然不知道对方是谁，也不知道他的目的是什么，可至少在当下，她觉得这个场面没那么难熬了。

"那辆破车和那个人，你就自己留着慢慢享用吧。"夏树稻牵住了身边男生的手。

萧二公子没想到这个丫头会这么主动配合，得意地笑了，下一秒就拉着夏树稻上了车。跑车绝尘而去，留在原地的黄淑媛还怒不可遏地看着那两人离开的方向。

闹剧终于结束，夏树稻坐在陌生的车里，虽然刚刚出了气，可现在冷静下来之后，却只觉得悲哀，她偷偷擦了擦眼泪，生怕被旁边的人看到自己这副没出息的样子。

"哭了？"男生的声音温柔起来，语气中透露着关心。

"谁哭了？我这是……迎风流泪！"

"行行行，迎风流泪，你说什么都行。"萧二公子无奈地笑了笑，"喂，迎风流泪那个，需要肩膀靠一靠吗？"

夏树稻愣了一秒钟，然后摇了摇头，她没办法跟一个陌生人过于亲近。

男生眼神深沉地看向她，苦笑了一下，拿出一包纸巾塞在夏树稻的手里。

车里的气氛变得有些暧昧，夏树稻低头看着手里的纸巾，又偷偷用余光观察对方，不知为何这个男人给她一种熟悉感，却又想不起来在哪里见过。

"我以前不认识吧？"夏树稻疑惑地问，"你叫什么名字？"

"萧晴明。"他顿了一下，又加了一句，"你真的不认识我？"

"萧……晴明？"夏树稻破涕而笑，"你怎么不叫大天狗呢？"

萧晴明见她笑了，松了口气，抬手揉了揉她的头发，笑着说："连萧家二公子都不知道，还叫本公子大天狗的，你是第一个。"

夏树稻很少会跟别人如此亲近，但此刻萧晴明的举动她也没觉得反感，反而还有点熟悉的感觉。她不禁多看了身边的男生几眼。这个人帅气多金，说话不正经，但还算是个好人。夏书稻觉得没有那么难过了，她看向窗外，此刻她的心和黑夜一样沉寂。车里再次安静下来，萧晴明盯着夏树稻的侧脸看了一会儿，打开音乐，一首经典的英文歌流淌而出。

《Yesterday Once More》，柔情又伤感。

"傻丫头，别哭了。"他长叹一口气，温柔地说，"男人都是会变的，只要他变了，你的眼泪在他眼里就会一文不值，不珍惜你的人，哪怕你哭得再伤心，在他的眼里，也就像条丧家犬。"

"眼泪是很宝贵的东西，擦干之后，就不要再为不值得的人流了。"

萧晴明的声音配着这样的音乐，听得夏树稻心中一阵怅然。

"教你一招，下次再遇到这种事，别想那么多，直接把鞋脱下来甩在那个男的脸上，就得用这种方式教渣男做人！"

夏树稻听着他的话，莫名的轻松起来，她没有回话，却看着窗外露出了一个浅浅的笑容。

车在快速行驶，夏树稻看着车窗外的世界，竟暗自希望这条路长一些，然而只是想想罢了，到达终点的时候，就是灰姑娘该还回礼服和水晶鞋的时候了。

"今天谢谢你了。"夏树稻再次跟萧晴明道谢，"呃，萧晴明，我们以前真的没见过是吧？"

萧晴明的眼神飘忽了一下，随即耸肩调笑道："怎么？对我一见钟情了？"

他的话音刚落，夏树稻立刻从车上下来，回头对着萧晴明做了个鬼脸，转身就跑了。

老旧的小区里，各种设施都已经破败不堪，这条通往她家的小路上那盏原本就昏暗的路灯又坏了，漆黑一片。

不过夏树稻倒是已经习惯了，不然又能怎么办呢？她的世界就是这样的。她快步走着，身后还没有响起车子发动的声音，看来萧晴明还没有走。她克制着自己不要回头，就在这时，突然有一束灯光射过来，照亮了她眼前和身后的路。

夏树稻惊讶地转过身去，发现原来是那个家伙打开了车灯。

这一瞬间，夏树稻鼻子酸了，心里却涌起一股暖意，已经多久没有人这样给过自己温暖和关爱了？她强迫着自己收回视线，慢慢走回自己的世界去。

夏树稻忍着眼泪，在心里默默地说：萧晴明，谢谢你。

可是，或许因为自己真的太过普通，英勇的骑士连她的名字都不愿过问，这一个晚上的奇遇，就当是上天给自己的一个赏赐，从此以后，哪怕再也不会相见，只要想起他，就能温暖日后的人生。

夏树稻快速走进了楼道里，她躲在一旁，听见了引擎发动的声音。

萧晴明走了，留下灰姑娘一个人在漆黑的楼道回味着他们的遇见。这世界上人那么多，来来往往，不是所有偶然相遇的人都会在以后的生活里频繁相见，绝大部分的人都是相交然后永不再见，这才是人们生活的常态。

她想起林晓羽，分手之时，她曾在日记本上写下一行字：你哭得那么伤心，而他却觉得你像一条狗。

把这两个男人摆在一起，画面显得格外的讽刺。

萧晴明，记住这个名字就好，他所带来的感动以及那莫名的熟悉感，想想就好。

夏树稻在灯光明明灭灭的楼道里深呼吸了一口气，踏上了楼梯。月光照在她的脸上，她一抬头就看见了窗外的月亮。等到天光大亮之后，她将真正地开始自己的演艺生涯。

她期盼已久的梦想，终于快要实现了。

第一章 酒后毁三观

你爱上的不一定是公主
也可能是个爱耍酒疯的小巫婆

有人说梦想就是用来破灭的，但夏树稻觉得，梦想是指引她往前走的最大动力。

不久之前夏树稻通过层层筛选终于得到了出演电视剧《狐妖之凤唳九霄》的机会，虽然只是一个小配角，但在众星云集的作品中能露露脸也是难能可贵的机会。更重要的是，夏树稻试镜之后就签约了星空娱乐，这对她一个没有背景的电影学院毕业生来说是天大的荣幸。

开机之前要先来试装，夏树稻按照约定的时间早早地来到星空电视台，对于未来的拍摄，她对自己信心十足。要知道，为了这一天，她没日没夜地背台词、找感觉，想要用最好的状态迎接她人生中的第一个角色。

星空电视台的大厅里贴着《狐妖之凤唳九霄》的角色定妆海报，之前就已经在网上疯转了上万次。两张海报一张是当下最火爆的一线流量小生林茨木，被人称为"十亿少女的梦想，就像是玫瑰城堡里的王子"，虽然说是完全靠脸吃饭，无演技、无文化、无心机的"三无偶像"，但人气高，谁也拿他没办法，另一张则是近两年人气爆棚的实力派演员袁柏亚，据说他是名牌医科大学毕业，之后却投身于记者行业，不过让人意外的是他竟然再次转行当起了演员。尽管袁柏亚并非科班出身但他不仅演技了得，人也亲切，是公认的"国民男友"。

看着这两个人，想到自己可能也会有机会跟他们对戏，夏树稻既兴奋又期待，觉得

自己就像是一个搭顺风车不小心搭到了顶配豪车的人。

夏树稻胡思乱想了一会儿，眼看着时间差不多了，赶紧去找自己的化妆间，只不过这里每个房间长得都差不多，晕头转向的她随便就推开了一个挂着"化妆间"牌子的门，进去之后才觉得好像不太对劲，因为里面竟然摆着一排男装。

夏树稻尴尬地环视一圈，庆幸里面没人，于是蹑手蹑脚地准备离开，不巧的是还没等她出去就听见了有人说话的声音。

"告诉 Burberry 那个负责人，如果是去年的旧款就不要拿来混赞助服装了，她当我是什么人啊？"

说话的是一个好听的男声，不过带着怒意，声音冷冰冰的，让夏树稻想起三个字：性冷淡。

夏树稻看过去，发现声音是从试衣间里传出来的，虽然好奇里面的人是谁，但她理智尚存，知道不能被人看到，瞥了一眼试衣间的门之后立刻要跑，但紧接着，一件带着薄荷味香水的衣服就砸到了她身上。

"去把这些还给他们，破衣服还不如我自己带来的，还有啊，不是我说，这个什么私人化妆间，一看就是星空卫视临时改的，一点儿诚意都没有！"

夏树稻把衣服拿下来，与此同时，试衣间的门竟然开了，一个裸男一边往外走一边自说自话："不过忍就忍了吧，不然人家该说我……你谁啊！"

夏树稻也愣住了，她完全没想到这家伙会就这么出来，这胸肌，这腹肌，这脖子，这腰——简直是极品中的极品！

她红着脸抬起头，在看到对方的脸时，整个人都不好了。

光着身子站在她面前的就是当下娱乐圈红得发紫的林茨木，那个完全靠着一张脸在圈子里混得风生水起的人。曾经有人说就算是米开朗琪罗在世也无法雕刻出这么一张毫无缺陷的脸来，以前夏树稻觉得这话太夸张，可今天见了真人，不得不承认，这话说得非常实际，实际到她根本移不开视线。

"你是谁？"林茨木如临大敌，抓了件衣服挡住了自己的身体。

"那个，我……"夏树稻灵机一动决定撒个小谎，毕竟如果说自己是个小演员，这样误闯大牌明星的更衣室，会被拖出去鞭尸的，"我是电视台的工作人员。"

"工作人员？"林茨木迅速给自己套上一件衣服，他一边嫌弃地围着夏树稻走了一圈，一边说，"我的天，你穿的这是什么鬼？背带裤？海军条纹 T？土到掉渣了好不好！"

他猛地抬头，指着夏树稻说："你别以为我好蒙，明明就是粉丝，装什么工作人员！"

"粉丝？"夏树稻觉得不能继续这么跟这家伙纠缠下去，必须尽快逃离这个地方，她一边后退，一边道歉："那个……我，我真的是走错了，所以就……就是走错了而已！"

场面实在太尴尬，夏树稻觉得自己再不跑就要出事儿了，她转身就要往外冲，结果瞬间被林茨木抓住。

"等一下！"林茨木揪着她的衣服，"我说你这人——"

夏树稻挣扎着怒斥他："喂！你差不多就行了吧！我都道歉了！不就看了一眼你裸体么！难不成还要我自挖双眼啊？"

"不是哎，"林茨木满脸问号地问她，"你怎么连签名都不找我要？"

"……啊？"夏树稻一愣，觉得自己完全跟不上这个大明星的脑回路，不过人家都这么说了，她觉得还是应该给他个台阶下，毕竟人家有身份有地位有偶像包袱，得宠着，"哦哦，那好，那要不，我要一个？"

"切！"林茨木松开手，瞪了她一眼说，"小爷我还不给了呢！"

"……神经病啊！"夏树稻觉得这人实在傲娇，但她可不想再纠缠下去，撒腿就跑，终于逃脱了魔掌，而林茨木还在后面对她喊："喂，你出去一定要跟别人说我身材好啊！完美无瑕八块腹肌，完全没有赘肉的哟！"

夏树稻彻底被这家伙搞得哭笑不得，这样的智商，是如何在娱乐圈活下来的？这简直就是个奇迹！

终于逃出魔掌的夏树稻依旧不知道自己到底应该进哪一间屋子，还是恰好遇见了一个之前见过的化妆师姐姐给她指了路才算是终于找对了地方，不过她没想到的是一进化妆间就遇到了自己最讨厌的人。

一推开化妆室的门夏树稻就看见已经上妆完毕的黄淑媛拿着个小镜子翻来覆去地照着。

"哟，没想到我们还真有缘！"黄淑媛看见她倒是丝毫不意外，阴阳怪气地说，"你这种能屈能伸的性格倒是挺值得学习的，我要是你，肯定没脸来了。"

"能屈能伸？你这话什么意思？"夏树稻打量了一下黄淑媛，看着她身上竟然穿着女主角的戏服有些纳闷。

"嗯？你该不会还不知道吧？"黄淑媛漫不经心地又看向她，"听说你这次的角色是我的武打替身，看不出来啊，你竟然这么不择手段地倒贴我。"

"你的替身？黄淑媛，你从哪儿听来的小道消息？就你的咖位，凭什么用替身？而

且我也不是什么替身，我是……"

黄淑媛把手里的镜子往桌上一拍说："凭什么？大概他们忘了告诉你，万凌被我踢了下去，现在，这部戏，我是女主角。"

她站起来，拂了拂衣袖，得意地说："不然，我为什么穿着女主的衣服？"

夏树稻确实没听说这件事，她看着眼前的黄淑媛，这一副小人得志的样子，让她心生厌恶。

"当然了，你也会穿这套衣服。"黄淑媛慢慢走向夏树稻，笑着说，"不过，你的身份却是我的替身，那些脏戏累戏危险的戏，都是你替我做，而美的、露脸的，却是我，你觉得开不开心啊？"

夏树稻愣在了原地："你说什么？这不可能！"

她根本就不相信黄淑媛的话，可是看见旁边服装师给她准备的戏服，心已经凉了半截。她没办法就这样接受，也无心再跟黄淑媛纠缠，当务之急是去找 Cris 问个明白。

"夏树稻！"黄淑媛突然叫住她，微微一笑，整理了一下衣领，一条银色的项链被她有意无意地带了出来，那条项链的挂坠是一只深蓝色的小海豚，即刻吸引了夏树稻的目光，"我说过，我会让你尝尽失去的滋味。"

夏树稻盯着她的项链看，但还没来得及多看几眼就又被她塞回了衣服里。

某段让夏树稻不愿回想的往事顷刻袭来，她慌张地摇了摇头，深呼吸让自己平静下来。再仔细打量黄淑媛，这个人身上没有一丝一毫那个人的影子。

不会是那个人，有同样项链的人很多，一定是自己想多了。

夏树稻不再多说，转身跑出了化妆间。

Cris 的办公室离化妆室不算太远，夏树稻很快就到了门口，正被搅得头脑发晕的她一时忘了敲门，直接闯了进去。

"Cris 姐……"夏树稻一进去就后悔了，因为办公室里除了 Cris 以外，还有一个男人在。

看着她进来，办公室里的两个人脸色都瞬间阴沉下来，男人在一旁冷眼看着她，Cris 面露尴尬地训斥道："你不在片场来这里做什么？"

"Cris 姐，我当时试镜的明明是暗卫跟丫鬟，可是为什么今天到了片场突然成了女主的替身？"夏树稻深知自己此时当着外人的面问这些话有些不合时宜，可是如果不问，她就必须忍受黄淑媛的嘲讽或者干脆不明不白地离开。

Cris 见她跑过来就是因为这种事，有些不耐烦地说："角色变动是很正常的事！"

"可是我已经背了这么久的剧本，我为了这个角色——"

"没有人是容易的！" Cris 突然严厉起来，"投资方突然决定换人，我没有任何权力说不，而且，你既然进了这个圈子，就要有随时被替换的觉悟，如果你不愿意，也可以，那就立刻走人，这个地方最不缺的就是你这样没有作品的演员！"

夏树稻心里委屈，却无可奈何，冷静过后知道 Cris 说的字字都是实话，如今她只是一个可以被随意换掉的小新人，要是想成为在这个圈子里举足轻重的人，就必须慢慢往上走。

"我知道了，"夏树稻诚恳地道歉，"对不起 Cris 姐，今天是我太冲动了。"

Cris 看着她，作为一个经纪人，她也不愿意埋没任何一个有实力的演员，只可惜，有时候有些事真的不是她能决定的："其实很多大明星也都是从底层慢慢上来的，即使是替身，你的表现也会被导演看在眼里，所以，该怎么做，不需要我教你了吧？"

夏树稻点点头，为自己今天冲动的行为道了歉，离开了。

她出门之后，冷眼看戏的男人终于开了口："早知道贵公司签约的女演员都是这副不识时务的样子，我就该收回合作愉快的那句话。"

Cris 看着眼前的男人，笑着说："她之所以如此'不识时务'，还不是因为萧总这个投资人纵容自己的金丝雀随便换演员吗？"

"什么金丝雀？"男人皱紧了眉毛。

Cris 也不避讳，直接说道："剧组都传开了，黄淑媛之所以会替掉万凌，都是因为萧总您保驾护航，否则一个小网红有什么资本跟一线大花对抗？"

"给自己公司的艺人保驾护航有问题吗？"

"当然没问题，" Cris 继续说，"这是您自家的事儿。同理，我们公司的艺人，也只能由我管教，她再怎么不识时务，也不关萧总的事。"

夏树稻走出星空的大楼，面前巨大的广告牌上作为 BW 旗下化妆品代言人的黄淑媛正微笑着俯视众生。

一副好皮囊，皮囊下却藏着阴暗狡诈的心。

她仰头看着那个人，心中不甘，但已经被激起了斗志。

没关系，就算现在死死地把我踩在脚下又如何，夏树稻心想，总有一天，我会让你后悔当初居然给我留了一个替身的位置！

夏树稻整理好心情回到化妆间试装，一切准备工作结束之后就等着这部戏正式开拍了。

夜色并不温柔，心情也并不美丽。

几天前得到角色时的喜悦已经一扫而空，取而代之的是无处可诉的悲愤。

何以解忧，唯有大排档！

夏树稻离开化妆间之后回家的路上刚好经过一个大排档，她毫不犹豫地走了过去。

人生得意须尽欢，人生不得意的时候更应该好好对自己！该吃就吃，该喝就喝，痛快了之后，再斗志满满地去生活。

这一带的大排档算是夏树稻最喜欢的，既然来了当然就要吃个够，然而她还没吃多少东西，就有闲杂人等来破坏她的心情了。

"嗨，小妹妹，一个人？"

夏树稻一抬头，看见一个穿着花衬衫喝得醉醺醺的大叔坐到了自己面前。

想安安静静地吃个饭怎么就那么难？

"老板，结账！"夏树稻不想跟醉酒的人多纠缠，索性结账走人，对方却来劲了，一拍桌子吼道："怎么着？不给面子啊？"

"哎，小妹妹，别走啊，这么经不起逗呢！"醉汉倒了杯酒给夏树稻，递到她面前，"就喝一杯，喝完哥哥就放你走怎么样？"

夏树稻虽然酒量不好，但也不至于差到一杯就倒，她想着一个人在外面不要惹是生非，既然一杯酒能解决问题，那喝了也未尝不可。

"一杯就一杯。"她拿起杯子一饮而尽。又辣又苦，和她的心情一样。

"哇，可以啊！小妹妹再来一瓶？"

没想到醉汉来了劲，不仅继续纠缠，还直接拿出来一瓶酒。夏书稻心知惹上麻烦了，转身想走，醉汉拉住了她的背包。拉扯之间她差点摔倒，却跌入一个温暖的胸膛。

身后的人扶住她，飞快打掉了醉汉的脏手。

"还真是个麻烦不断的女人。"来人皱眉抱怨。

"大天狗？！你怎么在这？"夏书稻一脸诧异。

"我在你邻桌坐了半小时了，你现在才看到我？"萧晴明瞬间火大，"还有我不叫大天狗。"

"不不不，我只是没想到你会来大排档……"

"本公子体察民情还需要报备吗？"

"哪里来的臭小子，快滚！大爷还等着呢。"醉汉被两人无视的态度激怒。

"差点忘了，这里还有个东西没有处理。"萧晴明看向醉汉，眼神冰冷。

"臭小子，少惹事，赶紧滚。"醉汉手里还拿着酒瓶，指了指夏树稻说："小丫头，过来继续跟哥哥喝酒。"

萧晴明把夏树稻护在身后，俯视那个醉汉："你叫谁陪你呢？知道你在和谁说话吗？"

"妈的，乳臭未干的毛小子在这儿敢跟我装老大，我看你是不想活了！"

"不想活了？"萧晴明嗤笑一声，突然拿起面前的酒瓶，猛地往桌子上一摔，"嘭"的一声，啤酒飞溅，白沫横飞，玻璃碎片四处炸开，萧晴明的手被划伤，他却毫无知觉似的举着裂开的瓶抵在醉汉面前，"我倒想看看是谁活不了。"

醉汉一看他这架势，被吓得酒也醒得差不多了，连连后退。

夏书稻抓住萧晴明的衣服，轻轻扯了扯他的袖子："算了吧。"

萧晴明回头轻声说："欺负你，不能算了。"

夏树稻听着他说出这句话，不禁心头一动，尽管对方可能只是习惯性"撩妹"，她还是觉得有点感动。

"怎么？怂了？"萧晴明步步逼近，"刚才不是还说让我活不下去的吗？"

"你、你给我等着！以后再算！"醉汉结巴地说了去狠话，哆嗦着腿跑了。

"呵呵，垃圾。我们走吧、"萧晴明呵呵一笑，拉着夏树稻就要潇洒离开。

"哎哎哎，等一下！"大排档的老板突然跑出来，"还没结账呢！客人都给你们吓跑了。"

萧晴明帅气地掏出黑卡："损失我赔。拿去！"

大排档老板："我们这里只收现金。"

萧晴明看向夏树稻。

夏树稻有些尴尬，一边道歉一边付钱："对不起对不起，我不认识……"她看了一眼萧晴明，发现那家伙正盯着她看，忙改口道："我朋友喝多了！"

两个人在路边晃晃荡荡地散着步，又一次英雄救美的萧晴明心情大好，他用肩膀撞了撞夏树稻，问她："喂，我刚才帅不帅？"

"好吧，我承认，是有那么一点点。"夏树稻觉得有时候萧晴明就像个喜欢逗能没长大的孩子，在做了好事之后迫不及待地想邀功。

"就只有一点点？"萧晴明突然站到她对面，盯着她说，"再给你个机会，重新说！"

夏树稻被他逗笑了，认输一样说："好好好，是非常帅！"

"我就知道你被我迷住了！"

"你少自恋了！我就是礼貌性地跟你客气一下，你还当真啊？"夏树稻被他调戏得又红了脸，她也不知道为什么，每次自己在萧晴明面前都特别容易害羞。

"不要再口是心非了，你的表情已经出卖了你！"萧晴明笑着拍了一下夏树稻的头说，"英雄救美之后，美女都要以身相许，我说你……"

"喂！你脑子里就只有以身相许吗？你难不成是色魔化身啊？"夏树稻说话的时候，开始觉得头晕。

"你没事吧？"萧晴明看着她晕晕乎乎的样子，担心起来，"你刚才喝什么了？"

"没什么啊……"夏树稻开始觉得自己说话有些大舌头了，头晕到站都站不稳，"就普通的酒而已。"

"……你确定只是普通的酒？"萧晴明觉得这家伙真是不靠谱，还好自己今天没事儿偷偷跟着她，否则还不知道会出什么事儿呢。

夏树稻："是啊……"

萧晴明叹了口气，彻底被她打败了，拉着人往自己停车的地方走："喂，你别晕得这么快啊！你这样，我会怀疑你在装醉想对我图谋不轨啊！"

这一次夏树稻没有来得及反驳他，因为在萧晴明说完这句话的时候，她已经倒在了对方的怀里。

有的时候，酒真是人间最大的杀手，能够杀人于无形之中。

夏树稻睁开眼的时候，觉得头痛欲裂，她用了好长时间才回过神来，看到外面天光大亮，猛地坐起来，吓得魂魄都要飞出去了。

好在，就在她从差点儿从床上滚下来的时候终于想起了今天没有她的拍摄任务，并不需要赶去片场。

夏树稻松了口气，重新倒回床上，舒舒服服地抱着被子闭上眼睛，几秒钟之后，房间响起一声尖叫。

"啊！啊！啊！"夏树稻再次猛地坐起，环顾四周，问自己，"这是什么地方？"

"喂……"

突然，一个男声出现，夏树稻彻底从床上跌落在地。

她爬起来，看着床上的人，觉得自己的三观彻底崩塌了。

因为在她的面前，萧晴明赤裸着上身，优哉地伸懒腰。

"早啊。"萧晴明笑得像条大尾巴狼，吓得夏树稻又后退了两步。

她裹紧身上的被子，然后又立刻掀开被子一角看看自己穿没穿衣服。

"你……你为什么躺在这儿？"夏树稻发现自己身上的这件衣服不是她的，很明显是一件男式 T 袖，于是更加抓狂了。

萧晴明从床上下来，又使劲儿揉乱了夏树稻的头发。"这是我家啊，我不躺在这儿能躺哪儿？"

"……那你为什么不穿衣服？"夏树稻继续质问道。

萧晴明突然凑过来，笑嘻嘻地说："我为什么不穿衣服难道你不知道吗？"

他突然抓过夏树稻怀里的被子，捂住脸，娇羞地说："昨天晚上……你对人家……"

萧晴明在夏树稻震惊的注视下像个羞涩的小媳妇儿一样说："想不到你平时那么正经，那个时候却那么奔放，我都不好意思了！"

"……你……"夏树稻完全说不出话来，看着萧晴明那模样，不知道这家伙是在演戏还是来真的。

最可气的是她怎么都回忆不起来昨晚发生的事情。

一片空白，只有一片空白。

夏树稻无奈地抓了抓头发，与此同时，萧晴明已经起身开始穿衣服了。

那家伙背对着自己，夏树稻忍不住偷看起来，从对方的肩膀到腰肢，正所谓"穿衣显瘦，脱衣有肉"，难怪打架这么厉害。

夏树稻看着看着又开始脸红，满脑子都是乱七八糟的念头。

"好看吗？"萧晴明突然回头，打趣道，"喜欢的话就大大方方地看嘛！"

夏树稻立刻收回视线，嘴硬地说："谁看你了？我才没有！"

萧晴明对她这种口嫌体正直的行为已经见怪不怪了，穿好衣服之后，又逗她说："你还挺不挑床的，怎么着，想来个回笼觉？还是说你想……"

"闭嘴吧你！"夏树稻重新抓过被子盖住自己，"你出去，我要换衣服了！"

"哟？害羞了？该做的都做了，有什么可害羞的！"萧晴明话一说完就被夏树稻丢过去的枕头砸了脸。

"哎？还打我！翻脸无情的女人啊，你昨天晚上可不是这样的！"

"你不要再说了啊！"夏树稻受不了了，直接用被子蒙住自己，羞愧得没脸见人了。

萧晴明轻笑一声，把夏树稻的衣服丢到床上，然后说："好了好了，不逗你了，你昨天醉了之后吐得到处都是，我还得给你洗衣服，你一下夺走了人家两个第一次，是不是得对我负责啊？"

夏树稻被他说得面红耳赤，但面对流氓，最好的方法就是以贱制贱！

她猛地掀开被子，作势要脱掉身上的 T 恤："既然都那个了，我换衣服也就不背着你了。"

这回轮到萧晴明尿了，立马瞪大眼睛闪出去了。

"切，搞了半天也是个纯情的主儿！"夏树稻赢了一局，心情大好地换完了衣服。

换好衣服，夏树稻来到客厅，万万没想到这家伙竟然准备了早餐，不过，虽然萧晴明表现不错，但该问的问题还是不能忘的。

"上次你送我回家，应该知道我家在哪儿吧？"夏树稻往椅子上一坐，冷着一张脸说，"我没有家吗？为什么把我弄到你家来？"

萧晴明摆出一副淡定自如的样子回答说："你以为我愿意带你回来？要不是到处都找不到你的钥匙，我至于大半夜给你洗衣服现在还被你质疑？你这个小没良心的，下回就应该让你在门口躺一宿！"

夏树稻一听，摸了摸口袋，这才想起来，自己的钥匙可能丢在化妆室了。

"那……那你就不会睡沙发吗？男女授受不亲，你不懂的吗？"

"拜托你搞搞清楚，这是我家！"萧晴明用手指敲了敲桌子，"我凭什么睡沙发？"

夏树稻一想，觉得他说得也对，有些尴尬地回道："那你把我扔在沙发上也行啊！睡在一起算怎么回事儿嘛！"

"我本来是想把你放在沙发上的，"萧晴明对着夏树稻坏笑一下说，"可谁知道，你半夜居然……居然觊觎我的美色！哎呀，不说了不说了，总之你懂的！"

夏树稻听着萧晴明的话，脸上一阵红一阵白，完全不知道自己昨晚到底都做了什么丧心病狂的事。

"不过你放心好了，我也会对你负责的，就勉为其难让你做我女朋友好了！"

"……做什么女朋友啊！"夏树稻再一次崩溃，"我根本就不喜欢你！"

萧晴明摆出一副受伤的样子，还故意护住了自己的胸部，贱兮兮地说："你果然只喜欢我的肉体！"

"我喜欢个屁！"夏树稻觉得自己快要窒息了，她深呼吸一下，质问道，"昨晚到底怎么回事儿，你给我从实招来！"

"昨天晚上……"萧晴明拿起一块面包，轻轻咬了一口，挑着眉坏笑说，"我就不告诉你！"

夏树稻发现萧晴明气人的功力可以算是一绝，说不告诉就不告诉，不仅如此，这个臭小子竟然哼着小曲儿吃起早饭来。

这么盯着这家伙看了一会儿，夏树稻总算是想开了，不说就不说，有什么大不了的，反正昨晚已经过去了，自己的衣服也换回来了，当务之急就是赶紧离开这个是非之地。

夏树稻不满地轻哼了一声，快步往门口走去，结果就在她开门往外走的一瞬间直接撞到了一个高大的男人身上。

"哼！搞了半天，你不回家的原因就是来找女人了？"

夏树稻循声抬头，猛地发现这个浑身都散发着"我是性冷淡你们都离我远一点"的男人就是昨天她在 Cris 办公室遇见的那个冰块总裁。

冰块总裁垂下眼看夏树稻，弄得她觉得有一桶冰水从头淋到了自己脚上。

夏树稻在心里迅速消化着刚才他的话，顺便脑补了一下这两人的关系，然后赶紧解释说："这位帅哥，你误会了，我和你们家……呃……没有任何关系，不要误会，不要误会哈！"

"胡言乱语些什么东西！"男人不再理她，嫌弃地绕开夏树稻进了屋。

"哥？"萧晴明叼着面包片诧异地看着进来的人，"你怎么找到这儿了？"

夏树稻瞪大了眼睛看着这出戏，八卦本质爆发的她在心里狂吼：哥？这么劲爆！

"找你还不容易，你上次洗车的时候我让人装了定位器。"萧烨雨在萧晴明家客厅转了两圈，眼神满是嫌弃，"你要离家出走可以，为什么不选个好地方，你看这屋子，和猪窝有什么区别？"

"真是让你费心了呢！"萧晴明翻了个白眼，继续吃饭。

夏树稻观察着这兄弟俩，默默给他们贴上了"腹黑攻"和"傲娇受"的标签。

"米秘书！"萧烨雨突然对着门口喊了一声。

夏树稻这才发现门口还站着一个人，对方一听见萧烨雨叫他，立刻上前。

两人耳语了一番，米秘书说："知道了萧总，我现在就去办。"

"你又干吗？"萧晴明皱着眉问。

萧烨雨轻笑一声，又扫视一翻说："给你换套大房子，再雇个菲佣……"

"哥……"萧晴明赶紧咽下嘴里的面包，打断对方说，"我又不是你包养的女明星，

这些我都不需要，之所以离开家，就是因为我不想过那种生活！"

"那种生活？"萧烨雨哼笑一声，"那种生活怎么看都比你的这种好千倍万倍！"

"懒得跟你说，"萧晴明面露不悦，"如果你就是来跟我理论这个的，那么就请回吧。"

"老爷子说他想你了，让你回去。"萧烨雨轻蔑地看了一眼夏树稻，"如果有女朋友了也可以一起带回去。"

夏树稻原本在愉快地看戏，结果对方突然看向她，又吓了她一跳。

"说完了？"萧晴明已经开始有些不耐烦。

"老爷子还让我告诉你，如果你再不回家，不仅冻结你的信用卡，就连外面那辆车也叫人给你砸了。"萧烨雨又对米秘书耳语了几句，然后说提声说："我们走！"

萧烨雨径自走了出去，而之前一直乖乖跟着他的秘书却没有走，反倒是凑到萧晴明面前，双手递上一张黑卡："萧总说如果您手里的那张卡停了，就用这张。"

萧晴明瞥了一眼那张卡，摆摆手说："拿走拿走！"

"二少爷，这是萧总的意思，您就别难为我们做手下的了。"米秘书说完，把卡放在桌上，一溜烟儿跑走了。

像是一场闹腾的话剧终于落幕，房间又安静下来。

"你都看到了？"萧晴明终于有空把视线投向夏树稻了。

"看到了，"夏树稻慢慢往门口蹭，"你放心，我不会说出去的。"

"你要说出去什么？"萧晴明被她的样子逗笑了。

"就……你们兄弟俩之间那些事情啊！"夏树稻丢给萧晴明一个尴尬而又不失礼貌的微笑，"而且估计以后我们也不会见面了哈哈哈！"

"嗯？不会见面了？"萧晴明嗤之以鼻，又拿起一片面包一边吃一边说，"这恐怕有点儿难度。"

夏树稻已经又回到了门口，手搭在了门把上："啊？什么意思？"

"你出门就知道了。"

几秒钟之后，夏树稻站在楼道里，看着萧晴明家的门，再看看自己家的门，崩溃的哀号："啊！啊！啊！你什么毛病啊！为什么要住在我隔壁！！！"

萧晴明美滋滋地吃着早饭，哼起歌来："多得是，你不知道的事！"

【萧晴明的粉红小剧场】
--- 那天晚上到底发生了什么？

萧晴明从来都知道夏树稻是个难搞的女人，却没想到，一个醉酒后的夏树稻比他想象得更难搞。

"是他！是他！就是他！我们的朋友！小哪吒！"

"上天他比……比翼双飞……树上的鸟儿成双对……"

"明知道你是对的人，明知道这不是缘分……"

夏树稻一边根本不在调上地唱歌，一边还打着酒嗝。

费劲地扛着她上楼的萧晴明绝望地说："大姐，求您，别开腔，我是自己人啊……"

夏树稻晕乎乎地看他一眼，调笑着说："哟，小帅哥！来，跟姐姐嘴儿一个！"

萧晴明彻底无奈了，平时逗弄几句就脸红的人这会儿竟然跟个风流嫖客似的，这酒真是坑人啊！

"喂，你钥匙呢？"好不容易到了夏树稻家门口，萧晴明却怎么都找不到这家伙的钥匙。

夏树稻醉醺醺地靠着他，低头摸口袋："来，看姐姐给你变个魔术！"

她猛力一掏，拿出一张皱巴巴的面巾纸。

"……变个屁啊！"

"没问题啊！"夏树稻立刻戏精上身，用面巾纸盖住自己的手，然后神秘地看着对方，"一，二，走你！"

她猛地扯掉手上的面巾纸，对着萧晴明竖了一根中指。

萧晴明彻底被这个家伙打败了，干脆自己翻，然而左找右找，就是找不到。

就在萧晴明崩溃的时候，更让他崩溃的事发生了——夏树稻吐了，还吐了他一身。

"……克星，绝对是克星！"无奈之下，萧晴明只好带着夏树谣回了自己家。

他把人丢在沙发上，看了一眼倒在沙发上晕晕乎乎眼看着就要睡着的夏树谣，自顾自地开始脱衣服。

"嗯？想趁我睡觉对我图谋不轨？"夏树谣突然睁眼，坏笑着对萧晴明说，"小帅哥，挺结实的嘛！"

她突然坐起，还用手指戳萧晴明的胸："不错不错，姐姐喜欢！"

"……老实点吧，我先去洗衣服。"萧晴明把人又按在沙发上，临走前点了点她的鼻尖儿说，"好好睡觉！不要胡闹！"

夏树谣又闭上了眼睛，嘴角微微翘起，像是隐约说了声甜腻的"嗯"。

萧晴明叹着气去洗衣服，想着等会儿洗完可以舒舒服服泡个澡。

"啊……真舒服啊……"

突然身后一阵水声，萧晴明立刻回头，发现夏树谣竟然坐进了浴缸里。

"……想不到……身材还真……"他几乎看呆了，但下一秒立刻闭上眼，"不行不行，不能看！"

萧晴明赶紧找了条浴巾把夏树谣包起来，期间一直自我催眠：我是绅士，我是绅士……

夏树谣依旧不老实，在萧晴明好不容易把她抱上床之后死活不放手。

"姑奶奶，你放手啊……"

"不放！"夏树谣非但不放手，反倒更用力了，萧晴明被她扯得一个趔趄，直接摔在了她身上。

"唔……"萧晴明怎么也想不到他们俩会在这样的情况下再次吻在一起，又好笑又可爱。

夏树谣迷迷糊糊地开始吻萧晴明，同时将人抱得更紧了。

萧晴明微微睁开眼睛看着夏树谣，没戴眼镜的她睫毛长长的，脸颊绯红，湿漉漉的头发贴在脸上，甚至有水珠缓缓顺着脖子流向胸口。

此时的夏树谣与平日里那个女孩索然不同，除了可爱，更添了性感。

"本来想当个君子的，可是……"他慢慢抱紧夏树谣，"是你勾引我在先的。"

萧晴明觉得自己的身体已经不受大脑的控制，在这个时候，什么都不重要了，重要的是，眼前的人，和即将发生的事。

气氛越来越暧昧，有些事一触即发。

然而，卧室里突然传出一声清晰的巴掌声，萧晴明捂着红肿的脸，震惊地看着夏树稻说："怎么还打人呢？"

"林晓羽！"夏树稻还闭着眼，说话有些大舌头，"你这个渣男！打死你个狗日的！"

"……我今天真是撞鬼了，驰骋情场多年，居然没吃到肉先被打！"萧晴明放开夏树稻，无奈地起身，"算了，今天就放过你！"

他从床上下来，给夏树稻擦干身子之后盖好了被子："好好睡觉吧，不要再闹腾了。"

看着渐渐入睡的夏树稻，萧晴明轻轻落下一个吻，然后出去，继续洗衣服了。

虽然又困又累，还不得不在大半夜洗衣服，但萧晴明还是觉得开心，十分庆幸自己搬到了这里。

前阵子他在KTV吻了夏树稻的事情不知道被谁拍了下来，事情传到了他爸那里，在萧父心里自己的儿子怎么也不至于找个这样普通的女朋友，父子俩因此大吵一架，萧晴明借机搬出家里到夏树稻隔壁租了这套房。

找到她已经实属不易，如今能这样相处，也算是上天的眷顾，一切都是命中注定，从前如此，现在更是如此。

只不过，除此之外，这个晚上萧晴明还悟出了一个道理：有时候，你爱上的不一定是公主，也可能是个爱耍酒疯的小巫婆！

第二章 替身的坚持

我这么好的人
只能在你的生命里当主角

♥
♡
♥

《狐妖之凤唳九霄》已经开始了紧锣密鼓的拍摄工作，夏树稻作为女主替身，拍摄量甚至比黄淑媛那个正牌女主还多。

一场女主角冲入火海救母的戏，人家女主角随便找了个借口就把这场戏推给了夏树稻。

早就有所准备的夏树稻到了现场看见那熊熊火焰还是有些心惊胆战，但她一直记得Cris的话，尽管是替身，她的表现也会被导演看在眼里，想要有机会往上走，就必须不顾危险，用命去博。

"虽然以后特写还是会替换主角的镜头，但该走的过场还是要走一遍的。"说话这话的余导在之前试镜的时候就对夏树稻表现出了极大的赞赏，现在这个姑娘只能做替身，他着实觉得可惜。

"余导，您放心吧，我会全力以赴的。"夏树稻换好了衣服，站在镜头前，有那么一瞬间的恍惚，觉得自己就是这部戏的女主角胡墨鸢。

这场戏讲的是胡墨鸢得知胡家被灭门之后，从宫中匆忙跑出来，在大火中救了自己的母亲。

戏服是全新的，脸和头发也干干净净，虽然这样看起来很漂亮，但夏树稻总觉得哪里有些不太对劲。

她又仔细看了一遍剧本，终于想到既然女主是匆忙跑出来的又在火海中奔走，那么蓬头垢面在所难免，绝对不可能是现在这副光鲜亮丽的样子。

她立刻去找导演，说出了自己的想法，请求化妆师在自己的脸上涂些灰尘，抓乱头发，这样一来才更符合当下的状况。

余导一听，更是对她刮目相看，现在的演员，已经很少有这种明知自己不会露脸却依旧努力认真的人了。

"不错不错，"整场戏结束之后，余导对夏树稻的表现赞不绝口，他看了一眼不远处在躺椅上跷着二郎腿休息的黄淑媛，不禁说道，"要是人人都像你一样，影视剧也不会被骂得那么惨了！"

夏树稻被他夸得有些不好意思，但正如开始前她对自己说的那样，尽管知道到时候呈献给观众的会是黄淑媛的脸，可她还是刻画入微地完成了这场戏。

只不过，刚刚在拍摄的过程中大火烧掉了一块瓦片，刚好砸在了她的手上，尽管伤口不大，但钻心的疼，为了不影响拍摄，夏树稻没有吭声，强忍着等到导演喊"cut"。

终于结束拍摄，夏树稻赶紧去后面简单做了一下处理

"哟，挺敬业的嘛！"

夏树稻看了一眼脸上挂着嘲讽笑容的黄淑媛，没理她。

"不过，你再怎么努力表演也没用，到时候观众看到的还是我，"黄淑媛靠在一边讽刺她说，"你这可真是千辛万苦为别人作嫁衣啊！"

"你这人还真是无聊。"夏树稻收拾自己的东西准备离开。

黄淑媛挡在她面前，骄傲地说："我无聊？随便你怎么想，反正这部戏的女主角是我，不是你！"

"女主角？"夏树稻瞥了她一眼，推开她，准备离开，"有能耐不要用替身，我倒是想看看一个连表演课都不及格的人是怎么撑起一部戏的！"

"你敢说我不及格？"黄淑媛快步跟上夏树稻，不甘心地说，"夏树稻！你给我站住！"

然而夏树稻头也不回地离开了。

难得收工早，夏树稻一离开片场就去找闺蜜姜娜吃晚饭，她心里一大堆话想要跟好朋友吐槽。

姜娜算是夏树稻唯一的好朋友了，高二的时候她因为家庭缘故转了学，两人就是那会儿相识的，只是后来对方出国留学，联系渐少，不过最近姜娜的爸爸升了台长，她也回了国，准备跟着剧组多学习，日后好独当一面。

"什么？你是替身？"姜娜这会儿才知道夏树稻竟然成了黄淑媛的替身，"不是说好了有角色的吗？这么大的事儿你怎么不早跟我说啊！你等着，我这就给我爸打电话，这次星空娱乐是出品方，给你安排个正经角色不是什么难题！"

"唉，没什么嘛，替身也不错啊，"夏树稻笑着对姜娜说，"你知道的，除了你以外，我几乎没有什么好朋友，我很珍惜你，不愿意因为这种事……"

"喂，你干吗这样嘛，"姜娜撇了撇嘴，"就因为是好朋友，所以我才一定要帮你啊！"

"别啊！"夏树稻立刻阻止她，"娜娜，真的不要这样，剧组临时换人一定有他的原因，你爸爸现在是台长，一切都有他自己的考量，我做替身也不错啊，而且说不准还可以跟袁柏亚和林茨木这样的大明星对戏呢！想想都幸福！"

姜娜一脸怀疑地问："真的假的？你……真的这么想？"

"当然啊！女主替身也是很有好处的嘛！"夏树稻把菜往她面前推了推说，"快吃快吃，忙了一天都饿死了！"

姜娜拿起筷子，担忧地看着夏树稻："话是这么说，不过我还是有点儿担心你，明天有没有你的戏啊？我陪你一起去吧！"

"明天？就一场，不过听说林茨木跟袁柏亚明天进组。"

"哎哟，没想到这俩人一起进组啊！可就有好戏看了！"姜娜一脸坏笑。

"嗯？听你话里有话啊！"夏树稻的八卦之心熊熊燃烧，"怎么回事儿？"

"跟你说个小八卦，这部戏里面的男一号慕容彦是个精神分裂，一面是温柔佳公子，一面是暴力小恶魔，投资方本来定下的主演是林茨木，结果你说怎么着？试镜的时候林茨木演技太差了，无奈之下就把男一男二调换了。"

夏树稻第一次听说这件事儿，她以前就知道林茨木是靠脸吃饭的，没想到竟然这次吃了这么大的亏，不禁感慨在这个圈子还是得靠实力才行。

"原本林茨木的粉丝就总喷袁柏亚老，袁柏亚的粉丝也不示弱，整天说林茨木蠢，这回两人在一个剧组，又有这么一出，你就等着看好戏吧！"

夏树稻跟姜娜八卦了好一阵，还顺便围观了一下微博上两家粉丝掐架，看着袁柏亚粉丝给林茨木的P图，更期待明天那两人的进组了。

吃完饭回家，夏树稻原本想着早早睡觉好好休息，结果手上的伤口隐隐作痛，弄得她翻来覆去怎么都睡不着，正在她心烦的时候，隔壁那个家伙竟然唱起了歌。

伴着吉他扫弦的声音，好听的男声穿过老旧的墙壁，流淌进夏树稻的耳朵里。

如果换一个合适的时间，夏树稻一定会心情愉悦地欣赏一番，说不定还会一起合唱一首，然而大半夜唱歌，这就是扰民啊！

夏树稻想起恐怖电影里的情节，什么"惊魂十二点""夜半歌声"之类，觉得有必要去跟那个讨人厌的邻居决一死战了。

"开门！萧晴明！你给我开门！"

敲了半天门，萧晴明终于打开了房门，他看着夏树稻，一副"早知道你会来"的表情笑着说："哟，深更半夜的来敲门，这是寂寞了？"

"寂寞个鬼啊！"夏树稻被他气得直喘粗气。

"嗯哼？那这是想我了？未来的巨星给你唱情歌，有没有觉得很甜蜜？"

"快闭嘴吧你！甜蜜？萧晴明，我告诉你，就算你暗恋我想唱情歌，也不能这么扰民啊！"夏树稻指着萧晴明的鼻子说，"大半夜的，好好睡觉不行吗？"

"不好意思，我从来不暗恋。"萧晴明"噗嗤"一声笑了出来，然后抓住夏树稻的手，慢慢靠近她，"我喜欢谁，从来都是直接上去吻的。"

气氛又变得暧昧起来，大半夜的，两人周围似乎飘满了粉红色的泡泡，夏树稻觉得这个节奏不太对劲，不自觉地又想起了那个不能描述的夜晚。

"你……"夏树稻的气势像是漏了气的气球一样，瘪掉了，"你能不能不要唱了？我明天还要工作，你这样我没办法睡觉。"

"你明天要工作？"

夏树稻点了点头。

萧晴明贱笑着冲她挑眉说："那跟我有什么关系呢？"

"你！"夏树稻气个半死，转身就要走，结果却被人拉住了。

"你手怎么搞的？"刚刚夏树稻指着他的时候他就发现了，到现在才有机会好好问问，"什么时候受的伤？"

"哦，就是拍戏的时候……"

萧晴明不由分说地把夏树稻拖进了家里："你就是这么照顾自己的？受了伤，都不好好处理一下，是想以后留疤？"

"喂，我没……"

夏树稻想要辩解什么但是萧晴明完全不给她机会："还是说你在故意等着我发现然后让我心疼你？"

萧晴明把她拉进来，将人按在沙发上："别乱动啊！你敢乱动今晚就不让你睡觉！"

他这话说得太暧昧，听得夏树稻脸上又泛了红。

萧晴明去找药箱，回头看着脸红的夏树稻笑着说："睡都睡过了，老夫老妻的，怎么还羞涩了？"

夏树稻瞪了他一眼，不好意思地小声说："谁跟你老夫老妻啊，不要脸！"

萧晴明拿了药箱回来，温柔地给夏树稻消毒擦药："疼吗？"

伤口这会儿疼得不行，但夏树稻不想在萧晴明面前表现得太弱，于是忍着不吭声。

萧晴明抬眼看了看她，有些心疼地说："怎么会不疼呢？"

夏树稻不回答，垂着眼睛看着自己的手，心里一阵难受。

突然，萧晴明用力一按，疼得夏树稻叫了出来。

"你干吗啊！"夏树稻疼得眼泪都要出来了，瞪着萧晴明抱怨。

萧晴明放柔了动作，继续给她涂药："疼就要说出来，这样别人才会心疼你。"

"我为什么要别人心疼？"夏树稻的声音越来越小，"以前……就算喊疼，也不会有人心疼我。"她苦笑一下，"所以，就只能学会自己忍耐。"

萧晴明心里一酸，他很想问问夏树稻这些年到底经历了什么，为什么曾经的小公主，如今这么让人心疼。但是，现在还不是时候。

萧晴明给她包扎好，对她说："小可怜，以后疼了就告诉我，哥哥就轻点。"

他这句话是贴着夏树稻耳边说的，温热的呼吸打在夏树稻耳朵上，连心里也跟着一起暖了起来。

原来被人关心和牵挂的感觉，这么好。

第二天夏树稻在姜娜的陪伴下到了化妆间，尽管再一次看见黄淑媛，可心情也没那么糟糕了。

"哟，来了啊，刚好，你上午没戏，闲着也是闲着，"黄淑媛瞥了一眼进来的夏树稻跟姜娜，说，"不如去给我买杯咖啡。"

"想不到我们主角小姐连个助理都没有，竟然这么寒酸，真是让人心疼。"夏树稻虽然不爱惹事，但也不是那种只会忍气吞声的受气包，尤其是面对黄淑媛，如果不理她，她只会愈发的蹬鼻子上脸。

"夏树稻，你好像没弄明白一件事，"黄淑媛瞪着她说，"我可以一句话让你从一个配角变成替身，也可以一句话就让你滚蛋！"

姜娜最看不惯黄淑媛这副盛气凌人的样子，明明没什么本事，却整天耀武扬威，她刚要爆发，想替夏树稻好好教训一下这家伙，夏树稻却突然拉住她的胳膊，忍着笑对黄淑媛说："主角小姐说的对，我给您赔不是，咖啡我这就去买，您等着好了。"

"她有毛病吧？指使人指使惯了啊！"姜娜跟着夏树稻来了咖啡店，她有些气不过，抱怨道，"你也是的，干吗就这么听话啊！"

"不就是杯咖啡么，她让买那就买，不过……"夏树稻对着姜娜神秘一笑，小声说，"她喝完估计会后悔！"

"嗯？你什么意思？"

夏树稻拉着姜娜跑去买完咖啡，又鬼鬼祟祟地拽着对方走到咖啡厅的角落里："知道这是什么吗？泻药！走着！让她喝，喝个开心吧！"

"哈哈哈，没想到啊，你还挺腹黑的！"姜娜这下开心了，又问，"不会出什么事儿吧？"

"当然不会，除非她不小心掉进厕所里！"

"等一下！"在夏树稻准备盖上盖子回去的时候，姜娜又拉住了她，"我也来加点料！"她打开盖子，往里面吐了口口水。

"你也够坏的了！"两个人互相吐槽着，快步往回走去。

回到化妆间门口，夏树稻突然就囊了起来："不会被发现吧？"

"不会不会！都这个时候了，你还担心什么啊！"姜娜看着夏树稻这样子，从她手里拿过咖啡，"看我的！"

就在她们准备进去的时候，从走廊另一边走过来一个人。

"姜娜！"

夏树稻跟姜娜同时看过去，来者是一个穿着戏服的男人。

"你……你是……"姜娜看着对方，努力辨认了几秒钟之后，惊喜地说，"方小明！方小胖！"

夏树稻看着她这兴奋的模样，又看了看那个男人，心说：方小胖？一点都不胖啊！

"嘘！"男人赶紧示意姜娜，让她小点声儿，"我现在改名字了，叫方奕寒。"

"你真的是男大十八变啊！咱们俩初中坐同桌那会儿，你还是个小胖子呢！"姜娜看着方奕寒，情不自禁地打量着，感叹说，"你现在也太帅了吧！"

看着明显被喜悦冲昏了头脑的姜娜，夏树稻突然有种不好的预感。

方奕寒被姜娜夸得有点儿不好意思地笑了笑，摆了摆手："哪里哪里……"

姜娜问："看你穿着戏服，一会儿有你的戏？"

"本来是的，"方奕寒有点儿落寞地自嘲道，"刚化好妆，但被告知今天要先拍林茨木的戏，没办法嘛，我们这些新人，只能迁就大咖的 timetable。"

姜娜不高兴地撇撇嘴："大牌有什么了不起！"

"娜娜，那个……不知道你等会儿有没有事儿，咱们好不容易见面，不如找个地方叙叙旧？"方奕寒说话的时候竟然有点脸红，"我……挺想你的。"

姜娜看着方奕寒，笑得眼睛都弯了："好啊好啊，没问题！"

她回头把咖啡塞给夏树稻，喜不自胜地说："阿树，你先自己玩着啊！我有事先走一步了！拜！"

看着火速离开的两个人，夏树稻无奈地摇摇头："女人啊，真是重色轻友的生物啊！"

"哟，黑白条，怎么哪儿都有你呢？"

夏树稻听见说话声回了头，发现竟然是林茨木。

刚在外面被袁柏亚的粉丝伤了心的林茨木一见到自己的"粉丝"心情好得不得了，往前走几步，看见夏树稻手里的咖啡，更是开心："哟，真是深得朕心！"

说着，他一把抢过咖啡，二话不说地就喝了一口。

"……你！你！不行啊！"夏树稻要去抢回来，然而林茨木个子本来就高，又把咖啡举过了头顶，任她怎么努力都碰不到。

"抢什么抢！你不要告诉我这不是给我的啊！"林茨木刚才受了挫，不能在自己的粉丝这里还吃瘪，他一不做二不休，干脆一口气喝了半杯，然后转身就走，临走前还不忘给夏树稻一个帅气的飞吻。

被留在原地的夏树稻彻底崩溃了，她看着林茨木潇洒的背影，在心里哀号：不知道谋害巨星该当何罪……

她靠在墙上，捂住脸，陷入了沉思：等会儿他去拍戏，我是不是应该帮他带点儿纸。

调戏完自己粉丝的林茨木化好妆准备开拍今天的戏分，原本来片场的时候因为外面那几个袁柏亚的粉丝生了一肚子的气，这会儿郁闷的心情已经一扫而空，精神百倍，总觉得今天肯定可以一条过！

夏树稻一听说拍摄开始就赶紧偷偷跑来看林茨木拍戏，还特意买了止泻药想找机会给他送过去，她不停地祈祷，希望不要出什么问题。

由于道具组工作出了问题，导致原本安排在后面拍的戏临时调到今天，如果是别的演员，一准儿慌张地临时抱佛脚多背几遍台词，但林茨木不用，因为他从来都背不下来剧本，每次拍戏都是说数字，因为这个，大家还背地里给了他一个绰号"数字先生"。

演技差归演技差，但林茨木的粉丝从来不在乎，他的粉丝最经典的一句话就是："就算没有剧情，光是看我们家茨木嗑瓜子拍 80 集，我们也愿意！"

也正是因为这个，这几年林茨木的片约不断，片酬越来越高，毕竟在这个世道，粉丝经济就是王道！

"你果然在这儿！"姜娜不知道从哪儿冒了出来，把在一旁偷看的夏树稻下了一跳，"怎么样？黄淑媛喝了吗？"

夏树稻不知道该怎么给她解释这件事，只能盯着林茨木说："为什么现在还没有反应……"

"你傻啊，药效发作需要时间的，等时间一到……"姜娜嘿嘿一笑，"就等着看好戏吧！"

夏树稻听着她的话，紧张得汗都流下来了。

这场戏是林茨木跟黄淑媛的对手戏，饰演狐妖白清殇的林茨木被西凉宫的祭祀设下的结界所伤，奄奄一息，但垂死的白清殇却依然强撑，哄失去哥哥的胡墨鸢开心。

重点是，这一场有一段吻戏，白清殇要在雪花落下的时候亲吻胡墨鸢，而就在饰演胡墨鸢的黄淑媛闭上眼睛等待接受这个吻的时候，林茨木突然一把推开黄淑媛干呕起来。

他躲到一边，捂住嘴巴先是跟黄淑媛道歉："不好意思，不好意思，我突然……想吐……"

他低下头，一边深呼吸一边自言自语道："怎么回事儿？突然觉得恶心……"

在原处看着的夏树稻突然觉得这一幕似曾相识，当初黄淑媛就是这么联合林晓羽害她难堪的。

所以说，这就是大家常说的"风水轮流转""一报还一报"？

黄淑媛在原地尴尬不已，不知所措地闻了闻自己的身上。

周围的人开始窃窃私语，各种难听的话飘进黄淑媛的耳朵里。

"林茨木怎么了？黄淑媛什么有什么那么恶心？"

"谁知道呢，说不定是狐臭什么的！"

"难怪她平时喷那么浓的香水，只是可怜小茨木了，为了这个还要 NG ！"

黄淑媛在一旁脸都绿了，却无法反驳，只能尴尬地站着。

林茨木的助理可可赶紧跑过来给他递水，紧张地说："哎哟小祖宗，这是怎么了？"

林茨木痛痛快快地喝了口水，觉得好点儿了，他惊恐地看着不远处的黄淑媛对可可说："这女人有毒，我刚才一靠近她就想吐，还肚子疼！"

"我看你才有毒呢！"可可拿回水杯，"人家全场都为了你倒开时间，你以为你说肚子疼就可以蒙混过关，下去打游戏了吗？"

"我是真的肚子疼啊！"林茨木左右看了看，"不行不行，我得赶快上个厕所！"

可可迅速抓住他，不让他跑走："不行！来的时候经纪人都嘱咐过了，让我看好你，不能再出片场丑闻了！"

林茨木快要抓狂了，但可可还在教育他："你想想《林茨木上大号 片场停工一小时》，明天各大娱乐头条都是这样的新闻，你的男神形象还要不要了？"

林茨木可怜巴巴地看着可可："可是我真的……"

"乖，忍一忍，男神是不需要上大号的！"

可可说得感人肺腑，林茨木脑袋一抽，问导演："导演，刚才那条，差不多过了吧？"

"差不多，一会儿补个接吻的特写镜头就可以了！"导演回看了一下刚刚的那部分，喜上眉梢，"行啊林茨木，刚才那种痛苦的表情，演绎得很到位啊！"

林茨木一脸茫然，导演却还在夸赞："狐妖明明自己已经奄奄一息，却还要在女主面前装作没事的样子，那种既痛苦又隐忍的神情，表现得太到位了！"

"那个，导演，我想上……"林茨木忍得快要受不了了，人生最痛苦估计莫过于此了。

"哎？怎么了这是？"导演这才注意到林茨木整个人都不太对劲，"你想上什么？"

"他说他想上进！"可可见缝插针，"没事儿，他就是入戏太深，我们家茨木最近可敬业了，余导，以后您可得多跟媒体夸夸我们茨木！"

"必须的必须的，今天茨木的表现真是不错！"余导看了眼时间，"来抓紧时间下一条，茨木，保持状态，加油！"

于是，林茨木忍受着非人般的折磨，熬过了这场戏。

"他这是怎么了？"在一边围观的姜娜好奇地看着。

"他啊……"夏树稻崩溃地说，"那杯咖啡，被他给喝了……"

虽然拍戏的时候备受煎熬，不过林茨木也算是因祸得福，《林茨木演技爆表》成了实时热搜以及第二天的娱乐版头条。

很早之前黄淑媛就说过，一切"脏戏累戏危险戏"都是夏树稻的，因此，上一场跟林茨木的对手戏之后，这场吊威亚的戏自然落在了夏树稻头上。

夏树稻换好衣服，从里面出来，自从上次"火海救母"的戏之后，余导对她就好感倍增，现在看着她干干净净的古装造型，更是赞不绝口："上次在火场拍戏，灰头土脸的没看出来，今天这么一打扮，没想到你古装形象气质竟然这么好。"

夏树稻被夸得有些不好意思，而另一边的林茨木也看呆了，完全没想到这个美人竟然是他的那个"粉丝"。

"我觉得，我好像在哪里见过这位神仙姐姐！"

助理可可在一边翻白眼："这就是你的黑白条啊！"

"真不愧是我林茨木的粉丝，你看我长得帅，粉随正主，连粉丝也这么美！"

这次不仅是黄淑媛，连林茨木也换了自己的专属替身上场。

她偷偷看了看林茨木的替身，不得不说，尽管他只是个替身，但形象简直不能更好，不仅身材跟林茨木相似，就连长相也有七八分相似，不知道的还以为两人是失散多年的亲兄弟。

作为林茨木的专用替身，钱帆也占了不少林茨木的光辉，自然也有了些"大牌脾气"。

"什么啊，还以为今天能抱到黄淑媛呢！"钱帆一脸不悦地抱怨了一声，这声音不大不小，刚好传到了夏树稻的耳朵里。

夏树稻原本想回嘴几句，但想到这里人多嘴杂，还是少惹是生非为妙，倒是动作指导对他说："行了，两位都是替身，同是天涯沦落人，就别彼此挤对了，早点儿收工，大家都开心！"

自从入了这一行，夏树稻终于开始相信，人跟人是不一样的。同样都是替身，林茨木的那位替身先生和她就不是同一种人。

大概是因为抱不到黄淑媛太失望，拍戏的时候两个人配合得非常不好，一连 NG 好几次。

在又一次 NG 之后，钱帆不耐烦地说："你说你！你哭什么？反正到时候也会把你的近景换掉！该注意的不注意，不该注意的瞎给自己加戏！最烦你们这种人！"

夏树稻刚刚在拍戏的时候不自觉就带入了角色，她没有想太多，只是觉得更加融入角色才能拍得好，只不过有时候大概真的会弄巧成拙，鼓风机一吹，钱帆的头发竟然飞进了她鼻子里，实在忍不住，打了个喷嚏。

她向大家道了个歉，偷看了一眼在一旁的余导，小声反驳说："我觉得认真对待每一个镜头是没错的。"

钱帆听了，厌恶地瞪了她一眼，准备重来，但在场的其他人，都投来了赞赏的眼光。

在旁边吃着冰激凌的林茨木津津有味地看着戏，对可可说："刚才看到她哭，我都忍不住想过去给她擦眼泪了。"

"我们茨木真是小天使，"可可在一旁跟他斗嘴，"我每次看你犯蠢的时候也快哭了，求你以后也给我擦擦哦！"

"……擦？擦个鬼啊擦！"

这场戏又一次重来，夏树稻依旧本着自己的原则，认真去演绎每一个细节，哪怕明知自己的表演不会出现在最终的画面里。

她跟钱帆都站在用来当作悬崖的木箱上，两人对了一句台词之后，她突然觉得身边的人似乎阴恻恻地笑了一下，紧接着，夏树稻被狠狠一推，从木箱上摔了下去。

她完全来不及反应，眼看着就要在镜头前出丑，然而，就在她下落的一瞬间，一只手迅速出现抓住了她的肩膀，一用力，将她抱在了怀里。

夏树稻惊魂未定地睁开眼，发现林茨木不知道什么时候冲过来抱住了她，与此同时，他对着夏树稻说出了刚刚那场戏里男主最后的两句台词："蠢女人，非要这样找我吗？想要这个怀抱，你早就可以直说的。"

林茨木说完又转向钱帆，冷着声音说："你知道替身的工作是什么吗？替身——就是代替我，做我不想做的工作！现在，我想自己来完成了。"

钱帆见状尴尬一笑说："那……不是更好。"

"是很好，"林茨木拉着夏树稻起来，对他说，"还有，你记得，她不是什么你可以随便欺负的新人，她是我的人！"

林茨木这话一出口，在场的人都惊呆了。

可可在旁边几乎抓狂，为他家这个不让人省心的大明星捏了一把汗。

夏树稻更是诧异："你的人？我什么时候成了你的人？"

"我的粉丝当然是我的人！"林茨木瞟了一眼夏树稻，"你不要自作多情啊，千万别以为我是因为你长得好看才来救你啊！"

林茨木最大的本事就是一不小心就把自己真实的想法说出来，可可在旁边崩溃地捂住脸，另一只手掐了掐林茨木的腰："少说两句吧，让工作人员把你的威亚先装上。"

"装威亚就装威亚，你掐我腰干什么！"林茨木躲了躲，抱怨道，"肾都要被你掐碎了！"

"……祖宗您可闭嘴吧，我觉得自己快哭了。"可可小声儿地嘟囔着，"威亚不能装在茨木小宝贝的嘴上吗？"

当然是不能的，任凭可可多忧愁，他家茨木宝贝的嘴都不可能被封上。

难得林茨木愿意亲自上阵，拍这段戏的时候剧组所有人都精神百倍，原本对林茨木不抱任何希望的余导也对这段戏更加重视起来。

林茨木突然觉得自己今天仿佛开了外挂，不仅记住了台词，在跟夏树稻对戏的时候还格外有感觉，他看着眼前泪眼盈盈的女人，仿佛自己就是那个深爱着她的白清湛。

"刀山火海，天宫地狱，我都会在你身边。"

最后一个字落下，这场戏完美地拍完了。

"太棒了！太棒了！"动作指导率先鼓起了掌。

余导兴奋地跑过来，对还未从戏里走出来的两个人说："刚才你们的表演太感人了！"

他从来不相信林茨木能演好戏，一直觉得花瓶就是花瓶，唯独能看的就是脸，但这次他觉得自己错了，只要遇到了合适的对手，花瓶也能有演技。

称赞完林茨木，余导又转向夏树稻："不仅茨木的特写很棒，你刚才看着他的眼神也很有戏，眼泪含在眼睛里，悲伤中带着爱意，表现得堪称完美！"

夏树稻得到如此高的赞赏，站在林茨木身边，有些不好意思起来。

余导看着她，眼神里流露出一丝遗憾："虽然作为替身，这些画面最终还是会被抹去，不过我到时候会让后期剪辑出来一个样本，给你留着。"

夏树稻从来没想过自己可以有如此特权，又是惊又是喜，几秒钟之后才反应过来，连连道谢。

"年轻人，很不错，"余导拍了拍她的肩膀说，"总有一天你可以有更大的舞台。"

余导又鼓励了夏树稻几句，叫上其他的剧组人员准备下一场戏，林茨木美滋滋地走过来，撞了撞她的肩膀说："怎么样？跟偶像一起拍戏，是不是一本满足？"

夏树稻还沉浸在喜悦中，看向林茨木，微笑着说："谢谢你。"

林茨木看着夏树稻，一时间有点儿出神，尴尬地轻轻咳嗽一声，以此来掩饰自己的失神："嗯，粉丝当到你这样也是非常努力了，那个，你叫什么名字啊？"

"夏树稻。"

"啊？"林茨木大吃一惊，"下水道？"

"……不是下水道！"夏树稻本来还在感动，结果瞬间出戏，"是夏树稻！"

"嗯？不是吗？"林茨木不知道从哪儿掏出一支笔递给她，"你写给我看，到底是

哪三个字啊？"

夏树稻接过笔，在他摊开的手心写下了自己的名字。

林茨木温柔地看着掌心的三个字，笑了笑说："好吧，我记住了，还挺好听的。"

他握起手心，拿回自己的签字笔，一边转身一边说："收工收工，明天见咯！"

虽然说在娱乐圈的每天不能用惊心动魄来形容，但身处其中的夏树稻也终于明白了这个圈子真实发生着的一些事远比戏剧更出人意料。

辛苦了一天之后，夏树稻拖着疲惫的身体回了家，原本想着泡个澡就睡觉，结果无意间在电视上看到了一段采访。

画面上是两个光彩照人的女明星，一个是万凌，另一个是黄淑媛。

谁都知道《狐妖之凤唳九霄》最开始定下来的女主角是万凌，最后却突然换成了黄淑媛，作为一线女演员的万凌受此委屈竟然还能一声不吭，任谁都看得出来黄淑媛背后有人在撑腰。

夏树稻原本对这些钩心斗角的事毫无兴趣，可是看着面对媒体微笑得体的黄淑媛，她觉得厌烦之极，这个女人的野心之大，或许是她难以想象的，如今的黄淑媛，大概已经看不上林晓羽了吧。

夏树稻不愿再多想，生怕勾起自己那些难堪的往事。

她关了电视，准备洗澡，谁知手机却突然响起来。

来电人是她的大学室友丁琪，上大学的时候两个人关系不错，只是毕业之后就不太联系了。

"是阿树吗？"

夏树稻听见熟悉的声音，却不知为何，有一种奇怪的陌生感："丁琪？是我。"

"阿树！好久不见，我好想你啊！"丁琪在电话那边热络地跟她聊了起来，"对了，黄淑媛顶替万凌的事儿现在闹得沸沸扬扬的，你该不会没听说吧？"

"呃……我是刚才看电视才知道……"

"我跟你讲，现在万凌的粉丝正在到处挖黄淑媛的黑料，大学的时候她不是抢了你男友吗？这种料最能激起民愤了，听说那些八卦大V给的爆料费不少呢，你要不要去报个仇？顺便还能赚钱！"

夏树稻听了她的话，皱起了眉，早就该知道这个时间打电话来不会只是单纯的联络感情。

"丁琪，你现在在做什么工作啊？"夏树稻觉得不太对劲，机警地问了一句。

"啊……我啊……"丁琪顿了顿，迟疑着说道，"你知道我的，和你一样，没什么背景资历，毕业之后就在网络公司做视频，嗨，别说我啊，你考虑考虑去爆料嘛，多好的机会啊！"

夏树稻大概明白的了她的意思，但早在入行之前夏树稻就答应自己绝对不卷入这些事情里，于是随便找了个理由就拒绝了丁琪。

挂了电话，本就疲惫的她觉得更累了，而被丁琪这么一说，那些关于林晓羽的回忆也统统涌了上来。

她没办法拿自己过去的经历去做谈资博取别人的眼球，就让那段过去尘封好了，最好谁都不要再提起。

懒得去洗澡了，就这样睡吧，反正明天太阳还是会照常升起。

夏树稻闭上眼，长叹一口气，想着总算可以睡觉了。

然而……她半梦半醒间，手机又响了。

夏树稻睡眼惺忪地摸到手机，看见屏幕上那一串数字的时候，立刻就精神了。

虽然老早就删除了联系人，但那串熟悉的数字是怎么都忘不掉的。

随着这串数字一起出现在脑海里的还有林晓羽这个人，夏树稻不明白为什么今天怎么都躲不过他了。

手机还在不知疲倦地响着，夏树稻犹豫了一下，按下了拒接键。

接着，同样的事又重演两遍，烦得夏树稻恨不得直接关机。

就在她已经不耐烦的时候，门口响起了敲门声。

"阿树！"林晓羽的声音从门口传来，"我知道你在家！"

对方的声音陌生又熟悉，夏树稻躲在房门这边，忍着不敢出声。

她不知道应该以怎样的态度来面对林晓羽，还不如干脆不要见。

"阿树……我好想你。"林晓羽的声音竟然带上了哭腔，听得夏树稻心里一阵难受，"阿树，你怎么不说话，我……我好想听你的声音。"

夏树稻贴着门听着外面林晓羽的声音，听他的语气，似乎是喝醉了。

现在已经是深秋，大半夜醉酒倒在外面……夏树稻有那么几秒钟有些同情他，但一想到自己曾经被如何对待，又觉得他怎样都是活该。

她不想理林晓羽，可对方却不依不饶，让她完全没法好好睡觉。

"林晓羽！你能不能……"夏树稻带着怒意开门，只是想打发对方赶快走，结果她刚打开门，林晓羽就猛地将她拉了出来。

"阿树……我错了，我到现在才明白，原来你才是最好的……"

林晓羽想抱夏树稻，手上的力气大得弄疼了她。

夏树稻挣扎着想摆脱林晓羽，可是却完全无法抵抗对方："林晓羽！你放开我！"

"阿树，那天那个男生不是你男朋友对不对？"林晓羽死死地抓着夏树稻，"跟我和好吧，阿树，我想你……"

"你放开我！"夏树稻有些急了，口不择言地说，"他是我男朋友，你赶紧滚！"

"不可能的！"林晓羽慢慢靠近夏树稻，"你骗不了我，你这些天一定很想我，对不对？"

"想你？"夏树稻趁机用力推开他，"想你干什么？我都有男朋友了，为什么要想你！"

"阿树……"林晓羽再次扑上来，将夏树稻按在墙上，一只手大力地抓住她的手腕，作势要吻她。

"林晓羽！你够了！"夏树稻终于忍无可忍，一巴掌打在了他的脸上。

就在这时，夏树稻觉得自己发现了了不得的事。

在距离他们不远的地方，萧晴明正靠在自家的墙上，悠闲地一边看着她跟林晓羽纠缠一边……嗑着瓜子。

"别停啊！继续继续！"萧晴明一脸的意犹未尽，"这场大戏堪比黄金档狗血剧！"

"你不就是那天那个男的？"林晓羽认出了萧晴明，边说话边攥紧了拳头，"你跟阿树什么关系？"

"什么关系？"萧晴明对他耸了耸肩，"没关系啊，就是她偶尔半夜敲我的门，然后——你懂的！"

萧晴明过来，一把搂住夏树稻，故作娇羞地说："阿树她好烦的，有时候她还嫌我声音太大，哎呀，真是……啧啧，太不好意思了！"

林晓羽一脸不敢相信地看向夏树稻："阿树，他……他说的是真的？"

夏树稻有点儿尴尬，觉得这事儿还真有点儿解释不清。

"好像……是真的……"

林晓羽看着他们俩，恼羞成怒："真是没想到，才分手那么几天，你就又找了个，夏树稻，我还真是小看了你！"

"哥们儿，你会不会说人话啊？"萧晴明听不下去了，一把瓜子丢到了林晓羽脸上，"怎么着？和您谈完了恋爱，还得给您守孝三年？"

"你他妈算哪根葱？敢这么跟我说话！"林晓羽被他激怒，上前一把抓住了萧晴明的领子。

"还挺凶。"萧晴明轻蔑地看着他说，"我数三下，你要是还不放手，我保证让你连打120的力气都没有。"

"一。"

"二。"

"三！"

随着萧晴明声音落地，同时落地的还有林晓羽，非常完美的一个过肩摔，摔得林晓羽倒在地上呻吟不止。

"怎么样？我这根葱还行吧？"萧晴明踢了林晓羽一脚，"现在能不能滚了？"

林晓羽愤恨地看着他，又指着夏树稻说："夏树稻，算你狠！"

看着林晓羽落荒而逃，夏树稻终于松了口气。

"我说，以后你们做什么，能不能在屋里？这样在外面演戏，很扰民的。"

萧晴明又帮了自己一次，夏树稻除了道谢不知道还能说什么。

"这次谢谢你了。"夏树稻说完就要回屋，结果又被对方拉住了。

"喂，这就完事儿了？"

"那不然呢？"夏树稻总觉得这家伙又要发难了。

"我觉得你应该好好感谢我一下，"萧晴明得意地说，"一个大男人，大半夜一身酒气地来找前女友，想想就刺激，我可是帮了你的大忙啊！"

夏树稻瞪了他一眼，"你帮我大忙？我甩我前男友，跟你有一毛钱关系吗？你是不是入戏太深，以为假装了一次我的男朋友就真的跟我有什么关系了？"

"哎？刚才谁说的我是她男朋友来着？"萧晴明突然靠近夏树稻，贴着她的脸说，"其实，我真的挺喜欢你的——"

夏树稻突然紧张起来，心里的小鹿瞬间快撞得头破血流。

萧晴明突然一笑，说："我真的挺喜欢你那丰富的想象力。"

他直起身子，又恢复了玩世不恭公子哥儿的模样说："我就是怕你们旧情复燃，干柴烈火，这房子隔音不好，你是知道的，到时候万一你们动静太大影响到我睡觉，多不划算啊！"

夏树稻被萧晴明气得直跺脚，想说什么，结果对方完全没给她机会，潇洒地回家了。

【林茨木 VS 袁柏亚】

《狐妖之凤唤九霄》开机之后，男主角终于进组。当天早上，星空影视基地门前果真如姜娜所说，上演了一出大戏。

林茨木的保姆车率先到达，保镖看见外面守着的粉丝们，立刻将林茨木护了起来。

"哎哎哎！别这样！"林茨木拉住保镖，"怎么可以推在这里辛苦等我的迷妹们！"

他阻止了保镖的行为，摘下墨镜冲着姑娘们笑着说："让大家在这儿等我，真是不好意思了，天这么热，我让助理给你们准备了饮料。"

尴尬的是，并没有人理他，大家纷纷扬脖不知道在看什么。

"……啊哈哈，我知道你们拘谨，没关系啊，放轻松，我最喜欢跟粉丝互动了！"林茨木一边磨磨蹭蹭往里面走一边说，"今天来之前我还特意准备了一下签名给大家……"

"茨木哥哥！"一个离他比较近的粉丝突然开了口，"你快点儿进去吧！"

"是啊！谢谢饮料，快走吧快走吧！"

林茨木心说：我的粉丝还真是贴心，怕我太热，催我赶快进去呢！

可事实并不这样，又一个粉丝开了口打破了林茨木美好的幻想："你快进去吧，我们等袁柏亚哥哥呢！"

周围七嘴八舌地开始讨论，无非就是"柏亚哥哥什么时候来""柏亚哥哥好辛苦"之类。

林茨木仿佛听见了自己心碎的声音，尴尬地准备溜走，却有没有眼见的粉丝突然问："林茨木，你的粉丝呢？"

没等他辩解，另一个粉丝小声嘟囔："可能过气了吧，一个粉丝都没有。"

他们议论纷纷，气到白眼快翻上天的林茨木赶紧戴上墨镜溜走了，而此时，不远处另一辆保姆车内，袁柏亚目睹了刚刚的一切。

"这剧组还真是有毒。"他看着吃瘪的林荧木，笑了笑说，"女主角从一线大花旦换成了十八线网红，男二号又是这么个家伙，导演怎么想的？"

袁柏亚的经纪人柯基在旁边低头认错："我错了还不成么哥，下次选剧本，我先卜一卦，看看会不会换女主。"

袁柏亚轻笑一声，没再多怪他。

"不过哥，你也太腹黑了，明明早就到了，还非要等看到林荧木吃瘪再下车。"

"多好玩啊，"袁柏亚戴上墨镜，让他把车往前开，"拍戏的时候就应该学会给自己找乐子，这叫劳逸结合。走吧，准备下车。"

袁柏亚到达片场的时候刚好听见林荧木在跟自己的助理说明天要把所有的粉丝都叫来，说什么要在影视基地开粉丝见面会。

他觉得可笑，林荧木这个人在他心里两个字就能形容：智障。

"荧木啊，这么巧？"袁柏亚手里拿着刚刚粉丝给他的饮料，上前跟林荧木打招呼。

林荧木一回头就看见了袁柏亚手里的饮料，这是刚才他给粉丝的。

"饮料！怎么回事儿？"

袁柏亚看了一眼自己手里的饮料说："怎么了？这是门口的粉丝给我的。"

"我买的！"林荧木一脸不高兴地上前，"不信你看看，上面还有我的指纹呢！"

此话一出，身边的人全笑了。

林荧木的助理生怕他再说出什么惊人的话暴露智商，赶紧拉着人走，但林荧木偏不走，上前抢过袁柏亚手里的饮料，一口气全喝下去了。

袁柏亚看着他，那眼神仿佛是在关爱智障人群。

林荧木喝完了，挑着眉冲袁柏亚挑衅。

袁柏亚丢下一句话，潇洒地转身走了，他说："这个饮料刚刚我喝过了，我们俩算不算是间接接吻啊？"

走出几步之后，袁柏亚听见林荧木对着助理喊："漱口水！给我漱口水！"

第三章 成功靠演技

你最好的化妆品
就是自信

深夜，酒店的房间里传来一声清脆的巴掌声。

黄淑媛捂着脸，不敢置信地看着眼前的经纪人："为什么打我？"

特蕾莎看着她冷笑一声："你是不是觉得自己已经是大牌了？"

"能在有袁柏亚跟林茨木的戏里出演女一，难道不算？"黄淑媛不明所以地问道。

"哼，我带过的这么多艺人中，蠢成这样的，你还是独一个！"特蕾莎狠狠地看着她说，"你知不知道，前天林茨木亲自吊了威亚，跟一个不知哪儿来的替身演了对手戏！"

黄淑媛想到了夏树稻，她小声说："余导好像很看重那个女的。"

"你还知道他看中她？"特蕾莎瞪了她一眼说，"刚才饭局上，我听说余导考虑给她一个角色。"

"不可能！"黄淑媛激动地反驳说，"夏树稻又丑又土，她只配当我的替身！"

"哦？是吗？可是我听余导说，她的古装扮相可是甩了你十条街！"

黄淑媛一听，瞬间没了气势："不可能，不可能的……"

特蕾莎走向她，恨铁不成钢地说："拍动作戏虽然苦，但有很多事情可以炒作，吊威亚中暑、拍打戏受伤，哪个都能博取好感，你倒好，这么好的炒作机会拱手让人，真不知道你怎么想的，太让我失望了！"

"特蕾莎……"黄淑媛终于意识到了自己的错误，低头认错，"我知道错了，再给我次机会吧，我不会再让你失望了。"

特蕾莎斜眼看了看她，怒气还未消："你要记得，女人有两个武器，一个是美貌，一个是柔弱，但如果拿着武器的人是个傻子，武器再强也没用！"

黄淑媛被她说成傻子，心有不甘，下定了决心，对特蕾莎说："我明白了，我会好好利用武器的。"

"嗯，明天还有一场威亚戏，你自己看着办吧。"特蕾莎准备回房休息，临走前对黄淑媛说，"如果你再找理由躲清闲，我就考虑带那个姓夏的！"

林茨木有了小心思。

有着一颗自由不羁灵魂的他，从来没有准时抵达过片场，然而今天，竟然凌晨就开始准备。

"茨木宝贝，你是不是打鸡血了？"可可在一边打着哈欠问他，"起这么早让我很慌张。"

"瞎说什么大实话！我可是非常有艺德的艺术家！怎么能让和我对戏的演员等我呢！"林茨木说得理直气壮，仿佛上次通宵打游戏结果起来晚了让剧组等了一上午的人不是他。

可可翻了个白眼继续打自己的哈欠，林茨木突然一拍大腿："完了！我还没背剧本呢！"

"……恕我直言，你哪次背下来过？"可可毫不留情地拆穿了他。

"让你拆台！让你拆台！"林茨木抓起一本杂志追着可可打，"人生都这么艰难了，你为什么还要拆穿我！"

"好了好了，我错了嘛！"可可赶紧认错，他还想多活几年。

闹够了，林茨木带着可可去了片场，一进去就开始东张西望："咦？我的小树苗还没来吗？"

"什么玩意儿？"可可一头雾水，"你要在这儿种树吗？"

"种你个大头鬼！"林茨木嫌弃地说，"去买两份早餐！"

"两份？你干吗吃那么多？"可可又开始嘴毒地说他，"你吃这么多万一等会儿吊威亚晕眩，在空中托马斯旋转吐，岂不是很尴尬？"

林茨木听了他的话，再一次成功地抓错了重点："托马斯是什么？小火车吗？"

"……算了，我还是去买早饭吧。"

"快去快去！"林茨木催促着可可，一回头就看见了走过来的黄淑媛。

"茨木哥哥，"黄淑媛脸上挂着笑，"你怎么来得这么早？"

林茨木一看见黄淑媛立刻有些失望："啊？你来了啊……你的那个替身呢？"

"替身？"黄淑媛又是娇媚一笑，"我都来了，还要她干什么。那是我大学同学，上学的时候就喜欢偷懒，演技也一塌糊涂，昨天一定给茨木哥哥添了不少麻烦。"

"没有啊，"林茨木打断她，"并没有麻烦！既然你来了，那就快拍吧。"

林茨木有点儿不高兴，一方面是不高兴不能跟夏树稻拍戏，另一方面是这个黄淑媛竟然说他的小树苗坏话！

"哎呀来了来了！"可可平时磨磨蹭蹭，今天买早饭倒是挺快的，"饭来了！"

"没胃口了，你都吃了吧。"林茨木满脸的不高兴，"我怕等会儿小火车旋转吐。"

"是托马斯！"可可纠正了一下，但林茨木没理他，丧着脸去拍戏了。

另一边，被告知黄淑媛亲自上阵不再被需要的夏树稻站在化妆室的镜子前，看着这身漂亮的戏服，难免有些失落。

她看着镜子里的自己，就像是 12 点到了，不得不脱下礼服的灰姑娘。

剧组的其他人都忙忙碌碌，唯独她，与这世界格格不入。

明明准备了那么久，结果别人的一句话就能让她从配角变成替身，而现在，就连替身都没了。

夏树稻轻抚着自己身上的戏服，有些落寞地想：不知道什么时候才能有属于自己的角色……不，不需要那么多，只要能有机会在屏幕上露一面，也算是心满意足了……

"夏妃为何一人独自垂泪？"姜娜笑嘻嘻地出现，从后面抱住了夏树稻，"朕来宠幸你！"

夏树稻先是吓了一跳，随即笑了起来："陛下！快来宠幸我吧！我好难过啊……"

姜娜听说了夏树稻的事，心疼地看着自己的好朋友，安慰道："我知道你心里不好受，不过替身谁爱当谁当！我们阿树那么漂亮，以后妥妥是女主！"

夏树稻抱住姜娜，小声说："娜娜，谢谢你安慰我。"

"好了好了，千万别哭啊！妆该花了！"姜娜拍了拍夏树稻的背，"你怎么那么漂亮啊！不行不行，我要跟你自拍一张，等以后你出名了，我这照片可就值钱了！"

所有失落的情绪都因为姜娜一扫而空，在相机定格的一瞬间，夏树稻想：这个世界上，除了事业跟爱情，还有友谊让我依靠。

换好衣服，夏树稻准备跟姜娜一起离开，毕竟这里再也不需要她了。两人刚从化妆间出去就遇见了走过来的余导。

"哎哟，刚好！"余导叫住夏树稻，"丫头，来来来，这里有一个机会适合你。"

夏树稻一听，立刻跑过去。

"我找人看了你的资料，没想到你竟然是科班出身，难怪之前表现那么好。"余导递给夏树稻一个剧本，"这个虽然不是什么大角色，但也是被抢破头的，之前一直没找到满意的人选，你的古装扮相很漂亮，武打和形体也好，非常合适，这对你来说是难得可贵的机会，希望你可以全力以赴。"

夏树稻简直不相信自己的耳朵，接过剧本之后，震惊地问："余导……这是真的吗？"

余导看着她的样子，又是心疼又是好笑："傻孩子，当然是真的，你要知道，每个人的表现我们都看在眼里，你这几天的辛苦和工作态度，没人比我更了解，加油吧孩子，以后你要是火了，千万别忘了我这个老伯乐！"

夏树稻激动得眼泪都要出来了，连连道谢："谢谢余导，真的太感谢您了，我一定会好好努力的，绝对不辜负您的期望！"

"嗯，快去好好准备吧，先去化妆间试试妆，等会儿副导演会过来给你说戏。"余导拍了拍夏树稻，对她做了个"加油"的手势就离开了。

"阿树！"在一旁看着的姜娜喜极而泣，抱着夏树稻欢呼，"我就知道你可以的！"

夏树稻再次回到了化妆间，现在的心情跟刚刚完全不同。

"导演和我说了，你的角色是一个杀手。"化妆师摘掉了夏树稻的眼镜，"衣服都准备好了，咱们开始吧。"

夏树稻坐在镜子前，看着化妆师为自己上妆，觉得人的命运真的很神奇。

化妆师姐姐很温柔，一边化妆一边和她聊天："好了，真的太漂亮了！"

她像是欣赏自己的作品一样看着镜子里的夏树稻，此刻，平时戴着眼镜看上去唯唯诺诺的女孩像是变了个人一样，穿着蓝色的衣服，配上冰蓝色的美瞳，看上去有一种异域女杀手的冷艳和神秘。

"这个角色真的太适合你了！"化妆师惊喜地看着夏树稻，"简直可以抢了女一的风头了！"

夏树稻不好意思地笑着，还没说什么，化妆间的门就被推开了。

刚刚吊完威亚累个半死的黄淑媛推门进来，臭着一张脸说："哼，语气倒是不小，

配角就是配角，还想抢女一的风头？就凭你，一辈子都别想爬上来！"

这一次，夏树稻毫不畏惧地跟眼前嚣张的黄淑媛对视着，她没有多说什么，但心里更加坚定了走下去的信念。

夏树稻觉得，有些人真的是你躲都躲不开的，对她来说，这类人除了黄淑媛之外，还有一个就是萧晴明。

她工作了一天之后原本想着叫姜娜一起庆祝一下，结果那个重色轻友的家伙早就跑去跟方奕寒约会了，无奈之下她只好回家叫外卖。

外卖还没叫，门铃却响了。

夏树稻从沙发上起来，拖着疲惫的身子去开门。

门一打开，映入眼帘的是一具只围着浴巾的美好裸体，粉白色的身体不仅肌肉匀称，还挂着星星点点的水珠，岂是性感二字就能形容的。

"我的天……"她抬头，还在琢磨难不成自己刚才不小心手抖点了什么不该点的东西？

视线慢慢上移，好看的锁骨，略带胡碴的下巴……

"看够了没有？"

夏树稻被这熟悉的声音惊到，仰起头，果然是萧晴明。

"大姐，冷死了，能不能先让我进屋啊？"萧晴明不由分说地推开夏树稻，直接挤了进来。

夏树稻瞬间红了脸，眼神都不知道应该往哪里瞄："你穿成这样，啊，不对，你脱成这样，是想干吗啊？"

"今儿怎么这么冷？"萧晴明回头，"快点儿关门！"

"你这个人怎么回事儿啊？"夏树稻觉得越来越搞不懂他了，"你这赤身裸体的，像话吗？"

"嗯？你也觉得我现在美如画吗？"萧晴明得意地笑笑，直接往屋子里跑。

"真不要脸……你到底想干吗啊？"夏树稻犹豫着关上了门，"耍流氓啊你！"

"干吗？不干吗，洗澡洗到一半热水器坏了，来你家借个浴室而已，"萧晴明四处乱转，"浴室在哪儿？"

夏树稻捂着眼睛抬手一指："那边！"

"OK！"萧晴明笑着跑过去，特意回头嘱咐她说，"不准偷看啊！"

"你少自作多情了！就算你脱光了给我看，我都不想看！"

萧晴明站住脚，回头看着她，意味深长地一笑说："哦？你确定？那不如我们现在试试啊！"

说着，他作势要扯开自己腰上围着的浴巾，夏树稻哀号一声，跑开了。

恶作剧得逞的萧晴明大笑着进了浴室，吹着口哨洗起澡来。

被调戏了一番的夏树稻完全没法淡定，她站在客厅里一脸茫然地问自己：什么情况？我一个独居女青年家里竟然来了个八肌美男！重点是，这个八肌美男正在浴室里赤裸裸的洗澡！

夏树稻情不自禁地开始脑补，觉得自己已经被流氓萧晴明传染了，思想变得特别污。

"喂！臭丫头！你家没有浴后乳液吗？"浴室的门突然打开，萧晴明探出头来问道。

"没有！"夏树稻没好气儿地说，"洗完了就出来吧，别叽叽歪歪的！"

"这么凶！"萧晴明安静了两秒钟又说，"哎，你能不能进来一下，这个怎么好像坏了？"

"什么坏了啊？"夏树稻郁闷得不行，完全没经过思考就走了进去，"你这个人怎么这么麻烦！"

浴室里又闷又热，萧晴明浑身上下只有一条松松垮垮的浴巾，此刻，他正像一个没事儿人一样站在一边，指着喷头示意夏树稻过去看看。

"……怎么了？"夏树稻不情不愿地过去，觉得气氛无比诡异，她完全不明白自己为什么要跟一个裸男在浴室里鼓捣喷头的开关。

一股暖流从头淋下来，突如其来的水把夏树稻全身上下都淋了个透。

"……什么情况啊！"夏树稻立刻要躲开，结果却不小心撞在了身后的萧晴明怀里。

两人都脚下一滑，一起摔倒在了地上，更让人尴尬的是，萧晴明那原本就松垮的浴巾完美地被夏树稻给扯掉了。

浴室里的两个人都沉默了，几秒钟后，萧晴明突然开口："没想到，你竟然是这样的女人。"

"……我不是！"夏树稻绝望地捂住脸，深呼吸了一下，然后崩溃地说，"那什么……我……腿抽筋了。"

紧接着，浴室里爆发出一阵来自萧晴明的笑声。

"……我真的，恨死你了！"夏树稻抓起地上的浴巾丢到他脸上，"快给我围好啊！"

萧晴明一边狂笑一边围好浴巾，他缓了缓，还带着笑意地问："真的抽筋了？"

"骗你干吗！"夏树稻欲哭无泪，觉得以后真是没脸见人了。

萧晴明终于忍住了笑，关上还在喷水的喷头，弯腰把夏树稻抱了起来。

夏树稻的侧脸贴着萧晴明赤裸的胸膛，这一次她没有醉酒，脑子比什么时候都清醒，羞涩的感觉蔓延到了全身。

萧晴明把她抱到沙发上，一边给她揉腿一边戏谑地说："看来，你真的得对我负责了。"

"为什么？凭什么又……"

"因为你都已经看过我的裸体了！"

夏树稻突然觉得，萧晴明说的话，好像还真的无法反驳呢！

好不容易等到萧晴明洗完澡，夏树稻的腿也不抽筋了，她红着脸问："喂，你干吗还不走？"

萧晴明到处转了转，皱着眉问："你真的没有身体乳？你到底是不是女人啊？"

"那你到底是不是男人啊！"夏树稻抓起手边的抱枕就丢到了对方身上，"快走快走！"

萧晴明一把接住被丢来的抱枕，笑嘻嘻地走过去，突然靠近夏树稻，两人的脸几乎贴在了一起。

夏树稻紧张地不停往后躲，而萧晴明却靠得越来越近："我是不是男人，你刚才不是已经确认过了。"

夏树稻觉得对方如果靠得再近些，就能听见她的心跳声了。

"我……"她眼睛都不敢眨地看着对方，萧晴明那张俊秀又有些邪魅放荡的脸在她面前放大，她看得到对方玩味的眼神和微微上翘的嘴角。

刚刚洗完澡的男人身上还带着热气，性感得无可救药。

夏树稻不敢再看他，试图扭头却突然被捏住了下巴。

"躲什么？"萧晴明带着笑意问，"怎么，是不是控制不住想跟我发生点儿什么了？"

夏树稻心里已经七上八下，却依旧嘴硬地说："你少胡说八道！"

萧晴明轻笑一声，突然凑近，然而下一秒，他的吻并没有落下来。

身边的落地台灯突然亮了起来，萧晴明放开夏树稻，贱笑着说："你脑子里到底在想什么？我只是过来开个灯。"

"你神经病啊！开个灯有必要这样吗？"夏树稻气急败坏地又要用抱枕丢他，被萧晴明瞬间制服。

"嗯？哪样？"

"就……就刚才那样！"

夏树稻觉得自己现在就像一只刚被煮熟的螃蟹，红得快要冒烟儿了。

萧晴明坐到一边，意味深长地看着她笑："你该不会真的在期待什么吧？"

"没有没有没有！说了一百次了！没有！"夏树稻从沙发上站起来，一把抓住萧晴明的胳膊，"给我出去啊！"

萧晴明笑着任由夏树稻拉他，到了门口之后他又说："看看你这样子，明明就是口是心非嘛！"

夏树稻羞得不知道还能说什么，一把打开门，准备把这家伙丢出去，结果，刚好看见萧烨雨正站在门口看着他们俩。

"……你怎么又来了？"夏树稻下意识地说了这么一句，说完之后，觉得不太合适，立刻闭嘴。

"看来，我来得不是时候。"萧烨雨打量着浑身上下只有一条浴巾的萧晴明和全身湿漉漉的夏树稻，摇摇头说，"看来你真是山珍海味吃腻了，改吃野菜了。"

"你说话放尊重点。"萧晴明最受不了别人说夏树稻的不好，那种"我的人只有我能欺负"的想法，虽然幼稚，却怎么都改不掉。

萧烨雨嗤笑一声，把投在夏树稻身上的视线收回。

"你来做什么？"萧晴明不悦地说，"不是说过别找我？"

"老爷子病了，让你回去。"萧烨雨的声音冷冷的，目光直直地盯着他的弟弟。

"呵，病了？你告诉他，我永远都不会回去，反正哥哥足够优秀，我这摊烂泥，让他看见只会添堵。"萧晴明扭过头，心不在焉地说。

"你何必如此，"萧烨雨难得有了表情，他皱了皱眉说，"不就是想唱歌当明星吗？BW集团的娱乐公司可以把你捧上天，有这么好的条件，你到底在别扭什么？"

"跟你说了你也不懂。"萧晴明作势要关门，被萧烨雨一把拦住。

"我也不是很想懂，只不过，也请你成熟一点，想想以后，你自己怎样都行，那么你的女人你的孩子呢？你就不能……"

"这些我会自己打算，"萧晴明推开他的手，"我的女人，我也会自己照顾，不用你操心！"

说完，萧晴明狠狠地关上了门，而被关在门外的萧烨雨，半天之后，低沉着声音说："最好是这样，要知道，萧家的大门，可不是什么女人都能进来的。"

门外传来下楼的脚步声，夏树稻知道那个人走了，她偷偷地用余光看萧晴明，突然觉得他们兄弟俩都挺悲情的，原来草民有草民的难处，豪门也有豪门的心酸。

"你……没事吧？"夏树稻看着站在那里一动不动的萧晴明，突然有点儿不敢跟他说话。

萧晴明苦笑了一下，随即又变回了之前那副浪荡公子哥的模样，猛地搂住夏树稻说："你知道的太多了，按照套路，接下来……"

"……你该不会是要杀我灭口吧？"

"想什么呢你！"萧晴明捏了一下夏树稻的鼻子，笑着说，"接下来，你就必须对我负责了！"

"负什么责？"夏树稻有一种不祥的预感。

"也没什么，只不过就是一日三餐，外加贴身服侍！"萧晴明贴着夏树稻的耳朵说，"谁让你知道我那么多秘密呢！"

夏树稻再次崩溃，在心里悲愤欲绝地呐喊：拜托！我也不想知道的好吗！

第二天一早，夏树稻的房门就被敲响了，穿着睡衣的萧晴明笑意盈盈地站在门口，对她说："早啊，我的早饭准备好了吗？"

一大早就被缠上，夏树稻几乎要拿着菜刀砍人，不过一想到自己明天就要去拍属于自己的戏分，觉得还是不能做违法乱纪的事儿，和谐社会，要和谐，她决定不跟这个神经病一般见识。

"哎哟，心情不错？"萧晴明跟着夏树稻在厨房里折腾，虽然这人嘴上抱怨但他还是看得出来夏树稻心情不错。

"当然，我终于不用当替身了。"

"怎么？才开机没多久你就被解雇了？"

夏树稻狠狠瞪了他一眼："呸呸呸！乌鸦嘴！我有自己的角色了！"

萧晴明看着夏树稻，轻笑一声，走过去揉了一把她的头发说："蠢丫头终于熬出头了啊！"

夏树稻还没来得及感慨他终于会说人话了，就听见这家伙说："真不知道这是老天开眼，还是不开眼啊！"

"萧晴明！你给我滚出去！"

虽然早上被萧晴明烦得不行，但那家伙走了之后夏树稻拿起剧本的时候还是立刻恢复了元气满满的状态，毕竟，她离自己的梦想更进一步了。

她要饰演的这个角色叫作璎柠，是男主角楚王身边的女暗卫，虽然戏份不算多，但却是举足轻重的一个人物，更重要的是，这个角色几乎都是跟袁柏亚的对手戏。

之前副导演给夏树稻说戏的时候特意强调，璎柠这个人感情隐忍，看似冷酷却绝对深情，是一个可以赚足好感的悲剧角色，当初多少人争着抢着想得到这个角色。

夏树稻知道，这是她难得一遇的好机会，说什么也要竭尽全力去表现。

她用了一整天的时间仔仔细细地将璎柠这个人物的剧本看完了，认真揣摩了角色的内心，但总觉得还缺了点儿什么。

时间已经不早了，可她毫无睡意，满脑子都是如何才能完美地诠释璎柠这个角色。

她突然想到，或许应该看一下完整版的剧本，各条线串在一起，故事完整了，人物也就丰满了。

夏树稻看了眼时间，还是决定打电话给 Cris。

"Cris 姐，我有个不情之请……"

"嗯，你说，是拍戏遇到什么问题了吗？"

夏树稻有些犹豫，但既然电话已经打出去了，就没有放弃的道理："是这样的，我今天看了几遍璎柠这部分的剧本，总觉得缺了点什么，我想明天早上去你那里拿全部的剧本读一读……"

电话那边的 Cris 迟疑了一下，夏树稻立刻紧张地解释："Cris 姐，我知道偷看全部的剧本是违规的，不过我……"

Cris 听她慌张的解释，笑了起来说："你想哪儿去了，我是担心明天太早我起不了，剧本就在我办公室桌子上，明天你过去之后直接拿走好了。"

"真的吗？"夏树稻悬着的心落了下来，"谢谢 Cris 姐，那我现在就去拿吧，趁着今晚还能再看看！"

"你啊你，"Cris 欣慰地笑着说，"去吧，这么晚出门，注意安全，明天拍戏加油，有什么问题及时跟我联系。"

挂了电话之后，夏树稻立刻起身出门，她太重视这次机会，一分一秒都不想浪费。

深夜的星空卫视大楼里，已经没什么人了，整栋大楼空荡荡的，夏树稻进来的时候甚至没看见保安。

"大晚上一个人来这儿还真有点儿吓人……"夏树稻快步走向电梯，发现在四楼的时候停了一下，"哎？这是谁在四楼啊？"

电梯门打开的一瞬间，一股优雅的男士香水味道幽幽而来，夏树稻等了一下见没认出来，探身一看，发现袁柏亚居然靠着电梯慢慢地滑坐在地上，他脸色极其难看，整个人像是被扼住了喉咙。

"袁……"

夏树稻还没来得及叫他的名字，就听见他艰难地说："救……救护车……"

她立刻明白了他的意思，有些慌乱地掏出手机，一边叫救护车一边挡住电梯的门担忧地看着袁柏亚。

"陪着我……"袁柏亚突然握住夏树稻的手腕，像是哀求般说道，"不要……不要告诉……其他人。"

救护车赶来的时候袁柏亚已经晕了过去，夏树稻在一边手足无措，却不敢随便碰他，生怕自己乱来反而帮了倒忙。

医生护士一阵忙乱之后，夏树稻跟着上了救护车。

"你是他的……"医生看了一眼正在昏迷的袁柏亚，有些迟疑地问夏树稻。

夏树稻说："我是他的同事。"

医生点了点头，夏树稻追问道："他不会……死吧？"

"放心，我们处理一下就没大碍了，"医生解释道，"他这种心脏病，必须身上随时带着药，要是今天再晚一会儿，就说不准什么情况了。"

"心脏病？"夏树稻皱起了眉，她看向脸色苍白的袁柏亚，在她心里，袁柏亚始终都是那个完美的国民男友，无论出现在什么场合都会无比耀眼、风度翩翩。

"那个……"夏树稻突然想起袁柏亚的嘱咐，说道，"他的身份比较特殊，所以今天的事情不要对媒体……"

"放心吧，袁先生早就跟我们有过协议，我们会保密的。"

夏树稻听了，松了口气，继续盯着袁柏亚看。

"其实他不该这么拼的，"医生叹气道，"如果你跟他熟悉的话就多少劝劝他，人还是要对自己负责的。"

夏树稻越听越觉得心酸，原来真的每个人的背后都有着不为人知的辛苦。

原本到电视台取剧本的夏树稻，剧本没拿到，还被迫留在了医院的病房里。

袁柏亚已经脱离危险，但还没醒过来，她忙前忙后，又是填单子又是照顾病人，现在终于坐下来休息，看着床上躺着的男人，有些心疼他。

作为国民男友的袁柏亚此刻一扫往常的完美，头发有些散乱，脸色有些苍白，但夏树稻觉得这样的他比镜头前那个过分完美的男人更真实了，此时袁柏亚给她的感觉就像是一个终于脱去了厚重铠甲的贵族骑士，难得展示出了最真实、最脆弱的一面。

刚刚填单子需要填写病人的身份证号码，夏树稻慌乱中弄乱了袁柏亚的钱夹，这会儿才得了空好好给人家整理一下，在收拾的时候，无意间发现他的钱夹里竟然放着一张照片。

夏树稻犹豫了一下，觉得还是不应该偷窥人家的隐私，于是没多看，整理好之后就把钱夹放回了袁柏亚的口袋里。

就在这时，袁柏亚醒了。

"谢谢你。"袁柏亚脸色惨白，嘴唇和眼角却微微泛红，夏树稻看过去，突然想起了《夜访吸血鬼》里的布拉德皮特。

"不客气，"夏树稻坐在床边的椅子上，"你没事就好，刚刚吓死我了。"

袁柏亚微微笑了一下，看着她的眼神很深邃，让人猜不透他在想什么。

"你看着眼生，是……"

夏树稻这才想起来，自己认识人家，可人家国民男友肯定是不知道自己的。

"我是新来的，一个……武术替身。"夏树稻有些不好意思，她突然间不知道应该怎么介绍自己。

袁柏亚对她笑："怪不得这么厉害，放心，我的小救命恩人，以后我一定会想办法多多照顾你。"

夏树稻只当这是他客气的话，并没有真的指望对方以后帮她什么，只不过"小救命恩人"这个词儿听起来竟然有些暧昧跟宠溺。

她有些不好意思，小声儿地说："不用的，这是我应该做的。"

袁柏亚刚醒过来，还有些累，但却不想继续睡觉，他问："你叫什么名字？"

"夏树稻。"像是担心发生之前林茨木的那种情况，夏树稻立刻解释，"夏天的夏，大树的树，稻草的稻。"

"夏树稻……"袁柏亚细细地品味着这个名字，似乎是突然想到了什么，看了一眼夏树稻，神色有些动容，不过也只是一秒钟而已，很快就恢复了之前的状态。

"很别致的名字，就像是夏天的稻田。"袁柏亚温柔地看着她，"以后就叫你小稻

草吧。"

"小稻草……"夏树稻低吟了一声，觉得这个称呼很温暖。

"我相信小稻草总有一天可以变成花海的。"

萧晴明裹着浴巾等了夏树稻一个晚上，然而那个女人在突然跑出去之后竟然再也没回来！

他几乎每隔一个小时就去敲一下门，打电话对方也不接，紧张得他差点儿要去报警。

第二天天一亮，萧晴明终于坐不住了，直奔电视台，说什么也得把夏树稻给挖出来，不过他没想到的是，夏树稻非但没有遇到危险，还跟大明星袁柏亚一起出现在了星空电视台的影视基地里。

因为昨晚的事，袁柏亚有意多帮衬一下夏树稻，从医院出来之后就主动邀请她一起去片场，两人一出现，果不其然引起了一阵骚动，反映最强烈的不是别人，正是刚刚春心萌动的林茨木。

"小稻草，干什么呢？快跟上啊！"袁柏亚回头叫跟在后面的夏树稻，两个人当着他粉丝们的面一起走了进去。

"什么情况？"林茨木看着一起过来还有说有笑的两个人，气鼓鼓地说，"我的小树苗为什么跟他在一起？"

可可抬头看了一眼，心疼地拍了拍林茨木的肩膀说："宝贝，你的粉丝大概已经爬墙了。"

到了化妆间之后，袁柏亚往自己的专用化妆间走去，夏树稻跟他道了别，刚一转身就被姜娜拉到了一边。

"啧啧啧，是不是该坦白一下？"姜娜一脸八卦地问，"你今天居然和袁柏亚一起来片场，是不是过夜了？"

"怎么可能啊！"夏树稻害羞得脸通红，"你想太多了，就是刚好遇见，他让我帮点忙，所以就还人情，带我一起过来了。"

"什么嘛，没意思，我还以为有什么奸情呢！"姜娜撇了撇嘴，有些失望。

夏树稻看着她无奈地笑了笑，袁柏亚的事情她答应过为他保密，所以只能连最好的朋友都隐瞒了。

"对了，我得提醒你一下，"姜娜突然正经起来，"袁柏亚那个人……虽然他是很帅，看起来也很温柔，但你可不要因为他撩你，你就喜欢他。"

夏树稻很少见到姜娜这么严肃的样子，好奇地问："怎么了？"

"我听我爸说很久之前袁柏亚是不沾娱乐圈的，他是时事新闻记者，这事儿你知道吧？"

夏树稻点了点头，等着姜娜继续说。

"突然从记者跨圈到这边，疯狂拍戏，不要命似的往上爬，肯定不只是想赚钱那么简单的。"姜娜有些担忧地说，"说真的，你可不要跟他走得太近啊，他这个人，实在太奇怪了。"

夏树稻想起昨晚的袁柏亚，虽然不知道对方为什么这么拼命，但总觉得姜娜的提醒不无道理，这个圈子，谁又能真正看透另一个人呢。

她把姜娜的话记在了心里，想着反正以后也不会有太多的交集，自己多注意点就好了。

白天在片场因为袁柏亚的关系，夏树稻格外引人注意，一整天她都绷紧了神经，到了晚上回家，已经累得不行。

她在家门口翻了半天终于找到钥匙，开门的一瞬间，一只手突然撑住了门缝。

"你知不知道现在几点了？"

夏树稻吓了一跳，回头一看，竟然又是萧晴明。

"是你啊！吓死我了！"夏树稻推开他的手，进了屋，"你家连钟表都没有了？这种问题还问我！"

"你给我严肃点儿！"萧晴明跟着她进来，教育道，"你知不知道大半夜的你才回来，我……我很饿啊！"

萧晴明这家伙最近一直在夏树稻家里混吃混喝，非但没有点儿自觉反倒怪起她，可以说是非常不绅士了。

"说到这个我还想说呢！你什么时候还钱啊？"

"还什么钱？"

夏树稻伸出手，不客气地说："饭钱！你最近吃了我家好多饭！"

萧晴明被她转移话题的功力打败了，使劲儿一拍她的手说："你等着吧，大不了以后我成名成家了，出了专辑补偿你！别转移话题，你昨晚去哪儿了？"

被这么一问，轮到夏树稻心虚了："去了……极乐净土！"

"到底去哪儿了？"萧晴明不依不饶，"你一个女孩子夜不归宿算怎么回事儿？"

"要你管？"夏树稻白了他一眼，赶他走，"你快回自己家去，我要睡觉了！"

萧晴明自然是不会这么轻易放过她，他突然上前，抢走了夏树稻的手机。

"喂！你干吗！"

萧晴明发现这家伙竟然连手机锁都没有，直接滑开，闷闷不乐地说："给你打了这么多未接来电，你竟然都不给我回个电话！"

夏树稻抢不回自己的手机，索性不抢了，坐回沙发上说："陌生号码，谁知道是不是诈骗集团啊！"

萧晴明一听，更不高兴了，这家伙竟然连自己的手机号码都不存。

他低头摆弄了一阵夏树稻的手机，再还回去的时候已经存好了号码。

"……最帅的人？"夏树稻看着萧晴明给自己的号码备注的昵称，嫌弃地说，"你还真是幼稚啊！"

萧晴明走了，夏树稻一个人倒在沙发上盯着手机看，其实她记得萧晴明的手机号码，刚到剧组的时候就打算给这家伙回个电话，只不过当时姜娜突然过来找她，后来就忘了。

看着"最帅的人"几个字，还有那一串的未接来电，夏树稻笑了笑，起身洗漱去了。

都说有人的地方就有江湖，而江湖上不可能一直风平浪静。

夏树稻看着眼前已成了破布的杀手服，心疼不已，却不知道是谁背地里干了这么下作的事。

"这肯定是人为的，不能调取监控录像吗？"

"化妆间跟仓库存的都是普通演员的东西，所以并没有安装监控……"化妆师看见这种情况也不知所措，她赶紧安慰夏树稻，"没关系，应该还有其他的，你和我去租衣服的地方再看看吧，总会有办法的！"

话是这么说，但现在正是拍戏的旺季，夏树稻跟化妆师走了好几家租衣店，只剩下一些被挑剩的完全没法用的衣服。

"啧啧啧，之前是谁说要盖住女主光芒的？这会儿看你还敢不敢说出口！"黄淑媛不知道怎么找到了夏树稻，幸灾乐祸地说，"让你当替身你就好好当，还妄想有角色，剪了你的衣服是轻的，下次我毁掉的可不止衣服这么简单了！夏树稻，这个角色就像林晓羽一样，你梦寐以求的却是我不稀罕要的，你见过林晓羽为了挽回我跪在我家楼下的样子吗？跟你现在真是一模一样！"

"啪！"夏树稻终于忍受不了，一巴掌打在了黄淑媛的脸上。

意外的是，黄淑媛挨了一巴掌之后非但没有还击，还露出了一丝近乎诡异的微笑，随即她用不可置信的眼神看着夏树稻，慢慢抬手捂住了脸："你为什么打我？"

又是这样！夏树稻受够了她装可怜的模样。

"是你的前男友一直追我，可我始终都没有接受他！你这样打伤我的脸，我今天怎么拍戏啊……"

黄淑媛越说越委屈，让夏树稻想起了那个晚上，在林晓羽面前，她也是这样演的戏。

"去帮黄小姐拿一个冰袋。"

听见声音夏树稻转过去，发现竟然是袁柏亚，两人四目相对，她心里一寒，想着这次可真的是有口莫辩了。

袁柏亚没有对夏树稻说什么，而是吩咐助理去照顾黄淑媛。

夏树稻心想：果然是向着她的，我真是……太天真。

谁知，袁柏亚突然把她拉到自己身后，对黄淑媛说："虽然不知道之前发生了什么，不过我相信自己的妹妹不会无缘无故动手打人。"

"妹……妹妹？"黄淑媛有点儿不敢相信自己的耳朵，她完全不知道夏树稻跟袁柏亚有什么关系。

"哦对了，还有件事我觉得有必要提醒一下你，"袁柏亚看着黄淑媛，"我表妹什么都好，就是脾气不太好，大家都在一个剧组，为了减少麻烦，希望黄小姐能克制自己，不要挑战她的底线。"

袁柏亚说完，转身小声对夏树稻说："跟我来。"

夏树稻跟着袁柏亚离开，留下黄淑媛留在这里气得瑟瑟发抖。

夏树稻突然觉得自己就像是一个麻烦综合体，每次遇见黄淑媛都会有不愉快的事发生，但每一次，都运气很好地有人突然出现为她解围。

"刚才，谢谢你。"两个人到了袁柏亚的化妆间，夏树稻第一时间道谢，她不想让袁柏亚误会自己，赶紧解释说，"黄淑媛说她剪碎了我的戏服……"

原本还有些不解的袁柏亚听她这么一说，立刻明白了两人争执的原因，他看了眼手表，沉思了一下说："这些事我们找机会再聊吧，我还有半小时就得去片场，你乖乖在这里等我回来。"

"可是我也要……"今天有夏树稻跟袁柏亚的对手戏，她身为暗卫璎柠，要出现在对方的身边。

"哦对了，是不是还没人通知你？因为林茨木档期的缘故，你今天的戏换时间了。"袁柏亚拍了拍夏树稻的肩膀，安慰她说，"你听话，在这里等我，千万别乱跑。"

袁柏亚叮嘱完就去准备拍摄了，留下夏树稻在这里等着他。

百无聊赖的夏树稻看见化妆台上有一本米兰昆德拉的《生命不能承受之轻》，她伸手拿过来想随便翻翻，里面却掉出了一张书签。

这是一张手写卡片，上面写着一句话：背叛，就是脱离自己的位置。背叛，就是摆脱原味，投向未知。

夏树稻想起姜娜的话，觉得袁柏亚更加神秘了。

这一次，夏树稻很听话地在化妆间一直等到天黑，然而，她并没有等到袁柏亚。

眼看着夜深了，夏树稻等得有些焦急，站起来想出去走走，刚推门出去就遇见了剧组的工作人员，对方一看见她就叹气说："原来你在这儿！"

"怎么了？"夏树稻不解地问。

"怎么了？你还问怎么了？"那个工作人员拍了拍手里的本子说，"找了你好半天了，我是来通知你以后不用来了的。"

"等等！什么意思？什么叫以后不用来了？"

"就是你的这个角色泡汤了！"工作人员不耐烦地说她，"你说说你，一个新人，竟然敢打主演，尤其人家还是萧总的人！你自己想想吧！"

一个重磅炸弹投下之后，对方走了，夏树稻在原地愣了好久。

没等来袁柏亚，却等到了这么一个消息，任谁都会无法接受。

她没脸面再回那个化妆间，眼泪不受控制地往下流，一再地失望之后，她已经跌入谷底了。

外面下雨了，夏树稻没有雨伞，也并不在乎是否会被雨淋湿，她失魂落魄地往外走着，狼狈不堪。

她踩在泥泞的路上，低头看着地面，觉得自己就像是被人踩在脚下的烂泥，想起自己曾经不自量力地试图与黄淑媛抗衡，简直可笑至极。

"小稻草！"就在夏树稻绝望地想自己是否应该放弃时，一个声音把她从悲伤中拉了回来。

她回过头去，发现袁柏亚正跑向她。

"不是和你说乖乖等我吗？"袁柏亚为她撑着伞，紧锁着眉头说，"小稻草，你不乖哦。"

夏树稻看着他，万般委屈的情绪一起涌上来，眼泪再也止不住。

"怎么哭了？"袁柏亚给她擦了擦眼泪还有脸上的雨水，又看了眼时间说，"我的灰姑娘，一个人在这里哭可不行，你忘了，很快就你要去参加王子的舞会了。"

夏树稻越听心里越难受："舞会……王子的舞会，我已经不能去了……"

袁柏亚抬手给她理了理湿漉漉的头发，有些疼惜地说："傻姑娘，这个圈子里，没有你不能去的地方，只有你想不到的方法。走吧，跟我去个地方。"

夏树稻一脸莫名地被袁柏亚带走了，曾经无比遥远的人，此刻竟然真的像自己的哥哥一样，关心着自己，照顾着自己。

袁柏亚带着夏树稻去了一个服装定制店，老板跟他似乎是熟人，就任凭他们在里面挑来选去。

"试试这件。"袁柏亚拿出几件古装递到夏树稻的手里，自信满满地说，"不过就是一件戏服而已，没什么大不了的，既然重新做来不及，那我就给你改一件出来。"

"改衣服？"夏树稻抱着怀里的衣服惊讶地说，"你……还会改衣服？"

袁柏亚笑了，对着她挑了挑眉说："就没什么是我不会的！"

两个小时后，一件新的戏服真的出现了，夏树稻简直不敢相信袁柏亚竟然亲手给她改造了一件戏服出来，而且这件戏服比之前那件更加贴近璎柠的设定，从配色到质地，都有一种特殊的异域妩媚的风情。

"还差一点。"袁柏亚温柔地看着夏树稻，手里拿着一袭白色的头纱，为她轻轻披上，那一瞬间，两人之间的气氛竟然变得暧昧起来。

"一比一还原的角色，这样才是粉丝们最喜欢的。"袁柏亚打量着夏树稻，神秘一笑说，"现在，变身的魔法还差最后一步，混娱乐圈的人，要有福气，就让我先借你一点吧。"

说着，他拿出手机，拉着夏树稻一起拍了张照片。

萧晴明养成了一个习惯，只要夏树稻不在家就疯狂刷微博，因为凭借之前几次的经验，当他联系不上那个家伙的时候，在微博，总能看到她的动态。

这次也不例外，不过让萧晴明没想到的是，这一回，夏树稻竟然出现在了袁柏亚的微博里。

几分钟之前，袁柏亚发了一张自己跟夏树稻的合照，不出意外，两人立刻一起上了热搜。

萧晴明盯着那张照片看了好久，虽然明知道自己应该为夏树稻感到高兴，毕竟在这泥泞的娱乐圈里，她走得越来越好了，但还是控制不了自己，不吃醋不是中国人。

本来只是想默默守护着变得普通的她，然而却没想到，在他不知道的时候，人家已

经再次从灰姑娘成了万众瞩目的公主。

公主有了王子，那么骑士呢？

骑士应该何去何从呢？

萧晴明用手指轻抚着照片上夏树稻的脸，抬头时，看见了被他丢在垃圾桶里的信封。

他站起来，从垃圾桶里将信封拿出来，终于醒悟，觉得自己的人生也应该重新规划一下了。

他再次打开这封来自美国著名艺人 Jay-Z 的公司 Roc Nation 的信，终于下定决心远征。注视着的人很快就会变成公主，而自己，为了配得上她，为了能够继续守护她，必须披荆斩棘，获得更多的功勋和荣誉才有资格站在她身边。

他不能想象有一天夏树稻成了万人敬仰的大明星，而他只能站在人群里仰视她，那样的生活，那样的关系，不是他要的。

“丫头。”萧晴明眼睛盯着那张夏树稻跟袁柏亚的合照，喃喃自语道，“你很快就会变成公主，你的骑士，也许需要一次远征了。”

“看来，她比我想象的要更有手腕。”郊区别墅的书房里，萧烨雨一手拿着红酒杯，一手刷着微博，他看着最新推送，点开，冷笑一声，“有意思。”

他对夏树稻印象颇深，毕竟这个莫名其妙出现的女人跟他弟弟有着扯不清的关系，原本以为只是个没什么出息的小演员，却没想到，野心不小，竟然搭上了袁柏亚。

萧烨雨虽然为人处世心狠手辣，但对他这个弟弟却是挖空心思地好，如今，萧晴明为了这个女人家都不回，他自然是不高兴。

“靠着袁柏亚一夜涨粉 120 万，我真是小看她了。”萧烨雨喝了口酒，对站在一边的米秘书说，“给她再多买些粉丝跟热度，她想要什么，我们就送给她什么，只有这样，我的好弟弟才会下定决心接受 Roc Nation 的邀约，既然不喜欢接手家里的企业，至少在他喜欢的领域，不能一事无成。”

米秘书明白萧烨雨的意思，立刻就要去办。

“等一下！”萧烨雨又叫住他，沉着声音说，“你顺便再调查一下这个女人，到底是哪儿冒出来的，勾三搭四，这种人，我希望她能离晴明远一点！”

米秘书出去办事了，萧烨雨将酒一饮而尽，叹了口气，从书房走出去。

客厅里，一个面容轮廓深邃的中年男人正在打电话，见儿子出来，又叮嘱了几句便挂断了。

"怎么？晴明还不肯回家吗？"

萧烨雨迟疑了一下："他……应该很快就回来了。若是您想他，其实可以亲自去看看他的。"

"想他？"萧天成冷笑一声，"看他？他眼里还有我还有这个家吗？算了，他的死活我也管不了了，你们兄弟俩，我都管不了了！"

萧烨雨微微欠身，对父亲毕恭毕敬地说："晴明有自己的想法，集团的事，我会安排好，您就安心养病好了。"

萧天成看着眼前这个大儿子，心绪难平。

这么多年了，还是没办法释怀。

这两个儿子，虽然说手心手背都是肉，但说到底，于他而言还是不一样的。

"算了，随他去吧。"萧天成不准备继续跟大儿子聊下去，他越来越看不透这个孩子了。

"父亲请放心，我一定想办法，帮您把晴明带回来。"萧烨雨在说到"带回来"三个字时，加重了语气，不禁让萧天成皱起了眉。

中年男人觉得疲惫，转身回了卧室。

客厅里，留下萧烨雨一个人，站在那里，看着窗外的景色。

家里永远都是这样，父亲只惦记着弟弟，没有人在乎他。从小到大这么多年，他像一只笨拙的蜗牛，一点点往上爬，为的是什么？不过是父亲的一个肯定。

然而，从来都没有过。

萧晴明已经决定出国深造，但在此之前，他还有很重要的事要完成。

除此之外，另一个让他担忧的因素就是袁柏亚。

以袁柏亚现在在娱乐圈的地位，他想拉谁上位轻而易举，突然如此"关照"夏树稻，会不会是别有居心呢。

能在娱乐圈混下去的人，没有一个是简单的。

早就跟自己说过，要好好守护她，不管怎样，都不能食言啊。

【林茨木的脑洞小剧场 02】

我叫林茨木，我现在有点儿吃醋。

之前跟你们说过，我有一个粉丝，叫夏树稻，长得比较一般。就是，比一般人更漂亮，我最近因为她夜不能寐！

真的不是因为我对她有什么意思，而是我发现，她有爬墙的嫌疑！

几分钟前，我竟然看见她跟我的死对头袁柏亚合照，那个不要脸的臭男人竟然还发微博！

不就是一件衣服么，戏服出了问题，我我解决啊！要知道，我跟她一起自拍的话，分分钟能让微博瘫痪！

夏树稻太蠢了，完全就是我错了人。

我本来就够烦了，可可还来烦我。

他问："你是不是真的喜欢上她了？"

我没理他。

他又说："我可提醒你哦，你有合约在身的，不能谈……"

"你可闭嘴吧！"我真的很气了，"我才不会喜欢她！"

我一点儿都不喜欢她，我只是不爽袁柏亚！

第四章 头条都是她

公主从来都是王子才能吻醒的
所以大概就算我亲了你
你也不会醒过来

一夜成名这件事夏树稻从来没想过会发生在自己的身上。

但事头就是，真的发生了。

因为袁柏亚，夏树稻一夜之间从一个名不见经传的新人演员摇身一变成了小有名气的人物，所有人都在猜测她跟袁柏亚的关系，也因为对方的力挺，投资方竟然点名要她出演璎柠一角，坚决不能换人。

原因当然是看了袁柏亚微博上的照片后，觉得夏树稻完全符合璎柠这个人物的角色设定，观众也纷纷表示这是还原度最高的角色。

夏树稻受宠若惊，觉得自己身上的负担更重了。

但虽说是负担，却是甜蜜的负担。

她下定决心，一定不辜负所有人的期望，将这个角色尽其所能地演好。

煞费苦心想要把夏树稻挤走的黄淑媛这一次弄巧成拙，得知投资方竟主动要人时，气得大病了一场。

接下来的几天夏树稻都沉浸在喜悦中，相比于女主的角色，她更喜欢璎柠这个角色。

表面冷酷无情，内心却怀着炽热的爱，这样的角色演起来更有挑战性，也像余导说的那样，很讨喜，如果演绎得好，可以给观众留下很深的印象。

不过，她在这边春风得意，她的邻居萧晴明先生却一直愁眉苦脸。

他依旧死皮赖脸地在夏树稻家里蹭饭，对于自己要去美国的事只字不提，但时不时会转弯抹角地问问她关于袁柏亚的事。

只可惜根本问不出什么，夏树稻对自己曾经救了袁柏亚的事守口如瓶，死活都不肯多说一个字。

她越是这样，萧晴明越是不安。

他这边已经开始调查袁柏亚，自从微博事件之后，他就非常在意这个人。虽然夏树稻打扮起来很漂亮，但毕竟是娱乐圈，最不缺的就是条件优越的美女，袁柏亚是有身份地位的当红男艺人，什么样的女人没见过，如果说突然为夏树稻着迷，他觉得有些不可思议。

那么，他突然接近夏树稻的目的是什么呢？

萧晴明觉得自己有点儿神经过敏，但只要是关于夏树稻的事，他都不敢放松警惕。

俗话说得好，冤家路窄，这是亘古不变的真理。

早晨出门刚摆脱了萧晴明的夏树稻怎么也没想到会在剧组的车上又遇见萧烨雨，而且，那人还坐在了她身边。

今天他们有一场戏需要到山上的寺庙去拍摄，因为要走盘山路，剧组所有的人都必须乘坐上山专用的大巴，上车前夏树稻就听见黄淑媛小声儿抱怨："哼，我可不想和十八线坐一辆车。"

她边说还边朝着夏树稻翻了个白眼，很显然这个"十八线"说的就是夏树稻。

"我的粉丝可是比你多，"夏树稻瞥了她一眼，回击说，"我要是十八线，那你岂不是八十线？"

"你！"黄淑媛被夏树稻的一句话堵得想要发作，但碍于这会儿人多，只能吃闷亏。

夏树稻不再多跟她说什么，上了大巴，想找个安静的地方，便一直往里面走，坐在了后面靠窗的位置。

而紧随她身后上车的黄淑媛站在前面打量了一下里面的座位之后说自己晕车，直接坐在了第一排靠外的座位上。

而萧烨雨就是在他们上车不久之后突然出现的，像个半路杀出的黑马，出人意料地登场了。

"喂，你往里挪一挪。"萧烨雨皱着眉冷着脸，命令似的开了口。

夏树稻抬头看他，她深知自己惹不起这人，乖乖挪到了里面的位置去。

就这样，上山的路程，夏树稻被迫跟萧烨雨坐在了一起。

她觉得萧家这两兄弟真是够奇葩，明明身份地位让多少人羡慕嫉妒恨，却一个非要住在贫民区，一个莫名其妙要跟剧组挤大巴。

夏树稻偷偷用余光瞄了一眼双手环抱在胸前闭着眼睛假寐的萧烨雨，心里想：啧啧啧，BW集团的未来堪忧啊！

"我有洁癖，不喜欢别人的眼睛盯着我。"萧烨雨明明闭着眼，却一语击中了夏树稻。

"……你不是在睡觉吗？"夏树稻惊讶得不小心说出了心里话。

萧烨雨冷笑一声，瞥了她一眼。

夏树稻跟他对视一下，然后转头看向窗外，不悦地说："不好意思，我也有怪癖，看见奇怪的东西就要盯一盯！"

"你话还真多。"萧烨雨再次闭上眼，冷淡地说，"不知道你有没有喜欢走路的怪癖，不如干脆从这里下车，然后走到山顶去？"

"我……"

"劝你一句，最好不要打扰我休息，否则你就下车自己走上山。"

夏树稻为了不招惹麻烦，不给自己添堵，老老实实地不再说话也不再跟对方较劲。

车继续向前行驶，萧烨雨也不再多说什么，没过多久，就真的睡着了。

夏树稻听见旁边传来平稳的呼吸声，扭头看向对方，这一次，萧烨雨没有再开口嘲讽，而是闭着眼，性感的喉结微微颤动。窗外的阳光洒进来，给他稍显凌厉的轮廓镀上了一层柔和的光。只不过，即便是睡着，眉头还是微微蹙着，像是有着极重的心事，睡也睡不安稳。

夏树稻看着他，不禁感慨，原来即便是万人之上的总裁大人，也有自己不能言说的疲惫和愁苦。

看着萧烨雨，夏树稻又想起了那个不安分的萧晴明，这两兄弟的长相有些相似，但气质却大为不同，相比之下，她觉得萧晴明更让人容易亲近。

虽然，她并不打算跟那个家伙太亲近！

"前面就到休息站了，要去厕所的可以准备下车！"

夏树稻本来有些困倦，听见司机大叔这么一说，又来了尿意。

她斜眼看了看旁边还在睡着的"大门神"，纠结了一下，可一想到后面还有那么长

的路觉得上厕所这事儿势在必行。

毕竟，尿意这个东西，不是说忍就能忍住的。

下车？不下车？

叫他？不叫他？

夏树稻觉得这个问题比高考题目还难！

她想起这家伙刚刚的警告，语气怪吓人的，她不想惹他，可是，真的很想上厕所！

车眼看着就到休息站了，夏树稻有些着急。

她微微起身，小心翼翼地，准备趁着萧烨雨睡觉，偷偷从那人腿上跨过去，只要小心谨慎，一定没有问题！

夏树稻在这么做的时候觉得自己仿佛是在走钢索，一步一步，一点一点，紧张兮兮地迈开腿，她在心里默念着：我的一小步，人类的一大步！

就在她马上胜利的时候，司机居然一个急刹车，她就这么始料未及地骑在了萧烨雨的大腿上。

失重的夏树稻几乎是整个人都趴在了对方身上，而萧烨雨，被压得一声惨叫，从睡梦中惊醒，一眼就看见了坐在自己大腿上的夏树稻。

在这个瞬间，夏树稻觉得空气都凝固了。

全车人的目光都被吸引了过来，眼前的场景，如果有人拍照发微博，估计很快就能上热门。

"罩杯不大，胆子不小。"萧烨雨嫌弃地看着夏树稻，咬牙切齿地说，"还不快滚！"

夏树稻尴尬的程度不比他低，身为女生又被对方这么一吼，自然心有不甘，她一边准备赶紧下去一边小声嘟囔："谁让你非要坐在这儿！"

她费劲地刚直起身来，前排的大哥又突然把椅背放了下来。

有时候，人一倒霉，真的是防不胜防。

夏树稻毫无准备地再次倒向了萧烨雨，为了不亲上他，下意识地将手撑在了对方的两腿之间……

"你干什么啊！"萧烨雨彻底爆发了，"往哪儿摸呢！"

夏树稻还没反应过来，车上的其他人已经在窃窃私语，这么精彩的一幕，他们才不会错过，自然是迅速掏出手机，假装自拍，其实已经记录下了这羞耻又尴尬的场面。

萧烨雨几乎精神崩溃，怒吼着说："米秘书！把这个不知好歹的女人给我扔下车！"

在一边已经紧张到不行的米秘书赶紧过来，一把握住夏树稻的手腕说："姑娘，得罪了。"

夏树稻也不挣扎，她现在巴不得赶紧下车。

然而，转身的时候刚好对上黄淑媛那双幸灾乐祸的眼睛，让她郁闷得仿佛心里被人压了块儿大石头。

"萧总，"余导从人堆里挤过来，劝说，"今天还有这个丫头的戏，您大人不记小人过，要不就……"

"明天拍，"萧烨雨的语气不容置疑，"今天，她必须自己走上山，没得商量！"

夏树稻觉得自己现在真的是已经被虐习惯了，听见萧烨雨只是这么要求，而没说什么取消她角色的话，竟然松了一口气。

她知道萧烨雨在这部戏里有着绝对的话语权，惹上这个家伙，只能自认倒霉，好在没出什么大事，不过就是走路上山，没在怕的！

"下车就下车！"夏树稻转身往车门处走，下车前又说，"萧总，您也是投资方吧？原来这个项目在您眼里就是儿戏啊！因为我，要耽误一天，这么一来就要多租一天场地，还有道具费跟其他经费，我走路上去没关系，您付出的代价也不小！"

"笑话。"萧烨雨瞪着她说，"你也知道都是因为你，多出来的所有费用以及我的精神损失费全部都从你的片酬里扣！"

"什么？"

"片酬没那么多的话，就来 BW 打工，我们还缺一个保洁小工。"萧烨雨得意地对她说，"三秒之内不下车，这个角色你也别要了。"

一听他这么说，夏树稻不敢再多嘴，赶紧溜下车，然而没想到的是，头纱却被车门夹住了。

"花样还不少。"萧烨雨走过去，一把扯下头纱，"我弟真是眼瞎了！"

夏树稻觉得自己倒霉透了，总是无缘无故就中枪。

她从车上下来，不仅头纱被萧烨雨那个大变态拿走，还被讽刺了一通，又让黄淑媛看了热闹。

她眼看着车开走了，自己慢慢地往前走，不过这山上的空气倒是真的不错，至少比坐在萧烨雨旁边要好得多。

走到一处景色不错的地方，夏树稻想自拍一张，结果这才发现手机竟然落在了车上。

更倒霉的是，还下雨了。

夏树稻生怕大雨淋湿弄脏了身上的戏服，好在附近有个山洞，她快跑几步躲了进去。

"我会不会一辈子都不被人发现然后变成类人猿？"夏树稻在山洞里无聊看雨，顺便胡思乱想。

"不知道刚才遇见的那条小蛇去哪儿了，"夏树稻看着雨打在地面上，自言自语地觉得自己像个神经病，"最好去找萧烨雨，不咬死他也吓死他！"

她刚刚上山的时候发现这山上竟然有蛇，如果是普通女孩肯定要吓得撒腿就跑，可她不一样，小时候她号称"捕蛇小能手"，老家山上的蛇见了她恨不得隐身。

"唉，无聊。"夏树稻一直等着雨停，可是这雨似乎越下越大了，"萧烨雨真是煞星，见着他就没好事儿！"

她在山洞里走了两圈，慢慢地，有点着急了。

然而过了很久雨仍然不停，她根本没法继续上路。

"喂！有没有人啊！"

夏树稻突然听见外面有人在呼喊，她越听越觉得耳熟，跑到山洞口，发现这声音竟然有点儿像是萧烨雨！

夏树稻走到山洞口，仔细地辨认着，过了一会儿，声音越来越近，她也越来越确定。

"我在这儿呢！"夏树稻回应了一声，想着萧烨雨来了，不管怎么说她不会一直被困在这个鬼地方了。

但萧烨雨却没有过来，而是说："你……你到这边来！"

夏树稻听他的声音觉得有点儿奇怪，但人家萧总都叫她去了，她也不能不去。夏树稻小心翼翼地提好裙子，冒着雨往外跑，在不远的地方，浑身湿透的萧烨雨倒在那里，看起来痛苦无比。

"萧烨雨！"夏树稻跑过去，紧张地问道，"你怎么在这里？"

"给米秘书打电话……让他来接我！"萧烨雨没有回答夏树稻的问话，而是虚弱地将手机递给她，"快点！"

夏树稻接过手机片刻不停地给米秘书打了过去，对方在那边一听萧烨雨现在的状态，吓得不行，确认了位置之后说是立马就过来。

打完电话，夏树稻费劲地将面前的男人扶起说："先进山洞去避雨！"

萧烨雨挣扎了两下，不想让她靠近自己，但夏树稻抓得他很紧，不客气地说："你别乱动！我看了你的手臂，是被蛇咬了，不想死的话就乖乖听话！"

"……这蛇有毒？"萧烨雨皱了眉，尽管向来都是面瘫冷漠的人设，可这会儿也忍不住害怕起来。

"呃……"夏树稻想故意吓唬吓唬他,便故作深沉地点了点头。

"我知道了。"萧烨雨被夏树稻带着进了山洞,他甩了甩头发上的雨水说,"这蛇没毒。"

"你怎么知道?"被拆穿的夏树稻有些不甘心,还有点儿遗憾,她原本是打算好好吓一吓这个大冰块的。

"你的表情出卖了你,亏你还是个演员!"萧烨雨往里走了走,靠在一边叹了口气。

"你在叹什么气?"

萧烨雨瞥了一眼夏树稻,他绝对不会告诉这家伙自己叹气是因为刚刚竟然不小心踩到了狗屎。

"不说算了。"夏树稻又问,"你的米秘书什么时候来接我们?"

"不知道。"萧烨雨看了一眼外面糟糕的天气,不耐烦地说,"你话真多。"

"你话也不少。"夏树稻现在一点儿都不怕他,不知道是不是因为自己见过他们萧家两兄弟斗嘴的缘故,她觉得萧烨雨这会儿和萧晴明特别像。

"你再出声,我就把你自己留在山洞里,明天的戏,你也不用拍了!"

这句话人有杀伤力,夏树稻虽然不情不愿但还是乖乖闭了嘴。

她躲到一边坐下,看着窗外的雨,没想到竟然慢慢睡着了。

萧烨雨原本站在山洞口,苦等好半天也没见米秘书过来,等他一回头,发现夏树稻已经把头埋在两膝之间睡着了。

他盯着对方看了一会儿,到现在还是没法理解他弟弟到底看上了这个女人什么,而且看起来并不是玩玩而已。

他走过去,脱下自己的西装盖在夏树稻身上,又叹了口气,扯了扯领带。

山洞温度本就不高,这会儿又下着雨,脱了外套瞬间就冷了起来,可萧烨雨还是没拿回自己的衣服,小小地替他那个让人不省心的弟弟照顾一下女人,下次跟那家伙见面的时候,没准儿可以邀邀功。

过了不知道多久,米秘书还是不见人影,夏树稻的手机突然响了。

萧晴明看向自己的口袋,原本被落在车上,他拿来想要还给她,只不过刚刚两人光顾着斗嘴,把这事儿给忘了。

他从裤子口袋里掏出手机,发现来电人竟然是他弟。

他扭头看了一眼还在睡觉的夏树稻,犹豫了一下,按下了接听键。

"丫头，你在听吗？"

是萧晴明没错了，这边的萧烨雨没有出声，静静地听着他弟说话。

"我本来想要离开你一段时间的，可是……我努力过了，但只要看不到你，就会想你想得发狂。"萧晴明苦笑一声说，"我太没出息了是不是？但你随便怎么想吧，就算没出息，我也还是决定留在国内陪你。"

萧晴明的声音通过听筒一字不落地传进萧烨雨的耳朵里，他皱紧了眉，实在不明白这个女人到底哪里值得萧晴明这个傻小子如此付出。

"这么晚了，你在干吗呢？"萧晴明的声音很温柔，是萧烨雨从来没有听过的，"我……想你……"

"丫头，娱乐圈那个斗兽场，你真的喜欢吗？其实我……"

"她睡着了。"萧烨雨终于忍不住了，他从来没想过弟弟会因为一个女人变成这样，玩物丧志也不过如此了。

"萧烨雨？"萧晴明一听见他的声音，瞬间神经紧绷起来，"你把她怎么样了？"

"我能把她怎么样？你应该问问她把我怎么了！"萧烨雨有些不悦，"我们要上山，结果下大雨迷路，等着人来接。"

他没有把实情完整地说出来，说太多，只会加深误会。

"晴明，你真的觉得以你现在的情况能给她幸福吗？"萧烨雨看着外面丝毫没有减小的雨势，轻轻叹了口气说，"她喜不喜欢娱乐圈这个斗兽场，你应该清楚，而最应该陪在她身边的是能帮她顺利走上顶端的人。你看看你自己，你现在有什么？你能为她做什么？袁柏亚的一条微博就能让她重新得到角色，你呢？你可以吗？"

萧晴明沉默了，他不得不承认，萧烨雨说的是对的。

"萧烨雨，我的事情不用你管，你最好离我的女人远一些。"

"生气了？"萧烨雨轻笑了一声说，"你生气是因为我说对了，你被戳痛了。如果你留下来，留在她身边，当这个女人越来越火，你只会越来越自卑，越来越愤怒，你愤怒自己的无能，愤怒自己的一无所有，你用什么守护她？到那时候，你根本就没有资格陪在她身边了！"

"你闭嘴！"

"我只是阐述事实。"萧烨雨知道自己已经惹恼了萧晴明，但他必须得让弟弟看清现实，以夏树稻的出身，根本不配进萧家，他也不能允许这样一个女人断送了自己弟弟的前程。

萧晴明愤怒地挂断了电话，看着暗下去的手机屏幕，萧烨雨心中一阵怅然。

挂了电话之后没多久米秘书就带着人赶来了，萧烨雨从夏树稻身上拿走自己的西装，然后才让米秘书去叫夏树稻。

回去的路上，萧烨雨没有告诉夏树稻刚刚萧晴明来过电话，没有必要，她永远都不知道才好。

夏树稻上山拍戏的时候淋了雨，竟然奇迹般的没有感冒，返回市里之后，她终于有一天休息的时间，准备好好在家当一条咸鱼。

然而……

"早上好！小树树！"

夏树稻正在做梦，梦里有城堡，有骑士，有王子，有天使，还有一只扑闪着翅膀的恶龙……这四个莫名其妙凑到一起的家伙正扭打成一团，而夏树稻在一边吃瓜看热闹看得正起劲。

"小树树！"

门铃跟叫喊声把夏树稻从睡梦中叫醒，催命似的，没完没了。

她挣扎着去开门，睡眼惺忪地看着门外精神百倍的萧晴明说："你十吗啊！一大早来敲门，又不送早餐！"

这段时间她已经开始习惯了萧晴明的混吃混喝，习惯了这家伙动不动就往她这里跑，开了门之后，自然地转身进门，回头叮嘱萧晴明："把门关好！好不容易今天没有我的戏可以休息一天，又被你搅和了！"

萧晴明笑嘻嘻地跟进来，紧随其后说："老邻居，你说我救了你这么多次，哥们儿遇着困难了，你是不是也应该出手相助一下？"

夏树稻明显还没睡醒，听了萧晴明的话，心不在焉地说："除了以身相许，其他随便。"

萧晴明在她身后偷笑："我爸明天要安排我相亲……可是我很久没有约会过了。"

相亲？夏树稻瞬间清醒了。

她扭头看向萧晴明，那家伙继续说："能不能借你一天用一用？模拟约会一下，让我找找恋爱的感觉？"

夏树稻觉得自己可能还是没睡醒，不然为什么听见萧晴明说自己要相亲会觉得心里不舒服。

"喂，醒醒啊！"萧晴明伸手在她面前晃了晃，"到底行不行啊？"

"我……"夏树稻整理了一下心情，故意挖苦说，"相亲？真够复古的，你怎么不抛绣球呢？"

萧晴明对她笑了笑，有些不好意思地说："江湖救急，反正你也没事可做，帮个忙吧。"

夏树稻犹豫了一下，最后却还是点了点头。她才不是不愿意拒绝他，只是只要她拒绝这个家伙肯定还会厚脸皮地缠着的。

萧晴明见夏树稻答应，立刻地笑了，他一把拉住夏树稻的手，把人往房间里塞："去换衣服！我们现在就出门！"

模拟约会这事儿听起来觉得特别扯，可就是这么扯的事儿，夏树稻现在就在经历着。

萧晴明吊儿郎当地单手开着车，夏树稻坐在旁边的副驾驶座上，时不时地感到有些尴尬，而她尴尬不是因为别的，正是因为开车的这个家伙动不动就要看她一眼。

"你开车敢不敢专心一点儿？"夏树稻绷不住了，嫌弃地看了他一眼，吐槽了一句。

"你不懂，"萧晴明看起来心情非常好，笑道，"老司机都这样。"

夏树稻翻了个白眼，决定不理会这个"老司机"。

"不过话说回来，我觉得你有点儿不对劲。"

"哪里不对劲？"夏树稻靠着椅背懒洋洋地瞥了他一眼。

前方红灯，萧晴明停了车，认真地打量着夏树稻说："我觉得你演我的相亲对象太出戏了，怎么说呢，比起相亲对象，更像我们家的菲佣大婶儿。"

"……菲佣大婶儿？"夏树稻被他一句话就惹怒了，作势要下车，"好吧，那我走就是了，你去找你们家菲佣吧！"

"喂喂喂，别走啊！"萧晴明赶紧拉住她，"这不是菲佣没有档期么！"

信号灯变了，萧晴明赶紧开车，夏树稻不情不愿地继续坐着，一个字都不想跟他说。

"我的意思是，你应该好好打扮打扮。"萧晴明又看了一眼夏树稻，轻笑一声说，"瞧好吧您！"

萧晴明带着夏树稻来到一家高级美发会馆，下车的时候他对夏树稻说："萧晴明有了女朋友要做的六件事！第一件，陪女朋友做头发！"

"……你入戏还真快啊！"夏树稻有些哭笑不得地从车上下来，萧晴明过去，温柔地给她拢了一下耳后的碎发，微笑着说："当然，虽然我不是演员，但面对你，分分钟就可以入戏。"

夏树稻被他这句话说得莫名心动，双颊微红，然而她知道这只是萧晴明撩妹的小伎俩，千万不能当真。

"弄得跟偶像剧似的，你是不是没事儿就在家追剧？"夏树稻故作轻松地往里走，下一秒就被对方牵住了手。

"看得也不是特别多，不过一般来说，在偶像剧里面，女主角进了理发店再出来的时候不都立马变了一个人吗？我先带你试一试。"

夏树稻半信半疑地进去，发型设计师折腾了足足三个小时，总算是完成了。

"你……"萧晴明盯着夏树稻看，半晌说出一句话，"我感觉你现在这个样子像一个明星。"

夏树稻突然有种不好的预感，毕竟萧晴明的嘴里也是吐不出象牙的。

"高晓松！"萧晴明说完，站在那里笑得弯了腰，而他面前的夏树稻，冷着脸，恨不得一脚把他踹出去。

"不闹了不闹了，"两个人从美发会馆出米，萧晴明笑得脸都酸了，"说正经的。"

"你能有什么正经事儿？"夏树稻已经不对这个人抱有任何期待了。

萧晴明为她开了车门，非常绅士地说："走吧，前往下一站，萧晴明有了女朋友要做的第二件事，带她买衣服。"

夏树稻已经很多年没有到商场买衣服了，一来是没有太多时间，二来是因为商场的衣服贵到她轻易不敢看价格。

"这件怎么样？"她试了一条黑色的小礼服，衬得她皮肤愈发白皙。

萧晴明摇摇头："又不是参加葬礼，干什么穿成黑无常？"

夏树稻撇撇嘴，又去换了另一条裙子。

这是一条有些可爱的连衣裙，穿上之后夏树稻觉得自己立刻年轻了好几岁。

"像不像小公主？"

萧晴明依旧摇头："像地狱的小公主。"

"……你什么眼光啊？"夏树稻明明觉得这条不错。

"我的眼光比你强多了。"萧晴明把她推回试衣间，"下一件！你刚才走出来的时候，我还以为是我奶奶穿越了！"

"那你到底想怎样嘛！"夏树稻有些不耐烦了，她靠着试衣间的门，对萧晴明说，"你来选，快点儿！"

萧晴明认真地在衣架间穿行着，他拿了一件风衣回来说："Burberry 的经典款风衣，不会太惊艳，但绝不会出错，还有这条裙子，符合你的气质，穿上试试看。"

夏树稻接过来，乖乖地换好萧晴明为她挑选的衣服然后走了出来，她看着镜子里的自己，不得不说人靠衣装，穿上这样的衣服，她的整体气质看起来都更好了。

只不过，好像还缺了点儿什么。

"偶像剧到这里，不就应该彻底变了一个人吗？为什么我觉得哪里还是怪怪的？"

"你到底看没看过偶像剧？"萧晴明无可奈何，结了账，拉着她往外走，"你一副没睡醒的样子当然怪！还差一步，去卖化妆品的地方，让人家给你好好化个妆！"

原来从灰头土脸的灰姑娘到光彩照人的大明星只需要简单的几个步骤，夏树稻看着自己最后的变化忍不住惊叹起来。

"真是看不出来。"萧晴明不怀好意地调笑夏树稻，"我原本以为你是可爱型的，没想到竟然是——妖艳型！"

夏树稻瞪了他一眼，然后看着镜子里的自己，在惊叹之后，开始有些隐隐的不安。

她已经很久没有见过这样的自己了，所有的女孩都希望自己光鲜亮丽，唯独她，因为过去的一些事，让她恨不得将自己埋到土里去。

她害怕看见这样的自己，害怕自己太过于引人注意，从前不好的记忆突然袭来，让她不敢再多想。

"怎么了？"萧晴明察觉到了她的反常，有些疑惑地问。

"没事。"夏树稻从来没有打算对别人提起自己的那段过去，既然已经过去，就自己好好收藏，毕竟不是什么值得炫耀的曾经。

"好，那么接下来就是第三件事了。"萧晴明再次牵起夏树稻的手，温柔地对她说，"第三件事，带她吃一顿大餐！"

看着萧晴明揉了揉自己的胃，夏树稻忍俊不禁道："你怎么这么幼稚？"

"幼稚吗？民以食为天！这怎么能叫幼稚呢！"萧晴明带着夏树稻去吃饭，一路上不停地看她。

"你看什么？"

"看你。"

"我的意思是,你为什么一直看我？"夏树稻被他看得有些不好意思，之前只是脸红，现在耳朵也红了。

"你好看，所以我才看你。"萧晴明像是嘴巴抹了蜜，难得夸赞起夏树稻。

夏树稻看向他，不知怎么的，觉得这个平时总是不正经的家伙眼里竟然好像闪过了一丝不易被察觉的忧伤。

"我觉得我好像看不够了。"

萧晴明的话说得夏树稻心尖一颤，为了缓和气氛，她故意说："喂，你干吗这样傻了吧唧的？有什么看不够的？"

萧晴明微微一笑，没有回答。

夏树稻跟着他慢慢往前走，打趣道："你该不会是喜欢上我了吧？"

"喜欢，上你？"萧晴明开了个玩笑，气得夏树稻不理他自己快步走开了。

吃完饭，天已经黑了。

萧晴明拉着夏树稻的手站在饭店门口说："还有第四件事。"

"今天都已经这么晚了，明天不可以吗？"折腾了一天，夏树稻其实也有些累了，她没想到模拟约会竟然这么真实，真实到让她生无可恋了。

"不、可、以！"萧晴明拉着她前往下一个地点，不客气地说，"也许明天我就懒得理你了！"

"恕我直言，我今天就不想理你了！"夏树稻坐在车里，长叹了一口气。

萧晴明这次没有还嘴，而是宠溺地看了她一眼就发动了车子。

这一次，萧晴明把夏树稻带到了一个路边摊，夏树稻满脸惊讶地说："刚吃完，又吃？"

萧晴明停好车，大摇大摆地走过去坐下，对夏树稻说："男人和女人第一次约会的时候，往往会选择刚才那样昂贵的餐厅，以此来表示对女士的尊重并且还能展现一下自己的实力。"

夏树稻茫然地坐在他对面，听着他滔滔不绝地讲大道理："那样的餐厅虽然昂贵，却是任何陌生的两个人都可以去的，可路边摊不一样，只有老夫老妻才会一起来，而且不嫌弃。"

"……才两顿饭就老夫老妻了？"夏树稻笑了笑，手里翻弄着菜单，相比于刚才那样的高级饭店，她的确更喜欢这里。

萧晴明小声儿地回应她："就算是……预习一下以后吧。"

"你今天真的很奇怪。"夏树稻随便点了点东西，萧晴明又要了两瓶啤酒。

她问："那第五件事是什么？能不能提前告诉我？"

"回到两人第一次见面的地方。"萧晴明直视着她的眼睛，像是看进了彼此的心里。

夏树稻听他说完这句话，想起了毕业晚会上自己被黄淑媛跟林晓羽整蛊的事，自然也想起了她跟萧晴明第一次的接吻……

那些事情其实过去并不算太久，但竟然有种恍若隔世的感觉。

夏树稻想到这些，心情变得有些复杂，她给两人倒上酒，有些尴尬地说："萧晴明，你今天……有些……"

"其实你应该早就已经猜到了。"萧晴明看着夏树稻，面前的女人紧张地看向别处，还拿起酒杯喝了起来。

他摇头轻笑，有些悲伤："哈哈哈，你该不会是以为你变漂亮了我就把持不住要向你告白了吧？"

"我其实，是要向你……告别的。"

"告别？"夏树稻瞬间像是被人泼了冷水，心下一沉，"你要搬走了吗？"

"如果可以的话，我希望搬走的人是你！"萧晴明也喝了口酒，像是要借着酒劲才能说出真心话一样，"从我的隔壁搬走，也从我的心里搬走吧……可是你这个人真的很赖皮，说什么都赖在我心里，不肯走。"

"……你突然这么正经，我有点儿不太习惯。"

"你记得我第一次吻你的地方吧？"萧晴明没有理会夏树稻的话，继续自说自话，"当时的场面还记得吗？"

夏树稻回忆着当时在 KTV 里萧晴明为自己解围的画面，大概从那时起，他们就命中注定要纠缠在一起。

"可以……让我再吻你一次吗？"

夏树稻恍惚间回想起他们之前的吻，眼前的这个男人在与她接吻时是那么温柔，让人心动。

萧晴明见她没有反应，突然握住了她的手，在夏树稻茫然的注视下，轻轻地吻了一下她的手背，就像是中世纪的骑士亲吻他最爱的公主。

"你……"被吻过的地方微微发热，酥酥麻麻的感觉从手背一直流传到心里，夏树稻觉得气氛太怪，忍不住问，"突然搞得这么伤感，你到底要去哪里啊？"

"我收到了 Roc Nation 公司的邀请，准备去美国。"

美国，夏树稻听了，立刻锁紧了眉头。

"所以，你要离开很久吗？"

"大概吧。"萧晴明苦笑一下说，"我会回来看你的，丫头。你也要努力，让我可以多多地在电视上看到你。"

"萧晴明，我……"夏树稻注视着他，张了张嘴，心中感到有什么东西被抽离了，空落落的一片，却不知道到底是什么，"好，你也要加油，因为就算在电视上看不到你，我也不会跑去看你的。"

萧晴明还握着夏树稻的手，听她这么一说，立刻无奈地笑笑："你这个死丫头，真是无情无义！我帮了你多少次，你看看你！"

两人相视一笑，萧晴明知道，虽然夏树稻嘴上不说，但心里一定也是舍不得自己的。

"喝酒！"夏树稻心里难受，只能借酒消愁，"你曾经帮我挡酒，帮我虐人渣，虽然有时候你挺讨人厌的，但是……我还是希望你能混得好。走出这里，就不要太牵挂这里的一切，就像这酒瓶一样空空的！出国好好混，混好了回来罩我！"

一瓶啤酒见了底，夏树稻却没有停下来的意思。

她有些微醺地说："今天，不醉不归！"

萧晴明笑着举起酒杯，对她说："萧晴明有了女朋友之后要做的第六件事就是陪她喝酒。"

他将杯子里的酒一饮而尽，对夏树稻说："她喝多少，我就陪她喝多少。"

又是一杯下肚，他看着空空的杯子说："你说走出这里，心就要像酒瓶一样空空的，可是我的心里、眼里，都是你……"

他越说声音越小，到了后来，甚至已经有些哽咽。

只不过夏树稻什么都不知道，酒量不佳的她已经趴在桌子上睡着了。

这是萧晴明第二次照顾醉酒的夏树稻，他背着她回去，就像上次一样，只不过这回，他成功找到了夏树稻家里的钥匙，把人轻轻放在了她自己的床上。

"臭丫头，以后和别的男人出来，可千万不要喝得这么醉啊。"萧晴明看着熟睡的夏树稻，无论如何都没有办法放心。

他慢慢俯下身，轻轻地吻了她的额头。

"其实第六件事不是陪你喝酒，"他贴着她的耳朵，小声儿说，"而是和你吻别。"

萧晴明直起身子，给夏树稻扯了扯被子："公主从来都是王子才能吻醒的，所以大概就算我亲了你，你也不会醒过来。"

他倒退着往外走，眼睛始终盯着夏树稻："我的公主，你真漂亮。"

没人知道他下了多大的决心才帮她变美，挣扎好久的萧晴明觉得在自己离开之前，必须让夏树稻自信起来，明明那么漂亮却总是被掩盖住光芒，那不是他的小公主应该的样子。

"今天之后，你会变成世界上最美丽的公主，往后，追求你的人、爱你的人或许也会不计其数，但你一定要记得，我爱你。"萧晴明走出了夏树稻的家，他站在门口，面对着紧闭的房门，轻声说，"我爱你，从第一次见你开始，从很多年前开始，我爱你，不管是美丽的你，还是平凡的你，只要是你，我都爱。"

萧晴明久久不愿离开夏树稻家门口，他想建一个高高的城堡，把她保护起来，不让任何人发现她的美丽。可是，他的小公主却偏偏要去那个鱼龙混杂的斗兽场，那里的人只喜欢光鲜亮丽的人。

所以，没办法，萧晴明现在只能帮她这些。

他回到自己的家里，靠着墙，就好像这样能离隔壁的人近一些。

他想：我离开之后，应该会有很多人替我守护你吧？但是答应我，记得我好吗？答应我，等着我回来。

夏树稻那天喝醉酒之后就再没见过萧晴明，那家伙就像是消失了一样，电话是通的，但就是看不到人。

她原本想探个究竟，可工作行程愈发地紧了起来。

"这是微博红人典礼的邀请函。"经纪人 Cris 把夏树稻叫到办公室，对她说，"这次《狐妖》剧组应邀出席活动，你的角色在这部剧里非常刷好感度，这次必须去刷个脸。"

"微博红人典礼？"夏树稻接过她递来的邀请函，惊喜地说，"我这样的新人也可以去吗？"

"当然，虽然你是第一次参加这样的活动，但一回生二回熟，你作为咱们家的艺人，可千万不能输给飞影的那帮人！"Cris 对夏树稻非常看好，"你要记得，比起那些靠着资源才能拍戏，或者演一辈子都名不见经传的人，你只用了三个月就有了名气，所以你值得一切好的安排。"

夏树稻受宠若惊，连连道谢。

Cris 一直都很喜欢她，有礼貌又有演技，现在已经小有名气，却不骄不躁，是个不错的新人，她笑着对夏树稻说："不用谢我，这是你应得的。还有一件重要的事你要记好，这次的慈善晚宴是整个剧组一起走，千万别撞衫，我刚才给黄淑媛的经纪人打过电话，她穿红色。"

Cris 打量了一下夏树稻，沉思几秒说："让人借一件白色的吧。"

"白色？"夏树稻有些不解，白色太过普通，在红毯之上很容易显得不起眼。

"对，白色，我想过了，你很适合冷艳小白花的人设。"Cris 嗤笑一声，有些轻蔑地说，"又不是参加春节晚会，穿红色干什么？"

夏树稻一听 Cris 吐槽黄淑媛，忍不住也笑了起来。

很快就到了夏树稻既期待又担心的微博红人典礼，来参加典礼的明星艺人非常多，她是第一次出现在这种场合，难免有些紧张。

在后台的休息室，夏树稻换上了 Cris 为她准备的杜嘉班纳高定礼服，也按照对方的叮嘱做好了造型，可以说是光彩夺人。

然而，她照镜子的时候，看着镜子里面熠熠发光的自己，却有些淡淡的怅然。

"现在你已经不是从前那个小稻草了。"Cris 满意地打量着夏树稻，"不管当初你是为了什么走上的这条路，如今都必须全力以赴。"

"可是……Cris 姐，我现在已经很满足了，在《狐妖》里能有属于自己的角色，我……"

Cris 立刻皱起眉头打断她说："娱乐圈里，永远都没有知足！"

夏树稻被她严厉的语气吓到了，怔怔地看着 Cris，对方微微扬起下巴，对她说："没有一个人从入行开始就知道自己一定会走上顶端，但是，一旦开始了，就会想要更多。这就是欲望，人类没有办法停下来的欲望。而且，你以为爬上顶端是那么容易的事吗？"

Cris 往前几步，站在夏树稻面前，为她理了理头发："只要是看过顶端风景的人就不会想要跌落下来，但，就算你自己不犯错，别人也会找机会把你推下去。人心险恶，只有你更强大，才能站得更稳。"

夏树稻默默地消化着 Cris 的话，竟然觉得有些害怕。

"Cris 姐，这个圈子真的这么可怕吗？"

Cris 见她脸色不好，只能笑着安慰说："怕什么，有我在呢，还有你那个大表哥，这个圈子，怕是没什么他摆不平的了。"

"表哥？"夏树稻想起自称是自己哥哥的袁柏亚，一时间有些尴尬。

Cris 没有注意到她表情的变化，而是盯着她脖子看了半天。

"感觉有点儿空。"Cris 摇了摇头说，"这件衣服到底是有点儿太白太素了，秦淮

这个不长脑子的，只知道借礼服，不知道借点儿首饰来！"

夏树稻抬手摸了摸自己空荡荡的脖颈，也有些无措。

就在这时，一个工作人员敲了敲休息室的门，探进头来客气地说："您好夏小姐，前台收到您的一个礼物。"

Cris 过去接了过来，跟工作人员道了谢之后关好门诧异地说："哎？该不会是你粉丝送的吧？"

"粉丝？不会吧？"夏树稻从来不觉得自己有什么粉丝，更不会有人给她送礼物。

她接过盒子，小心翼翼地打开。

"我的天啊！"Cris 在看到盒子里的东西时，忍不住发出了一声惊呼，"这是全球只有一个的宝诗龙 Boucheron 高定海洋之心！"

"海洋之心？"夏树稻看着盒子里的这条项链，更觉得不可思议了。

"这可是安吉丽娜朱莉都买不到的！"Cris 心情大好，她觉得这就是冥冥之中注定的好事，她们正愁没有项链，这顶级的项链就来了。

Cris 帮夏树稻戴好项链，赞叹不已："你的粉丝也太豪爽了吧！"

而夏树稻本人却陷在了这礼物的谜团里，盒子里连一张卡片都没有，到底是谁送来的呢？

第五章 为爱狂奔

爱一个人最好的方式
不是要他为自己放弃梦想
而是一起实现各自的心愿

夏树稻戴着那条海洋之心也带着满腹的疑问走向了星光大道。

跟着剧组过去的时候，她听见主持人激动地说："接下来向我们走来的是《狐妖之凤唳九霄》剧组的艺人！"

已经彩排好的内容，按理来说早就已经谙熟于心，可是到了现在，真的要上场了，她开始有些发怵了。

"喂。"

突然有个人凑过来，夏树稻扭头一看是林茨木。

"粉丝福利要不要？"把头发染成了亚麻色穿得像个小王子一样的林茨木一边问一边就要伸手去拉夏树稻，"和偶像一起走红毯怎么样？"

夏树稻一瞬间有点儿反应不过来，她完全愣住了，因为彩排的时候根本没有这一段！

"我……"

夏树稻正想着或许这是个不错的选择时，袁柏亚又靠了过来。

"不好意思。"袁柏亚一把拉住了夏树稻，微微推开林茨木，对他说："你今天的男伴是童玖勋。"

"……喂，你这算什么？横刀夺爱啊？"林茨木不服，一定要跟对方吵两句。

"你这样的身份，突然对一个女生太好，反而会影响到她的星运，你应该也不想让

她无端的被你粉丝骂吧？"

"说得好像你的粉丝不骂人一样！"林茨木持续不服，还瞪了一眼袁柏亚，"天天说我不识字的那些人，不是你的粉丝，难道是鬼的粉丝吗？"

"是我的粉丝没错。"袁柏亚承认得干脆利落，"不过我的粉丝早就希望我结束单身了，不像你的粉丝，整天把你和另一个男人编排在一起，你们两个在一起也不是一天两天了，大家都已经习惯了，现在突然拆CP带着小稻草走红毯，你是想害死她吗？"

林茨木竟然觉得袁柏亚说得有些道理，可是嘴上又不想服软，只好嘟嘟囔囔地说："你少管三管四的！到底要跟谁走，小树苗自己说了算！"

夏树稻原本就紧张，这两个人还在这里争执不休，搞得她头脑一片混乱。

她想理清一下这两个人刚刚的话，但时间并不给她更多选择的机会，主持人已经开始叫他们上场了。

"国民男友！袁柏亚！"

"10亿少女梦的偶像！林茨木！"

"宅男女神！黄淑媛！"

听到这里，夏树稻突然开始紧张，因为下一个名字就会是她，而她并不知道对方会怎样向那些不熟悉的人介绍她。

"以及，人气爆表的新人，夏树稻！"

夏树稻站在镜头照不到的候场区，在"夏树稻"三个字出现的时候，她几乎紧张得快要窒息。

后面还有几个参加了拍摄的演员，主持人一一介绍过之后，宣布剧组成员依次走红毯。

夏树稻犹豫之后做了决定，并没有选择袁柏亚跟林茨木中的任何一个，她有着自己的考量，于公于私她都觉得自己走比较好。

果然，就在他们站定之后，立马有记者问："请问袁柏亚和林茨木，你们两位刚刚在争执什么？之前有消息说二位为了争夺男一气氛紧张，是不是真的呢？"

关于袁柏亚跟林茨木不和的这件事儿已经不稀奇了，不过敢当着他们面儿问出来的人倒是不多。

林茨木有点儿不耐烦地说："争执？你们怎么看出我们是争执的？"

他觉得自己刚才其实挺和谐的，竟然被这样误会，完全不能忍！

他还想反驳什么，却被袁柏亚揽了一下肩膀，对方笑得恰到好处地对记者说："茨木在剧组就像是我的弟弟一样,既然大家问了,那么关于我们两人的事就顺便澄清一下,与其说是互相敌对不如说是互相勉励互相督促,非常感谢各位媒体朋友的关心,但还是要用事实说话的。"

林茨木虽然非常不愿意跟袁柏亚称兄道弟,可是台面上怎么都得过得去,因此难得的没有跟袁柏亚唱反调。

站在他身边的袁柏亚是个最会做人的主儿,说完他们俩的事儿,立刻把夏树稻拉进了镜头里。

"对了,也别光忙着拍我们俩,这位是我们剧组的新人,演技非常不错。"袁柏亚让夏树稻站在自己旁边,尽可能多地给她镜头。

然而相比于之前采访林茨木跟袁柏亚时客客气气的样子,记者对夏树稻却似乎并不怎么友好,他们的问题更是让她有些出乎意料。

"请问你从一个替身上位到角色演员,凭借的是什么呢?"这位记者非常不客气地提出了一个很多人想提的问题,夏树稻明显感觉到大家都集中精神在等着她的回答。

好在,夏树稻虽然是第一次参加这种活动,但准备充分,她镇定自若地说:"相信不少人都想知道这个答案,不过我到底凭借的是什么,等到《狐妖》播出之后,诸位一看便知了。"

这个回答可谓是滴水不漏,既巧妙地回应了记者,又顺便宣传了他们的戏。

袁柏亚没想到记者的问题会这么具有针对性,他担心夏树稻被这些人刁难,赶紧把大家的注意力又转到了自己这边,反正夏树稻刚刚的回答已经足够出彩了。

他非常绅士地对记者们笑着说:"好了,更多的问题大家可以在晚宴结束之后的见面会上再提。"

袁柏亚说完就转头看向夏树稻,意在让她跟自己一起去签名拍照,旁边的林茨木也是不甘示弱,眼看着就又要上演一出大戏。

夏树稻生怕他们再引起记者的注意,权衡之下,选择了袁柏亚。

她用余光偷看了一下林茨木,那人脸色极差,不情不愿地走向了站在一边的童玖勋。

红毯从来都是娱乐圈的兵家必争之地,有人应邀出席,有人却是硬要出席。

有的人因为红毯出众的服饰一战成名,也有人因为红毯事故成了一辈子都抹不去的黑历史。

来之前,Cris 对夏树稻千叮咛万嘱咐,告诉她宁可少蹭一会儿也千万别摔倒了,宁

可一句话都不说也千万别说错话。

夏树稻是个聪明的人，也懂得在适时的时候听话，因此这一路倒是走得稳稳当当，只不过，有时候并不是你不去找麻烦，麻烦就会放过你的。

挽着袁柏亚的胳膊从红毯那头走向签字版时，夏树稻终于体验了一把什么叫作"众星捧月"。

袁柏亚就是那个被众星托捧着的月亮，因为她靠这轮明月太近，所以华丽的灯光也赏赐给了她一些。

"自信点，你很漂亮。"袁柏亚笑着看她，用只有两人才能听见的声音说道。

夏树稻在此刻这么紧张的情况下听见对方这么说，就仿佛吃了一颗定心丸。面对着无数的镜头，她的微笑和姿态都表现得恰到好处，没有刻意争抢版面的嫌疑也没有因为男伴是袁柏亚而流露出过分的骄傲。她知道，此刻自己的一举一动都对以后的发展举足轻重，她比以往都更加小心谨慎。

两人来到签名墙，袁柏亚接过礼仪递来的笔，率先签了名，他的字笔力险劲，在一众签名中格外显眼。等他签完，扭头微笑着把笔递给夏树稻，夏树稻嫣然一笑，对他点点头表示感谢。

袁柏亚跟林茨木终究是不一样的，这种不一样不仅仅表现在他们两个人自己身上，更表现在粉丝的态度上。

如果是林茨木的粉丝，只要他身边一出现异性，第一时间就会掘地三尺挖出对方的黑料，而袁柏亚的粉丝却用一种亲妈心态注视着每一个出现在他身边的女人，他被粉丝问得最多的一个问题就是：老袁，你到底什么时候谈恋爱？

因此，这一次，夏树稻是真的选对了男伴。

在这场红毯上，她不仅展示出了自己最美的外表，更是在签名这一环节表现出了良好的家教，加上袁柏亚跟她的互动，自然又是吸粉无数，甚至连在场的普通观众都忍不住想让他们俩在一起。

签名之后有一个短暂的采访，主持人上台，笑得意味深长："今晚二位一起走，是事先商量好的吗？"

夏树稻微微一笑，没有多嘴，而是看向了身旁的袁柏亚。

袁柏亚与她对视一下，回答说："当然，在《狐妖之凤唳九霄》里，我跟树稻饰演的角色将会有一些火花，一起走红毯再适合不过。"

他说完之后，又看了一眼夏树稻，并将话筒推向了她。

夏树稻心领神会，露出一个俏皮的笑容说："也希望大家多多关注《狐妖之凤唳九霄》哟。"

她的这个笑容在红毯结束之后不久就被截成动图顶上了热门，连路人都在夸她漂亮可爱不做作。

最紧张的环节终于结束了，夏树稻提起裙子准备跟袁柏亚一起走下去，结果刚刚转身就看见了不远处正在走来的黄淑媛，刚才整个剧组一起走红毯，人多的情况下夏树稻没有注意到黄淑媛，现在两人狭路相逢，这会儿她才发现说好了穿红色礼服的黄淑媛今天穿的竟然是跟她款式差不多的白色。

只不过黄淑媛穿的是 Dior 的高级定制，卡戴珊走 MET BALL 穿的就是这一件，而夏树稻，虽然漂亮，但在黄淑媛的对比下，这条裙子还是失了颜色。

红毯撞衫这可是大新闻，主持人立刻凑了上来。

"听说夏小姐一开始是黄淑媛的替身，"主持人在这个时候当然恨不得立刻搞个大新闻，话里有话地说，"你们两个又曾经是同学，今天红毯是不是约好了要穿姐妹服啊？"

夏树稻有些尴尬，她面前的黄淑媛就像从前一样，脸上写满了对她的轻视。她想起 Cris 说的话，在这个圈子里，嘴要甜，心要狠。

笑里藏刀这种事夏树稻以前从来都不屑去干，但现在，她终于明白，正如 Cris 所说，不往上爬，就会被人用力踩在脚下。

"是啊，在片场的时候要不是淑媛给了我很多表现的机会，我也不会有自己的角色。"夏树稻笑得甜美如初，"这次我们本来说好了她穿红色我穿白色，站在一起拍照也是很漂亮的，不过淑媛应该是想跟我显得更亲密吧，所以临时换成了白色。"

短短两句话，夏树稻把黄淑媛龌龊的心思统统翻出来摆在了众人面前。

所谓的"给替身创造表现机会"，谁都明白，就是她在剧组从不亲自上阵，否则夏树稻怎么可能有机会。而"想要显得更亲密"就更是可笑了，情商再低也明白这起撞衫事件是黄淑媛一手策划的。

在夏树稻说完这句话之后，气到脸歪的不只是黄淑媛，还有一直站在后台看着她们的经纪人特蕾莎。

在红毯开始之前，特蕾莎特意让黄淑媛把那件像是新娘敬酒服的衣服丢掉，换成了这条裙子，高级定制礼服，整场红毯都再难找到与其匹敌的对手，而夏树稻，自然也就成了陪衬，成了一个山寨的黄淑媛。

与此同时，特蕾莎还为她准备了梵克雅宝的项链，传说中的红毯必备款。

最优的战袍和配饰，再加上撞衫炒作，黄淑媛今天赢得的不仅仅是红毯上大家的眼球，更有可能拿下珠宝的代言。

然而，这一切都破灭了。

"这个特蕾莎，这么多年了，还是喜欢玩儿这种老梗。"同在后台的Cris看着远处气急败坏的特蕾莎，不屑地笑了下，"故意撞衫，这个梗从20世纪就没人玩了！"

她身边的秦淮看了看红毯的方向，有些无奈地说："虽然夏树稻话语上是占了上风，但……这么说来，她不还是成了黄淑媛的山寨版？"

"山寨？那可未必。"Cris自信满满地告诉秦淮，"正品和山寨最大的区别就在于价格，你看看我们家稻草脖子上的海洋之心，足够甩黄淑媛一百条街了。"

"所谓'红人典礼'只不过是给大大小小的明星艺人一个露脸搏曝光的机会，有哪些作品谁在乎呢？人们只记得女明星穿了什么衣服，有谁露了点，谁又走了光。"在休息室，Cris给夏树稻整理了一下项链的挂坠，对她说，"来这里的每一个人都不是瞎凑热闹的，就比如你，除了让你在媒体面前提高一下曝光率之外，还有一个更重要的任务。"

"还有任务？"夏树稻有些惊讶，她之前完全没有听Cris提起过。

刚才走红毯已经耗光了她的精力，这会儿特别怕招架不住Cris给她布置的"作业"。

"没错。"Cris像是欣赏自己的作品一样从头到脚打量了一下夏树稻说，"你今天最重要的任务是拿下BW公司的执行总裁，萧烨雨！"

夏树稻觉得如果这会儿打雷闪电的话，雷电一定会不偏不倚击中她。

"什么？"夏树稻完全不敢相信自己听见了什么，眼睛瞪得超大，一副受了惊吓的模样，"萧烨雨？"

Cris看着夏树稻的反应，突然一笑说："就知道你想多了，我的意思是让你拿下BW集团旗下护肤品的广告代言！"

夏树稻听完，总算松了口气，要她去拿下萧烨雨，恐怕比上天把月亮摘下来还困难。

"可是……"尽管不是拿下萧烨雨而是拿下萧烨雨公司的代言，但这对于夏树稻来说也是很有困难的，"我才刚刚出道……"

夏树稻虽然已经被"改造"得光鲜亮丽，可心底里还是那个总是下意识把自己的光芒掩藏起来的她，没多少自信，不敢大步往前走。

"BW 旗下的护肤品本来就是给学生党准备的平价护肤品，价格不高，但都是甜美的公主风，也正是因为这样，才受到欢迎。你的形象绝对符合产品的要求，能否接到代言只是机遇的问题。"

夏树稻有些纠结，她还是不太敢把自己跟萧家兄弟的"爱恨情仇"告诉给 Cris。就以萧烨雨讨厌自己的那种程度来看，别说代言了，连任何一个合作的机会估计都不会有。

"一会儿我带你去跟他见个面。" Cris 说，"你不要想太多，萧烨雨这个人性格很古怪，就算你想陪他睡，他都不一定愿意。"

夏树稻觉得自己的嘴角在抽搐，她怎么可能要跟那个人睡，他们俩可以说是相当水火不容了。

"那个，Cris 姐，他真的答应跟我见面了？"夏树稻觉得这事儿有点儿不太可能，"萧烨雨他……他好像特别讨厌我。"

"……你想太多了。" Cris 看了她一眼，"人家身价几百亿的总裁都不一定认识你，哪有那个闲工夫去讨厌你！"

夏树稻虽然有些忐忑，但还是乖乖跟着 Cris 去见了萧烨雨。

"呃……萧总……"进了那间休息室，夏树稻有些尴尬地跟萧烨雨打了声招呼。

萧烨雨没有理她，而是盯着她脖子上的那条项链看了半天。

他这个人本来不笑的时候就挺吓人的，这一集中精神看着某处更是让人觉得浑身不舒服，夏树稻被他看得脊背都冒冷汗了。

"萧总，这是我最近带的新人，叫夏树稻。" Cris 感觉到气氛有些诡异，赶紧切入正题，"我之前跟您说过的。"

萧烨雨总算收回了视线，对 Cris 客气地笑了笑说："嗯，好像是有这么一回事。"

他又瞥了一眼夏树稻，说："能让 Cris 看上的新人，一定不简单。"

夏树稻没想到这家伙竟然装作不认识自己，不过这样也好，免去了跟 Cris 解释的麻烦。

Cris 一向对自己的眼光很有信心，听萧烨雨这么说，自然也不客气："那是当然，夏树稻虽然才刚刚出道，不过未来潜力无限，否则我也不会带她来和您见面。"

萧烨雨笑而不语，喝了一口面前的茶。

Cris 继续说："听说 BW 旗下的 Princess 系列护肤品马上就要投拍广告，不知道萧总有没有合作的意思？"

萧烨雨自然明白 Cris 的意思，但亏本的买卖他是不会做的："我知道你想说什么，

不过 BW 自己旗下的飞影娱乐就有不少艺人，肥水何必流外人田呢？你说是吧？"

Cris 像是早就料到他会这样说，淡定地回道："星空娱乐的规模自然跟飞影没法比，不过星空娱乐传媒到底是星空电视台旗下的公司，朋友在于走动，资源在于流通。以后星空卫视的各种综艺节目，飞影的艺人谁想上，还不是您说了算？"

夏树稻打心眼儿里佩服 Cris，像萧烨雨这种人，她都敢反驳，那真的是战士无误了。

只不过，还在努力争取的 Cris 不知道，如果萧烨雨的好感度到了 10 就能拿下广告代言，那么夏树稻的好感度起点是 –5000……

她实在有些坐立不安，见缝插针地说："萧总，Cris 姐，我先去个洗手间。"

从那个休息室出来之后，夏树稻像是终于逃出恶龙势力范围的良民一样，总算能好好呼吸了。原本想着在外面透透气再回去，结果有个工作人员叫住了她。

"夏小姐，刚才我在化妆间捡到一封信，估摸着是你掉的，就给拿过来了。"

夏树稻完全不记得自己有收到过什么信，不过对方递过来的时候她突然想起了自己戴着的这条项链，猜想一定是拆项链盒子的时候不小心掉在地上她才没看到。

她跟工作人员道了谢，然后走到一个没人的地方打开了信封。

信封里面装着的只是一张简单的便笺纸，这张纸的风格跟项链包装的风格是统一的，这么一来夏树稻完全可以确定就是送礼物这个人写给她的。

她拿出便笺纸，只那么一瞬间，就愣住了。

她没想到这项链竟然是萧晴明送来的，便签上只写了一句话：今晚我就要走了，你能来送我吗？

距离这个礼物送来已经过了很久，萧晴明是不是等了她很久，会不会已经走了？抬头看向四周，却没有一个钟表能告诉她现在是几点。

她立刻冲回休息室，找到自己的手机，想要给萧晴明打电话，然而命运就是这么喜欢捉弄人，在这个时候，手机竟然没电了。

她没有带手机的充电线来，又背不下来萧晴明的手机号码，事到如今，难道真的要就此错过吗？难道真的要让那个人带着遗憾离开吗？

夏树稻站在休息室，一时间所有的情绪都涌了上来，同时侵袭她大脑的还有自己这些日子以来跟萧晴明相处的点点滴滴，原来在不经意间，那个人早就已经渗透进了自己的生活甚至生命中。

那人要走了，她却连送别都没有。

明明已经感受到了那个人的心意，却因为自己迟迟不肯多走向他一步，最后导致错过。

真的要这样了吗？

夏树稻反问自己，心里也充满了不甘。

"小稻草，你干吗呢？" Cris 见她好半天都没回去，生怕她出什么问题，赶紧过来找她，"萧总那边已经搞定了，不过他提了个蛮奇怪的要求，竟然要你现在就去签约。"

"Cris 姐……"

"而且他还说要是现在不签，以后就再也没有代言的机会，你还愣着干吗呢？快走啊！"

"Cris 姐！"夏树稻终于下定了决心，尽管留下来就能拿到 Princess 的代言资格，但她不想让萧晴明失望，即便可能去了也是空欢喜一场，但至少也为他而努力过，"Cris姐，对不起，有一个非常重要的人在等我，我必须马上赶过去。"

从这里到机场不过十几分钟的车程，夏树稻希望一切都还来得及。

"非常重要？" Cris 完全没想到她会有这样的变故，"你什么意思？有什么是比你的前途还重要的？"

"有的，真的有。"夏树稻说完就往外跑，她大声道歉说，"Cris 姐，真的对不起！"

等一个人却始终等不到的心情，就像是捧着一颗热乎乎的心站在雪地里，眼睁睁地看着它变冷。

萧晴明在机场的 VIP 候机室里等了好久，从最开始的充满期待到后来灰心失落，他觉得无比的难过。

手机里还在重播着那个红人典礼的视频，他看着屏幕里那个站在闪光灯下的女人，觉得遥远到有些陌生。

公主终究是公主，她身边围绕着太多鲜花掌声以及贪慕她容颜的人，而他萧晴明，也不过是那些人中的一个，于她而言没什么特别的。

萧晴明用手指轻抚着画面上夏树稻的脸，那股心动的电流还是从指尖蔓延到了心头。

他微微翘起了嘴角，想起第一次见到她的时候。

第一次见面，是很久很久以前。

夏树稻不知道，其实她跟萧晴明的渊源早在中学时代就开始了。

高中时代的萧晴明还不是现在的样子，那时候的他因为跟父亲关系不和，变得十分叛逆，尤其是在萧烨雨考上名牌大学之后他爸爸总是拿他来做对比，更让他觉得心中不

快。

青春期的男孩正是敏感又想法很多的时候，家里人越不让他做什么，他就越要做什么。

在学校找了几个志同道合的人组乐队，晚上跟乐队的朋友们去地下酒吧唱歌，折腾一晚上之后，白天的上课时间就成了他补眠的好时机。

日子就是这样的循环往复，萧晴明从来不期待明天，因为明天只是今天的复制。

只不过，所有的故事都会有转机，他的人生也像小说里写的那样，在一个阳光正好的日子里，被一个女孩改变了。

好像所有的初恋都是被柔和的阳光包裹着散发着淡淡的青草香，这一点，向来自命不凡的萧晴明也不能免俗。

依旧是上课时间，一觉醒来，睡眼蒙眬，扭着头看向窗外，不经意间就被一个女孩霸占了视线。

普普通通的校服穿在她的身上似乎都与众不同了，毫无新意的阳光洒在她脸上都好像变得更温柔。

这个世界上漂亮的人很多，但能漂亮又让萧晴明一见倾心的人却非常非常少。

那一刻，他的少男心被唤醒了。

只不过，等到看呆的萧晴明回过神时，那个女孩已经早就走开了。

他二话不说就从一楼教室的窗户翻了出去，然而还是有些迟了，等到他站稳，人家女孩已经走远了，只留给他一个难以忘怀的背影。

后来萧晴明才知道，那个女孩就是学校的校花，夏树稻。

当时的夏树稻可以说是公认的小公主，她爸爸是 B 市赫赫有名的地产大亨，那时候萧家的公司跟夏家比起来，简直不值得一提。

人漂亮，出身好，成绩也名列前茅，那样的夏树稻让成绩差的要死、在老师眼里完全就是个小流氓的萧晴明连多看她一眼都觉得自己亵渎了女神。

这仿佛是一个定律，每一个差生柯景腾的心里都住着一个不敢触碰的沈佳宜。

虽然不敢靠近她，但萧晴明还是忍不住被她吸引，忍不住开始时时刻刻关注她。

那个时候萧晴明就在心里把夏树稻称为自己的"小公主"，小心翼翼地守护着自己这份说不出口的感情。

叛逆少年一旦开始暗恋，整个人画风就都开始变了。

从来不出席任何集体活动的萧晴明竟然在某个学期的第一天参加了开学典礼，而他来参加的原因无非就是夏树稻会作为学生代表上台讲话。

能多看一眼他的小公主，别说是参加开学典礼了，上刀山下火海他都不会皱一下眉。

那天，萧晴明一直在台下仰望着夏树稻，就像多年后的现在一样，只能远观，哪怕伸出手也无法去触摸。

他只是看着，对方说了些什么一个字都没有听进去，说什么都不重要，重要的是他终于有这么一个机会光明正大地把她印在自己的脑海里。

暗恋是美好的，同时也是无比折磨人的。

如果换一个人，萧晴明大概还敢去尝试着表白，可暗恋对象是夏树稻，他觉得自己根本就配不上人家。

其实，也许那时候的萧晴明并没有自己想象中那么不堪，只不过，一旦喜欢上一个人，人们总是会习惯性地让自己卑微到尘埃里。

哪怕平时再自信的人，也逃脱不掉如此的命运。

于是，他就一直这么远远地望着对方，用眼神守护着对方。

现在想来，那时候是真傻，好多次，他甚至算准了夏树稻经过操场的时间，故意在那个时候打篮球耍帅试图以此来吸引她的注意，除此之外，就连他想都没想过自己会去的图书馆他都进去了。

只不过，他的所有行为都并没有起到什么作用，夏树稻依旧对他没有任何印象。

萧晴明曾经以为自己的暗恋会一直这么继续下去，不过，早就说过，人生总是在不经意间就发生转机。

一天晚上萧晴明像是例行公事一样跟他爸大吵一架，然后又跑回了学校，其实后来想想，他都不知道为什么自己没去别的地方而是返回了学校。但他对此无比庆幸，因为在那个晚上，他跟夏树稻的关系终于更近了一步。

萧晴明一肚子气地回到学校时，学校大门跟教学楼楼门都还没关，他直接去了教学楼的天台，想在那里安安静静地吹吹风。

让他始料未及的是，他的小公主竟然也在那里。

刚走上来的萧晴明一抬头就看见了远处的夏树稻，那个让他魂牵梦萦的女孩居然在这里喂流浪猫。

他怔怔地看着她，觉得那画面美得像是这个世界上最让人心动的画作。

萧晴明害怕自己的突然出现会打破这静谧的场面，于是轻手轻脚地躲了起来，偷偷地看着夏树稻。

长得漂亮、成绩好，还这么有爱心，痴心少年萧晴明觉得夏树稻简直就是这个世界上最好的女孩。

他沉浸在欣赏小公主的情景里，完全没注意从天台下去的那扇门是什么时候被锁起来的。

天渐黑，夏树稻喂完流浪猫准备离开，然而发现那扇来时的门被人从外面锁住了。

她当即就慌了，用力地拍着门，大声地呼喊着，希望有人能听见。

只不过，她拍到手都红了依旧没有人来救她。

萧晴明看着快要急哭的小公主心疼不已，犹豫了片刻之后，不紧不慢地走了出去。

"那个……你别哭。"这是他第一次跟夏树稻说话，紧张得声音有些发抖。

夏树稻被他吓了一跳，连连后退："你是……你是谁啊？"

萧晴明见自己吓着了她，赶紧解释说："呃……你别怕，我是隔壁班的同学。"

夏树稻狐疑地看着他，那表情可爱得不得了。

萧晴明看着她疑惑的模样，心都软得化成水了，他不知道还能说什么，就尴尬地站着。

反倒是夏树稻主动开了口："你常来这里？那，现在我们还能下去吗？"

"不行了。"萧晴明没有说谎，"这个门锁了之后要等明天值班的人来了才会开门。"

夏树稻瞬间泄了气，有些懊恼地说："都怪我自己没注意时间……今天晚自习下得太晚了，不然也不会这样。"

单独跟女神相处的萧晴明已经紧张到额头出汗了，但还是得故作轻松地说："幸亏这里有我，不然你自己待在这里一晚上肯定要害怕！"

夏树稻歪头笑着看他说："才不会呢，这里有这么多可爱的小猫咪陪着我，我才不会害怕，反倒是你在，我才觉得……"

她意味深长地对着他笑，然后跑去抱起了一只小猫。

萧晴明转身看着她，情不自禁地流露出了笑意。

那天，萧晴明陪着夏树稻在天台数了一晚上的星星，他们身边围绕着几只可爱的流浪猫，时不时蹭一蹭他们的腿，撒娇求抚摸。

记忆里的那个夜晚安宁又美好，后来很长一段时间萧晴明都依靠着那段记忆继续前行着。

只不过，还是有些遗憾的，因为自始至终小公主都没有问过他的名字。

天刚刚擦亮，值班的人来开门了。

萧晴明没有跟夏树稻一起出去，而是为了避嫌，躲开了，他觉得，像夏树稻这样的女孩应该不会愿意被人发现跟自己这么个小流氓独处一晚上。

两人就像是相交线，交汇之后又各自走上了不同的道路。

第二天的年级晨会又发生了一件让萧晴明对夏树稻刮目相看的事情。

那一天，夏树稻依旧要作为学生代表发言，而萧晴明自然是规规矩矩地坐在下面等着欣赏自己心上人的演讲。

只不过，在那之前，年级主任突然站起来说："在学生代表发言之前，我想再说一件事。"

她看向坐在那里的萧晴明，语气不善地说："有些同学自己自甘堕落也就算了，被老师批评几句竟然还想着报复！"

她的一句话引起了大家的议论，萧晴明没当回事儿，他的心里这会儿只有夏树稻。

然而，年级主任的矛头却指向了他："萧晴明！说的就是你！"

突然被点名的萧晴明诧异地看向年级主任，他完全不知道这人在说什么。

"有人看见你昨天晚自习放学之后不久又回了学校！我的车被人划了，你不承认我也知道是你干的！"年级主任气愤地说，"萧晴明，违反校纪，停课三周，去操场上跑十圈！"

正所谓，人在礼堂坐，锅从天上来。

萧晴明就这么不明不白地被扣了一口锅。

其实停课三周外加跑十圈对他来说并不算什么，就算让他退学他都不会怕，只不过，自己没有做过的事却被诬陷，他觉得有些难以接受。

身边的同学们开始议论纷纷，有的人说他胆子大、有个性，也有的人瞧不起他冷嘲热讽。

大家说出的话让萧晴明看清楚了自己身上贴着的"标签"，差生、妈妈是小三、心理扭曲……

在学校里，成绩好的同学似乎都有圣光保护，而成绩差的学生就成了众人皆可推倒的危墙，任何事情，只要需要替罪羊时，就可以随便把他们拎出来顶罪。

周遭的议论声如同洪水猛兽席卷而来，那么刺耳，那么让人难以忍受。

"主任，您的车是我划的。"

突然一个声音出现，所有人都循着声音看向了主席台。

萧晴明猛地抬头看过去，发现声音的主人真的是夏树稻。

她站在那里，骄傲又淡定地说："主任，我说的是真的。"

年级主任一听，立刻皱眉，诧异中带着些许的气愤说："夏树稻，你是好学生，我知道不可能是你！"

萧晴明心里清楚，这件事儿不是他也不是夏树稻干的，因为昨天晚上他们俩一直待在一起。只不过他不会把这件事说出来以此洗清自己的嫌疑，他要为夏树稻考虑。

"不可能是我？"夏树稻笑着说，"主任，成绩好的同学就算是主动承认你也不信，而对于这位成绩没有那么优秀的同学，您连证据都没有就可以随便定他的罪、停他的课，您觉得这合理吗？难道这就是您所谓的'求真务实'的校风吗？"

夏树稻此话一出，在场的同学们又是一阵哗然。

年级主任一时语塞，脸上有些挂不住了。气愤地争辩道："没证据？谁说我没证据？昨天晚上有人看见了他就在学校里……"

"昨天晚上这位同学一直和我一起在学校的天台上。"这句话说出来，全场震惊。有些女生已经开始窃窃私语，但夏树稻语气坚定，满脸无所畏惧。萧晴明不得不为之心动。

他的小公主能义无返地站出来为他说话，还有什么能比这更让人幸福呢。萧晴明那时候觉得就算是死，都没有遗憾了。

"夏树稻！你别以为你爸爸赞助了学校，你就可以为所欲为！"年级主任彻底绷不住了，有些气急败坏地说。

夏树稻微微了笑说："为所欲为？我还真的不会为所欲为，不过，要是说换掉某些在学校里为所欲为的老师，这倒是有可能。"

"……你！"年级主任再次吃瘪，气急败坏地坐了下来。

夏树稻像是打了胜仗的小将军一样，得意地看了一眼年级主任又看了看目瞪口呆的萧晴明，然后清了清嗓子说："接下来是我讲话的时间，这次的主题是……"

气氛诡异的年级晨会终于结束，萧晴明鼓起勇气追上夏树稻跟她道了谢。

"刚才谢谢你了。"

夏树稻看了他一眼，没什么表情地说："我可不是为了你才出头的，我只是烦那个老巫婆占用我讲话的时间。"

"这样啊……"萧晴明被她的话说得有些不知所措，这种自作多情却被拆穿的感觉并不是很好，他赶紧转移话题，"那个，我还没正式介绍我自己，我叫……"

萧晴明还没来得及告诉夏树稻自己的名字就被突然出现的同学打断了："阿树！快走！第一节课要考试的，快来不及了！"

夏树稻看了眼手表，有些急躁地摇了摇头，她一边往前跑一边对萧晴明说："同学，下次再聊吧！"

又一次眼睁睁看着她离开，萧晴明虽然依旧有些失落，但转念想想，至少下次遇见，夏树稻不会不认识他了。

暗恋中的人就是这么容易满足。

从回忆中走出来的萧晴明轻轻叹了口气，初恋记忆的每一帧画面都是夏树稻的影子。这些年过去，他们都不再是从前的自己，可他爱着她的心却依旧没有改变。

只不过当年，在他终于鼓起勇气想要告白的时候，却发现永远错失了机会，他努力学习想要考到前面，为的就是让自己离夏树稻近一点，然而就在他成功考了第一名的时候才发现，夏树稻突然转学了。

那个时候明明有很多机会和她再熟悉一点，他却只知道默默地努力。白白的错过了与她的缘分，留自己追悔莫及。往事只能回味，萧晴明从那时候开始就下定决心，如果以后跟夏树稻重逢，无论怎样都要守护她。

萧晴明又一次看向送机口，他等的人依旧没有出现。

机场广播已经开始通知航班登机，萧晴明无奈苦笑。

爱情果然不能勉强，一厢情愿的付出和等待，未必换得来对方的心。

他站起来，把手机放进口袋里，在心里默默地向夏树稻道了别。

"萧晴明！"

熟悉的声音出现，萧晴明几乎以为自己幻听了，但还是转头看过去。然后他看到一身纯白礼服的夏树稻提着裙摆跑向他。

他有些不敢相信，那一瞬间，觉得自己或许是出现了幻觉。

"喂！你那么喜欢不辞而别，那就干脆什么都别留下啊！"

夏树稻跑得气喘吁吁，她从晚宴现场跑出来好不容易才打到出租车，结果，来的路上竟然堵车。无奈之下，夏树稻穿着礼服和高跟鞋突兀地跑在高速路上，吸引了不少人的注意。

"你就这么走了，是人吗？"夏树稻冲到他面前，喘着粗气质问道。

萧晴明看着眼前的人，不禁有些激动，他抑制不住自己心里的喜悦，但嘴上仍不留情地说："你跑什么？现在这样蠢死了！"

他停顿一下，又问："我留下什么了？"

夏树稻仰头看着萧晴明，耳边是不断循环的机场广播。

"你竟然问我你留了什么？"夏树稻微嗔，"你不打招呼地住进了我的隔壁，不仅如此，还住进了我心里。留下了什么，你心里没数吗？"

夏树稻抬手捶了一下萧晴明的肩膀，眼睛有些泛红，她一把将对方抱住对他说："到底谁比较蠢啊？"

说完，夏树稻微微抬脚，吻住了萧晴明的嘴唇。

关于爱情，总有一个人要先走出第一步，而萧晴明已经努力走了很远，想要靠近她，如今，是时候给他一个最温暖的回应了。

两个无比耀眼的人在机场拥吻，他们听不到周围人议论的声音，只听得到彼此的心跳。

萧晴明搂住夏树稻纤细的腰，她被迫贴得更近。

此时此刻，夏树稻身上的这件白色礼服让她看起来像是个新娘。在她脚边，丢着两只歪倒在地上的高跟鞋，那是她奔跑后脱下来的。

脚掌已经被粗糙的地面磨破，跑向他的每一步都很艰难，但好在他等在这里，好在他们找到了彼此。

很久之前，童话故事里的人鱼公主也是这样为了她的王子步履艰难，可不一样的是，夏树稻的骑士不会让她的幸福变成遗憾的泡沫。

爱情就是这样一个奇妙的东西，它控制着人的下丘脑，让所有不小心沾上爱情的人都失去了理智。这个缠绵又甜蜜的吻，让他们俩几乎忘记了自己在哪儿，更忽略了周围的人。

"快看！这不是拍《狐妖》的夏树稻吗？"终于有路人认出了夏树稻，小声儿地跟身边人窃窃私语着。

"好像真的是！"另一个人说，"刚才还在走红毯，现在怎么跑这儿来了？"

"我的天，这个男的不是 BW 集团的二公子吗？他们竟然在一起了？"

萧晴明听见有快门的声音，赶紧抱住夏树稻，将她的脸按在自己怀里："他们在拍照，我怕你……"

夏树稻笑着抬起头，对他说："不管他们，人的一生总该有一次为了爱情奋不顾身。"

机场广播再次响起，催促萧晴明赶快登机。

依依不舍的两个人看着彼此，萧晴明说："夏树稻，做我女朋友好不好？"

"你说我会不会答应你？"夏树稻笑得眉眼弯弯，手还搭在萧晴明的肩膀上。

萧晴明又亲吻了一下她的嘴唇，温柔地说："你一定会答应。"

"你还真有自信。"夏树稻给他理了理有些乱了的头发，故意气他说，"暂时答应好了，不过如果有其他男人比你对我好，我就不要你了。"

幸福来得有些突然，让萧晴明根本没时间好好消化。

他紧紧地抱住夏树稻，贴着她的耳朵说："好！都听你的！"

机场广播最后一次提醒萧晴明登机，他必须得走了。

"等我回来。"萧晴明放开她，终于还是一步三回头地往登机口走去。

夏树稻跟着他，目送他往前走，对他说："我等你！你要是敢不回来，那我就过去找你！"

萧晴明走了，夏树稻一直看着他消失在登机口，却依然不想抬脚离开。

不知道什么时候已经流出了眼泪，才刚刚确定关系，却不得不分离，这种感觉，太让人难过。只不过，这一次的分别是值得的，她知道，她的骑士一定会更好地归来。

爱一个人最好的方式并不是要他为自己放弃梦想，而是两个人互相鼓励，一起实现各自的心愿。

人一恋爱，心里那种甜蜜是藏不住的，再平凡的日子都能过得像是抹了最甜的蜂蜜。

Cris 坐在夏树稻面前，气得眉毛都快翘起来了。

"我怎么那么嫌弃你呢？"她看着低头傻笑的夏树稻，无奈地摇了摇头，"我要是早知道你是个恋爱脑，我就……算了，现在说这个也来不及了。"

她看了一眼恋爱中的姑娘，叹了口气说："真想封杀你啊！"

"Cris 姐，别啊……"

Cris 瞪了她一眼，严厉地说："你知道为什么我打从一进门手就一直插在口袋里吗？"

"嗯？为什么？"

"我怕自己忍不住想打你！"Cris 揉了揉太阳穴，她是真的被气死了，昨天发生的一系列事情都让她毫无准备，"杀人要是不犯法，我一定杀你一百次！"

夏树稻低下头，觉得有些对不起 Cris，昨天她确实太冲动，没有考虑到公司会有多为难。

"Cris 姐，真的对不起……我下次一定……"她觉得自己现在说什么都晚了，只能老老实实地道歉挨骂。

"你还知道自己错了？"Cris 一直都很喜欢夏树稻，也不忍心真的责备她，但这一次实在太出格，好不容易设立的清纯小白花人设因为她昨晚在机场的一吻全毁了，"不

是我想骂你，微博上那些评论你都看了吗？"

夏树稻微微皱了皱眉，点了点头。

"觉得刺眼吗？觉得难过吗？"Cris 忧心忡忡地看着她说，"人们喜欢看平凡的人一夜成名，却也都在嫉妒着，他们都会想，为什么那个人不是自己。多少女明星毁在感情的负面新闻上，他们才不会管你是不是正常恋爱，只会觉得你出卖了自己的肉体和色相！"

夏树稻最没办法忍受的就是这样的评价，她觉得那是对她人格的侮辱。

"这种言论会击碎你之前所有的努力，让你成为一个凭借着背景和关系出名的人。"

夏树稻沉默了一会儿，闭上眼，深吸了一口气，然后说："Cris 姐，你知道吗？最让我难过的不是他们这样说我，而是我突然发现，我竟然真的是这样的人。"

Cris 诧异地看向她。

"如果没有袁柏亚，我不会有今天。"夏树稻的声音沉沉的，就像窗外阴云密布的天空一样，"如果不是萧晴明，萧烨雨又怎么会考虑把代言给我？我就是这样的人，靠着别人上位，而我自己在此之前却不自知。"

"话也不能这么说，说到底你跟那些出卖皮肉博取上位的人还是不一样的。"Cris 看着夏树稻这个样子，不忍心再说什么难听的话，她放柔了语气说，"这次的事情其实也还好，没有你想的那么严重，至少帮你提高了一下热度。在这个圈子里，靠着水军和绯闻上位的明星千千万万，所有的新闻无论好的坏的，都终究会被遗忘，不要在意今天发生了什么，一定要有拿得出手的作品才能被人真正的记住。"

Cris 站了起来，对夏树稻说："还有，从今天开始，你老老实实听我的话，我已经让人给你新租了一套公寓，这几天就搬过来。"

没有人的生活是一成不变的，没有人能永远停留在同一个地方。

尤其是夏树稻这样的人，她有着不平凡的梦想，当她越走越高时，也自然会离从前的世界越来越远。

人就是这样，永远被时光的洪流推着往前走。

忙了一天回到家的夏树稻又是一个人走在那个老旧的小区里，脚下这条黑漆漆的路曾经被萧晴明的车灯照亮过，只不过现在，那个人不在自己的身边。

她上了楼，来到家门口，隔壁的窗户里也没有像从前一样透出光线来。

曾经的她并不知道，原来隔壁那束光一直都是刻意为之，只为她照亮。

夜深人静，隔壁再也不会有人唱歌扰她清闲，也不会再有人一大早就来敲门讨饭吃。

一切都过去了。

那个人在这里的时候她从来没有好好珍惜过，如今，对方去了异国他乡，留她自己在这里无限想念他。

夏树稻开门进屋，看了眼时间，猜测这个时候萧晴明应该已经顺利抵达美国了。

她躺在床上，犹豫着要不要给那个人打个电话，正纠结着，她的手机突然响了起来。

虽然是个陌生的号码，但夏树稻知道，来电人一定是萧晴明。

果不其然，她刚接起来，对方就带着笑意说："宝贝，想我了吗？"

肉麻的称呼听得夏树稻在电话这边红了脸，虽然那人远在大洋彼岸，可她还是能想象得到对方笑着说话的样子。

"你干吗突然这么叫我？"夏树稻有些不好意思地说，"太腻歪了！"

"哈哈哈，你这是害羞了吗？"萧晴明逗她说，"娱乐八女王作证，你昨天可是自告奋勇要做我女朋友的！"

"谁自告奋勇啊！我那是迫不得已好吗？"

两个人虽然谈起了恋爱，但还是像以前一样，一言不合就斗嘴，只不过，现在连斗嘴都显得格外甜蜜。

"好好好，迫不得已。反正你就是我的宝贝小丫头。"

"……你还是好好说话吧，我真受不了你这样。"

萧晴明难得听话，正色道："对了，你经纪人没有为难你吧？"

夏树稻想起 Cris 跟自己说的那些话，她从来都不喜欢给别人添麻烦，但因为她跟萧晴明的事，Cris 姐肯定忙得焦头烂额了，否则也不会那么生气地教训自己。

她不想让萧晴明担心，可又觉得两人既然已经在一起了，就该成为彼此倾听诉说的对象。

夏树稻乖乖地把 Cris 跟她说的话都告诉了萧晴明，最后补充道："不过 Cris 后来还安慰我，我觉得特别对不起她。还有啊，为了去找你，我错失了 Princess 的代言，这么一来，我更愧对 Cris 姐了。"

夏树稻说完，电话那边的人竟然好久都没说话。

"喂，你怎么了？"

萧晴明突然笑了起来："没怎么，我在脑补萧烨雨的表情，估计看见咱们俩在机场的画面时，气得鼻子都歪了。"

他故意学起了萧烨雨的声音说："哼！怎么会有这种不识时务的女人？"

夏树稻也被他逗笑了，两个人隔着电话大笑起来。

"对了，Cris姐给我安排了新的住处，明天我就要搬走了。"说起这个的时候，夏树稻的心情突然变得忧郁起来，她舍不得这个地方，因为曾经她喜欢的人就住在隔壁。可以说他们俩的感情就是从这里开始的，只要还留在这里，她就多多少少能感受到一点萧晴明的气息。

"这么突然？"萧晴明也没想到Cris安排得那么快，看起来公司的确很重视夏树稻，并且已经做好了力捧她的准备。

"嗯……我有些舍不得。"

萧晴明心里也是不舍的，但还是要柔声安慰她："没什么，你等着我把现在这两间房子买下来，以后等你出名了，就挂个牌子写上'夏树稻旧居'，小标题就是'萧晴明泡到当红一姐第一景点'，你觉得怎么样？到时候你的粉丝肯定排队来参观，我也不用唱歌了，就带着腰包站在门口啪嗒啪嗒收钱，然后再用这个赚来的钱包养你，岂不是美滋滋？"

"……萧晴明你真是够了！"夏树稻最服气他的一点就是无时无刻都能贫嘴，两人又闹了一会儿之后，她心情好多了，时间也不早了，第二天要工作还要搬家，于是道了别，心满意足地去睡觉了。

远在美国的萧晴明在人来人往的机场伸了个懒腰，他脑海里都是夏树稻的样子，虽然远隔千山万水，但对未来充满信心。

毕竟，为自己心爱的女人而战，是骑士爱慕女人最体面的方法。

【林茨木脑洞小剧场 03】
我的粉丝不可能那么眼瞎！

我叫林茨木，我现在非常的生气。

走红毯意味着什么，相信各位都知道。

跟谁一起走红毯意味着什么，相信各位也都知道。

这次，我们《狐妖之凤唳九霄》剧组一起出席一个微博红人典礼，我那漂亮愚蠢的粉丝自然也在，按理来说，她是一定要挽着我的胳膊美滋滋地和我一起走红毯的。

但可是！可但是！她没有！她竟然拒绝了我！

你们能懂我当时的感觉吗？就是被自己最忠实的信徒背叛的感觉！

当我跟袁柏亚那厮同时示意她的时候，难道她不应该瞥一眼那个男人，然后骄傲地走向我吗？

我这个气啊！但是当场还不能发作，真的，一口老血在心里，我这颗心碎得，渣渣都不剩了。

想我林茨木，叱咤娱乐圈这么多年，什么人没见过，竟然栽在了一个没有品位的粉丝身上，实在可悲。

因为她没有选我，我就再一次被迫跟童玖勋一起走了红毯。

讲真，我其实不想炒作，炒作的人是他！

捆绑炒作什么的，这个家伙玩儿得可以说是非常溜了，但作为朋友，我也不能说什么，更何况，粉丝是真的喜欢啊……

现在，那个无聊的慈善晚宴已经结束了，我坐在车上，飞驰在回家的路上。

当我打下这一行字的时候，真的很想咆哮一句：我的粉丝，不可能那么瞎！

但是！她就是瞎！

她选了袁柏亚！

就是瞎！

第六章 欲望娱乐圈

演员
是可以随时忘掉自己感受的人

收拾行李就像是在收拾自己的记忆，夏树稻把家里的东西都打包好，心里有些空落落的。

她在这里住了很久，难免有感情，更何况还有隔壁牵绊着她。

整理好一切，搬家公司的车还没来。夏树稻走出门，一转身就是隔壁提前一步人去楼空的房间。

她的骑士去远行了，未来很长一段时间里都不会再有人像他那样一次次地保护她。从今天开始，必须一个人学着坚强了。

这段日子以来她满心都是离愁别绪，除了拍戏的时间以外，几乎所有的时间都用来想念萧晴明以及他们从前的时光了。

那会儿两人总是斗嘴，没完没了的，她还总是嫌弃他。现在回忆起来，那些吵架的时刻都变得格外美好甜蜜。

夏树稻掏出手机，想了想，把萧晴明在自己手机里的备注改成了"最爱的人"。

她拨了过去，对方很快就接了起来。

"哟，这么快就想我了？"萧晴明笑着打趣道，"明日新星沉迷恋爱无心工作，我真是罪过罪过。"

夏树稻撅了噘嘴："我想你了，你想不想我？"

"我？我不想你。"萧晴明说完，停顿了一秒钟，然后大笑着说，"还能想谁呢？"

这家伙还是老样子，就算是换了一个环境也完全没有改掉以前那油嘴滑舌的毛病。

夏树稻无奈地笑笑，视线又定格在面前的那扇门上，她有些情绪低落地说："晴明……"

然而还没等她说完，就听见电话那边有一个女人在叫萧晴明。

夏树稻皱了皱眉，刚想问什么，萧晴明就急匆匆地说："丫头，我这边有点儿忙，下次再打给你。"说完，他立刻挂断了电话，让夏树稻有些来不及反应。

电话挂断了，可是刚才那个女人叫萧晴明的声音却在夏树稻脑海中不断重播，虽然她相信那个女人叫他只不过是因为工作的原因，但她还是有些不开心。

夏树稻叹了口气，抬起手，将手心贴在门上。

她曾经天真地以为，他们之间可以跨越半个地球的距离，无条件地信任对方，永远甜蜜下去，可是刚刚的那种心情，让她真的有些开始担心未来那些萧晴明不在身边的日子。

这遥远的距离，真的是一句告白、几通电话就可以填满的吗？

夏树稻心中怅然，觉得有些无力。

她往旁边一瞥，发现门边的墙上似乎有一幅画。她走过去，蹲下来，仔细打量着。

"Wish my princess happy everyday..."夏树稻轻轻地念出了那幅画下面的英文，一瞬间就被治愈了，"这是骑士先生画给我的吧？"

萧晴明在这面墙上画了一个骑士，那个骑士的身边，站着一个穿着漂亮裙子的公主。

她用手指轻抚着画，鼻子酸酸的，再笑起来的时候眼睛里有泪在打转。

"你还真是傻，"她自言自语地说，"你不要我陪你去，也不要我等你，唯一希望的就只有我开心吗？"

可是，没有爱的人在身边，怎么可能会开心呢？

夏树稻看着那幅画，仿佛看见了画画时萧晴明的样子，有些笨拙，却满是真心。

最感动的不过如此了，爱人不在身边，也依旧感受得到他对自己的爱。

"萧晴明，我们能在一起很久的，对吧？"

"女朋友？"

萧晴明挂了电话，一回头就看见蕾昂娜走了过来。他点了点头，揣起手机，也整理了一下自己的心情。

蕾昂娜看着他，暧昧一笑："有时候距离对于感情来说并不是一件好事，你为什么非要舍近求远呢？"她把手臂搭在萧晴明肩膀上，妖娆地靠过去，"不如一会儿去夜店喝一杯？"

萧晴明往旁边躲了躲，站得笔挺，拒绝道："你应该知道的，中国人一向不太喜欢过于热情和主动，喝酒跟夜店就不必了，我们还是接着说新单曲合作的事儿吧。"

蕾昂娜无所谓地笑着耸了耸肩："随便你，不过，没有人能抵抗得了我的魅力。"

她再一次靠向萧晴明，用手指在对方胸膛上轻轻划过："早晚有一天，你会在我的床上醒来，然后和我一起吃早餐。"

萧晴明拨开她的手指，坐回自己的位置上，冷淡地说："这件事发生的概率非常小，大概小于你选上美国总统的概率。"

夏树稻在公司的安排下搬进了 B 市一个相当豪华的小区，门口守卫森严，不仅 24 小时都有门岗，而且没有门禁钥匙就无法进入。

"天呐！这也太少女心了吧！"夏树稻看着装修成了粉红色的公寓，喜悦之情溢于言表，"Cris 姐！我好爱你！"

她一个人在房子里来回转了好几圈，以她自己的能力，到目前为止是无论如何都没办法住进这样的公寓的。

她打电话给 Cris 道谢，Cris 冷淡地说："你谢什么？难道不应该心塞吗？"

"心塞？"夏树稻不懂她的意思，"这么漂亮的房间，我为什么要心塞？"

"真想把自己的智商分给你一点！"Cris 忍不住扶额，"你去窗台看看。"

夏树稻立刻往窗户边上跑，心想或许是 Cris 给自己准备了什么小惊喜。

她到了窗边，往外一看："怎么这么大块广告牌？会挡光的！"

"这么说你看到了？"Cris 冷笑着说，"怎么样？喜欢吧？"

夏树稻看着广告牌上黄淑媛的脸，终于明白了 Cris 姐的良苦用心。

"你听好了，你随随便便放弃的东西正是别人求之不得的，在你不求上进的时候，你的对手已经甩了你十万八千里。"

夏树稻没敢吭声，乖巧地听 Cris 教育她。

"如果你打算一直屈居人下，何必浪费公司的好资源？这间屋子刚好对着这块广告牌，你就天天好好看着黄淑媛烦死吧，要知道，这上面的人，本来应该是你。"

Cris 说完就挂断了电话，非常果决，没有给夏树稻多说什么的机会。

夏树稻看着那块广告牌，她其实一点儿都不后悔自己那天的选择，已经做的了事，没有必要后悔，更何况，萧晴明也值得她这么做。

不过，她还是打算好好反思一下自己的言行，从今天开始，成为一个真正的艺人。

"她还真没用。"黄淑媛一边修指甲一边不屑地笑着说，"特蕾莎，你还口口声声地说夏树稻会是我的对手，你看看，如今我代言的新一季广告已经普遍了大街小巷。她呢？除了谈恋爱还会什么？"

特蕾莎冷眼看着自满的黄淑媛，有些不悦："你知不知道，这次的代言，差点儿被她抢走？"

"什么？"黄淑媛有点儿不相信自己的耳朵。

特蕾莎瞪了她一眼："那次机场的绯闻根本没有带来什么实质性的损失。相反的，还有很多网友竟然力挺她，说她敢爱敢恨。"

黄淑媛被气笑了，她觉得这简直就是个笑话。

"这几天的热门话题全被这件事顶了下去，你的代言广告，其实根本没有为你争取到多少知名度。"

"这个贱人，什么事都要出来插一杠了！"黄淑媛愤恨地说，"如果不是她突然跑到机场强行给自己加戏，我……"

"行了吧你，要是她不去机场，你以为你还拿得到这个代言吗？"特蕾莎打断了她，"我不想听你解释自己的无知，有件事我要告诉你，剧本我仔细看了一下，她的演的人物要比女主角讨喜得多，女主角处处留情，不够果断，而那个女暗卫武功高强、冷眼坚强，一心只爱一个人，现在如果不采取一点措施，只怕播出之后，她又会抢去你的风头。"

黄淑媛没琢磨过夏树稻的角色，毕竟她从来没把对方放在眼里过，现在听特蕾莎这么一说，不安地问："特蕾莎，你要做什么？"

特蕾莎冷笑一声，眼神狠厉地说："她的公司给她规划的路线就是清纯冷艳小白花，要是能出点儿什么毁人设的事情，即使她演得再好，也无法翻盘了。"

黄淑媛眼睛一转，阴狠地说："如此说来，我倒是有一个主意。"

《狐妖之凤唳九霄》的拍摄进入了最重要的时期，夏树稻的戏分也开始多起来，为了方便拍戏，她按照剧组的要求住进了片场旁边的酒店。

"剧组真是良心啊！"夏树稻进了自己的房间，躺在床上感叹，"无差别对待小透明，

居然安排我住五星酒店，太良心了！"

她扭头拿起床头的服务卡片，上面写着：入住第一天送红酒。

正在这时，响起了一阵敲门声。

夏树稻心说：难不成是客房服务送红酒来着？

她疑惑着去开门，发现门口站着的竟然是姜娜的那个老同学方奕寒，而且两人最近正在恋爱，姜娜更是为了他向自己那个当台长的爸爸开口求加戏，最新剧本中，方奕寒这个男三号的苦情程度已经超过了男一男二。

"方奕寒？你怎来找我了？"夏树稻有些诧异，虽然她跟姜娜是好朋友，但是跟方奕寒可以说是完全不熟悉。

方奕寒看着她也是一脸诧异："你住在1102？"

"是啊，今天刚来。"夏树稻突然明白了什么，神秘地笑着说，"你的娜娜不在剧组住哦！"

两人在门口对视了一会儿，夏树稻觉得不太对劲，立刻推开方奕寒，躲回了屋子里。

离他们不远的地方，一个八卦记者已经收起了相机，心满意足地离开了。

回到房间的夏树稻越想越觉得奇怪，心中无比不安，她总觉得自己刚刚被拍了。

她先拨通了姜娜的手机，然而对方一直没有接听。

有些不安的夏树稻又打给Cris，Cris倒是很快就接了起来，听她说完之后淡定地说："不用担心，就算拍到，那也只是拍他站在你门口，这不算什么，这种事情，一看就是个圈套。"

Cris沉吟了一下，又说："你马上让姜娜问问方奕寒，到底是谁让他去敲你房门的。"

夏树稻挂了Cris的电话之后觉得稍微踏实一点了，然而姜娜的电话却怎么都打不通。

被夏树稻关在了门外的方奕寒跑出酒店直奔姜娜家里，见到人之后慌慌张张地说："娜娜，刚才媒体好像拍到了我和夏树稻……"

"啊？"姜娜有些茫然，"你跟阿树怎么了？"

"是她和我说你在她的房间喝醉了，让我过去接你，可是我赶过去后那间屋子里只有她一个人。"

姜娜难以置信地看着方奕寒，对方表现得很真诚，还有些慌张："娜娜，我完全不知道这是怎么回事！"

姜娜沉默了，她点点头，意思是自己明白了。

方奕寒看着她信了自己的话，松了口气，在心里想：还好她信了，如果被她知道我以为是黄淑媛约我过夜才去的，肯定要分手了。姜家这棵大树，我可得一直倚靠着。

"放心吧，星空卫视这边会在节目上帮你澄清。"姜娜面无表情地说，"这么晚了，你就别回去了，我让我妈把客房收拾出来，你明早再走吧。"

方奕寒露出释怀的笑容，拉住姜娜的手说："娜娜，你真好。"

姜娜苦笑一下，带着他进去。

"对了，夏树稻那边……你不要去找她闹，我知道你们是好朋友，我不想因为我的关系让你们之间变得尴尬。"

姜娜扭头看向他，面无表情地说："背叛我的人，我自会给她一个好看。"

经过昨天一晚上的忐忑，到了第二天去开工的时候，夏树稻的心情已经轻松了很多，只不过，这个世界上总是有那么些人不让别人过安宁日子。

她推开化妆间的门走进去，已经有几个人在化妆了，其中也包括黄淑媛。

"哟，这不是咱们的绯闻女主角吗？"黄淑媛嘲讽地一笑，"啧啧啧，别看戏里面戏分不多，但戏外可是天天上热搜！"

正在化妆的另一个剧组演员也搭了腔："就是说嘛，刚刚机场送别富二代男友，紧接着就在剧组偷腥，还真是不甘寂寞。睡导演睡制片的，还能加点儿戏，睡个小明星，图个啥？"

黄淑媛捂嘴偷笑说："图个……爽呗！"

她的话音一落，屋子里充满了他们的讥笑声。

夏树稻怎么也没想到八卦这么快就发了出来，她赶紧掏出手机上网去看，发现自己原本想要推走方奕寒的动作被他们重新处理过做成了倒放，这么一来，推开就变成了她把方奕寒拉进来。

图片可以说是证据确凿，她这回真的百口莫辩了。

"哎，夏树稻，你别光看爆料啊！"黄淑媛还觉得不够，阴阳怪气地说，"友情提示，评论同样精彩。"

夏树稻根本就不敢去看评论区，她还在震惊于这些人的无中生有，肆意抹黑。她从最开始就知道娱乐圈是个人心险恶的地方，但是没想到居然已经险恶到了这种地步。这个八卦公众号竟然将视频倒放，看起来就是故意想置她于死地。

夏树稻明白，女明星最怕惹上这种事，关乎名誉与清白，她必须想办法澄清。

"八卦要是能信，死人都能活过来。"夏树稻压抑着自己的怒火，她担心的事终究还是这么发生了，别人的冷嘲热讽她可以不在乎，但她很怕因为这件事伤害到她在乎的人。

化妆间里的那几个人还在不停地讨论这件事，完全当她不存在，她再也忍受不了，转身准备离开，丢下一句话给黄淑媛她们几个："这里乌烟瘴气的，我先去片场了。"

从那里出来，夏树稻的心情并没有好起来，她打电话给Cris，但对方没有接听。

她再次体会了一次什么叫作孤立无援，面对迎面泼来的脏水，她毫无招架之力，此刻她站在这里，觉得自己就像是一个笑话。

Cris一早就被叫去公司开会，主持会议的还是星空的台长姜建国。

"《狐妖》的拍摄已经接近尾声，现在就已经有电视台和视频网站争先购买播出版权。这次咱们大胆起用新演员，不仅降低了成本，还捧红了新人，这一点非常值得鼓励。"

姜建国手里拿着一个新的剧本，分发给各个经纪人和工作人员："这个时候我们就应该趁热打铁，这次咱们要试水大电影，《欲望职场》这个剧本你们看一下。"

"《欲望职场》……"Cris轻声念着名字说，"听起来是个小妞电影。"

她接着说："电影的话，必定要考虑票房，咱们旗下的工作室刚刚成立，还没有什么有粉丝号召力的女星，所以，这个女一的人选，姜台心里一定已经有了自己的打算吧？"

姜建国爽朗地笑了笑说："恰恰相反！女一是个职场小白，女二是个心机女王，现在已经定下来的是女二，由飞影那边的万凌出演，至于女一，就选一个咱们这边的新人。"

"真的要选新人？"Cris敏锐地抓住了时机，"如果选新人的话，我的推荐是夏树稻。"

说着，她拿起手机给夏树稻发了条信息，准备叫她过来。

"嗯，可以考虑。"姜建国坐下，看了眼时间，"飞影那边的人应该快到了，到时候再商量一下男主的人选，要尽量有登对的感觉。"

"姜台长的如意算盘打得倒是挺响。"会议室的门被推开，萧烨雨冷笑着走了进来，"用我们公司的一姐给星空的新人搭台阶，还是这么一个丑闻缠身的新人，您觉得合适吗？"

他走到会议桌前，手指轻轻敲了敲桌子："姜台不会是还没有看今天的微博头条吧？您未来的女婿也在其中。"

"……怎么回事？"姜建国今天还没来得及看娱乐新闻，一时间不知道发生了什么。

"这种捕风捉影的小八卦萧总竟然也信？"Cris立刻反驳，"我记得上次这个公众号好像还报道了萧总跟您旗下的某个女明星的事情呢。"

萧烨雨瞪向Cris，不悦地说："顶嘴呢，也要分时间跟场合。你要用一个有丑闻的人来演女一号，是当投资方的钱随便拿来开玩笑的吗？"

夏树稻赶到会议室的时候听见的就是萧烨雨的这句话，她推门进来，在众人的注视下说："给我时间，我一定会澄清这件事。我相信清者自清，请不要轻易地放弃我。"

"清者自清？"萧烨雨轻蔑地看了她一眼，"电影和电视剧不一样，如果因为你的丑闻导致票房惨败，那么大的损失，你打算怎么赔？"

他戏谑地上下打量了一下夏树稻："用你自己吗？不好意思，你好像不值。"

夏树稻已经受尽了委屈，她后退两步跟萧烨雨保持距离，转向姜台长跟Cris说："给我一天的时间，我会把丑闻澄清，会把所有的负面评论转变成热度。这次事件澄清之后，那些骂我的人一定会因为愧疚反倒来关注我。"

"我可以给你一个月的时间。"萧烨雨接了话，"一年也可以，因为——这部电影里根本就不会有你，随便你做什么，都跟我没关系。"

"米秘书，我们走！"萧烨雨转身准备离开，对一起过来的特蕾莎说："这里只会顶嘴的蠢货太多了，签合同的事情就交给你了。"

他又瞪了一眼站在原地的夏树稻，不屑地哼了一声离开了。

"你给了这个八卦公众号什么好处？还真是不遗余力地帮你黑她啊。"酒店房间里，特蕾莎粗略地搜索了一下夏树稻的八卦，哼笑一声，坐在了椅子上，"连'倒放'这种损招都能想出来，真够拼的。"

黄淑媛幸灾乐祸地说："是她自己得罪娱乐八姐了吧，我也只是爆个料而已，想不到八姐这么有头脑。"

"我看这事儿没那么简单。"特蕾莎最近一看见黄淑媛就有点儿堵得慌，终归是有点儿恨铁不成钢的意思，一手好牌打成现在这样，再不翻身就来不及了，"你不要掉以轻心。星空跟飞影要合作一部电影，叫《欲望职场》。走上大荧幕之后，你的身价会立刻翻倍，你明白我的意思。"

"我当然明白！"黄淑媛的野心也不只是在电视剧圈混，有机会她说什么也要把握住，"有什么要求吗？你告诉萧总，只要能出演，就算没有片酬也可以，只要能登上大

荧幕……"

特蕾莎意味深长地看了她一眼："本来星空那边定的女一号是夏树稻。"

"本来？现在夏树稻的名声搞成这样，我看也不敢用了吧？"黄淑媛突然庆幸自己在这么好的时机搞了这一手，"这次的女主角，非我莫属。"

"你也别高兴得太早。"特蕾莎最受不了的就是黄淑媛这种轻浮的性格，做事从来不多考虑，那颗脑袋放在那里好像只是个装饰品，"这段时间你给我谨慎一点，等合同签了再开心也不迟。"

黄淑媛笑着让特蕾莎放心，可特蕾莎看着她的眼神却满是不耐烦和担忧。

夏树稻在星空跟飞影的人面前许下诺言用一天时间澄清丑闻，但从那里走出来之后又发现自己过于意气用事，该怎么做，她完全没有头绪。

只是一夜之间，她不仅失去了两个广告拍摄，还可能要与电影女主角错身而过。而这一切，只是因为一件莫须有的绯闻。

在这个时候，她很需要身边有人给她一句肯定，可姜娜依旧不接她的电话，同样不接电话的还有萧晴明。

她成了这个圈子的一个笑柄，孤立无助，连最好的朋友和恋人都不理她。友情跟爱情都是夏树稻生命中最重要的，曾经的那一段段往事令她更加看重这两者，然而如今，她眼前一片茫然，属于她的友情和爱情都被推到了悬崖边。

走过的地方都有别人的窃窃私语，夏树稻觉得自己可能真的要撑不住了。

此时，手机响起提示音，夏树稻的心跳漏了一拍，一定是萧晴明或者姜娜来找她了！她赶紧掏出手机，嘴角的笑容还未来完全展开就消失了。

是一个陌生号码发来的一张图片。

那是一张合照，赤裸着上半身的萧晴明身边紧贴着一个身材火辣的女人，夏树稻当然知道这是谁——火遍全球的小天后蕾昂娜。两人贴得很近，看起来关系无比亲密。

自从被林晓羽背叛之后，夏树稻就一直小心翼翼地保管着自己的感情，她经常告诉自己，千万不要再轻易爱上任何人，不要再给别人背叛和伤害她的机会，只不过，萧晴明太善于攻城略地，还是让她卸下了所有的防备。这个人，给了她最温暖的怀抱，可又在她最痛苦的时候，补上了致命的一刀。

夏树稻努力让自己冷静，她觉得萧晴明不是那种刚离开就背叛她的人，这里面一定有什么误会，而且，这个陌生的号码究竟是谁她也不知道。她继续给萧晴明打电话，可直到她眼睛发红鼻子发酸，也依然是无人接听。

"你看，我早就和你说过，你敢踏进这个圈子，我就让你身败名裂，翻不了身。"黄淑媛踩着高跟鞋走过来，还是以前那副盛气凌人的样子，姿态就像是俯瞰丑小鸭的天鹅。

夏树稻放下手机，看向她，这张脸依旧这么让人讨厌，这张嘴说出的话也依旧这么伤人。

她觉得自己此刻就像是一个趴在沼泽地里奄奄一息的人，已经不需要别人再对她做什么，就已经快要窒息了。

"又是你？"夏树稻觉得有些无力，她看着黄淑媛的嘴脸，很想撕破她的面具。

"哎哟，你这说的是什么话？哪儿能是我啊！"黄淑媛装出一副好人的样子，轻抚着脖子上的海豚项链说，"我只是关心你所以来看看。不过，我看网友们可都让你滚出娱乐圈呢！"

她又靠近了两步，微笑着说："我看，你是不是赶紧收拾东西滚呢？哎哟不对，我说错了，你根本就没有进来过，何谈滚出去呢？"

"黄淑媛！"夏树稻看到她的那条项链觉得更加呼吸不畅，她忍无可忍，终于爆发了，"我现在真的不想理你，而且，我的心情很不好，你想死的话，就继续站在这里。"

夏树稻的脸色越来越阴沉，看得黄淑媛有些打怵，她抬脚就走，丢下一句："哼，马上就要倒大霉的人，在这儿瞎横个什么？"

黄淑媛终于走了，夏树稻的世界清静了。

她靠在墙上，深呼吸努力平复心情，萧晴明、姜娜、黄淑媛，这些事情一起压过来，让她实在心乱如麻。

这种感觉，让她想起多年前那段不愿回忆起来的往事，满脑子都是刚刚黄淑媛的手拨弄项链的模样。

那条项链，生生刺痛了她的眼睛。

那时候她还在以前的学校读高中，成绩优秀，长得漂亮，家境又好，是最惹眼的学生，只不过，这样的女生也往往容易遭到别人的嫉妒。

或许也正是因为夏树稻太过耀眼，所以朋友非常少，唯一的朋友是一个叫苏雯雯的女生。

很多人都说，苏雯雯就像是夏树稻身边的陪衬，就像绿叶衬托鲜花一样。但两个女孩并没有因此疏远对方，苏雯雯始终坚定不移地和夏树稻走在一起。

只是，夏树稻后来犯了人生中最大的一个错误，这让她很多年后的今天还觉得良心不安。

那时候学校里有些喜欢霸凌同学的不良少年，不知怎的，他们把矛头指向了夏树稻最好的朋友苏雯雯。

其实夏树稻有预感，觉得他们可能想要霸凌的是自己，只是碍于她家里的情况，不敢罢了，于是就只能捉弄她身边的人。

苏雯雯被他们霸凌的时候夏树稻也在场，只是一个十几岁的女生面对那样的场景，对方人多势众，她却只有一个人，完全不知道应该怎么办。

她后来回忆起那次事件，后悔不已，她当时只是害怕地愣在原地，在惊慌失措中眼睁睁看着他们欺负苏雯雯，而苏雯雯脖子上那条深蓝色的海豚项链在那里荡来荡去，这成了后来她所有噩梦的根源。

那次霸凌事件之后，苏雯雯就断绝了跟夏树稻的来往，她好几次去苏雯雯家找她，想要好好道歉，却没有一次见到对方。

后来听别人说苏雯雯得了抑郁症，全家都搬走了。

那段往事已经过去很多年了，但对于夏树稻来说，却从来没有过去过。她还是想再见到苏雯雯，想当着她的面，跟她好好道个歉。

回忆起自己曾经的好朋友，夏树稻猛然间觉得她竟然跟黄淑媛在某些方面有点像，但如果非要说到底哪里相像的话却又说不出来。其实他们身上应该毫无相似之处的，苏雯雯普通得不能再普通，性格又懦弱，完全不是黄淑媛这种人。

那个时候，她失去了最好的朋友苏雯雯，现在，恐怕又要失去姜娜了……

夏树稻捂住脸，眼泪哗啦啦地流了下来。

无论世界变得如何，生活跟工作还是要继续。

夏树稻拖着疲惫的身体来到片场，导演叫她准备进场。

这场戏是暗卫樱柠和主人楚王互相争执的戏，剧中，楚王执意要为了女主放弃唾手可得的江山，而樱柠因此对主人感到失望，想要劝说他顾全大局，两人各执己见，开始争吵。

演员各就各位，袁柏亚担忧地看着情绪明显不佳的夏树稻，走过来小声说："小稻草，加油。"

夏树稻感激地点点头，深呼吸一下，让自己尽快摆脱差劲的情绪。

"主人，死士已经准备好，就等您一声令下——"

"鸢儿，"饰演楚王的袁柏亚愁云密布地看着御书房，"鸢儿还在里面。"

樱柠听了，微微蹙了蹙眉。

"如果她不在，我要这天下还有何意义？"

"您的心里就只有一个人，从来都没有装着过天下人吗？"樱柠逼近楚王，"这个计划，我们布置了多少时日？您就甘心为了一个女人背叛我们，背叛整个天下吗？"

镜头慢慢推进，变成樱柠的特写。

"在您想着她，念着她的时候，可曾想过，背叛的滋味？"说到这句话，夏树稻觉得自己的情绪就要崩溃了，她控制不住自己不去想林晓羽跟黄淑媛、萧晴明跟雷昂娜。

她很努力地压抑自己的情绪，可还是忍不住让眼泪掉了下来。

如果是别的角色，或许此情此景落泪并不影响什么，但樱柠是个冷酷隐忍的人，以她的行事风格以及性格设定，在这个时候是绝对不会流眼泪的。

"咔！"导演不悦地叫停，站起来面色不善地说，"夏树稻！你怎么回事？说了不要哭不要哭！大家都陪着你在这儿玩，有意思是吗？"

夏树稻哭得停不下来，她觉得非常对不起大家，可导演越是骂她，她就越是难受。

"导演，先休息10分钟吧，我有点累了。"袁柏亚开了口，得到导演的应允后，带着夏树稻去了旁边休息。

片场的夜色很美，只是夏树稻根本无心欣赏美景。

她低着头跟在袁柏亚身后，行尸走肉一般往前走着。

袁柏亚突然停下来转过身，夏树稻来不及反应，猝不及防地撞在了他宽厚的胸膛上。

月色下，袁柏亚的皮肤更加白皙通透，身上白色的戏服将他衬得宛如谪仙。

"有心事？"袁柏亚温柔地开口问道。

夏树稻听着耳边这个男人好听的声音，愈发地想念那个远在美国、始终联系不上的萧晴明。

袁柏亚看着她笑了笑，那笑容竟然有种让人安心的力量："你曾经和我说过，你的梦想就是拍戏，想要成为一名真正的演员。可是，你知道演员是什么吗？"

夏树稻没想到他会问这个问题，不解地看着对方。

"演员，是可以随时忘掉自己感受的人。真正的演技，不是表演，而是将自己完完全全当做是剧中的那个人。如果你刚刚真的带入了樱柠的喜怒哀乐，就不会在意夏树稻想起了什么，更不会突然在不该流泪的时候流眼泪。"

夏树稻明白他的意思，也知道他说得对，可是却真的没有办法忽略自己糟糕的心情。

"其实,那些困扰你的事情迟早都会过去。"袁柏亚拉着夏树稻坐在了河边的台阶上,"网友们都是热情而健忘的,他们的注意力很快就会被其他的事情转移。"

"可是……"夏树稻艰难地开口说道,"他们让我滚出娱乐圈。"

袁柏亚像是听见了什么好玩的笑话,轻声笑了出来:"他们啊,总是喜欢这么说。但你要知道,他们越是要你滚出娱乐圈,你就越是要在这里站稳脚跟。你要告诉自己,今天骂你的这些人,总有一天会爱上你。"

如果放在以前,夏树稻或许还有这个信心,但今天,她真的没了底气。

"我真的很难过,"她失落地看着河中心说,"这件事之后,连我最信任、最爱的人也不理我了。连他们都不相信我。"

"你怎么知道他们不相信你呢?"袁柏亚的声音淡淡的,像是最柔和的风,抚平了夏树稻心里的褶皱,"你说你最信任他们,既然如此,就应该相信他们不会放弃你。"

夏树稻突然间被这句话治愈了,是啊,现在只是联系不上而已,姜娜和萧晴明,她生命里最重要的两个人,他们只是还没出现,而不是和那些人一样都在把她往深渊里面推。

"小稻草,你现在唯一能做的就是拍好眼前的这场戏。"袁柏亚看着她,"现在,看着我,我不是袁柏亚,我是楚王。"

夏树稻转头看向他。

"而你,也不是夏树稻。你是我的暗卫,樱柠。"

夏树稻觉得有些人生来就是拯救另一些人的,就像袁柏亚之于她。

在对方的开解下,她不但顺利完成了这一幕的拍摄,还得到了导演的大力称赞。

"谢谢你。"收工之后,夏树稻跑去向袁柏亚道谢,"你教会了我如果做一名好演员。"

袁柏亚欣慰一笑:"你说的我都认同,不过有一点以后要注意。"

"嗯?什么?"

袁柏亚看着她可爱的样子,宠溺一笑,跟她一边往外走一边说:"以后和我不能这么客气了,哥哥照顾妹妹,这是应该的。"

夏树稻听了,摸摸在心里吐槽:我什么时候成你妹妹了?我怎么不知道?

不过,如果能有这样一个温暖的哥哥,倒真的是一件幸运的事。

夏树稻拍完戏已经是后半夜,等到她写好了妆收拾好自己的东西走到片场大门口的时候,天色已经蒙蒙亮了。

这一天她过得前所未有的疲惫,现在只想赶快回家洗个热水澡。

拖着有些沉重的脚步往外走，在她还没来得及反应的时候，一群记者蜂拥而至，瞬间就把她围了起来。

"请问最近微博上爆出的片场夫妻是真的吗？"

"听说方奕寒是你闺蜜的男友，是真是假？"

"之前凭借着跟袁柏亚的一张合照走红，请问你和国民男友是什么关系呢？"

连珠炮一样的问题纷纷袭来，让夏树稻有些招架不住。

这些问题太过尖锐，让她只能连连后退。

对于这次的绯闻事件，姜娜完全不接她的电话，无奈之下，夏树稻只能让Cris去沟通，到现在为止还没有做出公开反应。因此，她必须少说话，以免带来不必要的麻烦。

可是，按照现在的情况，如果她什么都不说，肯定是走不了了。

"清者自清，"夏树稻一边尝试突围一边说，"稍后会给大家一个答复。"

"能不能正面回答我们的问题？"

"如果没有睡过，为什么躲躲藏藏？"

记者们可能是看夏树稻此刻只身一人，所以毫无顾虑地放着箭，每个字都扎得她心里生疼。

夏树稻心里明白，如果是大咖出了这样的绯闻他们可能还会留些情面，但像她这样的新人，八卦记者为了挖出猛料，不可能给她留面子。

他们的追问还在继续："听说你的富二代绯闻男友也在美国另觅新欢，你是不是故意气他才和方奕寒——"

"如果真的没事，你的闺蜜又为什么不站出来帮你解释？还是说两人已经闹翻？请正面回答。"

如果不提到这两个人还好，一说起萧晴明跟姜娜，夏树稻心里最柔软脆弱的地方就遭受了致命的一击。

这两天来她被这件事闹得茶饭不思，此刻，在几重刺激之下，竟有些头晕目眩。

就在这时，一辆车停在了他们旁边，袁柏亚从车上下来，径直走向他们。

一瞬间，所有的话筒跟摄像机都对准了袁柏亚，他镇定自若地走到夏树稻身边，对记者们说："大家辛苦等了这么久，真是不好意思。早知道你们在，我刚才就应该认真一些，少点儿NG，早点出来跟你们见面。"

他几句话就逗笑了记者们，尤其是站在前排的女记者们，更是瞬间收起了刚才凌厉的模样。

"袁大帅哥，你又来这套！既然知道我们等的辛苦，就应该爆点能写的料出来嘛！"

袁柏亚温柔一笑，在这个微凉的凌晨，显得格外温暖："原来你们不是为我来的啊？"

他笑了笑，开玩笑似的说："我竟然还自作多情以为你们是在等我！"

记者们纷纷解释，袁柏亚正色了一下，接着说："网上那段视频我看过了，很明显是倒放，你们都是专业人士，该不会看不出来吧？"

在场的记者们都尴尬了一瞬，但又觉得就这样放过他们太不甘心，于是有人问道："袁大帅哥，你这么护着自己的师妹，不怕绯闻吗？"

袁柏亚笑着看了一眼站在一旁脸色极差的夏树稻，转回来对记者说："你既然知道她是我同公司的师妹，那我护着她，是天经地义的啊！好了，这天都快亮了，大家该回去休息的就回去休息，该去加班的就去加班吧。"

袁柏亚说完，向自己的经纪人柯基使了个眼色，然后带着夏树稻上了自己的保姆车。

柯基心领神会，立刻下车掏出红包分给各个在场的记者们："大家辛苦了，可别忘了对我们老袁好点啊！"

袁柏亚的保姆车开走了，他坐在车里对记者们挥了挥手，没带走一片云彩。

而他们不知道的是，路旁的一条小巷子里，另一辆保姆车正十分低调地停在那里。

"把刚才买的那盒金枪鱼沙拉扔了吧。"林茨木丧着一张脸，有些失落地说，"闻着不舒服，想吐。"

"嗯嗯，好的，这味道确实有点儿别扭。"可可故意挤对他，"一股子酸味儿！"

林茨木斜眼看了看他，又突然认真地问："你说，我是真的喜欢她吗？"

可可一看他认真了，自己也收起了那副爱笑爱闹的样子，郑重地回答："这个问题，你得问自己。"

夏树稻的心情已经低落到了谷底，今天要不是袁柏亚及时出现，她根本不知道会发生什么。

她靠在后排座的椅背上，虚弱地看着窗外。

"柯基，给她拿点吃的。"

坐在前面的柯基赶快递过来一瓶牛奶和一袋面包。

"心情不好也不能不吃东西。"袁柏亚接过来，帮她打开面包的包装袋，递过去之后又拧开了牛奶的盖子，"现在比较流行女王，随时晕倒的小白花只能当反派。"

夏树稻小声道了谢，她不知道自己应该怎么感谢袁柏亚，她当初只是帮了他一次，可他却已经多次救她于水火之中了。

袁柏亚看着夏树稻，不用想也知道她在愁什么："其实我这几天也看了那个视频，这并不算什么，只不过舆论一边倒的情况很不正常，应该是有人买了水军故意来黑你。"

"水军？"夏树稻诧异地说，"骂我的人都是水军吗？"

"有时候大部分网友的态度会跟着舆论的走向来，也就是所谓的'带节奏'、'跟风黑'，他们不会想太多，很容易就被误导。"袁柏亚对这些事再了解不过，"你可以让你的经纪人查一查那些骂得最狠的 IP，运气好的话说不准能查出背后黑你的人是谁。"

夏树稻咬了一口面包，开始思考袁柏亚的提议。

"袁哥，"前排的柯基突然回头问，"你刚才当着记者的面儿说那个视频是倒放，娱乐八姐会不会反过来黑泥？"

袁柏亚无所谓地笑笑说："你见过我出错吗？八姐那点儿小把戏，也就欺负欺负新人罢了。"

也不知道是不是车里开了暖风的缘故，夏树稻觉得这里比哪儿都温暖。

只不过，所有的温暖都只是暂时的，如果她沦陷在片刻的温暖里，未来等着她的搞不好是刺骨的寒冷。

"袁柏亚……哥哥，"夏树稻鼓起勇气开了口，"应该没有记者跟上来了，我想自己下车走走。"

"现在？"袁柏亚有些惊讶，还有些担心，"现在是早上 6 点，打得到车吗？"

"没事的，我住的地方离这边也不远。"夏树稻铁了心下车，她不想过多解释什么，因为说什么都是没有意义的。

袁柏亚是个聪明人，他明白夏树稻的意思："行，靠边停车吧。"

他叫司机停车之后，又叮嘱夏树稻："注意安全。"

夏树稻点点头，从那个温暖的地方离开了。

早上 6 点，凉意透过她的衣服浸在了她的皮肤上。

不过，好在很快就打到了车，夏树稻坐在后排，轻声说："师傅，万豪酒店。"

报了地址之后，夏树稻不再出声，她把头靠在车窗玻璃上，怔怔地看着窗外逐渐后退的景色，既疲惫又失落。

出租车司机似乎感受到了她的心情，声音沙哑地问："小丫头，怎么不开心了？是不是男朋友欺负你了？"

夏树稻依旧保持着那个姿势，淡淡地回应道："可能是工作累了。男朋友么……我

真的有些想他。"

司机从后视镜看了她一眼，但夏树稻没有注意，他说："你知道吗，我们这一行有一个传说。当你坐在后面想着一个人的时候，就在玻璃的雾气上画一个心，然后想着他，这样一来，不管他在哪里，都会心有灵犀一般地想起你。"

夏树稻苦笑一下，觉得这个传说非常可爱，但却一点儿都不真实，只不过，她却还是像着了魔一样，坐直身子，想要试试。

"真的吗？"

夏树稻按照司机师傅说的，在玻璃窗上画了一个心。

"画好了？"

就在她画好的时候，车也停了。

此时他们已经到了万豪酒店的楼下，夏树稻看着玻璃窗上的心，念念有词："不管他离我有多远，都会想着我吧？"

"这个传说很灵的。"司机趁着夏树稻准备下车的时候，对她说，"小妹妹，我有点不舒服，后备厢里有药，你能不能帮我拿一下？"

"啊，好的，稍等一下。"夏树稻突然觉得有些奇怪，但已经到了酒店楼下，也没什么可怕的，她从车上下来，打开了出租车的后备厢。

满满一后备厢的玫瑰花，红得无比耀眼。

夏树稻被人从后面抱住，一个熟悉的声音在她的耳旁响起。

那是无数次出现在她梦里和脑海里的声音，是属于她想念的人的声音。

"萧晴明！"夏树稻的眼睛瞬间就红了，所有的委屈和想念都在此刻迸发。

"亲爱的，你一定不知道我有多想你。"

他故意压低声音，似有似无地在她耳边吹出热气。

一阵酥酥麻麻的奇异感受顺着夏树稻的耳朵和脖子传遍了全身，萧晴明抱着她的腰，手不安分地用了用力，两个人贴得更紧了。

萧晴明的手试图往上摸，但被夏树稻一把抓住，制止了他。

"摸摸你的肚子嘛，让我看看是不是想我想得都瘦了。"

"是被你气瘦了！"夏树稻掰开萧晴明的手，质问道，"你和蕾昂娜是怎么回事儿？"

萧晴明不管那么多，撒娇似的把夏树稻抱得更紧："哟，小宝贝儿，见面就逼供啊？"

"要不要一会儿去房间对我'严刑逼供'啊？"他凑近夏树稻的耳朵，暧昧地说。

夏树稻红了脸，但还是继续追问："你不要当作没事儿似的！我可都记着呢！还有，你不是去美国当歌星去了吗？怎么突然回来当起了出租车司机？"

萧晴明笑着绕到夏树稻面前，宠溺地看着她说："为了你当司机算什么，我还可以为你做牛做马，我刻意压低声音说话，你竟然真的没听出来。"

夏树稻想起刚刚两人聊天，确实有那么点儿熟悉的感觉，可她完全没有往那个方面去想。

"我一开始以为你是个小公主，谁知道根本就是个心狠手辣的女贼！"萧晴明油嘴滑舌委屈巴巴地说，"你把我的心还有我的七魂六魄全都偷走了，这还不算，你还时不时闹出一点儿小绯闻来刺激我，把我吓得啊，赶紧回来找你。"

"所以，你是因为在飞机上，所以才没有接到我的电话？"夏树稻听见萧晴明的解释，终于释怀了。

果然，这个男人是值得自己信任的。

"是啊，而且我一下飞机就去租车、买玫瑰花，你都不表扬我一下。"萧晴明继续向她撒娇，"女贼，现在我要逮捕你了！"

说着，萧晴明从玫瑰花里拿出一枚钻戒，一边说话一边将它戴在了夏树稻的手指上："这就是我逮捕你用的手铐。这一枚是一克拉的钻石，我还欠你九克拉，等我娶你的时候，一定补上。"

夏树稻已经感动得快要哭出来，但为了不让这家伙骄傲，还是故意板起脸说："别以为这样我就能原谅你！行了，戒指和花我都收下了，萧司机可以打道回府了。"

"喂！你这个女人太狠心了吧？都不收留一下你老公？"萧晴明贴了上来，"我把浑身上下全部的钱都花了，你让我睡哪儿？"

"这位富二代同志，你把脑子丢在美国了吧？这种谎话我会信？"夏树稻抬脚往酒店走，"再说，我现在也算是个女明星了，不能随便带男友到处乱走。"

萧晴明赶紧跟上："那，那你帮我在这个酒店再开一个房间好了，就算不能睡一张床，离你近一点也是好的。"

"哟哟哟，可是把我们萧二公子可怜坏了。"夏树稻笑着看他，也是满眼的爱意，"行吧，勉为其难帮帮你。"

然而——

"不好意思小姐，今天全部满房了。"

萧晴明站在夏树稻身边，露出了一个得意的笑容。

夏树稻觉得有些不可思议，她在这里住的这段时间从来没听说客房满了的。但其实，

她也并非那么不愿意跟萧晴明住在一起，只不过，多多少少要矜持些才行。

"那……那你去别家！"夏树稻说这话的时候已经开始有些紧张。

萧晴明贴着她的耳朵小声说："大明星，我必须得吐槽你一下了，你对粉丝一点儿都不好。我这么千里送那什么，你竟然都不要！"

"不要！"夏树稻被他说得有些脸红，转身就走。

萧晴明自然不可能她说不要就不要，眼看着夏树稻走了，他立刻就跟了上去。

"你确定不要？"他坏笑着跟夏树稻并肩快步走着。

"不要！"

"我跟你说，我可受不了这委屈，你不要，我就送别人了！"

夏树稻最受不了激将法，萧晴明这么一说，她立刻真的不高兴了："那你就去啊！"

然而，萧晴明并没有转身走开，反倒是突然拉住夏树稻的风衣角撒娇说："人家不要啦！你不让我进去，我就在这儿纠缠你！一会儿八卦狗仔肯定来全都拍到了！反正我不怕！"

"……你真是……"夏树稻被他气得没了脾气，扯回自己的衣角说，"离远点儿！跟我上来！"

萧晴明终于得逞，吹着口哨美滋滋地跟上了夏树稻。

另一边，前台妹子疑惑地嘀咕："今天真是奇怪，竟然满房。"

"是啊，下午的时候一位姓萧的先生预定了所有的空房间。"

"还有这种操作？"

两个前台聊了起来："本来酒店一半的房间就被《狐妖》剧组包了，现在另一半也全都被订出去了，没听说还有别的剧组要来啊。"

夏树稻带着萧晴明回到自己房间的时候，整个人紧张到一开口就结巴了起来。

"你……你……你睡沙发！"

萧晴明自在地在房间里走动，笑着说："行，睡隔壁都行。"

他打量着房间的镜子，调笑道："真没想到，这酒店还挺有情趣的，床头还有镜子。"

夏树稻下意识地想到了一些很奇怪的事情，立刻害羞到面红耳赤："你……你别这么猥琐行不行？"

"我猥琐？你这小脑子都想什么呢？"萧晴明狡辩说，"我的意思是，有这个镜子早上穿衣服的时候比较方便。"

夏树稻被他说得无法还击，只好小声嘟囔："你这个污妖王！"

她突然想起了什么，立刻严肃地说："不要转移话题，你跟蕾昂娜到底怎么回事儿？"

"嗯？她怎么了？"萧晴明一边脱衣服一边疑惑地问。

"喂！你脱衣服干吗？"夏树稻眼睛都不知道该往哪儿放，掏出手机，把萧晴明跟蕾昂娜的合照递到了对方面前。

"这张啊……"萧晴明一看，一脸了然，"你等等。"

他从随行的行李中拿出 IPad，找到那张照片说："这才是原图。"

夏树稻凑过去看，萧晴明解释说："这是我们拍 MV 之后所有人一起的合影。"

他用手指放大照片，找好角度，果然跟蕾昂娜发出来的那张两人照片一模一样。

"她故意截图的吧。"

夏树稻终于放下了悬着的心，知道自己误会了萧晴明，也有些过意不去："好吧，这次就算你错了。"

"啊？怎么算我错了呢？我是无辜的！"萧晴明是真的不懂了。

夏树稻看着他，突然笑了说："谁让你长得这么帅？我不得防火防盗防妖艳贱货啊！"

萧晴明见她不生气了，上前两步抱住夏树稻："哟，学会反撩了。"

孤男寡女共处一室，夏树稻又被对方紧紧抱着，此刻已经不仅仅是害羞那么简单了。

她靠在萧晴明的怀里问："你怎么不问问我的绯闻？"

"这还用问吗？"萧晴明用抚摸着夏树稻的发丝，带着笑意说，"不过，话说回来，我倒不是信任你的节操，而是相信我自己的颜值。你见过谁吃过佛跳墙还会啃咸菜头啊？"

夏树稻被他彻底逗笑了，抬头跟他对视说："佛跳墙同志，这次回来，什么时候走？"

萧晴明盯着夏树稻看，好久不见，堆积在心里的想念在此刻全部迸发出来，他轻抚着夏树稻的脸，觉得怎么都看不够："对不起，我明天就得走……最近在制作新歌，忙得要死。"

夏树稻皱起了眉，不悦地说："就一晚上？"

"就一晚上。"萧晴明的手搭在了夏树稻腰上，慢慢靠近她，柔声说，"所以，我们不如……"

气氛瞬间变得暧昧起来，都说小别胜新婚，这段时间异国恋的两个人过得都十分辛苦，对彼此的想念已经爆表，他们都清楚此刻彼此想要的是什么。

萧晴明推着夏树稻慢慢后退，而夏树稻，看着他的眼睛，退着退着就被后面的床绊

倒了。

她仰面摔在床上，萧晴明直接凑了上来。

这个好久不见的男人弓着身子，一只手撑着床，另一只手攥住了她的手腕。

"你还记得你在我家过的第一夜吗？"萧晴明跟夏树稻贴得很近，嘴唇几乎相碰，"那天晚上可是把我折磨坏了，还没吃到嘴就挨了你一巴掌，这笔账，今天你就还了吧。"

"什么什么……"夏树稻故意曲解他的意思以此来缓解尴尬，"你，你要打我？"

萧晴明暧昧一笑，轻吻了一下夏树稻的嘴唇说："不，我要……。"

他故意压低了声音说，那声音听起来低沉又性感，比平时还让夏树稻着迷。

萧晴明离她很近，近到几乎可以闻到他洗发水的味道，还有那股淡淡的船员香水广藿香的味道，一如初见，他吻她的那天。

萧晴明看着夏树稻的眼神越来越迷醉和专注，那眼神中隐藏着的意思再明显不过。

夏树稻羞赧地闭上了眼睛。

她想：真好，这是我爱的人。

"我的小公主，你确定要把自己交给我了吗？"萧晴明吻了吻夏树稻的额头，然后拉过她的双手，让她环住自己的脖子，如此问道。

夏树稻冲他微微一笑，坚定地点了点头。

下一秒，她的嘴唇被他含住，这个时隔好久才又回来的吻让他们抱紧了彼此。

一直以来都是萧晴明在主动，他主动表白、主动拥抱、主动追着夏树稻跑，这一次，夏树稻决定主动一些，热情地回应了起来。

不知道吻了多久，他们终于停了下来，萧晴明深情地看着夏树稻，温柔地摸了摸她滚烫的脸颊："丫头，我真的好爱你。"

夏树稻还没来得及好好回味一下这句话，瞬间就又被对方的吻侵略，嘴巴、脖子和耳后，她沦陷在了他的温柔进攻里。

就这对儿感情正浓的小情侣缠绵相拥时，房门突然被敲响了。

夏树稻被吓了一跳，紧张地睁开眼睛问："谁……谁啊？"

萧晴明不想让无关的人打断他们温存，他低声凑在夏树稻脖颈间说："不要管……"

夏树稻心里酥酥麻麻的，准备听话地闭上眼，然而门口传来了一个熟悉的声音："是我，Cris！"

夏树稻瞬间推开萧晴明，胡乱地往身上穿衣服，慌慌张张地说："啊！Cris姐！我，我刚刚在洗澡！稍，稍等我一下！"

萧晴明原本不紧张的，但是夏树稻一慌，他也跟着慌了起来。

"你让她进来，那我藏哪儿？"萧晴明一脸怨念地问。

夏树稻环视一周，厕所是玻璃门的，显然无法藏人，而床底下也是实的，更是进不去，这么一来，那就只有——

"衣柜！"夏树稻冲到衣柜前面一把拉开拉门说，"快进去！"

"我……"

"我什么我！"夏树稻拉着他，不由分说地把人塞了进去，"千万别出声！"

夏树稻把人塞进去之后又迅速捡起丢在地上的衣服和鞋子，还有萧晴明的行李，统统跟着它们的主人进了衣柜。

夏树稻藏好萧晴明深呼吸一下努力让自己平复下来，她假装淡定地走到门口，打开了门。

"你在洗澡？"Cris 怀疑地看了看她，"头发怎么是干的？"

"啊，我刚进去，还没洗你就来了。"夏树稻随口扯谎，在心里默默祈祷不要被 Cris 发现什么端倪。

Cris 走进来，嗅了嗅，更加疑惑了："这房间里怎么有股男士香水的味道？还是爱马仕，这么骚，谁啊？"

躲在衣柜里的萧晴明听见她这么说，气得直翻白眼。

"你是不是藏了男人？"Cris 的眼神瞄向卫生间，又四处扫视着。

"没啊……"

Cris 显然不相信她的话，在房间里绕了一圈说："你该不会把人藏到阳台了吧？这可是 19 楼，万一失足掉下去摔死，明天你又要上头条了，现在是非常时期，你可得小心点儿！"

夏树稻紧张得不行，只想赶紧转移话题："哪有男人，可能是酒店沐浴露的味道比较奇怪。Cris 姐，你这个时候过来，有什么事儿吗？"

Cris 像是终于想起了自己来这里的目的，对夏树稻说："我已经联系了姜娜，她明天会发微博替你澄清。"

"姜娜？"夏树稻惊讶地问，"你能联系上她？可是我什么……"

Cris 皱着眉看向她，叹了口气说："我不知道怎么安慰你，这种事外人说多了往往适得其反。姜娜说因为公司的关系，她会无条件挺你，但心里的芥蒂，还是需要你们自己去解开。"

虽然姜娜答应帮夏树稻摆脱危机，可是，她还是有些失望，那个视频明明那么假，姜娜作为她最好的朋友竟然相信了。

"她是宁可相信别人也不要相信我吗？"

Cris看着她失落的样子有些心疼，这段时间夏树稻拍戏累，又每天被这件事折磨着，整个人的状态都很不好。

她安慰道："你先别想这么多了，天亮之后她会发微博，到时候会澄清方奕寒只是敲错门而已。"

夏树稻心里无比难过，她真的不想失去这个好朋友。

她想起袁柏亚的话，对Cris说："Cris姐，你难道不觉得这次舆论的导向太奇怪了吗？视频就算是倒放，看着像是我拉方奕寒进房间，但事实上根本就没拍到什么有力的证据，然而从一开始就有人把矛头指向我，说我……"

"没错。很明显是有人在带节奏。"Cris沉下声音，微微眯起眼睛说，"木秀于林，风必摧之。我根本就不用查就知道是谁在作怪。因为这档子事情，原本属于你的资源都成了黄淑媛的，这么下作的事，也就特蕾莎干得出来。"

夏树稻想的跟Cris一样，只是虽然有了心理准备，却还是难掩失望。

她原本以为在这个圈子里是以实力说话的，以为自己安安分分地演好戏就可以，却没想到，根本就不像她想的那么简单。

"这些事情你不用操心。"Cris嘱咐她，"我是你的经纪人，这些问题都交给我处理，而你，只需要负责演好自己的戏。明天是你跟黄淑媛的一场对手戏，能跟主演飙戏，都是难得的表现机会。如果你可以在镜头前碾压她，那么无所谓是主角还是配角，红的人，一定是你，明白吗？"

夏树稻点了点头，她非常清楚这一点，虽然这里所有人似乎都在钩心斗角，但最终能走得长远的还是那些有实力的人。

"对于演员来说，最好的洗白方式永远都是你的演技。你千万不要和黄淑媛一样，沉迷于炒作以及踩别人上位。"Cris意味深长地看了一眼衣柜说，"不过，你也应该加倍小心，这么多双眼睛盯着你呢，不要再让人抓到什么把柄。"

夏树稻在她看向衣柜的时候紧张到手指冰凉，好在Cris并没有再多说什么，也没有再做停留，说完这些话之后就离开了。

夏树稻把她送走，关好了门，又等了一会儿，确定她不会再回来了，这才过去重新打开衣柜。

而此时，已经被关在里面一个半小时的萧晴明直接扑向夏树稻，她来不及反应，失去重心倒下了。

夏树稻被萧晴明压着，动弹不得，她拍了拍身上的人说："你干什么啊？不要以为你在衣柜待了一会儿就可以为所欲为了！"

萧晴明抬眼看看她，委屈巴巴地说："大姐……我腿麻了！"

夏树稻一晚上没怎么睡好，萧晴明在这里，根本就不会让她消停。

一大早她送走了那个磨人的家伙，然后直奔片场，在路上，她看了眼手机，姜娜果真如她所说，发布了澄清的微博。

这件事因为姜娜的出面有了转机，网友们也都冷静了下来，甚至已经出现了要跟夏树稻道歉的声音。

事情似乎是朝着好的方向发展了，可夏树稻心里却依旧焦虑，她明白，一切都是因为姜娜，她跟姜娜没有解开心结，这件事就永远不会过去。

夏树稻准时来到片场，先去化妆间做准备。

今天要拍的是她跟黄淑媛的对手戏，Cris说的没错，这场戏最好看，也最艰难。不仅要演好，更要飙过主角，这样，观众才会记住她。

等待化妆的时候夏树稻又拿起了剧本，准备再次揣摩一下人物的心理。

突然，一只手从背后抽走了她的剧本，并且大力扔在了地上。

夏树稻惊讶地扭过头去，看见的是一脸冷漠的姜娜。

"看这个多没意思。"姜娜像是变了个人似的对她说，"我劝你，看些有意思的，尤其是关于你自己的。"

她塞给夏树稻一张报纸："你说，是不是比剧本还好看？简直狗血透了。"

夏树稻看了一眼那张报纸，娱乐版头条依旧是他们之间的那些事。她看着姜娜隐忍的表情，心中已经明白，到底，姜娜还是没能信任她。

"娜娜，这些都是假的。"夏树稻尝试着向她解释，"我当时真的是在推方奕寒出去，是娱乐八姐把视频倒放了！我们是最好的朋友，我怎么可能做这种事？再说，我喜欢谁，你是知道的，我根本没有理由这么做啊！"

夏树稻竭尽所能地解释，她希望姜娜能冷静下来好好听她说话，然而，已经被愤怒冲昏头脑的姜娜根本不管她说什么，认定了夏树稻就是勾引了方奕寒。

"夏树稻，你真让我恶心。"姜娜咬牙切齿地说，"我当然知道你根本不喜欢方奕寒，

你让我觉得最恶心的也是这一点。明明不喜欢，却还要拆散别人，这样很有意思吗？"

夏树稻想要继续解释，可姜娜根本不听："如果你们真的没有什么，他为什么要去你的房间？你倒是，给我解释解释啊！"

眼前的姜娜如此的歇斯底里，让夏树稻觉得无比陌生，陌生到了一种她从未见过的样子。

这么简单的局，难道她就看不出来吗？

一瞬间，夏树稻觉得身体里有什么被抽走了，虚弱无力，只剩下难过。她不想再解释什么了，多说无益，姜娜已经给她定了罪，她只想赶快结束这场纷争。

"姜娜，原来在你心里我就是这么不值得信任。"夏树稻平静地苦笑一下，"如果我的解释只能让你觉得恶心，那么好，我告诉你，我就是跟他睡了，这个答案是你想要的吗？现在，你听见你要的答案了，可以走了吧？"

姜娜也冷静下来，深呼吸一口气，然后竟然笑了："很好，这就是我想要的答案。"

她从口袋里拿出一只录音笔，冲着夏树稻晃了晃："你害得我那么惨，我却还要忍住伤心跟眼泪去帮你澄清绯闻，夏树稻，你到底几斤几两，能这么踩在我的头上？"

夏树稻不可思议地看着她手里的录音笔，心寒不已："所以，你刚才是故意激我？就是为了置我于死地？"

姜娜没有回答，而是漫不经心地按下了播放键。录音笔里传来夏树稻的声音："我就是跟他睡了。"

"证据确凿。"姜娜笑着看她，"怎么样，你说等到舆论都偏向你的时候，我再去找八卦微博爆出这段音频，你说刺不刺激？到时候，那些觉得被你愚弄了的网友应该会更加愤怒吧？我倒是真的非常期待他们会怎么骂你。"

这件事竟然会如此展开，这是夏树稻怎么都没想到的。她一时间竟然觉得很好笑，摇摇头对姜娜说："姜娜，你既然那么有头脑设这个局，为什么就不肯动脑子想想，我怎么会做出那种事？"

"那件事，我自然想得很清楚。"姜娜收好录音笔，冷漠地对夏树稻说，"还有一件事差点儿忘了告诉你，星空的新电影《欲望职场》执行制片人是我。你是星空的艺人，也是我的好姐妹，我自然会给你安排一个好角色，你就安心等着好了。"

她看了眼时间："我还有个会要开，似乎就是讨论这个电影的角色，夏树稻，咱们走着瞧吧。"

姜娜推门离开，而留在原地的夏树稻不知什么时候，已经泪流满面。

她最难过的不是姜娜口口声声说要给她安排什么不入流的角色，而是难过，这段被她视若珍宝的友情居然如此不堪一击。

她从来没想过姜娜会这样对她，在信任破碎之后，一切都支离破碎。

独自流泪的夏树稻满脑子都是刚刚两人争执的画面，突然觉得好像哪里不太对劲，可到底是哪里奇怪呢？

就在她陷入沉思的时候，身后又响起一阵脚步声。

"真是一场好戏啊。"黄淑媛踩着高跟鞋走了进来，还幸灾乐祸地说着风凉话，"被自己最信任的闺蜜抛弃，到底是什么感觉啊？"

黄淑媛站在夏树稻面前，欲言又止了一番，然后竟露出一个苦笑来。

她的反应让夏树稻觉得更加奇怪了。

"被自己最信任的闺蜜抛弃……"黄淑媛又笑了笑，笑过之后，眼神里的那一抹不知从何而来的忧愁一扫而空，变回了那个阴险的小人嘴脸，"夏树稻，你终于尝到了这种感觉！"

她往前走了两步，嘲讽地说："你一定很好奇为什么方奕寒好端端地会去敲你的门，又偏偏那么凑巧被狗仔拍了下来。"

她话音一落，夏树稻立刻振奋了精神："是你？"

黄淑媛耸了耸肩，继续说："你看看你，这么一个不温不火的人，因为这么点儿破事儿就上了热搜被骂个半死，你觉得是因为什么啊？还有姜娜，那个本来想要息事宁人的姜娜为什么又突然出来插一杠子，你心里，到底明不明白啊？"

"黄淑媛！你为什么这么做？"

"为什么？"黄淑媛大声笑起来，像是个着了魔的人，"因为我开心！因为我高兴！因为我就是想看着你倒霉看着你被闺蜜抛弃！"

她比刚刚的姜娜还要歇斯底里，夏树稻觉得今天好像大家都疯了。

"所以，这一切都是你策划的？"夏树稻问出这个问题的时候，心里已经有了答案，只不过想听黄淑媛亲口承认罢了。

"对啊，是又怎样？方奕寒是我发信息约到你房间的，狗仔是我叫的，哦对了，爆料费还给了不少呢。"

夏树稻看着黄淑媛那张小人得志的脸，脑子里想的却是另外一件事。

就在刚刚姜娜要离开之前，似乎是对她使了一个眼色，然后没过多久黄淑媛就进来了，所以，这到底是什么意思？

在夏树稻绞尽脑汁思考的时候，化妆间的门又一次被推开了。

姜娜笑着进来，嫌弃地看向黄淑媛说："就你这个智商，还想利用我？"

她悠闲地走向化妆镜，轻轻地从上面抠下来一个针孔摄像机："来看看这是什么，刚才你的表演可都录下来了，演技爆发，我相信放出去之后一定会大受好评的！"

黄淑媛的脸色瞬间就变了，她惊恐地看着姜娜手里的东西，整个人都在发抖。

"只不过角度可能不太好。"姜娜不好意思地笑笑说，"真是抱歉，估计得拍出你的双下巴。不是我说你啊黄淑媛，你该打瘦脸针了吧？"

"你把它给我！"黄淑媛怒吼着想要来抢，却被姜娜轻松躲开了。

姜娜帅气地把摄像头丢给夏树稻，对她说："阿树，接好了！"

夏树稻接住摄像头，然后看着姜娜走向了气急败坏的黄淑媛。

"真不知道你刚才那副恶心的嘴脸网友们看了会怎么评价。"姜娜得意地说，"黄小姐，视频在我们的手里，接下来该怎么做，你心里有数吗？"

"你……"黄淑媛喘着粗气像条丧家犬一样落魄地问，"你不会要发到网上吧？"

"那可不一定，暂时我会好好保存着，不过，只要你以后再坑我家阿树，我保证，让你永远都翻不了身！"姜娜趾高气扬地说，"至于《欲望职场》的角色，如果你识相，就给我去辞演，那本来就不是属于你的东西！"

黄淑媛狼狈而去，化妆间里终于只剩夏树稻跟姜娜两个人。

"娜娜，你怎么演戏都不带通知演员的？"之前两人针锋相对的时候夏树稻真的被她惊到了，此时她也有些愧疚，因为之前自己在怪姜娜的时候，她也并没有坚守住对对方的信任。

"这也是我临时想到的主意，来不及通知你嘛！"姜娜捏了一下夏树稻的脸，让她放轻松，"黄淑媛昨天晚上来找我，要跟我合作。"

"跟你合作？"

姜娜憋着笑点头说："是啊，她要我想办法套出你的话，就像刚才那样，录音当证据。我怎么可能跟她一起害你，不过，也正因为她来找我，我才想到了这个将计就计的办法。"

夏树稻前所未有的感动，她不得不承认，她的好朋友是值得她无条件相信的："娜娜，你真好。"

"不过，这么多天，你为什么都不接我的电话？"夏树稻还是有些委屈，"我还以为你真的不相信我了。"

姜娜看着她，叹了口气，拉了把椅子坐下，脸也垮了下来："因为这些天，我心情很不好。其实，你们被拍的那个晚上方奕寒就来找过我，他跟我说是你勾引他的时候，我就知道，一定是他说谎了。"

姜娜抬头看向夏树稻："你的人品，我相信，我的阿树一定不会做出那种事。所以那天晚上我故意留方奕寒在家里过夜，等他睡着了，就用他的指纹解锁他的手机，他这个人真的挺蠢的，跟黄淑媛发的消息竟然都不清空一下。我还在他的手机里看到了很多其他的聊天记录。"

说到这里，姜娜的情绪更加低落，夏树稻担忧地握住她的手："怎么了？"

姜娜无奈地笑了，看起来十分疲惫："原来方奕寒和我在一起根本不是因为爱我，而是为了资源还有我们家的帮衬。"

她的声音有些哽咽，可是还在努力保持着微笑："我视若珍宝的爱情，在他看来，居然只是一场交易。"

夏树稻心疼地抱住姜娜，轻轻拍打着她的背部，安慰说："娜娜，你心情不好可以来找我啊，为什么要自己憋着？你这样，我真的很心疼。"

姜娜也抬手跟夏树稻拥抱，她轻声说："你在拍戏，而且那样的绯闻闹出来，我想你肯定也是焦头烂额，不想再给你添麻烦。"

"娜娜，你和我说过，好闺蜜，既要分享快乐，也要分担悲伤。"夏树稻给她擦了擦眼泪说，"如果你不和我倾诉你的伤心事，我会觉得你对我生疏了。离开方奕寒吧，以后会有更好的人。"

姜娜破涕而笑，点点头："嗯，你说的没错，天涯何处无芳草。毕竟，流水的男人，铁打的闺蜜，有你，我也没什么可怕的了！"

化妆师来了，开始招呼着夏树稻化妆，做拍戏前的准备。

"快去吧，今天晚上你的戏分可是非常重要，我在这里陪着你！"

夏树稻开工之前又跟姜娜好好拥抱了一下，她看着对方通红的眼睛说："娜娜，你怎么这么好……拍完戏，我请你吃夜宵！"

姜娜不再哭了，又恢复到了之前元气满满的样子，她地抬了一下夏树稻的下巴说："夏小妞这么可爱，我当然要对她好了！快去吧，别让工作人员等急了，晚上你忙完，朕再宠幸你！"

这场戏是夏树稻跟黄淑媛的对手戏，也是她期待了很久的一场戏。

此时，由黄淑媛饰演的女主已经成为太后，身居高位，只得与楚王疏离。而随着年

岁的增长，越来越孤独的太后，也愈发的想念楚王，于是，便举办了祭祀大典，趁机召回楚王。

只不过，在这个时候，太后突然发现楚王已经娶了自己的暗卫樱柠为妻。

这场戏，就是楚王妃樱柠与太后在廊桥上的对手戏。

情敌相见，分外眼红。

对于夏树稻来说，这场戏很讽刺，于公于私，都必须要拍好。

"听好，这个时候你虽然已经成为靖西王妃，终于如愿以偿嫁给了楚王，但是你要明白，楚王娶你并不是因为爱你，而是因为可怜你，他心里真正爱着的人是女主胡墨鸢。"

夏树稻乖巧地听导演给她说戏。

"所以，当你见到贵为太后的胡墨鸢时，表面上有一种正妻的骄傲，可是内心里面还要有一种情敌之间的嫉妒，你爱的人深爱着她，那种感觉，你明白吧？我希望你能表现出这种复杂的心情。"

夏树稻自信地点点头："我知道了，谢谢余导。"

为了演好这场戏，夏树稻已经准备了很久，本来就底子深厚，加上认真刻苦，她相信今天自己可以完美碾压黄淑媛。

余导是信得过夏树稻的，他又叮嘱了一句之后就离开了："行了，我先过去了，你准备一下，十分钟之后开拍。"

余导走后，黄淑媛立刻跑了过来，她脸上难掩焦虑不安，小声对夏树稻说："《欲望职场》我向公司申请辞演，可是你必须要遵守我们的约定，跟我保证以后不会放出那段视频！"

夏树稻瞥了她一眼，冷淡地说："这里是片场，和拍戏没关系的事情就没必要纠缠了吧？"

"纠缠？"黄淑媛语气不善地说，"要不是你们玩阴的……"

"我们玩阴的？黄淑媛你搞错了吧？你这叫自作自受！最开始耍阴招的可是你！"

夏树稻转过来对她怒目相视："你是不是觉得把别人踩下去自己就能爬上去？你错了。总想着去踩别人一脚的人，最后只会自己越陷越深！"

夏树稻抬手推开面前的黄淑媛，冷着脸说："你让一让，要开拍了。"

黄淑媛被夏树稻推得一个趔趄，她愤愤不平地看着对方，咬着嘴唇眼神狠厉地自言自语："夏树稻，不就是一个视频么，我绝对不会让它成为我的绊脚石！"

夏树稻拍戏的时候，萧晴明却没有按照计划回美国。

两人早上在安检口分别，那之后不久，他就被萧烨雨安排的人强行带去了医院。

当萧晴明不情不愿地走进重症病房的时候，刚好看见躺着的男人心脏停止跳动。

他一时间反应不过来，站在那里，怔怔地看着那台仪器，看着那条波浪线最终变成了直线。

"你还是来晚了。"萧烨雨的声音很冰冷，像是冬雨淋在萧晴明身上。

"为什么？"萧晴明手里的行李掉落在地，他慢慢向前，走到了病床边。

"爸爸已经卧床很久。"萧烨雨的眼睛始终盯着病床上的人，从他很小的时候就开始盼着这个男人死，可到现在，这个人真的死了，再也不会偏心地看也不看他了，他却没有感到丝毫的开心，"我之前去找你，也是想让你来看看他。你知道的，他就只在乎你这个儿子。"

萧晴明从小就讨厌这个家，或者说，他从来没觉得自己是萧家人。他讨厌萧天成，讨厌萧烨雨，讨厌跟萧家有关的一切。

只不过，亲情这东西是溶解于骨头和血液里的，是想割舍也割舍不掉的。

以前从来没有在乎过，甚至厌恶至极，可如今，知道他再也不会醒来，再也不会来烦自己的时候，却觉得无比悲伤。

"他以前身体很好。"萧晴明猛地抬头瞪向萧烨雨，"你耍了什么把戏？"

他知道，他这个哥哥野心大得恨不得吞掉整座城市，几年前就几乎掌控了整个 BW 集团，可以说，最近几年来，BW 集团倾注着他全部的心血。平日里，萧烨雨总是表现得似乎很关心他、在乎他，但这个人必然也是把自己当成眼中钉肉中刺的，因为他是唯一会跟这家伙争夺财产的人。

如果父亲活着，立了遗嘱，以他对他偏爱的程度，势必会把最好的部分留给他，这么一来，萧烨雨全部的努力就都付诸东流了。

萧晴明心里突然升起一股怨恨，或许是父亲的突然离世使得他暂时失去了理智，迫切地想要找一个可以让他发泄的对象。

"萧烨雨。"萧晴明怨愤地看向离他不远的男人，"你搞了什么鬼？"

萧烨雨不明白他的意思，脸上难得有了表情。他皱着眉，诧异地反问："我搞了什么鬼？你说这话什么意思？"

萧晴明一个箭步冲上去，直接抓起了萧烨雨的衣领："是不是你！你恨他，你从小就恨他！"

萧烨雨是恨他，如果不是这个男人，他的妈妈也不会死。

往事太过不堪，他从来都不想提及，可是如今，往事里的那些纠缠着的人都死了，只留下他们这些晚辈依旧无法释怀。

他们俩是同父异母，父亲萧天成跟萧晴明的妈妈是青梅竹马的恋人，只是，后来萧天为了攀附权贵，娶了萧烨雨的母亲。那时候，萧天成犯了全天下男人都容易犯的错误，他舍不得自己的恋人，又不想放弃大好的前程，于是，脚踏两条船，痛苦的是那两个女人。

后来，萧天成更是把萧晴明接回了家里，那之后，他们这一大家子就没过过真正的和美生活。

萧烨雨的母亲死于一场车祸，这么多年过去了，他始终都认定了那场车祸是萧天成一手策划的，因为那个男人始终觉得萧晴明母亲的死是因为她。

失去母亲的痛苦，又得不到父亲的重视，萧烨雨是在怨恨中长大的。

可是，就算他再怎么怨恨父亲，也不至于那么丧尽天良地谋害他。

"萧晴明，我看你是疯了！"萧烨雨一把推开眼睛通红的萧晴明，愤怒地指着他说，"指责我，你配吗？我找你那么多次，你来过吗？现在人死了，你装什么孝子！"

萧晴明怒视着萧烨雨，却一时间被他的指责弄得哑口无言。

"父亲病重的时候你在花天酒地，这次如果不是我不论怎样都要把你带回来，你以为你还见得到他最后一面吗？"萧烨雨对于来自萧晴明的怀疑感到失望又痛心，他没想到自己在对方眼里竟然是那么一个势利小人，为了利益连家人的姓名都不顾。

这么一瞬间，从来都不觉得自己有什么软肋的萧总终于感到累了，他拼了命的这些年，为的还不是他们整个萧家。

"萧晴明，你有什么资格指责我？你为这个家做出过什么贡献吗？你总是觉得所有人都欠你的，觉得我跟爸爸都对不起你，可是你想没想过，这些年，你对得起谁？"萧烨雨的怒火平息了，不是心情缓和了，只是觉得发多大的火都不可能改变既定事实，他心里还是不痛快，索性逞了口舌之快，"你说是我害死了爸爸？好啊，就是我，你能把我怎样？想为他报仇弄死我？你现在还太嫩了！"

萧烨雨逼近萧晴明，恢复了往日对待下属的模样，眼神狠戾，表情冰冷："你现在算什么？什么都没有。等你功成名就的时候，再来找我报仇吧。"

【林茨木的脑洞小剧场 04】

本次剧场的主题是：为了粉丝力挽狂澜！

我叫林茨木，我现在在……抢头条。

其实我不是那种爱出风头的人，真的，你们要信我，我现在抢头条是迫不得已，因为本帅哥要为我的粉丝夏树稻小姐力挽狂澜。

这几天关于她的丑闻传得沸沸扬扬，什么睡小明星……我是不信的，毕竟，我的粉丝不可能不找我而去找一个比起我差了十万八千里的小艺人。

我不服。

我不信。

你们别跟我说。

我不听！

我始终相信正义能赢，我的粉丝肯定会站出来澄清这件事。

但在这之前，身为她的偶像，我有必要为她做点什么。

网上关于她的新闻看得我辣眼睛，别的事儿可可不让我做，他都以死相逼了，我只能忍着，但是，什么都难不倒我林茨木，不能站出来主动为她说话，至少我可以牺牲一下自己把头条上她的负面新闻给压过去。

说真的，不是我吹，哥哥我想上个头条那简直不能更容易。

打开微博，编辑文字，添加图片，发送。

一气呵成，我真是棒到自己都爱上了自己。

我发了一张今天拍戏时用的塑胶道具，说上面有我的DNA，我当然知道这是一句非常蠢的话，不过，这个时候只有我犯蠢才能稳稳当当地抢到热门。

果不其然，几分钟的时间，头条第一热搜的"夏树稻抢好友男友"就变成了"林茨木没文化"。

我对可可说："看见没？哥随随便便就可以一个人拯救全世界。"

"呵呵，你快闭嘴吧你！"可可这个人真的是口嫌体正直，他让我闭嘴，却还问我问题，"你是不是真的傻？你要是想抢头条，随便发个半裸腹肌照不就完了，为什么非要往自己脸上抹泥巴？"

你还真别说，可可这个人有时候脑子是灵光的，只不过，他为什么现在才说！

我现在删微博还来得及吗？有什么特殊技巧能让大家忘了刚才的事儿吗？

真是快被可可气死！

不过，让我更气的紧接着就发生了——我的热门被抢了。

没错，抢我热门的就是袁柏亚！

这个时候为什么要发照片！这个男人为什么要色诱他的粉丝？还要不要脸了？真是为了抢热门连尊严都不要了！

一个个都想气死我，我觉得自己现在只能活到100岁了。

"喂，我问你，你是不是真的喜欢那个姓夏的姑娘？"

可可这个人，话真的很多。

"你是智障吧？"我白了他一眼，"明显是袁柏亚喜欢她，那个平时连衬衫第一粒扣子都扣得严严实实的家伙竟然都能脱衣服为她顶热搜，这不是真爱是什么？"

我承认，说这话的时候我是咬牙切齿的。

可可在一边嘿嘿笑，像个智障。

他说："你就是喜欢人家，我的小祖宗可算是情窦初开了。"

"你再乱说我就剪了你的舌头。"

然而可可是个不畏强权的人，他真的继续乱说："不要狡辩，我都懂。夏姑娘有夜场的戏，咱们是回酒店呢？还是去接她一起呢？"

我狠狠地瞪他，这种问题为什么还要问我？

我磨了磨牙，说："你猜呢？"

第七章 晴雨两重天

往前的每一步都充满了陷阱
可因为有你 一切都值得

夏树稻拍完戏之后立刻打电话给萧晴明，送机时她特意叮嘱过那家伙，让他下了飞机就给自己报个平安，然而都这个时候了，她打过去却无人接听。

"萧晴明！你这家伙又跟我玩失踪吗？"她哀怨地叹了口气，靠在椅子上，小声嘀咕，"这大概就是异地恋的弊端吧……你到底在干吗啊……"

作为一个演员，夏树稻可以说是彻头彻尾的"戏精"，竟然开始琢磨该不会是飞机失事了吧？她吓得立刻拿着手机搜索新闻，好在并没有相关的消息。

就在她担忧的时候，手机终于响了，来电人是"最爱的人"。

"萧晴明！你怎么不接我电话？你是不是想……"夏树稻接了电话就冲着对方一阵抱怨，然而还没说完就被对方打断了。

萧晴明嗓音沙哑，像是生了病："丫头，陪陪我，好不好？"

听见他一反常态的声音，夏树稻的心立刻提到了嗓子眼："你怎么了？"

萧晴明的声音听起来非常疲惫，他沉吟了一下，说："没什么……就是想你。"

夏树稻觉得不对劲，在之前的相处中，无论经历了什么，她都没见过萧晴明如此失魂落魄。

她看了一眼手机，这个号码是萧晴明在国内时使用的手机号码："你在哪里？"

夏树稻紧张地问："没有回美国吗？"

打雷了，萧晴明抬头看了看铅灰色的天，觉得自己的心情也跟这天空的颜色一样。

"亲爱的，我想你……"

夏树稻冒着大雨赶去了墓地，她不管不顾地往里面跑，就算伞已经成了摆设，她整个人都被淋湿了也不在乎，因为她知道，现在的萧晴明需要她。

雨中的陵园几乎没什么人，夏树稻很快就在一排排的墓碑中找到了坐在那里的萧晴明。

她快步走过去，为那个男人撑起了伞。

萧晴明抬头看她，然后将人一把抱住，他身上的雨水也打湿了夏树稻的T恤，凉意渗进了她的皮肤里。

看着心爱的人难过，夏树稻甚至不知道应该怎么去安慰，她只能静静地与他拥抱，在他身边，陪着他伤心。

或许是因为爱人的陪伴，萧晴明的心情平复了些，他放开夏树稻，接过伞撑在她的头顶，全然不顾自己："回车里吧，你淋湿了会感冒。"

"一起回去吧。"夏树稻握住他的手，她明显感觉到自己掌心的温度正在温暖着对方冰凉的手，"你在这里很久了吧？"

萧晴明露出一个苦涩的笑容，怜爱地捏了捏夏树稻的脸蛋说："为什么不管多难过，只要看见你，就会觉得好多了？"

"因为你爱我。"夏树稻给他擦去脸上的水痕，"我也爱你。所以，有我在呢，我的骑士大人一定要坚强振作起来啊！"

萧晴明身后就是萧天成的墓碑，这块墓地那个人几年前就买好了，说是怕到时候自己死了，两个儿子都不管他。

"有些人，你总是觉得他很烦，总是觉得他永远都在那里，哪儿也不会去。所以，你就总是肆无忌惮地伤害他，偶尔觉得愧疚，却也不会立马道歉，因为你知道还有的是时间跟机会，这种道歉的话，以后再说吧。"萧晴明看着远方出神，不知道是在自言自语，还是说给夏树稻听，"可是，哪有那么多时间……很多时候，我们连道别都来不及。"

夏树稻看着萧晴明因为失去父亲如此痛苦难过，她想起了自己，想起了当年父亲跳楼的样子。

"我爸爸在我高中的时候离开了我。"夏树稻开了口，关于这段往事，她从来没有对人提起过，"我的家境原本还算不错，只不过，有一年，公司破产了。我到现在都还记得那一幕。他径直走向窗户，回头对我说'宝贝，再见'，然后……就从窗台永远地消失了。"

"之后很长的一段时间里我都不敢一个人站在窗边。"夏树稻也看向远处，不知两人的视线是否落在了同一个地方，"他为了逃避现实选择了离开，他是解脱了，可我跟妈妈却更痛苦了。最让我无法接受的是，在他死后不久妈妈就病倒了，没过多长时间也……"

夏树稻为了安慰萧晴明，把早就藏起来的秘密再次翻了出来，她只是希望对方能更了解她，也能从她的故事中重新站起来。

"一开始的时候我很消沉，只记得爸爸最后留给我的背影，以及妈妈突然离开人世时骨瘦如柴的样子。可是后来，我发现，大脑对于信息是有所选择的，我慢慢忘记了这些不愉快的事，就只记得他们俩对我的爱。我每一天都在告诉自己要坚强，只有这样，只有出人头地了，才能站在人世间最重要的舞台上，才能好好追逐自己的梦想。"

她抬起手，揉了揉萧晴明的脸，微笑说道："所以，骑士大人哭过了，就要忘记那些令人痛苦的事情，然后像挑选给心上人的礼物一样去挑选记忆。以后，就只记得开心的事就好了。"

萧晴明从来都不知道发生在夏树稻身上的这些事，他突然觉得自己这个男朋友做得非常不称职，连女朋友心上那么大的伤疤都看不见。

萧晴明抱住她，疼惜地说："真的辛苦你了。"

雨点落在伞上发出敲打的声音，互相心疼着的两个人抱着彼此，许久都不说话。

"从我有记忆开始，我妈就为了我爸畏首畏尾地活着。"萧晴明的嘴唇贴着夏树稻的耳朵，轻声说着自己的故事。

"我爸妈本来就是青梅竹马，感情好得令人羡慕，但我爸的野心太大，为了扩大公司，不得不借助外力。后来他娶了有钱人家的千金，丝毫不考虑我妈的感受。当时我妈承受着巨大的痛苦打算放弃他，然而，那个男人太贪心，即便是结婚后，他依旧对我妈纠缠不休。我妈爱他，爱了那么多年，她又能怎么办呢？"

萧晴明停顿了一下，以此来缓解自己的情绪："他瞒着家里人，跟我妈妈有了另一个小家。"

说到这里，萧晴明停了下来，拉着夏树稻的手说："先回车上。"

两人撑着一把伞往停车场走。

"可能他们都以为这样就会一辈子吧，我妈也不求什么名分了，能跟心爱的人在一

起，哪怕时间短暂也满足了。"萧晴明继续说道，"只是，这件事很快就被萧天成的老婆知道了。她用了些手段，到处散布我妈是小三的事情。这种事，无论是在什么年代都足够见不得人，我妈妈受不了这样的流言蜚语，再加上那时候我爸已经被继母控制起来，没办法跟我妈妈相见，不堪重负的她，在浴室里自杀了。"

夏树稻听到这里，已经泪流满面。

她一直以为萧晴明就是个被娇生惯养的小少爷，无忧无虑，却叛逆地想要反抗全世界，没想到，也是一个浑身是伤的人。

"我那时候还小，什么都不懂。你能想象吗？我一个人，跟死去的妈妈待了足足三天，三天之后才被警察发现。"萧晴明苦笑，过去的一幕幕重现在眼前，那些痛苦的回忆，被今天的天气渲染得更加让人难以承受，"然后我就被送到了萧家的豪宅。其实，那只是我继母的家，我那个爸爸，在那个地方毫无发言权，只能任由那个女人说了算。我知道她讨厌我，几次三番地想要赶走我，只不过，我大哥护着我，直到现在我也不明白，他妈妈已经对我厌恶到了那种地步，他为什么还总是照顾我。"

"萧烨雨吗？"夏树稻坐上车，轻轻地靠在萧晴明的肩膀上。

"嗯，是他。"萧晴明想起萧烨雨，心情复杂，"但他们母子俩说到底还是一样的，表面上对我再好，等我爸一死，他就把我赶出了萧家。"

葬礼之前，兄弟俩依旧在谁也不服软的争执，因为萧家之所以能有如今的地位与萧烨雨妈妈的家庭密不可分，于是，赶走他似乎成了理所当然的事。

"其实，虽然小时候我一直叛逆，但心里始终觉得自己还有个父亲、有个哥哥，觉得无论如何，他们都会一遍一遍地催我回家……"萧晴明抱住夏树稻，苦笑着说，"可是现在，我彻底变成了一个没有家的人。"

"傻瓜。"夏树稻轻抚着他的脸，"你怎么会没有家呢？有我在的地方，就是你的家啊！"

夏树稻微微抬头，看见有泪从萧晴明眼角滚落下来。

她抬手为他擦掉，握住他的手："我知道你没有哭，只是迎风落泪而已。"

萧晴明想起他们两人从前有过的对话，含着泪笑了："小丫头，你想说什么？"

"我想说……"她坏笑着对萧晴明说，"迎风落泪那个，要不要有个肩膀靠一靠？"

"靠什么啊！"萧晴明再次把人抱在怀里，"就你这个小肩膀，靠一靠就滑到胸上去了，到时候你又要骂我耍流氓。"

两个人终于都露出了笑容，夏树稻紧紧地回抱着萧晴明，她知道，这个时候她已经不需要再说什么了，只要陪着他就好。

外面的雨停了，夏树稻指着窗外说："流氓，你看外面，星星出来了。"

"每一颗星星都是一个小小的王国。有一些星星上面住着孤独的公主，也有一些星星上面住着的是骑士。为了拯救孤独的公主，骑士就会乘坐着流星去寻找公主。"

夏树稻虽然不想扫兴，但还是忍不住说："骑士都是扫把星啊？"

萧晴明被他气笑了："呸！骑士都是幸运星！"

他拉住夏树稻的手，温柔地继续讲故事："然后，骑士跟公主就会幸福地生活在一起，就像你和我一样。"

拍摄完毕的林茨木转了一大圈可到处都没看到夏树稻，不禁觉得寂寞如雪。

他一回到酒店就开始上网搜索各种撩妹攻略，琢磨怎么才能接近对方，然而网上的套路太中二，连他都看不下去了。

林茨木躺在床上打滚，突然仿佛打开了任督二脉，心生一计，从床上滚下来着急忙慌地跑去了酒店前台。

"你们酒店怎么回事儿！我的房间为什么会有蟑螂？"林茨木充分发挥了一下自己并不存在的演技，浮夸地说，"比巴掌还大的蟑螂就在电视上爬来爬去！"

前台的妹子是林茨木的粉丝，但碍于职业道德，她不能尖叫也不能要签名，必须冷静理智地说："先生，我们这是五星级酒店，怎么会有那么大的蟑螂？"

"我还想问你呢！为什么会有啊？"林茨木摆出一副被吓个半死的状态说，"我不管，我说有就是有，我都看见了！现在我不敢回去了！"

看着偶像撒泼耍赖，前台妹子无奈地问："那，您想怎么办呢？"

"换个房间呗！"林茨木计划通，干脆利落地说，"我想住1104！"

前台妹子刚想问他1204行不行，结果，人家已经指定了房间。

"好的。"前台妹子也是没办法，人家既是自己的偶像，又是大明星，没什么提要求不能给满足的，毕竟服务好这么一个客户，比服务一百个普通客户都有用。

"林先生，这是您的房卡请拿好。"前台妹子毕恭毕敬地递上钥匙，然后看着林茨木一扫刚受过惊吓的模样，吹着口哨扭着腰跑走了。

林茨木迅速搬完了自己的房间，趴在墙上听了好半天隔壁的动静，然而一点儿声也没有，因为夏树稻根本不在房间里。

这位大名鼎鼎的林先生属于那种一秒钟都不能消停待着的人，收拾好东西，他立刻

一边自我排练着去请夏树稻一起吃夜宵的对话一边出了门。

"小树苗妹妹！我们一起吃——"

俗话说得好，无巧不成书。"戏精"林先生第一遍还没排练完，他的小树苗妹妹就走了过来。

只不过，走过来的不只是她一个人，而是跟人牵着手，恩恩爱爱、缠缠绵绵地走向了他。

眼看着夏树稻跟萧晴明走近了，林茨木的精神也已经濒临崩溃了。

情绪已经好转的萧晴明看着一脸诡异表情的林茨木，玩味地打量了一下这个人。

林茨木接受着来自萧晴明眼神的洗礼，然后问夏树稻："小树苗，他是谁？"

"他是我男——"夏树稻还没说完，萧晴明就接了话。

"我是她男朋友。"说着，萧晴明一把将夏树稻揽在怀里，似笑非笑地对林茨木说，"你是什么人？刚才你叫我女朋友什么？小树苗妹妹？够纯情的啊！"

林茨木觉得事态的发展让他有些目瞪口呆，因为这个家伙竟然不认识他！

"你怎么会不认识我？"林茨木惊诧地围着萧晴明转了一圈说，"你是不是明末清初的人？连我林茨木竟然都不认识？"

林茨木又看了一眼夏树稻，不知道在问谁："所以，真的是男朋友？"

"嗯哼。"萧晴明洋洋得意地对着林茨木耸了耸肩。

"不好意思，我是她的偶像。"林茨木清了清嗓子，觉得自己不能输。

"偶像？"萧晴明使劲儿抓住了她的肩膀，火药味儿跟醋味儿越来越明显。

"晴明，这是我同组的同事。"夏树稻见气氛怪怪的，仿佛空气中出现了浓重的火药味儿，她赶紧打断这两个人，不能让他们继续聊下去，"鼎鼎大名的国民偶像林茨木。"

夏树稻见两人都没什么表示，又向萧晴明介绍说："茨木在片场照顾我很多。"

"照顾？"萧晴明的醋劲儿已经要爆棚了，他看向林茨木，眯着眼睛说："多谢你照顾我女朋友，以后我们结婚的时候，请一定要赏光来参加我们的婚礼。"

本来想要以和为贵的林茨木现在也受不了了，他也阴阳怪气地说："一定一定，如果你有那个福气，我一定会去的。"

两个男人对视一眼，夏树稻觉得自己仿佛在他们的眼睛里看到一个喷了水，一个喷了火。

林茨木向来不怕天不怕地，但这会儿看着萧晴明的眼神儿却有点儿打怵，他觉得这么继续下去自己也怪没面子的，就随口说："我困了，回去睡觉了！"

林茨木转身而去，萧晴明"哼"了一声，拉着夏树稻回了房间。

进了房间的萧晴明依旧在生闷气、吃大醋，一屁股坐在床上，看着夏树稻不说话。

夏树稻从来没见过萧晴明这样的表情，想着肯定是刚才林茨木惹着他了。

为了缓解这尴尬的气氛，她凑过来说："晴明，你刚才淋雨了，把外套脱了吧。"

萧晴明委屈巴巴地在夏树稻额头轻吻了一下说："臭丫头，你让我吃醋了！"

他小声嘀咕着："什么小树苗妹妹！他凭什么这么叫你？"

有些时候，男人吃起醋来也是格外的可爱，夏树稻抱着他安慰，花了很长时间才好不容易哄让这个醋坛子释怀。

"虽然明知道你们什么事都没有，可是心里还是忍不住吃醋和嫉妒。"萧晴明抚摸着夏树稻的头发，言语中透露着自己的失落跟遗憾，"我嫉妒他可以住得离你这么近，嫉妒他可以在片场陪着你。而我……我们之间的距离……"

夏树稻最见不得萧晴明这样，尤其是在现在这个时候，只会让她更心疼。

她看着眼前的男人，从前他是那个看起来吊儿郎当、无忧无虑的富二代，一次又一次地在危急关头为她解围，可是如今，他压在他心上的重担太多了。

萧家、父亲、哥哥、自己的事业……还有她，还有他们的爱情。

"傻瓜，你怎么会离我远呢？"夏树稻对着他露出一个让人心安的笑容，"你就在我心里，比任何人都近。"

萧晴明总是能被夏树稻感动，自己心爱的人一句安慰的话，于他的心病而言，比什么良药都对症。

"都怪你太可爱了。"萧晴明亲昵地抱着夏树稻，对她说，"有时候我希望你可以丑一点，不要那么可爱……"

"说什么傻话呢？"夏树稻被他逗笑了，"你看我，就希望你更帅一点！我就喜欢看她们都喜欢你，但是你只喜欢我的样子！"

萧晴明觉得夏树稻真的是个宝贝，上一秒他还在忧愁，这一秒就能让他笑出来。

他笑着捏夏树稻的腰说："哈哈哈，你说的冷笑话为什么总能都笑我？"

笑够了，萧晴明收敛了表情，深情地看着眼前的恋人说："不管心情多么不好，一看到你，就什么都感觉不到了。"

他轻轻地吻了一下夏树稻的额头说："什么都感受不到，只想好好抱着我的小公主。"

"好啦！不要再肉麻了！"夏树稻轻轻推开他说，"骑士大人，你今天也淋了一天雨了，先去洗个热水澡吧。"

她把人往浴室推，结果萧晴明一把拉住她挑着眉毛轻佻地说："你不一起来吗？"

"滚蛋！"夏树稻一脚把人踹进了浴室，然后红着脸跑去一边了。

隔壁，林茨木正把耳朵贴在墙上试图偷听他们的对话，他可怜兮兮地丧着一张脸想：小树苗妹妹……你已经是别人的小树苗了吗？可是，你还没给过我表白的机会呢！这算什么？不战而败？万一我比他好呢……

就在林茨木哀怨地脑补时，隔壁房间突然传来了水声。

"……？"林茨木警觉地瞪大了眼睛，把耳朵贴得更近了，"为什么在洗澡？他们该不会是一起洗吧？"

原本就脑补功力深厚的林茨木这下脑补得更刺激了，直接面红耳赤，羞愧难当。

"不行，我一个少女偶像怎么能干这种听墙脚的事儿呢！"他倒在沙发上，红着脸打开电视，声音调到最大，然后抱住了猥琐的自己。

听不见隔壁的洗澡声了，可林茨木先生的脑补还没有停下来，各种不可描述的画面，搞得他自己快精神崩溃了。

"不行不行，停停停！"他从沙发上弹起来，使劲儿摇了摇头说，"小树苗才不是那种人！"

他决定出去透透气，再继续这么脑补下去他就要心理变态了。

失去了爱情的林茨木觉得自己不能再失去理智了。

虽然，他从来也没有过什么理智。

萧晴明如愿在夏树稻的房间里混了一晚上，然而对于他们来说，只温存一晚怎么都不够。

可惜的是，尽管再不舍，萧晴明也必须得回美国了。

出来这么多天，那边还有好多事儿排着队等他去完成。

"好了好了，再送就干脆也给你买一张机票跟我一起走算了。"萧晴明和夏树稻牵着手走到安检口，依依不舍，却必须告别。

"嘘！小声儿点！你知不知道，我现在也是有粉丝的人了，你这么大喊大叫的，万一被狗仔拍下来怎么办？"夏树稻说完这句话，自己都笑了。

萧晴明捏了捏夏树稻的脸，挖苦她说："哟，这是膨胀了吧？臭丫头还学会耍人牌了！"

他上下打量了一番夏树稻，坏笑着说："你看看你，穿得这么好看，明明是生怕别人认不出来你！"

他凑到夏树稻耳边，又故意逗她："我还不知道你吗，不化妆其实就等于易容了！"

夏树稻偷偷掐了一把萧晴明，咬牙切齿地说："嗯？骑士大人是不是想讨打了？"

两个人一大早就出发来机场，夏树稻本来确实不打算化妆的，但是想着萧晴明这么一走不知道下次什么时候才能见面，还是尽可能漂亮些，让对方想起她的时候，所有的画面都美得无懈可击。

"我化妆还不是为了你！"夏树稻故意瞪他，"为了给某人留下一个美丽的印象，省得他出国之后天天去海滩跟别人拍艳照！"

"哟，看不出来啊，您还是亚洲醋女王！失敬失敬！"萧晴明笑着靠近，突然亲了她一口，"真可爱！"

两人这么一闹，还真的有狗仔出现了，夏树稻想着赶快躲起来，但萧晴明却像是要借着这个机会向全世界宣示主权一样，猛地搂住夏树稻，不由分说地吻了下去。

于是，一大早，夏树稻与其男友的机场送别接吻照就被顶上了微博热门。

刚刚登录微博的黄淑媛看了一眼今天的热门话题，立刻臭着脸退了出去。

对于她来说，夏树稻就像是阴魂不散的克星，从小到大，这么多年，始终缠着她，甚至已经成了她的一个噩梦。明明当年的受害者是自己，明明夏树稻应该对她于心有愧，可是为什么那人还能心安理得地过着她的好日子，不仅拥有了爱情，而且连事业也一路通畅。

她恨极了夏树稻，一心想看对方翻船。

"你在干吗？"特蕾莎突然推门进来，手里拿着一个厚厚的本子。

黄淑媛这几天不太敢跟她说话，自己被录像之后，主动提出辞演，特蕾莎当场就把她骂了个狗血淋头。

她知道这件事情全都是她不谨慎才犯下的错，挨骂也只能受着，怪不得别人。

"《欲望职场》这么好的大荧幕机会，就这么错过了！"特蕾莎进来之后还在抱怨之前的事。

黄淑媛有些不耐烦地说："那不然怎么办？那段视频要是被她们抖出去，我这辈子都没法翻身了！"

一说起这个，特蕾莎就满肚子的火，她最近就觉得自己当初一定是脑袋抽筋了才会选择带黄淑媛。

"算了，让她们先下一城。"特蕾莎把手里的本子摔到黄淑媛面前说，"最近有另一个电影开始选角，你看看吧，跟《欲望职场》是一个类型，我想了一下，这部戏的卡司虽然不算强大，但是比《欲望职场》讨喜的地方在于它是一部关于检察官的戏，主要演员一水儿的制服，到时候话题度和影响力应该不输《欲望职场》。"

　　黄淑媛拿起剧本翻了翻，有些犹豫地问："我也是主角？"

　　"当然。"

　　原本应该是件高兴的事儿，可黄淑媛想起之前余导教训她的话，泄了气似的说："我觉得我还是算了……我的演技可能真的当不了主角，特蕾莎，我想先去进修一下。"

　　"进修？这个时候去进修？你脑子没问题吧？"特蕾莎对她已经忍无可忍，愤怒地说道，"《狐妖》马上杀青，播出之后你的热度和身价一定会暴涨，这个时候不接新戏提高曝光率，难道要等着晾凉了再出来炒冷饭？"

　　她暴躁地在屋子里来来回回地走，指着黄淑媛咬牙切齿地说："你是我一手带起来的，虽然现在问题很多，但绝对不能前功尽弃！"

　　黄淑媛低着头，心情复杂。

　　"我希望你知道，你能走到今天，完全是我想尽办法给你用资源堆起来的，你现在说去进修，门儿都没有！"

　　黄淑媛当然明白这一点，如果不是特蕾莎给她的那些资源，她怎么可能这么理直气壮地站在夏树稻面前。

　　她沉默了一会儿，又想到了一个翻身的法子："特蕾莎，《欲望职场》能不能给我安排一个小角色，能跟夏树稻有对手戏就行。"

　　特蕾莎见她终于重拾了斗志，一边欣慰一边担忧："你要做什么？"

　　"我不想有把柄落在她手里，或许有个办法能补救。"

　　萧晴明走后夏树稻又开始专注于工作中，《狐妖》收尾，拍摄行程比之前还紧张。

　　只不过，最近她一直在琢磨一件事，跟萧晴明有关，也跟袁柏亚有关。

　　她能顺利出演这部戏，与袁柏亚的提携息息相关，当初她可是差点儿连替身的工作都没了的。但那天，她送萧晴明走的时候，千叮咛万嘱咐地说："那个袁柏亚，你别走得太近，不只是我吃醋的问题。"

　　然而，到底因为什么，萧晴明并没有告诉夏树稻。

　　她觉得萧晴明不是那种喜欢故弄玄虚的人，如果是吃醋，他一定大大方方地承认。

既然对方这么提醒了她，她自然也会好好听话，可是绞尽了脑汁都想不明白袁柏亚会有什么问题。

夏树稻当然不会知道，萧晴明已经查清楚了袁柏亚的真实来历，这个人，原本是电视台记者，在那个圈子里可以说是做得风生水起，口碑甚好，只是突然转行来做艺人，这里面的原因鲜少有人知道。

如果他只是安安分分地拍自己的戏萧晴明也不会多管他，但是，他突然接近夏树稻，萧晴明自然就没办法忽视他了。

至于袁柏亚过去的身份和经历，萧晴明不打算告诉夏树稻，说了也只是徒增烦恼罢了，他只想让她专心去实现自己的梦想，而一切的路障都该由他这个骑士来解决。

林茨木作为《狐妖》的男二号，谁都没想到他会是主演中第一个杀青的。而杀青之后，他马不停蹄地跑去国外度假，直到公司召唤他，才懒洋洋地回来工作。

"电影？"林茨木怀疑自己听错了，"还是两部？"

"没错。"他的经纪人洪腾递给他两个本子，"一部都市类型，叫《欲望职场》，你的角色是一个假装穷小子追求女主的富二代，比较套路，不过你演起来应该也不会太吃力。另一部叫《赏金杀手》，你的角色是个苦大仇深的富二代。"

"都是富二代？"林茨木随手翻了翻剧本，"我长得这么有钱吗？"

洪腾没理他，继续说自己的："这两部电影，尤其要重视《赏金杀手》，大导演，大制作，你可千万别又给我演砸了。"

洪腾盯着林茨木看了看，看得对方心里发毛。

"洪哥，你干吗这么看我，该不会是……看上我了吧？"

洪腾瞪了他一眼说："你眼角都有鱼尾纹了，青春饭还能吃几年？演技赶紧磨炼出来，不然以后的路走不下去的！"

"鱼尾纹？"林茨木一脸惊恐，"我有鱼尾纹了？不行不行，我得去打一针玻尿酸。"

"我看你那玻尿酸都打脑子里了！"洪腾说，然后忧愁地揉了揉太阳穴说，"我的意思是，你必须赶紧好好提升演技。最近公司给信赖的艺人准备了表演训练课，专门请当红资深的艺人讲课，我看你也——"

"啊哈哈哈洪哥，我怎么能给人讲课呢，我这么……"

"打住！"洪腾及时阻止了林茨木的过分脑补，"我的意思是让你跟新人一起听课。"

林茨木瞬间尴尬，出去的时候，脑袋顶上似乎飘着一大块乌黑的云朵。

跟新人一起上表演训练课，这是林茨木出道这么久以来做过的最尴尬的一件事。

更重要的是，这个训练课竟然还要封闭训练一个月，说是等他课程结束就能彻底脱胎换骨。

林茨木一点儿都不想脱胎换骨，他觉得自己现在也挺好的。

其实别的都无所谓，只是他不想一个月都见不到夏树稻。

喜欢一个人，恨不得每分每秒都看着对方，林茨木已经没有了当夏树稻男朋友的机会，现在还不让他跟人家经常见面，这简直就是酷刑。

"《欲望职场》……"林茨木躺在床上看剧本，突然想到夏树稻也参演了这部戏，"我怎么这么机智呢！"

他突然发现，可以找借口说要讨论角色，然后把夏树稻约出来，他也不指望两人还能发展什么了，但见个面解解相思之苦总该可以吧。

说到做到，林茨木立刻打电话给夏树稻，但是对方不知道在忙什么，竟然没接电话。林茨木等不及了，穿戴整齐，直接去了夏树稻家找她。

等到了地方林茨木才想起来，万一人家既没在家也没打算回家，他该怎么办。

不过好在夏树稻蛮给他面子，就在他在楼下鬼鬼祟祟地来回踱步的时候，夏树稻出现了。

"茨木啊，我们小区有监控，你刚才干吗呢？"夏树稻走出来，看着全副武装的林茨木不禁一笑，"我下电梯的时候就看见你在这儿晃荡。"

"我，我就是……"林茨木现在一看见夏树稻就紧张到词穷，原来喜欢一个人竟然会有这种反应，他觉得很不可思议。

"是什么？"夏树稻疑惑地看着他，总觉得这人怪怪的。

"就是，我来找你想讨论一下新电影的角色跟剧本。"林茨木尽可能地让自己看起来正直正义正气凛然一点，生怕夏树稻觉得自己心术不正再拒绝他。

"真的假的？"夏树稻觉得有些不可置信，"你竟然要主动讨论剧本？这么上进可不像你！"

"我一直都这么上进的！"

夏树稻好笑地看着他，觉得这个家伙难得有这个心思，当然不好拒绝。

两个人来到了附近一家明星会员制的咖啡厅，林茨木熟门熟路地带她进了一个包厢，然后介绍说："在这里完全不用担心被偷拍。"

"茨木……"夏树稻看着林茨木，还是觉得他吃错药了，"我们对剧本，其实不用这么隐蔽的。"

"不行！我们作为演员要有操守！"林茨木正色道，"绝对不能让外人知道剧本的内容！"

夏树稻被他逗笑了，点点头，对他的话表示认同。

两个人一坐下林茨木就一边拿起桌上的菜单一边殷勤地问："你饿坏了吧？让你偶像跟你一起吃顿饭吧。"

夏树稻怀疑地看着他："不是说讨论剧本吗？"

"总不能饿着肚子讨论吧！"林茨木觉得自己说得非常有道理，"要吃饱了才有力气思考啊！"

林茨木最近其实偷偷学了很多撩妹秘籍，可是真的见到夏树稻之后，一招都用不出来了。

夏树稻无奈地笑笑，觉得这人歪理还真多。

林茨木如愿以偿，心满意足地看着夏树稻吃饭，觉得她腮帮子一鼓一鼓的特别可爱，像只小松鼠。

越看越喜欢，越喜欢心里就越失落。

他看见夏树稻手上的戒指，想到那天晚上他看着那两人手牵手有说有笑地出现在他面前，别说多难受了。

吃完饭后，林茨木不得不装模作样地跟夏树稻讨论一会儿剧本的内容，一直到很晚才送他的小树苗回家。

"小树苗，我其实……我今天本来打算……"到了夏树稻家楼下，林茨木又吞吞吐吐的，心里的话想说，却又觉得说不出口。

"嗯？其实打算什么？"夏树稻疑惑地看着今天格外反常的林茨木。

林茨木突然抬手使劲儿搓了搓自己的脸，然后深呼吸一下说："没什么，我就是特别喜欢和你一起拍戏，不过我应该是喜欢和你拍戏时的自己，你千万别多想。"

他连珠炮似的说出来，听得夏树稻笑弯了眼睛。

林茨木沉了沉气，突然有点忧伤地说："实不相瞒，我其实很久都没有认真拍一场戏了。"

"什么？"夏树稻没太懂他的意思，"别告诉我你之前拍戏都是在闹着玩儿啊！"

林茨木一时间有些羞愧，他点了点头，犹犹豫豫地说："其实一开始我也想要拍好

戏，但是无论我怎么做，他们都说我只是一个男花瓶，说我傻，说我没演技，后来我发现，只要我不谈恋爱，没有绯闻，不管戏烂成什么样子，喜欢我的人都依旧喜欢我，而且数量还越来越多。"

他自己说出这些话的时候也觉得不妥，可这就是事实。

"大概是投机取巧惯了，我也从来没有想过自己到底应该怎么去做一个好演员。"林茨木叹了口气，"都说不忘初心，可是我的初心早就被丢到大海里沉了底。"

"可是，其实茨木你已经很棒了。"夏树稻看得出他的心事，安慰说，"至少和你对戏的时候，在我的眼里你就是白狐狸。"

林茨木摇了摇头，有些不好意思地笑了笑说："之前拍戏的时候，看着你吊威亚，看着你在火场里一遍遍奔跑，我真的，触动很大。回想起刚入行时的自己，那时候我也挺拼的。当时就算在雨里淋上一天都毫无怨言，可是后来，我把这股劲头给弄丢了。"

林茨木抬起头看着夏树稻，突然抱住她说："小树苗，是你唤醒了我睡着的初心，下部戏再见，期待和你飙戏。"

说完，林茨木跑了，留下夏树稻在这里，看着他的背影，微笑起来。

从前，夏树稻只觉得林茨木是个一根筋有些傻里傻气的家伙，可是现在她才发现，她错了，这个人也是有深情认真的一面的。

而这个世界，对待认真的人，永远都是温柔的。

夏树稻的安稳日子没过几天，一场腥风血雨又来了，她觉得自己早就应该有觉悟的，身在娱乐圈，不可能一直风平浪静的。

之前的丑闻才刚刚压下去没多久，新的负面新闻又被挖了出来。

前阵子他们《狐妖》杀青，这部剧的主创人员都参与了杀青宴，宴会之后自然有媒体的采访，当时夏树稻作为一个很有话题度的新人在接受完群体采访后又接受了记者的专访。

那时候的几个问题夏树稻现在还能记得，尽管普通到不能再普通，但那是她第一次接受专访，印象深刻。只不过她没想到，就连一个这样的采访都能被断章取义地截取出来，在网上又引起了一阵讨论。

主持人：听说你和黄淑媛是大学同学，片场里关系怎么样?

夏树稻：黄淑媛是个漂亮妹子，演技还有待提高。

主持人：《狐妖》杀青了，你觉得剧组怎么样？

夏树稻：挺失望的。

主持人：如果有机会跟黄淑媛合作拍广告，你觉得怎么样？

夏树稻：我不想和她拍！

这段采访视频被发到网上立刻转发上万，夏树稻强忍着怒火看完这段视频，气得手都在发抖。

"他们这是剪辑过的！"夏树稻近乎崩溃地跟 Cris 解释。

Cris 也一筹莫展，这一次不比上次，之前有一个姜娜能帮她渡过难关，但这回这个视频清清楚楚地放在那里，如果拿不到剪辑前的原片，夏树稻就算是跳进黄河也洗不清了。

"就算是被剪辑过了，但这些话也都是从你嘴里说出来的，你要是不给他们留下乘虚而入的机会，就不会有这件事。"Cris 问她，"你当初是怎么说的？"

"我是说我跟黄淑媛是大学同学，不过接触得不多，她是个漂亮妹子，把角色诠释得很好，而我自己的演技还有待提高。"夏树稻这次真的又受了委屈，不过有了上次的经历之后从容了许多，"第二个问题她问我觉得剧组如何，我说这个剧本非常好，对于演员来说也都是种挑战，不过还是有一点挺失望的，那就是拍的时间太短了，还没跟大家以及剧中的角色相处够。"

"那最后一个呢？"Cris 似乎有些头疼，她靠着夏树稻的沙发靠背，如此问道。

"最后一个……"夏树稻回忆了一下当时的场景，她说，"不想和她拍，因为她长得太漂亮了，光芒会完全把我当得什么也看不见。"

Cris 听完，沉默了一会儿，夏树稻不敢打扰她，在一旁静静地等着。

"你要知道，你没有证据，而且其他人也不会去想到底有没有什么上下文，他们只会觉得你是忘恩负义的人，当初靠着《狐妖》剧组出名，现在又反过来说失望，如果余导看了，他心里会怎么想？"

听了 Cris 的话，夏树稻更加担忧起来，她很怕会伤害到那些关心她、照顾她的人。

"余导看了当然不会明着来问你为什么这样说，只会在心里觉得你不是什么知恩图报的人，以后就算是有适合你的戏，也不一定还会找你了。"Cris 严肃地看着她，"而且，其他的导演也会引以为戒，不可能还有人愿意花心思栽培你。"

夏树稻一听，立刻就想去向余导解释，Cris 觉得疲累，但这件事情必须马上解决，

迫在眉睫，"等我约他见一面吧，你先准备一下，不要到处乱跑，我去处理一点事儿，等会儿地下车库见。"

网络上夏树稻接受采访的视频被转得沸沸扬扬，圈内圈外的人都知道了这件事。一开始夏树稻还担心余导会不想见她，没想到，余导爽快赴约。

Cris陪着夏树稻在咖啡店见了余导，并且在道歉之后把事情的真相——做了解释，好在，余导对这个圈子的套路再熟悉不过，对她表示了充分的理解。

跟余导分开之后，天已经黑了。

Cris说她疲惫，夏树稻自己又何尝不是呢。

她一个人往家走，在路上的时候觉得自己特别可悲，一次次的出这种事情，只能一遍一遍地消磨粉丝的热情。

"怎么了？不开心？"夏树稻没想到自己会在这里遇见袁柏亚，他们两人已经好久没见，自从《狐妖》杀青之后，都各自去忙自己的工作，如果不是今天偶遇，下回遇见还不一定是什么时候呢。

夏树稻惊讶地看着袁柏亚，苦笑着说："又是那些破事儿，没想到时隔没多久，我又被黑了。"

袁柏亚冲着他露出一个好看的笑容说："你不是应该都被黑习惯了吗？"

夏树稻撇了撇嘴，心情低落，不想多说什么。

然而袁柏亚今天说话的时候变得像是话痨的林茨木，简直就像是一位人生导师。

"懊恼是这个世界上最无用的词汇，光是自己失落也并不能解决任何问题。"袁柏亚收起了刚才开玩笑的模样说，"你知道他们为什么一次次的黑你吗？就是因为你好欺负。你懂什么叫一击致命吧？不是说让他们将你一击致命，而是你自己出击。小稻草，你现在要做的不是自怨自艾，而是收集线索，等到证据确凿的时候，把它们都放出来。"

"等，等一下！"夏树稻问，"你的意思是，要我狠狠地收拾那些黑我的公众号？"

"聪明。"袁柏亚看着夏树稻的眼神就像是在看自己带出来的徒弟，不过也确实如此，以袁柏亚的经验，他能给夏树稻的都是最好的建议，"那种八卦公众号，如果被发现爆出来的是捕风捉影的东西，也会失去公信力。你要记得，只有你强大到让黑你的人付出代价，这才能保证以后他们不敢对你乱来。"

"可是我的手里没有任何证据……"

"我看过那个视频，放慢了看，多看几遍，一定能找得出破绽的。"袁柏亚说，"我很熟悉这种剪辑手法，就看你想不想做了。"

夏树稻听他这么一说，竟然觉得放下了心里悬着的石头。她发现袁柏亚这个人就是有这样的魔力，无论发生什么事，只要他说没事，那就似乎真的会没事。

　　"小稻草，这个圈子吃人不吐骨头的，你对别人善良，就是对自己的残忍，我希望你能明白我的意思。"袁柏亚接下来还有别的通告，他看了一眼手表，对夏树稻说，"人性就是这样，如果一个人一而再、再而三地被迫害，大家非但不会去可怜她，反而还会怪她蠢。被黑、澄清、再被黑、再澄清，网友会觉得你是在炒作，时间长了，好感度也就都败光了。"

　　"其实我也发现了，"夏树稻微微叹了一口气，"每次有什么角色或者新戏，都会或多或少地发生这种事。"

　　"没有人会做无意义、不能获利的事，这个世界就是这么现实。"袁柏亚必须得离开了，他想了想，还是对夏树稻说，"你好好想想，如果你受到影响，谁是获利最大的人？"

　　夏树稻被袁柏亚的话点醒了，但对方显然急着离开，道了谢之后便也没有再多问什么，毕竟他已经帮了自己那么多，给了这些提示已经足够了。

　　袁柏亚又看了一遍网上那段关于夏树稻接受采访的视频，坐在他旁边的柯基抻长了脖子看了一眼然后说："哥，这已经是第19遍了。"

　　"那就再来一遍，凑个整数。"说完，袁柏亚就又重播了一回。

　　柯基无奈地对着他做了个鬼脸，不解地说："我从来没见过你这么关心一个不相干的人，你不是一直信奉明哲保身吗？说好的事不关己高高挂起呢？因为她，你可是已经惹了好几次狗仔了！"

　　"她不是不相干的人。"袁柏亚把视频速度放慢，仔细地看着，"她姓夏，你难道想不起来吗？"

　　"夏……"柯基皱紧了眉，很快的，他恍然大悟，惊讶地说，"竟然是她吗？难道你是在……哥，你不打算跟她说实话吗？"

　　袁柏亚的眉头微微蹙了一下，语气淡淡地说："实话？我只是为了自己心里过得去而已，那件事已经过去那么多年，又何必要去揭开旧伤疤，现在这样，对我们都好。"

　　"呃……既然这样的话，其实，我觉得你还是应该小心一点比较好，当年那件事是姜台长好不容易压下去的，要是现在被提起来，以你的处境，不仅你会完蛋，就连……"

　　袁柏亚没有让他把话说完，直接打断了他说："柯基，你放心吧，我知道轻重。"

　　视频播放到了尽头，袁柏亚关掉界面，靠着椅子闭目养神。

柯基有些担忧地看着他，不过也没有再多说什么。

袁柏亚是个对任何事都有自己打算的人，他要做的事没人能阻止，柯基只能默默祈祷千万不要出什么岔子，希望这个拼命生活的男人能过得开心一点。

夏树稻跟袁柏亚分开之后就回到了自己的住处，她一个人，拿着 iPad 反反复复地看那段采访视频。

她清楚地记得主持人采访她的时候有几个问题虽然跟视频里的差不多，可某些地方还是不一样，问题稍微改变一下，整个走向就会有很大的不同，而只要她找到这些破绽，哪怕她手里没有原本的视频素材，这些谣言也会不攻自破。

夏树稻记得袁柏亚的话，她放慢视频，一帧一帧地看过去，果然找出了不下五次主持人口型对不上的地方。

这就是最好的证据，夏树稻激动地在床上翻来覆去地打滚，如果不是因为太晚了，她一定要打电话给袁柏亚好好道谢。

破绽是找到了，那么做这件事的人会是谁呢？

夏树稻抱着枕头盯着天花板出神，回想起之前一连串的事情，黄淑媛的脸在她面前渐渐浮现了出来。

不过需要证明背地里使坏的人是黄淑媛，还需要一些确凿的证据才行。

只要是谎言，就一定有破绽。

只要是狐狸，就一定会露出尾巴。

袁柏亚说的一击致命，就是说要在确保能给对方致命打击的时候再动手，否则只会事倍功半。

夏树稻冷静下来，知道现在还不是出手的时机，最好的方法就是隐忍不发，继续暗中搜集证据。

夏树稻的负面新闻还在热门上面飘着，反击的事情不能拖得太久，如果拖拖拉拉，到了后来没有了热度，等她发出所谓的证据时已经没有人再关注了，那么她做这些事也就没有多大的意义了。

趁着没有拍摄工作，夏树稻准备出击了。

证据是不会主动来找她的，必须她先走出去。

当初在《狐妖》杀青宴上采访她的那家媒体夏树稻记得非常清楚，而想要弄清他们的办公地点也是易如反掌。

她来到提前查好的地方，刚站到编辑部办公室的门口就听见了里面那些编辑们的对话。

"那个夏树稻犯二的采访居然没费什么劲儿就上热搜了，真是厉害。"

"那当然，那条视频的转发量现在已经突破五万了，咱们公众号现在一条广告起码要上百万！"

"还真别说，这招也太好用了，那个姓夏的一看就是个软柿子，小新人就是好欺负。"

有时候有些事儿就是这么巧，你在背后说人家坏话的时候，人家一字不落地全都听见了。

"你们说谁好欺负呢？"夏树稻推开门，优雅大方地走了进来。

那几个编辑扭头看过去，一时间都愣住了。

"夏，夏小姐！"一个编辑赶紧站起来，明显没想到夏树稻会亲自过来，"您……您怎么过来了？"

"没办法啊，我只是一个软柿子，小新人，又没有助理，好欺负嘛，所以有事情的时候就只能自己过来了。"夏树稻揶揄他们，表面上却带着笑。

刚才说她是软柿子的那个编辑尴尬到不行，勉强挤出一个笑容说："哟……您这话是怎么说的……"

夏树稻听得出她的声音，自然知道刚才说她的都是谁，不过她没有过分追究这件事，正色道："我来其实就是想问问贵网站，你们为什么要把那条采访拼接剪辑成那个样子？难道各位在上岗工作前没有学习过该有的职业操守吗？"

一听她说这件事，坐在不远处的一个编辑面露窘态地说："哎哟，夏小姐，我们这也是为了给您多争取点儿曝光率嘛，你看看，现在这条都转发这么多了，讨论度这么高，您这三天两头上热搜，多好啊！"

"所以说，你们娱乐网星动一刻是承认剪辑过那个视频了？"

听见夏树稻的质问，几个编辑都沉默了。

最远处的一个戴眼镜的男人看了她一眼，冷笑着说："艺人亲自登门来质问，这种事儿还真是少见。视频剪辑过又怎样？如果你想要个明白答案，大家心里都有数，不过你要是想让我们去跟网友承认，还是别做梦了。"

夏树稻看向那个说话的男人，看起来像是这里的负责人。

大概是看上司都这么说了，几个编辑也硬气了起来。

"夏小姐，别怪我没提醒你，就算是万凌那样的大咖，跟我们说话的时候都要客客气气的。"一个小编辑说，"本来刚才不想说话那么难听的，不过以您的咖位，能有现在的热度，感谢我们还来不及呢吧？"

　　夏树稻没想到这些人竟然是这样的，做了搬弄是非、颠倒黑白的事之后还如此理直气壮："难道你们不怕我们公司告你们诽谤吗？"

　　"呵呵，新人就是新人，告我们？告我们也需要证据吧？"刚才吐槽过夏树稻的那个编辑也加入了这场唇枪舌剑，她一边摔手里的本子一边说，"采访的时候有人能给你作证吗？没有，因为是专访！而且原版视频我们早就删除了，你拿什么告？夏小姐，您不知道，您现在站这儿，真的像个笑话！"

　　屋子里的人都笑出了声，夏树稻却没觉得尴尬，她轻蔑一笑，对他们说："果然，姜还是老的辣。不过，三天之后，我会让你们知道，我夏树稻还真不是个软柿子！"

　　萧晴明的手指敲击着桌面，他现在认真地觉得自己的女朋友是个天生的"热搜体质"，三天两头上热搜，红得倒是真快。

　　"我的那个黑客朋友一会儿就到。"蕾昂娜从外面回来，直接坐在了他身边，"你那个小明星女友不是总被人黑吗？找他就可以知道是谁干的了。"

　　萧晴明有些意外地看向她："你竟然还认识这么厉害的人？"

　　"那当然，他可以直接定位到指定人的家庭住址。"蕾昂娜凑到萧晴明耳边，小声儿说，"偷偷告诉你，一般我是不会去法庭起诉的，而是直接找人上门揍黑子一顿！"

　　萧晴明好笑地看着她，道谢说："这次就谢谢你了。"

　　"你们中国人不是讲究礼尚往来？"蕾昂娜整个人都靠在了萧晴明身上，有些暧昧地说，"你欠我的人情债，要怎么还呢？"

　　萧晴明往旁边躲了躲，脸不红心不跳地问："你想让我怎么还？"

　　萧晴明以为她会说一些不可描述的话，然而这次，他是真的误会了对方。

　　蕾昂娜直起身子，淡淡一笑说："没想好，你好好给我打歌，下周是我世界巡回演唱会的第一站，我的歌中间的 Rap 部分，你走心就行。"

　　"这个你就放心吧，在这里开演唱会是我的梦想，就算你不说，我也会珍惜这个机会的。"

　　蕾昂娜找的黑客朋友来了，萧晴明专注地看着他操作，觉得自己远在国外还能为夏树稻做点儿什么，这种当无名英雄的感觉实在是太好了。

谁说骑士只能在公主身边才能守护她的，现在，他们虽然距离很远，可是他依旧忠诚地护着她。

在夏树稻四处搜集黄淑媛黑她的证据时，《狐妖之凤唳九霄》的先导预告片发布了。

短短的预告片，夏树稻虽然只出现那么几秒钟，但是却非常抢眼，瞬间圈粉无数。

夏树稻一打开微博，粉丝数涨得让她目瞪口呆。

在剧组正准备拍戏的夏树稻看着暴增的粉丝又是兴奋又是紧张，看着《狐妖》剧组的演员们都纷纷发了微博，自己也打算自拍一张宣传一下。

她刚举起手机准备自拍，黄淑媛就进来了。

"哟，这么巧啊。"

在先导预告片中黄淑媛作为女主自然出现的时间比夏树稻多不少，然而，这短短几分钟的视频就暴露出了黄淑媛演技的不足。

这部戏前期宣传了很久，又聚集了袁柏亚跟林茨木这两大男神，自然备受关注，压力最大的角色也应该是黄淑媛饰演的女主角。

大家纷纷拿她们俩做对比，黄淑媛被贬得一文不值，眼看着一个曾经是自己替身的人要抢了自己的风头，黄淑媛不做点儿什么都对不起她浪费在这人身上的小心思。

"既然这么巧，那不如我们合照好了。"黄淑媛凑上前来，假惺惺地想要去挽住夏树稻的手臂。

夏树稻直接躲开，按灭了手机，冷着脸说："黄淑媛，上次说过的话你应该是全都忘了吧？"

黄淑媛脸色突然变得难看起来，问道："什么？什么话？"

"买通娱乐网传媒，黑我的人是你吧？"夏树稻开门见山地说，"不要跟我说什么你不知道，现在我的手机里就有你去那边的监控视频，要我和你一起欣赏一下吗？这可比《狐妖》的先导预告片精彩多了。"

黄淑媛震惊地看着她打开手机，把播放着的视频画面递到了她面前。

视频中，她戴着口罩帽子走进了娱乐网传媒的大楼，虽然捂得严严实实，但熟悉她的人还是一眼就能认出来。

"你怎么会有这个？"黄淑媛立刻伸手去抢。

夏树稻收回手机，扬着下巴蔑视地看她说："想要？给你也可以，反正我有的是备份。"

黄淑媛气得头晕，她没想到这件事竟然这么轻而易举地就暴露了，她扶住桌角，狠狠地瞪着夏树稻说："就算是我，那你想怎样？"

夏树稻看着她，觉得失望又愤怒："我能问你一个问题吗？为什么你要一直针对我？"

黄淑媛大声笑了起来，笑够之后沉默了几秒然后说："你真的不知道为什么？不过也对，你不可能知道，你只在乎你自己！"

她一把推开夏树稻，大步往外走："所以现在要去曝光我了吗？夏树稻，你这样对我，会遭报应的！"

夏树稻看着她离开，心想：该遭报应的难道不是始终作恶的人吗？

不过话说回来，黄淑媛刚刚说的话让她觉得奇怪，就好像她们曾经相识而夏树稻却不遵守约定忘记了她。留在原地的夏树稻在脑海中疯狂搜索有关黄淑媛的信息，除了她们是大学同学之外，一无所获。

她低下头看手机，刚刚放给黄淑媛看的那段视频是她跟姜娜配合才得来的，前几天，她们雇了一个老大爷让他假装碰瓷姜娜，姜娜趁机得到了查看监控记录的机会，她利用自己是星空传媒工作人员的身份特意让物业把监控视频往前调了几天，刚好拍到了黄淑媛进去的画面。

就像袁柏亚所说的那样，如今已经证据确凿了。只是，夏树稻除了为自己澄清之外并没有把黄淑媛爆出去的打算，尽管无数人都告诉她不能心慈手软，可她还是想再给黄淑媛一次机会。毕竟，这个圈子里的人每走一步都非常不容易，黄淑媛虽然品质恶劣，可夏树稻还是不想用自己的手去毁了她。

"怎么回事？"黄淑媛刚走，Cris 就进来了，"我看见黄淑媛气势汹汹地出去了。"

"嗯……"夏树稻把自己手里的这段视频还有刚刚跟黄淑媛发生的事一五一十地告诉了 Cris，并且表明自己想要尽快澄清但不公开说明黑她的是黄淑媛。

"……你这个人真是……"Cris 对她表示无奈，但还是点了点头说，"以后你不要后悔就好。看看这个。"

Cris 递给夏树稻一叠厚厚的纸："一个叫 X-MAN 的人把这些东西发到了我邮箱，说不定是你的粉丝。"

夏树稻接过来仔细看了一眼，顿时惊讶了："哇，Cris 姐，这也太厉害了吧！这些 IP 都能查到！"

"我还以为你知道。"Cris 满意地笑着说，"没想到你的粉丝里还有技术宅。"

夏树稻满心欢喜地翻着那些纸张，到现在才有了自己火了的实感。

"别傻笑了，我来找你是要和你说正经事儿。" Cris 拉了把椅子坐下说，"《狐妖之凤唳九霄》马上就要播出了，到时候肯定会有很高的关注度，这部剧里面，有你跟林茨木，而你们的下一部电影《欲望职场》更是有很多对手戏。公司这边的意思是让你们一起参加一个情侣真人秀，叫《七天六夜》，你看怎么样？"

"《七天六夜》? 还是情侣真人秀？"夏树稻有些为难，萧晴明本来就吃林茨木的醋，要是再上了这个节目，估计隔着十万八千里都能闻到醋味儿了。

"那个……"夏树稻飞速地想着拒绝的理由。

"我私下问过林茨木了，他说很乐意跟你一起。" Cris 在来找夏树稻之前已经做好了一切安排，与其说是来问夏树稻的意思，不如说只是通知她一声罢了，"况且这就只是一个真人秀节目，又不是真的要你们在一起，你担心什么？"

"哦……"夏树稻有些为难，又弱弱地说，"可是接下来马上就要拍《欲望职场》了，在真人秀跟片场两头跑，会不会影响……"

"不会的！" Cris 知道她在顾虑什么，敲了一下她的脑袋说，"你给我听话，现在《七天六夜》还只是在星空娱乐频道筹备，筹备阶段懂吗？等你拍完《欲望职场》这个项目估计才会刚开始起来。"

夏树稻实在想不到其他拒绝的理由了，只能暂时默默接受，反正开拍时间还早，大不了到时候找个借口换人。

化妆间的门又被猛地推开，一个男人冲了进来："Cris，你是不是想得太美了？咖位不同的人怎么可能安排在一起？"

来人正是林茨木的经纪人洪腾，这会儿正涨红了脸怒视着 Cris。

Cris 翻了个白眼，不悦地说："洪先生进屋从来都不先敲门的吗？"

她看了一眼夏树稻，又看向洪腾："你们家艺人可是眼巴巴地希望跟我们家夏树稻一起参加节目呢！"

"哼，那个小子傻，被人利用了还不知道！"洪腾瞥了一眼站在一边的夏树稻，又转回去对着 Cris 说，"我告诉你，我今天来就是来签林茨木的综艺合同，不过，签约可以，搭档可不能是随随便便的十八线小艺人。"

"哦? 那不如给他安排自己上节目怎么样？算是对他重视了吧？"

Cris 这话一出，夏树稻忍不住偷笑，洪腾火气更胜了。

"我今天把话放在这里，我们家林茨木可以上《七天六夜》，但搭档必须是安丞！"洪腾说完，摔门出去了。

Cris 嗤笑一声说："神经病吧！"

夏树稻听见洪腾提到安丞，不禁羡慕起来。安丞是当下最炙手可热的影视新秀，出生于电影世家，集清纯和性感于一身，古灵精怪，演技出色，出道的第一部电影就是著名导演洛克王的《月色恋歌》，并且凭借这部电影获得了金马奖，成了最年轻的金马影后。

"还安丞呢，"Cris 嘀咕道，"林茨木的演技被人家甩出不知道多少条街去，洪腾那家伙还真敢想！"她站起来，对夏树稻说，"别管那么多，总之按照我告诉你的准备，不过当务之急是演好《欲望职场》，至于黑你的事，证据确凿了，交给我处理吧。"

夏树稻的愿望很简单，只要能站在摄像机前面演自己喜欢的角色她就满足了，可是Cris 却一直告诉她眼光不能这么浅，演员是被挑选的，只有红了才有机会出演自己喜欢的角色。

夏树稻明白她的意思，所以尽管不愿意深陷这个染缸里，却不得不继续努力摸爬滚打。

只有自己站得高，才有机会选择自己的人生。

关于《七天六夜》的事那天之后夏树稻就再没听 Cris 提起过，似乎是真的不急，一切流程都还没有正式启动。

夏树稻的想法自然是不用她去上才好，最好是大家都把这件事儿忘了。至于到底她会不会跟林茨木搭档，夏树稻也懒得想了。那天洪腾说的话虽然不好听，可也是事实，虽然她最近人气不错，但跟林茨木终究不是一个等级的。然而他们谁都没有想到，那场争执发生后的第三天，林茨木竟然被卷入了本年度最大的丑闻中。

某家高级酒店内，一个年纪不小却风韵犹存的女人正斜靠在床上喝着红酒，看起来像是在等人。也不知道她等了多久，似乎已经有些不耐烦，放下酒杯拿起手机刷着今日八卦。而最新八卦头条的男主角正是这个她的丈夫。

"哼，你有你的金丝雀，我有我的小狼狗。"女人千娇百媚地再次把酒杯拿过来，将红酒一饮而尽，笑着关掉了手机。一阵敲门声响起来，女人微微一笑，放下杯子去开门。

房门一开，女人立刻扑到了门口男人的怀里，对方自然地搂住她的腰，关好门。

两个人忘情地抱在一起，然后倒在了酒店的大床上。

夏树稻看完这段视频，忍不住捂住了眼睛。

"这可真是……"她今天早上一打开微博就看见林茨木上了热搜，相关链接是"林茨木 小三"以及"林茨木睡富婆"。

网上传出一段内容不堪的视频，视频中一个长得跟林茨木极度相似的男人与一个女人开房，而这个女人正是圈内某知名导演的老婆。

夏树稻跟林茨木很熟悉，知道这个人虽然五官身材都跟林茨木非常相像，但绝对不是林茨木本人，之前在拍《狐妖之凤唳九霄》的时候，她跟林茨木的替身有过接触，她无法确定这个人是不是那个替身，但至少，不会是林茨木。

但她一个人知道没用，随手翻了一下网上的评论，因为两人太过相似，所有人都认定了这个就是林茨木，一时间，讨伐他的声音轰然响起，那些骂他的话让夏树稻觉得有些不堪入目。

想起自己被黑时林茨木的关心，夏树稻立刻打电话给对方，然而林茨木关机，估计是被记者们打爆了电话，无奈之下关机了。她担心不已，却不知道能做什么，看着网上那些言论，更加深刻地明白了"人言可畏"的意思。

已经身陷丑闻却不自知的林茨木正在家里看剧本，他今天没有行程，乐得清闲，手机关机，准备好好学习天天向上，下次拍戏的时候让所有人大吃一惊。

"游戏给你封号了吗？"可可进来的时候目瞪口呆地说，"你竟然在看剧本？是不是我产生幻觉了？"

林茨木得意地挑了挑眉说："不是幻觉，我就是在看剧本。我要让全世界都知道，我林茨木拍戏是很认真的，特别是这部戏，跟小树苗的对手戏很多，你看你看，这儿还有一场吻戏！"

可可知道他最近天天惦记着人家夏树稻，故意气他说："人家可是有男朋友的，难不成你想做小三儿？"

"可可，你看外面天气怎么样？我把你从30楼踹出去，让你在蓝天自由飞翔怎么样？"

林茨木吓唬可可，把人家吓得跑去一边玩手机。

拿着剧本的林茨木继续专心琢磨他的角色，不过几秒钟之后，他就听见可可发出一声嚎叫："林茨木是男小三？！"

林茨木生气了，把剧本往旁边一摔说："你是不是有病？"

然而当他看见可可的表情时，突然发现好像不太对劲。

"茨木……这……这怎么回事？"可可举起手机，递到林茨木面前。

"什么怎么回事儿？"林茨木凑过去，一眼就看见了正在播放的视频。

空气似乎凝固了，半晌，可可说："你……你认识刘导的太太吧？"

"这视频里的人……也太像我了吧？"林茨木没有回答可可的话，而是继续说，"这个人，是钱帆吧？"

可可这回是真的急了，网上已经炸开锅了，他看着林茨木，有些慌张地说："先去找洪腾哥商量吧，这事儿，咱们自己解决不了了。"

钱帆作为林茨木的专用替身，如果不拉特写，很多时候几乎可以以假乱真，虽然因为这个他捞了不少好处，可也正因为这个，他心里早就有些不平衡了。

"同人不同命"，两个人如此相像，一个坐拥三千万粉丝，名利双收，过得比谁都潇洒，另一个却只能是替身，要依靠着那些有钱的太太赚外快，钱帆怎么可能心甘情愿过这种生活。

洪腾接到可可电话之后，立刻联系钱帆见面，直接让人出面澄清，理由当然是钱帆的合约还在公司，必须听公司的安排。

"替他澄清？"钱帆坐到洪腾面前，嗤笑一声说，"洪哥，你是不是想多了？用合同压我啊？你忘了看合约吧？上个星期我跟飞影的合约就到期了，并不需要服从公司的安排。"

他拿起桌子上的水，喝了一口，悠然自得地说："洪哥，还有一件事我忘了告诉你，我已经签了新的公司，美亚娱乐，你知道这意味着什么。"

"钱帆！你要知道，没有茨木，你根本什么都不是！"洪腾没料到钱帆会是这样的态度，更没想到他已经签了新的公司，并且展现出了自己的野心，"你要知道，观众并不需要两个一样的人。"

"我当然知道。"钱帆微微一笑，那笑容都跟林茨木有几分相似，不知道是自然而然还是故意练习过，"大家的确不需要两个林茨木，不过这次，消失的，会是他。"

钱帆起身要走，突然想起了什么，回头对洪腾说："哦对了，如果贵公司发公关通稿说视频里的那个人是我的话，那咱们就只好鱼死网破了，为了自保，我只能把这些年给林茨木当替身的经历公之于众，告诉观众，三年来，林茨木一直都在轧戏，他们在荧幕里面看见的，都是我，啧啧啧，想必观众们都非常感兴趣，到时候网上一定又是一片腥风血雨，我真的很期待。"

他说完，往门口走去。

就在这时，林茨木突然闯进门来，一拳打在了钱帆的脸上："钱帆！你就这么缺钱吗？"

钱帆被他这出其不意的一拳打倒在地，愤恨地看着他。

"我告诉你，就算是签了公司搞了花把戏，也只是暂时替代我，你永远都不可能取代我！"林茨木用力地攥紧了拳头说，"就你还想出道？想得太美了！"

钱帆从地上起来，冷笑着擦了擦嘴角的血："那，林大明星，不如咱们走着瞧？你看看我能不能出道！"

林茨木还想上来揍钱帆，结果被可可死死抱住，说什么都不放手。

钱帆冲着林茨木笑了笑，闪身出了门。

"钱帆！你这个小人！"林茨木气红了眼，要不是可可抓着他，他肯定追出去打。

"茨木，冷静点。"洪腾愁得觉得自己瞬间白了头，他没想到钱帆有这样的打算，这么一来，要给林茨木澄清真相就更困难了。

"洪哥……"钱帆走了，林茨木终于能还原本性了，他一脸可怜相地问洪腾，"我该怎么办？"

洪腾也很想知道应该怎么办，刚才他接了五通电话，都是林茨木代言的品牌，一水的要求换掉代言人，问题的关键还不止于此，如果这件事解决不好，不但代言没有了，他们还得赔给品牌厂家们好大一笔违约金。

"如果是跟一个清白的大姑娘有点事倒还好说。"洪腾揉着太阳穴说，"插足婚姻这样的事，是最能刺激到网友神经的。而且说不定以后……"

他抬头看了一眼林茨木的表情，不忍心再继续说下去。

"可是那个人不是我啊！"林茨木觉得这回自己背锅真是背大了，明明没做过的事却要把脏水泼到他身上，冤枉得都要六月飞雪了，"洪哥，公司帮我澄清一下不就好了？"

林茨木想得简单，可事实却没那么容易。

"澄清？怎么澄清？"洪腾无奈地叹了口气，"说你三年来都只拍特写？剩下的全都是替身在替你演戏？茨木啊，现在我们是进退两难啊……"

林茨木真的要急哭了，他从来没遇见过这种事，出道这些年，他过得太顺风顺水，被公司捧着，被粉丝捧着，就算演技不好，也总是被人宠爱着，这一次，他实在太受打击。

"那……他们会封杀我吗？"

洪腾不忍心告诉他实话，只能安慰说："没那么严重，你不要想这么多。"

林茨木怎么可能不多想，这是关乎名誉跟前途的事。

"那……我手上的那部《欲望职场》明天就开机了，洪哥，我还能去吗？"林茨木非常期待这部戏，一是因为这部戏是他跟夏树稻一起演的，二是因为他难得认真准备了想要给大家一个惊喜。

"片方倒是没说换掉你，"洪腾有些犹豫地说，"不过，你确定你明天要去吗？"

林茨木其实也是有些犹豫的，去了的话将会面对什么，他想都不敢想，明天电影开拍，现场肯定会有记者，万一到时候记者问了什么关于这个的问题，他不知道自己应该怎么面对。

"那也不能让剧组开天窗啊……"林茨木小声地说，"洪哥，我以前时时刻刻都想杀青，可是现在……"

他说着说着就有些哽咽了："洪哥……你别让他们封杀我好不好……"

"洪哥……我好想……拍戏……"

林茨木从来没想过有一天自己会被卷入到这样的丑闻中，虽然他从来都不是那种严于律己的人，可挑战大众道德底线的事他是绝对不会去做的。

这一次，因为自己没做的事被认定是个人渣，怎么想都更难过。

那段视频被爆出来仅仅一个小时就引爆了娱乐圈，关于林茨木的各种负面新闻层出不穷，连带着从前的那些事也纷纷被扒皮，甚至一些莫须有的消息也铺天盖地地传遍网络。

所谓墙倒众人推，尤其在娱乐圈，像林茨木这样地位的人，谁都想趁机蹭个热度。

没多久就有一些十八线的网红小野模发微博称林茨木睡过自己，此刻像是道德战士一样谴责林茨木多么低俗下流，声声啼血，控诉对方逼迫自己，自己有多么的敢怒不敢言，却没想过自己正是在吃蘸着林茨木血的馒头。

在人人都是自媒体的网络时代，谣言发酵得比什么都快。

大家都不会去想这些消息到底是不是真的，他们只相信自己愿意相信的。

第八章 爱情与谎言

我们爱的人
都不爱我们

与此同时，林茨木微博下面的评论也早已沦陷，各种难听的言论让那个地方变得惨不忍睹。

微博一片骂声，就算有林茨木的粉丝出来说话，也会立刻被打成"脑残粉"，被围观群众骂个半死。

最让人伤心的是，有一些林茨木的粉丝因为这件事粉转黑，发微博说"爱过，瞎了眼"。

可可不再让林茨木刷微博，生怕他想不开做出什么过激的事来，到时候只会让情况变得更糟糕。

"可可，你说我该怎么办？"

可可从来没见过这样的林茨木，从来都没头没脑没心没肺的乐天派，现在却落魄窘困得像个穷途末路的失败者。

"茨木，你不要这样，肯定会好起来的。"

林茨木双手抱着自己的膝盖坐在床上，把脸埋在手臂里，不再说话。

肯定会好起来。

迟早会好起来。

那么到底要等到什么时候这件事才能结束呢？

那些骂他的声音，离开他的粉丝，怎么才能向他们证明自己的清白呢？

林茨木从来没有这么无助过，他突然觉得自己的人生变得糟糕透了，像是一脚踩进了沼泽地，已经无法呼吸了。

尽管身陷丑闻，可生活还要照旧。

第二天一早，一身疲惫的林茨木提前好久来到了《欲望职场》的片场，为的就是躲开可能出现的记者，然而让他没想到的是，记者来得更早。

他刚一出现就被守候多时的记者围攻了。

"请问网络上爆出来的视频您做何解释？您跟刘太太到底是什么关系？"

"你真的会在片场睡粉丝吗？"

"知情人士透露说你在片场一直用替身，这件事是不是也打算甩锅给替身呢？"

……

记者们一个接一个地发问，根本不给林茨木任何喘息的机会。

"我……"林茨木以前从来都是跟记者们谈笑风生，可是，那些原本对他喜欢有加的人们突然换上了另一张脸，像是恨不得剥掉他的一层皮，"那个人……不是我……我也不打算……"

每说一个字林茨木都好像是在自己的心上划一刀，他逐渐哽咽，再也说不下去。

没做过就是没做过，可是全世界都认定了你就是这样的人，这个时候，百口莫辩，唯一能做的就是等待。

可是等待真的能换来清白吗？林茨木自己也是茫然的。

"让一让！"保镖及时制止了记者们的靠近，护着林茨木往片场走，"请大家让一让！"

林茨木好不容易在保镖的保护下突出重围到了化妆间门口，他把棒球帽压得很低，一到这里谁也不理地进了自己的化妆间。

夏树稻刚好也到了，站在不远处看见林茨木有些狼狈的样子，不禁皱起了眉头。

等到人群散了，夏树稻敲开了林茨木化妆间的门。

"是我。"夏树稻知道这个时候林茨木需要被人鼓励被人相信，以前她遭遇那些麻烦时，林茨木始终信任她，现在，是时候她来帮他走出阴霾了。

林茨木情绪低落地给夏树稻开了门，他看着门口的人，第一次没有闹腾地打招呼。

"茨木……你没事吧？"夏树稻微微蹙着眉，有些担忧。

林茨木愣了一下，然后有些虚弱地点点头，紧接着，却又摇了摇头。他微微侧身，让夏树稻进来。可可不在，夏树稻猜测他是去给林茨木买早饭了。

"茨木，不管他们说什么，我都相信你。"夏树稻语气坚定地说，"我会想办法支持你的。"

林茨木听见夏树稻这么说，很是欣慰，然而，连洪腾都没办法，夏树稻又能做什么呢，他唯一希望的就是不要因为自己的事影响了夏树稻，也别影响了剧组的拍摄。

"傻瓜，不要管我，照顾好你自己。"

"你也要照顾好自己。"曾经有过跟林茨木相似经历的夏树稻最能对他此刻的感觉感同身受，她当初每天被骂，如果不是这些支持她的朋友，可能早就支撑不住了。

"别想那么多了，准备一下，我们等会儿就要开始拍摄了。"

就在这个时候，林茨木化妆间的门又被敲响，他们原本以为是从外面回来的可可，结果开门后却发现是剧组的工作人员。

"那个，夏树稻也在啊……"工作人员有些尴尬地说，"我来通知一下，今天倒一下次序，先不拍男主角的戏了。"

"为什么？"夏树稻跟林茨木异口同声地问道。

工作人员抬手揉了揉抓了一下头发，为难地说："真的不好意思，那个……投资方紧急通知要求换主角……"

一瞬间，化妆间的空气仿佛都被抽干了，林茨木拼命抢夺着仅剩的空气来维持呼吸，他有些愤怒地说："为什么！那个人不是我！"

原本被挡在外面的记者不知道被谁放了进来，林茨木有些慌乱地赶紧要关上化妆间的门，结果对方却不管不顾地往里冲，追问着他那些让他崩溃的问题。

一时间，事情愈演愈烈，林茨木不得不在保镖的保护下赶紧离开。

而就在此时，飞影娱乐公司所属的 BW 集团董事长办公室里，萧烨雨合上笔记本电脑说："记者和舆论虽然是洪水猛兽，但也是可以充分利用的。"

"利用？"站在一边的米秘书不太明白他的意思，"可林茨木是咱们自己家的艺人，身上的代言也是咱们公司的，您又何必安排记者去……"

"最新的八卦新闻已经开始捎上《欲望职场》了，这是林茨木这颗棋子最后的价值了。"

米秘书太了解这个男人在面对工作时有多冷酷无情，可林茨木毕竟是他们一手捧出来的，难得前途这么好，现在要自毁前程，看起来还是得不偿失的。

"你担心什么？"萧烨雨看着米秘书冷笑一下说，"在这个圈子里，只要肯练，谁没有演技？只要肯动刀，谁没有颜值？"

他站起来，走到窗边，看着外面的世界说："对了，萧晴明这小子最近在美国待得怎么样？"

米秘书立刻回应："派去的人刚刚收到消息，说他在秘密找黑客调取一些资料。"

"黑客？"萧烨雨皱了皱眉，发现自己是真的不太懂自己这个弟弟在想什么，"这小子到底要干什么？"

林茨木的戏被叫停，但夏树稻的部分依旧照常拍摄。这一整天的拍摄过程中，夏树稻都非常担心林茨木。在她眼里，林茨木始终都是一个被保护得很好的人，他看起来爱笑爱闹，一路走过来也太顺利，从来没有经历过这些阴暗的风波，这一次，偏偏惹上了这种龌龊肮脏的事，不知道会有多难过。夏树稻虽然知道自己的力量不大，可还是想要帮帮他。

刚回到酒店，夏树稻就看见远处走来的童玖勋，她有些诧异，童玖勋并没有参与拍摄这部戏，为什么会突然出现在剧组的酒店？

他们两人并不算太熟悉，之前只是在拍摄《狐妖之凤唳九霄》的时候有过为数不多的交流，但见面打个招呼是与人相处的礼貌，更何况，在娱乐圈，就算再不愿意也要尽量维持着好人缘。

童玖勋显然也看见了夏树稻，似乎心情不错地快步走过来笑着说："哎哟，小美女，这么巧？"

夏树稻心里有些不悦，童玖勋虽然不算是十八线，但是这几年都捆绑着林茨木炒作博取版面，现在林茨木有难，他竟然一脸春光，跟那个人形成了过分鲜明的对比。

"你心情不错嘛。"夏树稻语气有些不太好地说，"林茨木都烦成那样了，你怎么还跟没事人一样？"

童玖勋一听，轻松地笑了说："那不然呢？我应该哭吗？你该不会跟那些小粉丝一样以为我们俩真有交好吧？只不过是炒作而已，你可别当真！奉劝一句啊，这个时候千万别和他扯上关系，不然非但救不了他，还会自身难保。"

"童玖勋，你怎么这么说？"夏树稻觉得这个人真的很没良心，就算只是普通朋友，至少他靠着林茨木拿到了不少资源，竟然在这个时候说出这种话，"这几年你借着林茨木的名气给自己刷了那么多存在感，就算是礼尚往来，也不该这么想吧？"

童玖勋倒是不在意地耸肩一笑："你丢垃圾的时候，会想着垃圾也曾经有过用处就留着它们吗？反正我是不会惹祸上身的，那个小子在圈子里也没什么朋友，他这会儿说不定正蒙头大哭呢，他一直目中无人，现在受点教训也不错。"

童玖勋故意撞了一下夏树稻的肩膀说："夏小姐别挡路，我好言相劝，该怎么做，随便你自己。"

说完，他大摇大摆地从夏树稻身边走过，看起来无比讽刺。

夏树稻回头看着童玖勋离开的背影，突然想到，如果他说的都是真的，那么林茨木就真的只有她一个朋友了。

当初她自己出事的时候，这个家伙傻傻的故意乱发微博给自己招黑来为她顶掉热搜，在片场也经常是最照顾她的人，就算碍于公司，在这个时候没有办法发声支持，但至少可以去看看那个人。

夏树稻其实这一整天给林茨木打了好多通电话，可是始终无人接听，她实在有些担心，看了眼时间，毫不犹豫地转身往外走，决定直接登门去看看林茨木。

她戴好口罩和墨镜，在这个关头，千万不能节外生枝了。

去林茨木家的路上，她反复看着网上的八卦视频，无意间发现那段视频上面有 DV机自带的时间，她暂停视频，看了一下那个时间，越看越觉得不对。

"两天前？"夏树稻突然想起两天前林茨木来找过她，而且他们两个一直在一起！

她立刻拨打林茨木的电话，然而依旧无人接听，无奈之下，只好等着见面再说。

两天前，林茨木来找夏树稻聊剧本，当时他在小区门口晃荡许久，小区的监控一定会有记录，这么一来就能证明拍摄视频的那天晚上林茨木并不在那个酒店跟刘太太厮混，这场丑闻也就会不攻自破。

夏树稻突然懊恼为什么之前没有仔细看看时间，早些发现的话，也不至于让林茨木痛苦这么久。

夏树稻抵达林茨木家的时候无比激动，因为她没想到自己真的能帮上忙。

然而林茨木的家已经被记者团团包围，夏树稻不敢贸然过去，只好辗转打听到了可可的手机号码。

"茨木没在家哎，"可可有些为难地说，"你知道的，这个时候肯定记者很多，没办法回去，这几天他都住在酒店里。"

"可可，你听我说，我想到了可以帮他澄清的方法，而且一定有证据，你们现在在

哪，我立刻赶过去。"

可可一听夏树稻有办法了，赶紧报了地址焦急地等待着夏树稻。

夏树稻按照可可给他的地址到了一家酒店，果然这里比林茨木家楼下安静多了。

她去敲门，开门的是可可。

"你总算来了。"可可唉声叹气地说，"他一直不说话，我从来没见过他像现在这样。"

可可迎她进来，小声说："刚才我告诉他你有办法了，他还不信我，夏小姐，你说的是真的吧？"

"是真的，因为两天前拍视频的时候我们两个在一起。"夏树稻来不及多跟可可解释，直接进了里面的房间。

林茨木正颓废地坐在地板上，身边是一些打开却没怎么吃过的零食，还有一罐又一罐的啤酒瓶。

印象里，林茨木总是迷之自信又有些傻里傻气，阳光可爱，让人觉得他那种脑袋里面从来都不会有烦恼，可是这次却不一样，他真的受伤了。

林茨木没有抬头看夏树稻，以为进来的是可可。

他低着头，不停地玩着网络游戏，因为只有这样才能集中精力，强迫自己不去看那些流言蜚语，强迫自己不去想那些肮脏龌龊的事情。

"茨木，我来了。"夏树稻走过去，蹲在林茨木身边。

林茨木玩游戏的手停住了，他抬起头，看见夏树稻的一瞬间整个人都呆掉了。

夏树稻看着他这副落魄的样子，除了叹气就是痛心，生活把好端端的一个人折磨成这样，谁看了能不难受呢？

"茨木，你……"

林茨木丢掉手里的手机，一把抱住夏树稻，带着哭腔说："你怎么来了？"

夏树稻像是安抚一个小孩子一样轻轻地拍着林茨木的背，温柔地说："我当然要来了，我们是朋友嘛。"

林茨木把夏树稻抱得死死的，嘴上却还在逞强："其实我没事儿的，你看我，就当是休假了，这些鸡腿、比萨、薯片，平时都不能吃的，现在终于可以随便吃了。"

说到这里，他又有些哽咽："以后，我可能再也不用陪你吃蔬菜沙拉了。"

听到他的这句话，夏树稻鼻子也酸了，她想起之前在片场，林茨木总是把没有助理的她拉进自己的保姆车，让她跟着他一起吃饭，但是因为他们做演员的必须保持身材，所以只能凑到一块儿吃蔬菜沙拉。

林茨木越是表现得无所谓，夏树稻就越是心疼。

"茨木，不会的，虽然很想让你多吃点儿好吃的，但你现在这样的生活可能马上就要结束了。"夏树稻对他说，"你记不记得两天前，你曾经去我家找我，还被监控给拍到了？"

林茨木像是傻掉了一样愣在那里，他这两天一直处于昏昏沉沉的状态，夏树稻这么一说，他只能记得自己确实去过那里还被监控拍了，可是一时间想不起来那到底是两天前还是三天前。

"你傻了啊！"夏树稻笑着揉了揉他的脸说，"茨木，我们有救了！"

夏树稻说的是"我们"，这让林茨木更加感动。在这种时候，不抛弃他反而来看他，不仅如此还一直想办法把他从旋涡中拉出来的，就只有夏树稻了。

他哑着嗓子，感动地说："小树苗，你为什么那么好？"

夏树稻见他有反应了，总算松了一口气，她陪着林茨木坐在地板上，带着笑意说："你看吧，这个世界对我们其实还是很温柔的，它之所以让我们遭遇这些麻烦，是为了让我们成长。"

她歪着头看向林茨木："没有什么可以打倒我们，你看，我们这不是又要站起来了么！"

八卦视频中爆出来的那个酒店距离夏树稻所住的小区根本就不在一个区域，就算开车过去也要三小时的车程，现在，他们要做的就是调出那段监控录像，这样一来一切就都真相大白了。

夏树稻没办法自己出面去调监控录像，林茨木这边的人去又会提前引起骚动，最好的方法就是找 Cris。

她打电话给 Cris，果然，对方埋怨了她几句之后就答应了。

第二天一早，Cris 拿着监控录像在办公室等洪腾。

"录像就在这里了。"Cris 靠在椅背上，看着眼前明显疲惫的男人说，"如果用这个监控去澄清，那么，林茨木虽然跟刘太太没关系了，可是，新的问题又来了，他为什么会出现在夏树稻家楼下？视频里显示的可是林茨木跟夏树稻一起走出了大厅。"

洪腾脸色依旧不怎么好看，但还是强忍着说："和夏树稻有绯闻，总好过插足别人的婚姻。"

Cris 戏谑地看着洪腾，记仇地说："别，某人可是说过，咖位不同的人不能在一起。洪大经纪人不妨去找安丞那边商量商量？"

洪腾知道她这是什么意思，那天在这里说过的话全都被这个女人记着呢，但是这个时候为了林茨木他又不能发火，只好强忍住爆发的冲动说："也不一定非要让他们传什么绯闻，只是要摆脱夏树稻澄清一下，就说那天林茨木确实——"

"洪腾，你是不是忘了，我们不是一家公司？"Cris 站起来，靠在桌边，有些傲慢地说，"我们凭什么帮你们？"

洪腾皱了皱眉："你想要什么？"

Cris 微微一笑，不假思索地回答："林茨木的名气，分给我们家艺人一点吧。"

她这句话一说出来，洪腾反倒像是松了口气，似乎害怕 Cris 提出更多分的要求似的说："来求你之前我就想到过你可能会提出这个条件，不就是那个情侣真人秀吗，好说。"

"不够。"Cris 的话掷地有声，"荧幕情侣的通稿也需要你配合一下。"

现在林茨木走投无路，别说是这个了，就算是再刁钻的要求，洪腾也得尽力配合。

"好，我答应你。"

因为这段监控视频，总算是洗清了林茨木的丑闻，也平息了大部分网友的愤怒和粉丝们的猜疑。

不过，虽然表面上看起来这件事已经过去了，但究竟是谁找的狗仔去偷拍并把锅甩到林茨木头上，洪腾他们始终没有找到源头。

而另一方面，因为这段监控视频，林茨木的女粉丝们又一时半会儿接受不了他在另一个女星家楼下徘徊，开始了一场新的"大战"。但也有理智的粉丝纷纷来感谢夏树稻挺身而出帮他澄清，一时间，夏树稻也是吸粉无数。

"这件事到底是不是你做的？"万凌气势汹汹地推门进来，刚好看见童玖勋挂断了电话。

童玖勋转过身来看着她，有些不悦地说："怎么？连你也帮林茨木？"

"这不是帮谁的问题，之前我们聊起林茨木的时候我就该想清楚的，不过我真的没想到你是那种踩着别人尸体往上爬的人，你太让我失望了！"

万凌看着眼前的人，觉得无比陌生，他们地下恋情已经进行了很久，因为考虑到公司和粉丝的问题，迟迟不能公开，而童玖勋这边，又一直捆绑着林茨木炒作，营销粉丝们最吃这一套，只不过早晚要结束。

上次两人见面，童玖勋表示想要公开跟万凌的恋情，但在此之前，需要解除跟林茨木的捆绑，为了不让自己引起粉丝的反感，就只能让林茨木先出问题。

万凌只是当他随口说说，没想到竟然真的做了这么龌龊的事。

"往上爬可以，但是只靠着捆绑炒作还有陷害别人，你是永远都不会成功的。"

万凌丢下这句话就离开了，有些人，总是让人后悔爱过他。

"不对！拍子错了！"蕾昂娜皱着眉停下来，"差一秒，你进早了。"

萧晴明被她折腾得快累死，抱怨说："蕾昂娜，这都第十八次了！一秒两秒，有什么分别？"

蕾昂娜虽然一直觊觎着萧晴明，但在工作上依旧无比较真，哪怕只差一秒也要重来："差别，很大。超级碗的中场演出是全美收视最高的节目，不容得出一点差错！"

"OK，OK，不过已经练了十八次了，我需要休息一会儿。"萧晴明不顾蕾昂娜的阻拦，走出练习室，准备透透气。

前两天他接到夏树稻的电话,说是未来可能会跟林茨木一起上一个情侣真人秀节目,这导致他到现在还在吃醋。

不过萧晴明并没有阻止夏树稻，那是她的工作，不是她能决定的。

他只是有些失落，想着如果自己此刻也能像林茨木那么火就好了，火了就有发言权，火了就能站在她身边。

想到这里，萧晴明又有了动力，果然，人还是要逼一下才能更努力。

他在外面伸了个懒腰，又深呼吸一下，然后就转身回了练习室。

"这么快？"蕾昂娜在调试音乐，没想到他这么快就回来了。

萧晴明点点头说："刚才对不起，我们继续练习吧。我想在你的巡回演唱会上成为最棒的新人，让美国流行乐坛知道我的名字。"

蕾昂娜看着他，欣慰一笑说："外面有什么催化剂吗？你怎么这么快就想通了？"

"外面有……我的梦想。"

"最后一次彩排，我们都加油！"

演唱会彩排现场，蕾昂娜在鼓舞士气。

萧晴明笑着回应："加油！"

蕾昂娜走到他身边说："新歌在 Billboard 上飙升很快，公司一直在说没有看错你。"

萧晴明刚要得意，蕾昂娜话锋一转却说："不过我觉得，他们还是看错你了。"

他不解地看向她问："为什么这么说？"

蕾昂娜苦涩一笑，叹气道："因为你一定会回国的。你的心，从来都不在这里。你

们那里有一句话，怎么说的来着？是……身在曹营心在汉，对吧？"

萧晴明笑着摇摇头："没想到，你早就看透了我。"

蕾昂娜耸耸肩，说到这个，她就有些失落。

"不过，我们中国还讲究礼尚往来，你帮了我这么多，我都不知道怎么还你这份情。"

"如果连交朋友都必须要回报，那我们是不是活得太累了？"蕾昂娜一点都不在乎萧晴明还不还她的人情，她想要的不是这个，"反正，我想要你报答的方式，你也做不到，再说这些又有什么意义呢？"

蕾昂娜说完，转身就走下舞台去换衣服了。

萧晴明看着她的背影，心里也有些无奈，感情的事确实没办法勉强，蕾昂娜对他很好，可他爱的只有远在千里之外的夏树稻。好在，蕾昂娜最近似乎已经放弃了对他的"勾引"，两个人相处起来就像是好哥们儿。

蕾昂娜走了，萧晴明站在原地打量着周围的人，他有些莫名的心慌，虽然这次彩排非常完美，几乎可以说是无懈可击，但不知道为什么他总觉得不安。在演出之前有这种感觉，让他有些烦躁。

他想起刚才蕾昂娜的话，他们的新歌正如愿以偿的爬榜飙升，一切明明都在往好的方向发展，萧晴明只希望自己是杞人忧天了。

暂时休息，萧晴明也从舞台上下来，拿出手机准备看看新歌的成绩。

刚一解锁屏幕就看见了被设为壁纸的夏树稻的照片。

萧晴明看着那张照片傻笑，越看越觉得漂亮。

"不知道什么时候才能回去好好陪在你身边。"他看着照片自言自语，然后叹了一口气。

过了好半天下一首歌的彩排要开始了，可是蕾昂娜还是没有出现。

萧晴明有些担心，去后台找她，发现她脸色不太好，似乎身体不舒服。

"怎么了？不舒服吗？"眼看着就要到演唱会了，萧晴明怕她太累扛不住。

"没事，我休息一下就好。"

他们一起回到了舞台，开始下首歌的彩排。

等到全部结束，已经很晚，萧晴明跟着蕾昂娜回到后台，其他的工作人员也都来来往往地忙碌着。

"检查了很多遍威亚，肯定是没有问题了，可为什么还是感觉有些心慌？"蕾昂娜喝了一口水，皱着眉说道。

萧晴明也拿起一瓶水，喝了一口，劝她说："别担心了，一定没事的。"

蕾昂娜摇了摇头，不安地说："不不不，我的第六感很准的。"

她还是放不下心，决定再把所有设备都检查一遍。

她放下手里的水瓶，准备再去前面看看，萧晴明没有跟着过来，她走出几步之后突然忘了什么事要跟他说，结果一回头，看见萧晴明头顶的大吊灯摇摇欲坠。

仅仅眨眼的工夫，天翻地覆。

蕾昂娜推开了萧晴明，自己却被落下来的吊灯不偏不倚砸中了头。

"医生！她怎么样？"萧晴明他们在急救室门口等了很久，终于等到医生出来。

"外伤并不严重。"医生就像电视剧里演得那样，摘下口罩，脸色凝重地说，"不过，我们在她的脑子里发现了一个肿瘤。开刀取出这个肿瘤的成功率是50%。"

"那如果不做手术呢？"萧晴明紧锁眉头，他没想到竟然会出这样的事。

"那肿瘤随时都可能变大、恶化。"医生叹气说，"我们的建议是尽快做手术，不过也要有心理准备，如果手术失败，病人就会死亡或者脑死亡。"

坐在医院的椅子上，萧晴明终于明白了一个道理，原来，生活这出戏，你永远不知道它下一张牌会出什么。

林茨木复工了，欢天喜地地回到了剧组。他终于可以如愿以偿地跟夏树稻在《欲望职场》里拍对手戏，不仅如此，连那个情侣真人秀《七天六夜》也已经确定是他们俩搭档。至于安丞，林茨木表示并不关心她。

他一出现在剧组，整个剧组的画风都跟之前不一样了。林茨木到现在还记得上次来时自己遭遇的事情，然而今天，之前不敢搭理他生怕被记者看见被一起拖下水的小演员们纷纷都来跟他打招呼。

"茨木哥哥，我早就知道那些八卦都是假的，全都是套路！"一个演女配角的演员端着咖啡过来，"来，喝杯咖啡。"

林茨木还没等拒绝，另一个又来了。

"哇！终于见到茨木哥本人了，简直比照片帅一万倍！其实从你还在MOON组合的时候，我就关注你了，那个……我们能加个微信吗？"

林茨木脸上笑嘻嘻，但心里的白眼已经翻得快上天了，他明明记得上次这个人看见他就转身走了，什么叫"终于见到茨木哥本人了"，难不成上次见到的是鬼吗？人跟人

之间，真是毫无真诚可言！

"看着我们是你粉丝的分儿上，以后可要多多罩着我们啊！"

林茨木笑着说："粉丝呢，当然是多多益善，不过加微信就算了。"

他说完，刚好看见夏树稻走进片场，直接大声喊她："小树苗！你来了啊！"林茨木飞奔着朝着夏树稻就去了，刚才围着他的那些"粉丝"直接被无视。

因为《欲望职场》讲述的是一个职场菜鸟如何一步一步走到管理层的故事，而且今天要拍摄第一镜第一场，这一场戏夏树稻饰演的女主角还是个刚来面试的小菜鸟，因此整个人都是素面朝天，尽可能地没有存在感。

林茨木跑过来之后盯着她看了好半天，终于开口说："你……不化妆也很漂亮！"

夏树稻被他逗开心了，也更自信了一些。

"你今天怎么来得这么早？"夏树稻看了眼时间，林茨木不迟到让她觉得特别不可思议。

"人总是会变的！"林茨木突然抓住夏树稻的手说，"走，来对个台词！"

夏树稻一脸茫然地被林茨木抓走了，不远处看着他们的那几个人醋意大起却又无可奈何。

因为林茨木提前好久就开始认真地做准备，所以，尽管之前演技一直不被看好，这一次的拍摄却格外的顺利。一天下来，夏树稻意外地没觉得累，反倒有些意犹未尽，她突然发现，这种题材的戏拍起来很轻松，再加上她跟林茨木熟悉，两个人一起讨论过角色，演起来很快就融入了角色里。

天黑之后他们就收工了，林茨木因为晚上还有一个综艺节目的通告，所以必须先走，夏树稻跟他道了别，自己准备回去休息，养精蓄锐，明天继续努力工作。离开前，夏树稻突然想起来明天要拍摄的戏分是她要被关在厨房冰窖里的戏，她赶紧从包里拿出剧本，看着上面写的描述，小声儿嘟囔着："冻得快要失去意识……这到底是怎么个冻法？"夏树稻有些疑惑，刚好导演就在不远处，她萌生了一个想法，于是跑去找导演。

"孙导演，请问这间酒店的厨房有没有冷藏室之类的。"

导演有些疑惑地对她说："有是有，不过你问这个干吗？"

夏树稻有些不好意思地说："明天那场戏是我要被锁在冰窖里，但是之前没有经验，也从来没去过冰窖，不知道是什么感觉，所以想提前体验一下，有了切实的体验，今晚回去之后我还能好好琢磨一下怎么演绎这部分。"

导演最喜欢的就是努力认真的演员，他欣慰地对夏树稻点点头，指了指右边说："好孩子，要是所有的演员都能有你这样的觉悟就好了！你从这里面往后走，有一个仓库，那个就是，你去吧，那个地方就是储藏酸奶什么的，并不算太冷，差不多六度左右，也没有危险。"

"好的！谢谢导演，我们明天见！"夏树稻开心地道谢，然后往那边走去。

夏树稻去"体验生活"了，另一些小演员却在化妆间里议论着她跟林茨木的事儿。

"哎你说，林茨木跟夏树稻是不是有点儿什么？你看看林茨木那样儿，说他俩没关系，我都不信。"

"不过你还真别说，我感觉他们两挺配的。"

这些演员共用一个化妆间，人很多，凑在一起说话的时候又不避着人，其中一个突然小声说："你们听说了吗？本来这次的主角是黄淑媛，可是不知道为什么被换掉了。"

另一个附和道："你小声儿点！你不知道黄淑媛也在这个剧组吗？不过不是主角，就是客串了一个不起眼的角色，镜头也没几个。"

"说白了那就是跑龙套呗？"刚才说话的那个演员不屑地笑了笑说，"真是风水轮流转，你看之前在《狐妖之凤唳九霄》里面她还是女主呢，那会儿夏树稻一开始不还是给她当替身，结果现在，哎哟，真是心酸。"

"你们说话都不看看周围的吗？"黄淑媛突然出现，吓得刚刚七嘴八舌的那几个人都噤了声。黄淑媛狠狠瞪了她们一眼就往外走，关门的一刻听见不知道谁说的："你们看，一个跑龙套的还来劲了！"

黄淑媛把门用力甩上，站在门口咬牙切齿地想：夏树稻，你可真是我人生中的克星啊！她想起刚才过来时无意间听见夏树稻跟孙导的对话，当时就在心里想夏树稻这个人真是既娇情又虚伪，演个挨冻的戏还要搞得那么大声势，生怕别人不知道她有多努力。

黄淑媛转头看向走廊的另一头，往那边走就是冷藏室，现在夏树稻应该在里面感受寒冷。她冷笑，抬起脚往那个方向走去。

冷藏室的位置很容易找到，夏树稻进去后转了一圈，正如孙导说的，温度并没有很低，室内的温度计显示只有六度。

"六度啊，估计在这儿睡一晚上也不会找到冻得快死的感觉吧……"本来是想提前体验一下好琢磨明天该怎么去演戏，结果温度不够，什么都感受不到，"算了，出去吧。"

与其在这里浪费时间，还不如趁早回去多看看剧本。夏树稻从里面往外走，越走越觉得温度变低了，冷藏室很大，等她快走到门口的时候已经冷得直打寒战了。

"奇怪，是谁把冷气开大了吗？"她有些疑惑地走到门口，伸手去开门，然而用了两下力却没有打开。

夏树稻不知道的是，一分钟前，同样来到这里的黄淑媛不仅在外面锁上了门，还把冷藏室的温度调到了零下十六度。

"既然你想体验冰天雪地的感觉，我这个做姐妹的怎么能不帮你呢？"黄淑媛做完这一切满意地离开了，留下不停拍门求救的夏树稻一个人在这里做困兽之斗。

"有人吗？"夏树稻有些慌了，她刚刚明明记得自己并没有把门关严，而现在，门被人锁死了。

这个地方轻易不会有人过来，思及此，夏树稻着急起来。她一边敲门一边喊了半天都没有得到任何回应，周遭越来越冷，她赶紧翻出手机准备找人求救，然而这个地方，手机一点信号都没有。夏树稻身上穿着的是单薄的春装，在零下十几度的冷藏室里很快就被冻透了，她紧紧地抱着自己，手已经冻僵，关节也难以弯曲。她还在不死心地求救，心想，这下可真的是提前体验了……

越来越冷，夏树稻不得不找一个角落缩成一团。她浑身都在发抖，冷藏室里的冷气似乎已经渗进她的皮肤，游走在身体的最深处。夏树稻不知道自己会不会冻死在这里，但是，她真的觉得自己的意识越来越不清醒。

她听不到周围的声音，看不清周围的画面，她把头埋在胳膊里，满脑子都想着萧晴明。在这个时候，夏树稻很想他，她想，如果他在就好了。

不知过了多久，夏树稻觉得自己好像产生了幻觉，她仿佛真的看见了萧晴明，可是，那个人不是应该在美国吗。

有一只温暖的手握住了她的手，有一个温暖的人把她抱了起来，耳边吵吵闹闹，不知道都是些什么人在说话。

夏树稻躲在那个温暖的怀抱里，终于觉得踏实了。

"小树苗！"林茨木刚把人抱起来就发现夏树稻晕过去了，吓得他不停地大喊。

"救护车！"林茨木对着可可大吼，"快叫救护车！"

他们拍戏的地方就在市里，救护车来得很快，林茨木直接不管不顾地跟着上了车。

到了医院，医生护士一同忙乱，林茨木就一直跟着，紧张得像是热锅上的蚂蚁。直到医生出来告诉他夏树稻没有危险之后，他才瘫坐在椅子上松了一口气。

林茨木特别害怕，他不知道如果今天晚上他没有因为联系不到夏树稻而返回拍摄的地方会是什么样的结果。

那时候一直打不通电话的他回去后也依然找不到人，恰好遇见孙导，孙导告诉他夏树稻去了冷藏室，想要提前感受寒冷。

林茨木到冷藏室门口的时候一看锁着门，下意识的以为她已经走了，于是转身就要去别的地方，可突然觉得不安，犹豫之后还是叫人来把门打开了。

他无比庆幸自己做了这个决定，否则，如果夏树稻真的出了什么事，他真的会后悔一辈子。

夏树稻睡了多久林茨木就睁着眼睛陪了她多久，他一点都不觉得累，因为这是他第一次那么担心一个人，那么想要守着一个人。他看着眼前还在打着点滴昏睡的女人，对方似乎睡得并不安稳，口中呢喃着听不清的名字。

夏树稻的手指微微动了动，林茨木赶紧凑上去握住。他靠近了她的嘴边，想要听听她在说什么。

"晴明……"夏树稻的声音很虚弱，无意识地叫着心爱之人的名字。

林茨木的眼中闪过一丝失望，可他依旧没有放开夏树稻的手，不管怎么样，至少现在陪在她身边的是自己。

"你真是全世界最笨的人了。"林茨木疼惜地看着夏树稻，轻声说，"自己跑到冷藏室干吗，多危险……"

他看着夏树稻，抱怨之后，叹了口气："可是……尽管你又笨又不是特别漂亮，心里还喜欢着别的男人，我……还是喜欢你。"他握着夏树稻的手，想要让她暖和起来。

"我真的特别特别喜欢你，所以，就算你不喜欢我也没关系，但至少照顾好自己吧？你说说你，把自己搞成这个样子，然后让我来照顾你，你嘴里却叫着别的男人的名字，这对我来说，也太虐了吧……"他重新坐好，轻轻地用手背蹭了蹭夏树稻的脸颊，忍不住笑着说，"真可爱。"

明明出事的不是自己，林茨木却有一种劫后余生的感觉，他的眼神黏在了夏树稻身上，心也黏在了对方的身上。

安静的病房里，夏树稻的手机突然响了起来。

林茨木被吓了一跳，生怕这东西吵到夏树稻，想都没想就接了起来。

"臭丫头，你干吗呢？"

林茨木一听对方的声音，立刻皱了皱眉。

"喂？怎么不说话？你怎么了？还好吗？"萧晴明有些奇怪，以往打电话，夏树稻都不会不吭声。

"很不好。"林茨木冷着声音说，"你要是还关心和在乎她，怎么会不知道她在住院？"

"住院？"萧晴明一听立刻着急起来，"她怎么了？"

"哦对，我想起来了，你不会知道，因为你不在她身边。"林茨木故意气萧晴明说，"她今天出了点意外，不过现在已经没有大碍了。"

萧晴明一听，虽然依旧担心，但至少没有太大的危险了，他松了口气，紧接着又紧张起来："你是谁？为什么会接听她的电话？"

"我……"林茨木本来想理直气壮地告诉对方他是谁，可是看了一眼夏树稻，又不忍心给她惹麻烦，便说，"我是她公司的助理，她……很想你，所以你有空就多回来看看她吧。"

萧晴明悬着的心总算落地了，然后无奈地说："谢谢你照顾她，我会找时间回去。"

他挂断了电话，有些失神地看着手机里夏树稻的照片。

她生病了，她很需要我。萧晴明这么想着，恨不得立刻订机票回过。

拒绝做手术执意出院的蕾昂娜走过来，没什么情绪地对他说："我救你一命，你说过的话希望你也能记得。"

萧晴明当然记得，他们马上就要开始巡演了，他答应过蕾昂娜要做最精彩的演出。

"她很需要我。"

"我看未必吧。"蕾昂娜轻笑一声说，"建议你看一下今天中国的娱乐头条，不是她没了你不行，而是你没了她不行！"

萧晴明听了她的话立刻去搜索新闻，果不其然，看到的第一张照片就是林茨木抱着晕倒的夏树稻出来的画面。

"没有你，还会有别人照顾她。你想要的不就是她吗？可是，如果你现在回去，拿什么跟林茨木争？晴明，我不相信这个道理你不懂。"

萧晴明怎么可能不懂，如果他不懂，也不会来到这里。

蕾昂娜说得对，他现在是没有资格回去的，回去了，之前的努力就都白费了，回去了，他就还是那个一无所成只能仰望着夏树稻的他。

"我知道了。"萧晴明收好手机，目光坚定地说，"我会尽力的。"

Cris在安置好夏树稻并且全网发过通稿之后就去亲自调看了前一晚的监控录像，录像中可以清楚地看到黄淑媛出现在那里，锁了门调低了温度。不过，奇怪的是，她离开后不久又回到这里，徘徊了一会儿，又把温度调了回去，不过她刚做完这些林茨木就出现了，而她发现有人过来后就匆匆躲了起来。

Cris 觉得她的行为有些反常，为什么明明已经离开了却还要冒着被人发现的风险跑回来？难不成是良心发现了？

她拷贝了一份监控录像，带着离开，这下黄淑媛的把柄算是彻底落在了他们手里，而特蕾莎，就算再怎么耍心机，也无力回天了。

"林茨木，你闹哪样？居然整天不拍戏在这儿耗着，说好的要当一个好演员呢？"夏树稻自从醒了之后就一直面对着林茨木，这家伙像是盯梢一样盯着她，让她觉得特别不自在。

"你少教育别人了！"林茨木不开心地说，"你自己睡了一整天，干吗要说我？我的戏都是和你的对手戏，你不在，我怎么拍？"

他又瞥了一眼躺在床上的夏树稻说："你那么穷，又没有助理又没有替身，这一生病，什么都耽误了，还没人照顾你！"

夏树稻知道他是关心自己，便也不再吐槽他。

她看着点滴瓶，过了一会儿说："茨木……谢谢你，要不是你及时赶到，我可能就要交代在冷藏室里了。"

听见夏树稻夸他，林茨木瞬间得意起来："现在才想起来说谢谢啊？那我就勉强接受好了。不过我看你印堂发黑，一定是命犯太岁，我跟你说，拍戏这行一定要讲究一个运气，你最近运气不好，应该想办法去去晦气。"

夏树稻没想到他竟然这么迷信，嘲笑他说："你怎么跟个神婆似的？要不你给我跳个大神儿驱驱邪？"

"我跳什么大神儿！"林茨木从脖子上取下来一个护身符，"我跟你说，我自从出道以来一直福星高照，凭借的就是这个！护身符！"

"护身符？这么神奇吗？"嘴上说着神奇，其实夏树稻心里想的是神经。

"就是这么神奇！我刚出道的时候拍第一部戏，演的是香港警匪片里面的一个小弟，结果道具组出了岔子，枪走火了，正中我的心口！"林茨木一边说一边还比比画画，"幸亏是这个护身符给我挡住了子弹，不然哪有今天的一线巨星！"

夏树稻没想到林茨木还经历过这么危险的事，要知道她以前认识的林茨木可是不管什么戏都是替身上阵。

"这东西真的这么灵啊？"夏树稻的视线落在了他手里的护身符上。

"那当然。"林茨木把护身符塞到夏树稻的手心里说，"本来不舍得给你的，不过我觉得至少目前来看，你比我更需要这个。"

他话音刚落就传来了敲门声。

林茨木有点儿遗憾，现在气氛正好，结果又要被人打破了。

"请进！"夏树稻看着门口应了一声。

门一打开，林茨木更不高兴了，因为袁柏亚拎着一个保温桶走了进来。

"你怎么来了？"林茨木撇了撇嘴。

袁柏亚没理他，而是对夏树稻说："我让家里的阿姨给你煲了汤，驱寒很有效果的。"

林茨木见自己被无视了，气儿不打一处来："袁柏亚！这儿还坐着一个喘气儿的！你看不见吗？"

袁柏亚总算是看了一眼林茨木，然后像是才发现一样戏很足地说："哎呀！原来你也在！"

林茨木的白眼儿都快翻到天上去了，但病床上的夏树稻看得却是很开心。

林茨木委屈巴巴地看了看笑得很甜的夏树稻，心说：行吧，你开心就好，我受点儿委屈又算得了什么呢？

袁柏亚成了一碗汤给夏树稻："小稻草，快趁热尝尝。"

好闻的靓汤味道扑面而来，夏树稻被扶起来，闻着这个香味儿，突然就觉得特别饿。

"啥东西？"林茨木也闻到了香味儿，不甘寂寞地说，"见者有份！我也要！"

袁柏亚坐在一边陪着夏树稻，叮嘱她汤小心喝，林茨木不停地吵他，他没办法，只好无奈地说："想喝自己去盛，你该不会是想让我喂你吧？"

林茨木脸涨得通红，灰溜溜地自己去盛汤。

"你们俩真是对儿欢喜冤家。"夏树稻看着袁柏亚跟林茨木，突然觉得林茨木不应该跟童玖勋捆绑炒作，应该找袁柏亚，他们俩才是真的有意思。

林茨木听见夏树稻这么说，瞬间一震："你可别乱说！我才不愿意搭理他！"

他又转向袁柏亚，指着他说："你！禁止倒贴我！"

袁柏亚嫌弃地转过去不看他，对夏树稻说："小稻草，以后你自己小心一点儿，不要做那么危险的事，还有，是时候让 Cris 给你安排一个助理了，你一个人这么折腾，太不让人放心了。"

"以我的身份哪能有助理啊！"夏树稻有点儿不好意思，她没有那么多的工作，人气也算不上特别高，根本不好意思开口跟 Cris 说要助理的事情。

"当然可以有，如果 Cris 不给你安排，那我给你找一个好了。"

"我有我有！"林茨木赶紧插话说，"我现在就可以送你一个，可可，你拿去用吧！"

此刻的可可，在外面突然打了个喷嚏。

夏树稻可不敢要可可，连连摆手，好说歹说算是拒绝了。

袁柏亚坐了一会儿就准备走了，他等会儿还要录一个节目，不能久留。

"你好好休息，有什么事给我打电话。"

林茨木见他终于要走了，心情大好，催促说："没事儿没事儿，你快走吧，她有什么事儿会跟我说的！"

送走了袁柏亚，又迎来了 Cris，林茨木觉得自己彻底失去了跟夏树稻独处的机会。

"医生说你可以出院了。"Cris 手里拿着单据，身后还跟着一个陌生的男孩，"还有，这是公司给你找的助理，Mocca，来认识一下你夏姐。"

夏树稻有些受宠若惊，袁柏亚刚说完让自己招助理的事儿，Cris 就已经给她准备好了。

"阿树姐好。"Mocca 乖巧地跟她打完招呼又对着旁边的林茨木微微躬身，"茨木哥好。"

林茨木看着这个突然出现而且长得不错的男孩瞬间警觉起来，这个男孩一点儿都不像是老老实实的助理，染着银白色的头发，化着妆，白白净净的，倒像是从韩国来的练习生。

本来就爱吃醋的林茨木一想到以后这个小帅哥就要跟夏树稻经常在一起了，心里更不乐意了。

"切，你一个助理画什么眼线，干吗？要出道吗？"他郁郁寡欢地小声儿嘟囔了出来。

Mocca 不好意思地笑笑说："那个……不是眼线，可能是睫毛太长了所以看起来像是化了妆吧。"

"哦，天生丽质哦。"林茨木更不开心了，这对他来说简直就是暴击。

他又故意找碴地对 Cris 说："Cris，干吗找个男助理啊？不会很多事都不方便吗？"

"没有不方便！"夏树稻抢先说，"我很满意。"

林茨木仿佛听见了自己心碎的声音，他的小树苗，果然不爱他。

几个人收拾好东西后从病房走出来，林茨木一直把夏树稻送上了车，然后才拉着 Cris 小声说："Cris 姐！Cris 姑奶奶！Cris 祖宗！你给小树苗配个那么帅的男助理，就不怕八卦杂志乱写吗？"

Cris 早就猜到了林茨木脑子里都在想什么，微微一笑，说："每天有那么多刁民想

害我们家小稻草，当然要找个男人才放心，至于帅嘛……身边跟着养眼的人，小稻草心情也好，而且，也给你来点儿危机感，你要知道，我家稻草可不是随随便便就能追到的！"

林茨木当然知道，关于这点，他最清楚了。

"我知道……而且……她有男朋友的……"

"没关系，我看好你。"Cris笑着拍了拍他的肩膀说，"虽然不鼓励插足别人的感情，但是毕竟小稻草是我的人，谁对她好，我就希望她跟谁在一起。"

因为有了那天晚上的真实经历，在拍摄那场冻僵的戏分时，夏树稻表现得想当精彩，结束拍摄之后让导演跟其他工作人员都赞不绝口。

本以为拍完之后终于可以回家好好休息了，毕竟这两天又是挨冻又是住院，折腾得夏树稻身心俱疲，不过没想到的是黄淑媛突然过来，说是临时加了一场戏。

"哦对，我差点儿给忘了。"孙导被黄淑媛一提醒才对夏树稻说，"蔡编剧临时想出来的一个新桥段，我觉得挺有意思，可以补拍一下。"

"新桥段？"夏树稻看着在导员身后对她笑的黄淑媛，有一种不太好的预感。

"对，就是讲同事为了陷害女主，故意离间女主和闺蜜的关系，然后激怒女主。"

孙导叫人把这部分的剧本拿给夏树稻看，给了她一点时间准备，说是等会儿继续拍。

夏树稻看见剧本之后，立刻像是被人从头泼了一桶冰水下来。

这一桥段，几乎完全复制了当初她跟姜娜在化妆间偷拍黄淑媛的场面，甚至连台词都是一模一样的。

她扭头看向候场的黄淑媛，发现那人正似笑非笑地看着她。

出院的时候Cris告诉夏树稻冷藏室的事情是黄淑媛做的，但她听到Cris说黄淑媛后来又返回去调高了温度，便觉得她一定是后悔了，也算是良心发现，就劝说Cris不要再追究，没想到，黄淑媛竟然还在打着这样的主意，也明白了为什么黄淑媛辞演主角之后还要来客串这样一个角色。

她在等的并不是演《欲望职场》这场戏，而是在等现在这个时刻，今天的戏拍完了，她跟姜娜手里的那个录像就会失去意义，如果有一天放出来，只要她说那份录像是她们两个在对台词，就可以轻松地洗清一切。

夏树稻觉得黄淑媛这个人非常可怕，似乎每天都活在算计里。

可她又真的想不通为什么黄淑媛非要针对自己，她从来都不喜欢树敌，也尽可能不去做伤害别人的事，或许有必要跟那个人好好谈谈了。

但，就算自己推心置腹地去谈，黄淑媛会愿意跟她坦诚相见吗？

夏树稻非常犹豫要不要拍这场戏，可如果拒绝拍摄，要什么理由呢……

找不到任何借口拒拍的夏树稻只好按照导演的安排跟黄淑媛演了这场戏，拍完之后，孙导不禁跟旁边的工作人员说："真是不对比不知道，夏树稻的台词跟表演功力比黄淑媛好太多了。"

黄淑媛想要的结果已经得到了，而夏树稻，尽管有了导演的称赞却依旧开心不起来，她很担心以后黄淑媛会更加有恃无恐。

她又想起那段监控录像，不过，如果真的把录像放出来，黄淑媛就真的毁了。

夏树稻是无论如何都有些不忍心的。

现在的每一天她都活得小心翼翼，这是从什么时候开始的呢？大概很多年前了，自从苏雯雯消失之后。苏雯雯是她唯一伤害过的人，那之后，她对自己说，不管怎么样，都不能轻易将别人推进火坑中。

《欲望职场》的拍摄意外的顺利，夏树稻每天除了工作就是计算着萧晴明演唱会开始的日子，眼看着一天天接近，她比谁都紧张。

"Mocca，我往后几天没有行程安排吧？"夏树稻前几天特意请导演帮她赶了赶戏分，以便她到时候去美国看萧晴明的第一场演出。

"没有安排。"Mocca认真地查了一下，然后坏笑着问，"姐，你要偷偷溜出去玩儿吗？"

夏树稻回应了他一个笑容，心情不错地说："帮我定一张明天去美国的机票。"

"就一张？"Mocca有些惊讶地问，"我不用陪你一起吗？"

"不用了，这几天你好好休息，等我回来我们还要继续开工呢。"

夏树稻没有告诉萧晴明自己要过去的消息，最近他一直在筹备巡回演唱会的各种事项，累得昼夜颠倒，她很想去看看他，给对方一个惊喜。

"那个……"林茨木无意间听到了夏树稻跟Mocca的对话，走过来有些闷闷不乐地问，"你要去美国啊？"

夏树稻就要见到自己心心念念的人了，整个人都春光满面，她点点头，叫上林茨木开工了。

林茨木默默地看着夏树稻，突然觉得，或许晚了一步就真的要错过一辈子。

爱情是个很奇怪的东西，不管有再多的埋怨和委屈，只要听见那个人的声音就仿佛一切都烟消云散了。

　　异地恋，尤其像夏树稻跟萧晴明这样的身份，想见一面难上加难，更因为有时差，很多时候要好几天才能打一次电话。

　　夏树稻总觉得自己对萧晴明的想念似乎顺着大川已经流到了美国，可是又不知道那人到底接收到了多少。

　　终于到了休息的时候，夏树稻正在收拾行李准备出发，萧晴明的电话就打来了。

　　"现在我这里是晚上9点，你那边是早上9点，所以，我的小懒蛋起床了吗？"

　　夏树稻一听见萧晴明的声音心情就好得像是北京难得一见的蓝天，她带着笑意说："没有！你打扰到我睡觉了！"

　　其实夏树稻早早就起床了，就为了赶过去看萧晴明，但她不能说，毕竟这是个惊喜。

　　"萧晴明，我跟你说，打扰我睡觉的这个仇，不给我打200美金是无法消除的！"

　　萧晴明大笑了两声说："看来我的小宝贝最近没什么戏拍啊，不然怎么会穷成这样。"

　　"对啊，快穷死了。"夏树稻向他撒娇，"整天睡饱了吃，吃饱了睡，话说，你就没什么事情要跟我说吗？"

　　萧晴明一愣，犹豫了一下说："呃……我这几天一直在看你的电视剧。"

　　《狐妖之凤唳九霄》正式开播了，各大卫视和网站轮番播放，让夏树稻开心的是，作为女主角的黄淑嫒演技遭到了网友们的疯狂嘲讽，不过因为有袁柏亚跟林茨木撑场面，这部剧的收视率和点击量还是一路飙升。

　　不仅如此，最让夏树稻感到兴奋的是目前为止反响最好的那几集都有夏树稻的戏分，而她的颜值跟演技也得到了大众的认可。

　　夏树稻很高兴萧晴明看她演的戏，尤其这是她的第一部作品。

　　"看完之后写个观后感，写好了有奖励，就奖励你可以不给我打200美金了。"

　　萧晴明被她说得笑了出来："你怎么总跟200块钱过不去？观后感啊，观后感就是……想把你从屏幕里抠出来亲一口！"

　　夏树稻甜蜜地笑了，虽然暂时见不到面，但这样通过电话说说情话多多少少也是种安慰。

　　"其实，我也……"萧晴明轻咳了两声。

　　"我知道！"夏树稻为了显示自己关心他，赶紧打断了他的话，"你的第一张EP已经发行了！在iTunes上销量很棒！这些我可是时刻关注着呢。"

萧晴明轻声笑了笑，他们的努力都没有白费。

"真不愧是我影后夏树稻的男朋友，以后我要用奥斯卡的小金人换你的格莱美小喇叭。"

"……醒醒吧，200 美金拿好不送！"

夏树稻傻笑了一会儿又说："我还知道你要作为蕾昂娜巡演的嘉宾，美国站 LA 场，这是巡演第一站。"

"没想到你还挺关心我。"萧晴明恨不得把夏树稻从电话那边抓过来抱住，"你要不要翻个筋斗云来看看我的现场？"

夏树稻心说：那是必须要的，我怎么可能放心让你跟她在一起！本女友必须出席！

不过她嘴上还是说："我才懒得看你，那么多广告等着我拍呢！不过你也不用太难过，虽然我不能过去，但是还有直播嘛，我会守着直播的！"

萧晴明明显有些失落地说："我们小丫头已经是大明星了。"

夏树稻听见他低落的语气，有些心疼，可是为了到时候的惊喜，她还是得忍住不能说实话。

两个人又甜言蜜语了一会儿，挂断电话后，夏树稻开始快速收拾行李，迫不及待地奔向机场，准备去见她思念已久的男朋友。

然而，有时候就是造化弄人。

夏树稻做好了一切准备，穿了最新款裙子，化了最美的妆容，却突然想起来，自己没有买票！

她之前一直沉浸在自己男朋友要在世界巡演登台的喜悦中却忘了她要以一个普通观众的身份入场，这么一来，没票怎么进得去？

夏树稻到了场馆外面，想着找个票贩子，然而不知道为什么，根本就没有。

急得抓狂的夏树稻到处乱转，不小心撞到了演唱会的吉祥物。

蕾昂娜有一首歌叫《Mr Rabbit》，于是就把这只大兔子当作了演唱会的吉祥物，而且等会儿这些穿着兔子玩偶衣服的人还要上台表演。

一个不太厚道的想法从夏树稻的脑子里冒了出来……

她一把拉过兔子,对他说:"你怎么在这里？马上就要上台了！总导演一直在找你！"

然而，穿着兔子衣服的人胡乱说了一通什么，夏树稻根本听不懂。

"说的啥？"夏树稻一头雾水，不过演唱会都要开始了，她也管不了那么多了，"不

管了，先走就是了！”

　　夏树稻拉着兔子一直往后面走，走着走着，兔子先生察觉到了不对劲。

　　“这里好像不是表演的地方啊？”兔子先生也是蒙的，“你是工作人员？之前怎么没见过你？”

　　夏树稻回头瞥了他一眼说：“你连我都没见过？”

　　兔子先生还戴着玩偶的头，笨拙地摇了摇头。

　　“导演说既然你今天不舒服，就由我来替你。”

　　兔子先生这下更茫然了，摆摆手说：“我没有不舒服啊。”

　　夏树稻又要说什么，兔子先生瞬间明白了她的企图：“我知道了！你没买到票所以想借我的衣服混进去，是吧？”

　　夏树稻见自己被拆穿了，只好可怜兮兮地点了点头。

　　“想得美！”

　　兔子先生转身就要走，结果被夏树稻一把抓住了尾巴，拿出一干学过的武艺，直接把人压在了地上。

　　兔子先生摔倒在地，哀号着求救。

　　“我就借用一会儿！又不是不还给你了！”夏树稻虽然力气上敌不过对方，但好歹是练过的，她的在技术上成功赢了这一局，抢了衣服撒腿就跑。

　　她拼了命地往前面跑，被她甩开的兔子先生竟然没有追上来。

　　夏树稻找了一个没人的地方穿好了兔子玩偶的衣服，此时她已经热得满头大汗了。

　　“约翰！你怎么还在这儿？”一个声音突然出现，“马上开始了！快点儿过来！”

　　夏树稻循着声音转过去一看，发现这个声音竟然来自蕾昂娜本人。

　　鼻子好高，轮廓好深，脸好小……

　　夏树稻看着她的长相，情不自禁地感慨着。

　　这样的人放在萧晴明身边，她怎么可能不担心嘛。

　　就在她发呆的时候，蕾昂娜身后又出现了一个人。

　　高高的，帅帅的，往那里一站就是一道风景线，没别人了，就是萧晴明！

　　夏树稻有些兴奋，却强忍着不能喊出声音来，她抑制不住地在原地蹦了两下，然后伸着手过去要抱他。

　　“……约翰！你干什么！”萧晴明看见兔子一副要强抱自己的样子，慌慌张张地往后躲。

蕾昂娜被逗笑了，笑着捏了捏兔子的耳朵说："约翰这是在给我们加油吧？"

她转向萧晴明问："紧张吗？"

萧晴明看起来有些心不在焉，他耸了耸肩说："还好。"

"你今天状态不对劲。"蕾昂娜微微皱了皱眉说，"刚才你接的那通电话……"

"没事，走吧。"

萧晴明抬脚往后台走去，蕾昂娜出神地望着他，然后也跟了过去，夏树稻紧随其后往里走，在想刚才他们两个人的对话。

难不成是因为萧晴明给自己打电话没打通所以才心不在焉？夏树稻想到这里又是开心又是担心，开心的是对方心里只有她，担心的是生怕这件事影响到萧晴明今天在演唱会上面的发挥。

几个人一起来到后台，蕾昂娜说："马上开始了，我们准备吧。"

萧晴明跟蕾昂娜一前一后走上舞台，夏树稻则跟其他的"兔子"一起在候场区等待着上场。

她站在这里，听得到震耳欲聋的欢呼声，这声音是给蕾昂娜的，自然也有给萧晴明的。夏树稻觉得特别骄傲，她的男朋友站在这个舞台上，成了今晚最闪耀的星星。

她抬起头看向后台的实时监控，在舞台上表演的萧晴明跟蕾昂娜配合得天衣无缝，简直像是最默契的一对儿情侣，她不得不承认蕾昂娜充满了魅力，不知道是不是镁光灯的缘故，夏树稻觉得萧晴明看她的眼神那么温柔，像是在看自己的情人。

此时此刻，夏树稻觉得蕾昂娜的光芒已经彻底盖住了她的，不仅如此，还把她比进了最阴暗的泥土里。

一时间，夏树稻的情绪有些低落，她心情复杂地看着台上表演的两个人。

"准备！"

工作人员叫他们准备上台，夏树稻笨拙地跟着其他"兔子"跳着蠢蠢的兔子舞跑到了台上。

她觉得自己就是蕾昂娜的陪衬，对方那么光鲜亮丽，而她躲在厚重的兔子玩偶服里，流汗流得估计妆已经花了。

4分钟的舞蹈，夏树稻觉得比一个世纪还漫长。

汗水从额头上淌下来，顺着脸颊，流到了嘴里，咸咸的，跟眼泪的味道差不多。

这首歌结束后，夏树稻跟着那些"兔子"下来，然后静静地躲起来，等待着演唱会结束。

她热得要死，却不想把兔子的头套摘下来，说不清楚是因为不想败露自己顶替了约

翰的身份还是因为不想被人看到自己汗流浃背狼狈不堪的样子。

演唱会终于结束了，她看着眼前的蕾昂娜，对方兴奋地朝着歌迷们挥手，然后与工作人员拥抱在一起。

蕾昂娜越是漂亮，夏树稻就越是不想让萧晴明看见自己。

这跟她之前打算的完全不一样，原本她想等到萧晴明过来时突然摘下头套然后跳到他的面前跟他来一个大大的拥抱，可是现在，她总觉得自己一身臭汗，根本没有勇气那么做。

萧晴明已经从舞台上下来了，夏树稻却不敢过去，无奈之下，想着还是先回酒店吧，明天再过来找他。

之前在脑海里排演了无数次的浪漫画面，此时却全都变成了一种急切想要离开这里的心情，她觉得现在的自己太像小丑，配不上闪耀的萧晴明。

她就是误闯了王子舞会的笨兔子，这个时候就应该乖乖回到自己的洞里去。

"约翰！你把衣服还回来啊！"

突然有人叫住了夏树稻，拉着她让她脱衣服。

夏树稻被吓了一跳，挣扎了几下，扶住自己的头套就开始往前跑。

然而，后面的人一看她跑立刻就追了上来，她穿的这身兔子服实在太笨重，根本就跑不快，非但如此，夏树稻还不小心摔了一个大马趴，最让人尴尬的是，兔子头套也滚到了地上。

夏树稻惊呼一声，赶紧抓过头套重新套上，继续往外跑。

在一边的萧晴明见状赶紧拦住那些工作人员说："别追了，我去找她。"

如果此时此刻有人用手机记录下了这一幕，那么应该会在 INS 和 YouTube 上瞬间传疯。

一个"兔子"疯狂地在前面扭着屁股跑，一个很帅的男人跟在后面追……

不知道跑了多久，夏树稻一路往楼上跑，一直到天台。

她开始懊恼自己为什么那么不长脑子往绝路上跑，累得气喘吁吁的她站在无路可走的天台有些手足无措。

"你别再跑了。"萧晴明跟了上来。

夏树稻清楚萧晴明肯定知道了是她，有些委屈地叹气说："我不想让你看到我这么丑的样子。让我这样走吧，明天再来找你，好不好？"

萧晴明沉默了一会儿，没说好，也没说不好。

他站在原地，静静地看着夏树稻，不知道为什么，夏树稻觉得此刻他们相隔很远，明明已经见面了，却仿佛隔着一条银河。

"别明天了。"萧晴明的声音终于打破了宁静，"我有一句话，今天就要对你说。"

他的语气很奇怪，根本不是平时插科打诨时的样子，更不是久别重逢应该有的语气。

夏树稻锁紧了眉头，突然不想再听他说话。

"本来想过一阵子再告诉你，可是没想到，你居然来了……"

夏树稻往后退了两步，她不好的预感越来越强烈："你……那就过一阵子再说吧。"

"还是现在就说吧。"萧晴明还保持着刚刚的样子，一动不动，眼睛盯着那只有些滑稽的兔子，声音冷酷地说，"夏树稻，我觉得我们不太合适，还是分手吧。"

夏树稻知道人有时候过于疲惫会产生幻觉，她觉得自己现在就是产生了幻觉，否则那么爱她的萧晴明怎么会说出分手这个词。

兔子衣服闷得她太热了，汗水都流到了眼睛里。

她用力地呼吸着，想让自己保持镇定。

"分手吧。"萧晴明见夏树稻没有反应，又说了一遍。

"为什么？"夏树稻觉得刚刚发出声音的似乎不是自己的身体，她已经不知道自己在做什么了，"分手的话，总该要给我一个理由吧？"

"没有理由。"萧晴明的话落在地上，掷地有声。

"怎么会没有理由？"

"就是没有。"

夏树稻忍不住啜泣起来，她不相信面前的人是萧晴明，明明在自己出发之前这个人还对她说着甜蜜的情话，还说想她，说爱她。

"晴明，心一定有什么苦衷对不对？"夏树稻哽咽着说，"你说出来，你告诉我，我们可以一起面对的。"

"没有。"萧晴明什么表情都没有，声音冷得像是结了厚厚的冰。

夏树稻流着泪摇着头说："不可能，你在跟我开玩笑是不是？晴明，我们可以一起好，也可以一起吃苦，无论你遇到什么问题，什么困难，我都可以陪着你的！"

萧晴明闭上了眼睛，随后轻声一笑："为什么女人都这么喜欢自欺欺人？没有理由，没有苦衷，就是厌了。你小时候玩过洋娃娃吧？玩具放在橱窗里的时候觉得遥不可及，喜欢得要命，可是等到真的买回来，过不了几天就玩腻了。就是这个道理。我玩腻了，不想陪你继续玩什么恋爱游戏了。"

"我对你来说……就是玩具吗？"萧晴明刚刚的话就像是一把利刃直刺夏树稻的心

口，曾经说好的爱和永远，现在都变得格外讽刺。

原来这场爱情游戏中，只有她一个人是认真的。

"不不不，比玩具要好一点，你会说会笑，比我从小到大所有的玩具都好玩。"

夏树稻再也无法忍受，她不顾形象地放肆哭了起来。

这种千里迢迢来看心爱的人，却被对方伤得体无完肤的感觉让她觉得整个世界都灰了，她不明白为什么在感情里遭到背叛的永远都是她，林晓羽是这样，萧晴明也是这样。

"这不是你的真心话……"夏树稻还在挣扎着。

萧晴明很想赶快结束这场谈话，他没办法看着这样的夏树稻而无动于衷。

但是，他又无法就这样离开，因为下一次见面，真的不知道是什么时候。

"你想听真心话？"萧晴明努力平复着自己的情绪说，"你还记得这样的天台吗？你中学的时候，总是在这种地方喂流浪猫，后来有一次，你晚上被锁在了天台上，出不去，有一个男生陪了你一晚上。那个男生就是我。"

萧晴明停顿了一下，接着说："那个时候我还不是富二代，只是个被老师厌烦的小混混，而你是高高在上的小公主，所有人都捧着宠着。那个时候，你对我来说，就像一件得不到的玩具。小时候买不起，长大了圆个梦而已。可是真的在一起之后，就觉得没想象中那么好玩了。就像我们小时候吃的巧克力，只有第一口是最好吃的，往后就算再可口，也都只是重复而已。我这么说，你总该明白了吧？"

夏树稻不可置信地看着萧晴明，虚弱地说："原来……原来那个男生……是你……"

她的眼泪已经打湿了衣襟，泪水还在不停地往外流："那个时候你落下了一张CD，我一直留着……原本想要还给你的……可是……"

"不用给我了。"萧晴明打断了夏树稻的话，"该说的我都说完了，再说下去也只能让我觉得你更加没趣。你走吧。"

直到现在，夏树稻的头套都没有摘下来过，她知道自己现在的模样一定丑爆了，可还是说："我这么远来……你都不想看看我吗？"

夏树稻傻傻地站在那里，被兔子玩偶的衣服包裹着，她就像是一个捧着心的傻瓜，对面前的人还抱有一丝丝的期待。

她期待这一切只是对方跟她开的一个并不好笑的玩笑，只要一个转身，他就会笑嘻嘻地抱住她，告诉她，他只是在吓她。

可是下一秒，夏树稻看见了站在萧晴明身后的蕾昂娜，她也跟了上来。

"怎么了？"蕾昂娜一脸茫然地看着他们，"约翰竟然这么喜欢这套衣服？"

"大概是吧。"萧晴明不再看向夏树稻，而是转过去对蕾昂娜说，"不还就算了，我们走吧。"

这一刻，夏树稻突然想明白了，还要什么理由呢？眼前这个女人就是萧晴明给她的理由。

"萧晴明！"夏树稻使出全身的力气大喊，"你这样和林晓羽有什么区别？"

这一幕，跟往事太过相似。

很久之前，林晓羽就是这样对她的。

那个时候，萧晴明把她从难以面对的窘境中解救出来，可是，夏树稻怎么都没想到，当初的骑士，却让她比那个时候更加狼狈不堪。

萧晴明听见夏树稻的话，反倒搂住了蕾昂娜的肩膀，他对夏树稻说："男人都是一个样子的，明白吗？"

夏树稻想起当初萧晴明的话：男人都是会变的，只要他变了，你的眼泪在他的眼里就会一文不值。

你哭得再伤心，在他的眼里，也就像是一条狗。

还有那句：眼泪是很宝贵的东西，擦干之后，就不要再为不值得的人流了。

"晴明，你教给我的，我还是没有学会。"夏树稻弯下腰，兔子的头套掉在了地上，她没有去管，而是费力地脱下兔子的鞋子，然后拼命地朝着萧晴明的方向丢了过去，"是你告诉我的，把鞋子脱下了甩到那个人脸上！"

鞋子没有打到萧晴明，那人一脸淡然地走过来，捡起地上的兔子头套，毫不留情地套在了夏树稻的头上。

"你还是这样好一些。"

蠢蠢的兔子头被萧晴明扣歪了，两只眼睛的洞根本就不在她眼睛的正前方，她看不到萧晴明跟蕾昂娜离开的背影。

今天的天气不太好，不像多年前的那个晚上，天上有很多星星，那个男生，陪着那个女生，看了一整晚的夜空。

那个男生，会因为害羞而拎着书包跑走。会为了维护她的名声，被冤枉也一言不发。而当年的她，连一个给彼此认识做朋友的机会，也没有来得及给。

人们总是容易犯一个错误，觉得时间还多，未来还长，那些暂时没来得及做的事，迟早还有机会去做。

就像当初的夏树稻，骄傲而自信。晨会的时候，她全神贯注看自己的演讲稿，意识到

的时候，那个男生已经站着接受批评。她得意地为他出头，却没听完他之后要说的话。她以为下次遇见他们就能顺理成章地交换名字，却没料到因为家里突然的变故永远错失了机会。

父亲的公司倒闭，房子被抵押，他们一家三口不得不搬家，不仅如此，为了躲避那些讨债的人，还要搬出那座他们生活了十几年的城市。

当初的夏树稻是慌乱的，她不知道应该怎么面对这突如其来的命运转折，也不知道该怎么面对未来。

而那个陪了她一整夜的男孩，直到她离开，也没找到机会再问他的名字。

往事浮现在眼前，从前的一切都化作了最锋利的冰刃刺进了夏树稻的心里，她悔恨不已，悔恨的是为什么没有早早认出他来。

当年搬走后，夏树稻始终惦记着他，然而，时间这个无情的魔法师把他的脸庞从她的记忆里渐渐抹去了，她记得这个人，却已经开始无法记起他的长相。

曾经夏树稻发誓，如果以后再遇见爱情，一定不会再这样犹犹豫豫，喜欢就要说出来，什么矜持，什么欲拒还迎，一旦错过了，就只能剩下遗憾了。

这也是为什么夏树稻在选择跟萧晴明在一起时如此的奋不顾身了，只是她没想到，原来自己现在爱着的，也是她第一次爱的人。

原来，从一开始，她就爱着他。

只不过，命运从来都不会偏爱夏树稻，无论她多爱萧晴明，无论他们之间的羁绊有多深，如今，一切都消失不见了，他已经有了别人。

夏树稻失魂落魄地在街上走着，仿佛自己行走在雪山之中，天空飘起了雪花，落在她的头发上、睫毛上、肩膀上……

夏树稻漫无目的地走着，她不知道自己应该去哪里，因为哪里都没有萧晴明。

就在她魂不守舍的时候，身后传来一阵引擎声，紧接着，那辆车子打开了车灯，把她面前的路照得更亮了。

这一幕似曾相识，萧晴明曾经就是这样，为她照亮了回家的路。

夏树稻有那么一瞬间的喜出望外，以为萧晴明终究是放不下她，追了过来。

她立刻回头，然而却看见本不该出现在这里的林茨木从车上下来，皱着眉头关切地看着自己。

【林茨木脑洞小剧场 06】
——我的粉丝是我的大英雄

我! 真的郁闷到食不下咽! 这是从来都没有发生过的!

各位朋友们, 你们听说过 "艳照门" 吗? 没听说过? 那就最好了, 就假装什么都不知道吧。

左边的朋友们不要再拍照了, 我已经说了八百次, 我跟钱帆真的不像! 你们再说我们俩侧脸几乎一模一样那我可就真的翻脸了!

右边的朋友们, 你们能不能不要再嗑瓜子了? 这场闹剧已经结束! 瓜吃完了, 可以散了!

我真的很气, 那个钱帆, 就是我的替身, 整天不老老实实的当替身拍戏, 净给我搞事情。

哥哥我走到今天容易吗? 我的那些女粉丝们最见不得的就是我跟哪个女人交往过密了, 要知道, 我跟我家小树苗传绯闻都不敢, 现在竟然给我搞了一出睡导演太太的戏码!

不是我说, 这个钱帆也是很醉人了, 你要睡倒是睡个肤白貌美的小妹妹啊, 睡个中年阿姨, 什么品位啊!

好吧, 我承认刘太太是很有韵味, 但是……

好气, 不能再说这个了。

我要言归正传赞美我的私生饭了!

没错, 我就是来炫耀我家小树苗的!

在我人生最大的危机中, 是她拯救了我! 是她把我从火坑里拉了出来!

我家的小树苗, 聪明机智, 脑子灵光得不只一点点!

如果不是她发现爆料视频上有时间而那个时候我刚好在她家楼下, 我可能真的跳进牡丹江也洗不白了!

请各位容我大喊一句: 我的粉丝是我的大英雄!

第九章 我还爱着你

我会想你
在漫漫长路的每一步

❤
♡
❤

　　爱情里最大的讽刺就是你以为他还在乎你，而事实上，他早就转头走进了新的生活中。

　　夏树稻回头的时候，只看着林茨木走向她，那个她心心念念的人，连个影子都没有。这就是现实，她被现实狠狠地打了一巴掌。

　　"冷吗？"林茨木心疼地看着她，他摘下自己的围巾温柔地给她系上，眼里满是疼惜。

　　夏树稻有些恍惚，她茫然地问："你……你怎么在这里？"

　　林茨木笑了笑，因为温度太低，吐出了蒙蒙的雾气："傻瓜，我们不是荧幕情侣吗？你在哪里我当然就在哪里啊！"

　　夏树稻本想回应他一个笑容，可是再怎么努力都笑不出来。

　　林茨木轻轻将她揽进怀里，柔声说："你一个人在这里傻傻地哭，被狗仔拍到，又要说我对你不好了。"

　　他轻抚着夏树稻的头发，小心翼翼地，像是手里捧着什么宝贝一样："我刚从男小三儿的丑闻里爬出来，你可不能再把我变成欺负你的渣男了。"

　　夏树稻靠在林茨木温暖的怀抱里，轻声问："所以说，你是一直跟着我吗？"

　　林茨木轻笑出声来说："那不然你以为呢？你还真的觉得自己抢了人家的兔子服人家不会追你吗？再说了，就算你跑得快，对方可是个大男人，怎么可能追不到你？"

　　夏树稻的眼泪又流了下来，她啜泣着说："茨木……谢谢你。"

林茨木也笑不出来了，他听着夏树稻的哭声，心如刀绞。

　　"不要再跟我说谢谢了，我是因为喜欢你，才愿意陪着你，跟着你。"林茨木细不可闻地叹了口气说，"这不是为了你，而是为了我自己。"

　　夏树稻忍住自己的哭声，她不想让自己看起来那么没出息。

　　耳边，林茨木还在说："既然我做的一切都是为了我自己，你又干吗要跟我道谢呢？"他放开夏树稻，牵住她的手，"走吧，上车，再这么下去，就真的冻坏了。"

　　夏树稻被林茨木带上了车，这个场面让她情不自禁地想起了当初自己第一次坐上萧晴明车子的时候。

　　那一次，萧晴明对她说的话还仿佛游荡在耳畔，可睁开眼，那人却已经不在她的身旁。

　　"茨木，你小时候有过喜欢的玩具吗？"

　　林茨木系好安全带，自然地回答："当然有啊！"

　　夏树稻眼神空洞地看着前方，语气平静地问："那你得到之后，会不会就不喜欢了？"

　　林茨木愣了一下，然后故作轻松地说："我脑子笨，如果你是在比喻什么的话，那我没办法回答你。不过，我知道，你是一个有三百多万粉丝的女明星，你被三百多万个人喜欢着，为什么非要在意那一个人呢？"

　　夏树稻苦笑一下，淡淡地说："你有三千万粉丝，有三千万个人喜欢着你，那么你又为什么还要在意我呢？"

　　林茨木转过来，看着她："因为你，只有一个。你看，我放着三千万个人都不在意，却只在意你，你现在不仅打败了那三千万个情敌，而且还有三百万个人喜欢你，所以，是不是更应该开心了？"

　　夏树稻没想到林茨木竟然还会哄人，虽然心里依然难受，却还是勉强笑了笑。她知道，身边这个人是真心待自己好，尽管她不爱他，却依旧感激他。

　　林茨木把夏树稻送回了酒店，往里面走的时候无奈地说："虽然口口声声管你叫粉丝，可是我怎么觉得自己越来越像是你的粉丝？"

　　夏树稻低头，抿嘴一笑，觉得他这个说法倒是有那么点儿意思。

　　"喂，难过的话，要不要我陪你喝一杯？"

　　夏树稻现在只想一个人静一静，便摇头拒绝，嘴硬道："难过？我才不难过！你说得对，我被三百万人喜欢着，为什么还要因为他一个人难过？好啦，我没事了！"

　　林茨木还是有些担心她，但看她的状态，似乎是真的不想自己吵她，索性就不再纠缠："那好吧，我就在你隔壁，有什么事的话就叫我。"

原本这趟美国之行要两三天的，夏树稻计划好了所有要跟萧晴明一起做的事，可如今，两人分手，她也没必要在这里继续逗留了。

她改签了机票，跟着林茨木一起回国了。

这次去美国的行程是保密的，所以粉丝们都不知道，他们出来的时候极其低调，自然也没有人接机，只不过，常年驻守在机场随时等待拍八卦的狗仔们可是一眼就认出了他们俩，偷偷拍照，然后瞬间就上了热门。

夏树稻看见这条八卦的时候原本以为自己会被骂得很惨，结果引起前阵子自己帮着林茨木洗清丑闻的事，评论里反倒一片叫好，说他们两个郎才女貌。

而远在美国刚刚甩了人家夏树稻的萧晴明看着新闻时几乎气到爆炸，他把手机摔到一边，焦躁地在房间里一边转圈走一边说："这帮人懂个屁！共度两天两夜？瞎了吧！那明明是来找我！"

他站在沙发边，弯腰捡起手机，麻利地注册了一个小号，开始在网上黑林茨木。

男人的嫉妒心，也是非常可怕的！

夏树稻觉得自己的日子过得有些浑浑噩噩，一场失恋，弄得她魂不守舍，不过好在还有工作，只要沉浸在工作状态中，她就能暂时忘了萧晴明。

"你最近健身了？"Cris 把夏树稻叫到自己的办公室，仔细打量着她。

"没有啊。"

Cris 眯起眼睛，凑上前去看夏树稻的脸："该不会是背着我打了瘦脸针吧？"

"啊？没有啊！"夏树稻往后退了两步，不自觉地摸了摸自己的脸。

"不错，瘦了，变漂亮了。"

夏树稻一听 Cris 夸赞了自己，心里却没有那么开心，毕竟这些日子自己是怎么过来的她最清楚了。

"《狐妖之凤唤九霄》的播出加上你跟林茨木的绯闻，效果确实不错。"Cris 靠在桌边春风得意地看着她，"我当初选你真的选对了，最近有五个代言找你，分别是香水、八宝粥、汽车、电动车跟首饰。"

夏树稻没想到代言来得这么快，而且她最近心思没有放在自己的新闻上，并不知道外界是怎么评价她的。

"虽然日用品给的钱多，首饰跟香水钱少，不过只有拿到大品牌的代言，以后才会有越来越多的好戏找你。"Cris 看了一眼自己的记事本，在上面写了点儿什么，"艺人有了代言跟电视剧这些曝光率，然后就需要拿下电影奖项来给自己提高身价，你看看安丞，虽然绯闻不多，曝光也不算特别多，但是人家是金马影后，所以资源一直都好，身价也是你的几倍高。"

"金马奖……"夏树稻没什么自信地说，"好遥远的奖项啊……"

"当然，我也不是说非让你去拿那个，有含金量的奖项不止这一个，国外的各种奖项也是很有价值的，不过，那种奖项更倾向于文艺片和价值观非主流一些的小众电影。"Cris 转身拿了几个厚厚的本子给夏树稻，"除了刚才说的代言，这里还有几个来找你的剧本，你先自己选一选。"

夏树稻接过剧本，粗略地看了一下，一部叫《山池真人》，这种题材如果拍摄电视剧，收视率应该还不错，只不过作为电影，只能吸引年轻人，而她现在还算不上流量女星，一旦票房低迷，很可能引来恶评。

她放下这本，拿起了另一个。这个剧本叫《整容女王》，选题非常有话题度，但是立意并不深刻，故事情节也比较平淡，夏树稻最近这两部戏都是比较少女的设定，她觉得应该突破一下自己，不能局限在这种题材中。

"你说得对。"Cris 递给她最后一部，"这个叫《海上花》，导演辰荆羽曾经获得过奥斯卡最佳影片的提名，身价咖位跟另外两部电影的导演都不一样，如果能拿下这部戏的女主角，那么在今年的电影节上拿个奖项是很轻松的事情。"

"如果能拿下？"夏树稻诧异地问，"既然都来找我了，还有不确定性吗？"

"当然。"Cris 说，"辰导本来选定的人是安丞，但是因为他和我关系比较好，所以在我的大力推荐之下才给你的这次试镜机会！"

夏树稻知道这是难得的机会，可是自己最近状态并不是巅峰时期，很担心会让 Cris 失望。

"我说你最近……"Cris 犹豫了一下，略有些尴尬地说，"是失恋了吧？"

"啊？"夏树稻没想到 Cris 突然转移了话题，一时间不知道怎么回应。

"别啊了，你的事儿没有能瞒住我的。"Cris 走到夏树稻面前，直接盯着她的眼睛说，"那个小子在美国发的单曲都已经在国内的各大音乐平台播放了，这个时候你不得拍个能走出国门的电影，在美国网站上刷刷脸？不争馒头争口气，这句话你该听过吧？后天试镜，给我拿出最好的状态来给他们瞧瞧！"

夏树稻看着 Cris 这么而相信自己，突然特别感动，虽然她并不想跟萧晴明比什么，

但是，演戏是为了自己，是因为她热爱这个行业，所以，面前摆着这么好的机会，她当然不能让它轻易地溜走。

"我知道了。"夏树稻拿过剧本说，"这两天就算不睡觉了，我也要把角色吃透。"

"别不睡觉啊，"Cris看着她斗志满满，终于笑了，"面膜什么的赶紧跟上，脸就是你的命！"

《海上花》的试镜远比夏树稻想象得更紧张，抵达试镜现场之后，她第一个见到的就是导演辰荆羽。

"这次试镜的角色是《海上花》的女主角何思，剧本情景已经在前一天发到各位邮箱里了。"

说话的人就是辰荆羽，他当初凭借电影《月下姑娘》获得奥斯卡金像奖五项提名，进入好莱坞A级导演行列，年轻有为，平时却非常低调，从来都不轻易露面，更别提参加什么访谈节目了。今天一见，没想到是个风度翩翩、文质彬彬的年轻人，夏树稻一直以为他已经是个大叔了。

在现场，夏树稻不仅看见了辰荆羽，还意外地见到了一直待她不错的余导，两人自然要打个招呼，一聊天才知道，这次余导的身份不是导演，而是这部电影的制片人。

一切就位之后，夏树稻找了个地方坐着看剧本，今天试镜的场景讲的是男主角齐锦为了执行任务必须跟某家的小姐举行婚礼，而女主角何思跟齐锦成是曾经秘密恋人，作为高官的姨太太，何思也被邀请到了婚礼现场。

来试镜女主角的一共就两个人，一个是夏树稻，另一个就是影后安丞。

只不过时间已经到了，安丞却还不见踪影。

Mocca在一边有些不耐烦地小声嘀咕："耍大牌也没有这么耍的，姐，你先喝点儿水吧。"

"没关系，这本来就是多出来的一次机会。"夏树稻笑着安抚Mocca，让他不要急躁。

但是Mocca本来就年轻气盛，做事自然也冒冒失失，他走向辰荆羽说："辰导，咱们还不开始吗？"

辰荆羽又看了眼时间："安丞那边说路上有点堵车。"

"那我们这边先开始可以吗？"

辰荆羽看了Mocca一眼，冷淡地说："再等等安丞吧。"

夏树稻看得出来辰荆羽的意思，便让Mocca耐心等着，自己开始专心利用这个时间继续琢磨剧本的内容。

又过了一会儿，安丞还是不见踪影，辰荆羽对夏树稻说："你们先提前开始做造型吧。"

夏树稻听话地去找造型师，两人讨论起造型来。

女主角何思在嫁给伪政府的高官前是一个唱戏的戏子，自然是艳丽的妆容更加合适些，不过今天她来参加旧情人的婚礼，内心矛盾不知该如何面对，夏树稻在性感的旗袍跟保守的风衣中选择了那件风衣。

做好造型的夏树稻推开门走出来，辰荆羽略显焦躁地看了看手表，对她说："算了，不等了，你先来吧。"

夏树稻内心有那么一秒钟的雀跃，因为在试镜中，顺序非常重要。往往先行表演的人会给人更深刻的印象，而之后表演的那一个，如果重复了前一人的表演毫无创新的话，给人的印象就会被冲淡。

能先来，这对夏树稻来说无疑是迈向成功的第一步。

只不过她没有高兴太久，因为他们正要开始，安丞就跟着她的助理一前一后地走了进来。

"不好意思啊辰导，做造型太久了，"安丞脸上露出抱歉的笑容，"我实在太重视这次的试镜，所以花了很多时间。毕竟是跟您合作，我哪儿敢怠慢啊！"

辰荆羽一看她来了，立刻露出了笑脸："安丞小姐这说的是哪儿的话，既然来了就开始吧。"

安丞对夏树稻微微一笑："抱歉，那我先开始了。"

尽管心里有些不悦，还有些遗憾，但这个时候必须要给人家让位了。

夏树稻回到一旁去等着，静下心来看安丞的表演。不得不承认，安丞确实是个好演员，从眼神到动作都表演得很到位，只不过，关于这一段戏，她们两人的表现方法完全不一样，甚至说，是大相径庭的。

安丞表演之后就是夏树稻，仿佛并没有人看好她，连导演也表现得有些心不在焉。

然而，夏树稻表演结束之后，辰荆羽却连连拍手称赞："妙，太妙了！这段表演，情感转折了好多次，赋予了角色新的灵魂和意义。"

夏树稻没想到辰导对自己的评价这么高，害羞得有些手足无措。

辰导站起来，又看了看安丞，说："你们两个人的表现各有千秋，我们现在还不能决定，需要跟制片人一起再探讨一下才行，就麻烦各位回去等我们的消息了。"

夏树稻离开的时候心里明白，虽然辰导在现场称赞了她，但是跟安丞比起来，自己不如对方的地方太多了，估计这次就只是多长长经验而已了。

《海上花》是一部很棒的戏，夏树稻想：如果能有机会出演，哪怕不是女主角，也是件好事啊。

辰荆羽的工作室里气氛有些凝重。

"我更倾向于夏树稻。"辰荆羽转弄着手里的钢笔说，"比起安丞平铺直叙的一条路压制式的爆发，夏树稻那种从躲闪、自卑再到回归特工身份的转变更加吸引我。"

他停顿了一下，又说："安丞是个好演员，可是她在用套路演戏。夏树稻虽然是个新人，不过她在用脑子和经验演戏。我珍惜每一个有灵魂的演员。"

坐在他旁边的余导点了点头："荆羽，你说得都对，可是虽然咱们这部片子意在冲击国际大奖，但国内的票房也不得不考虑一下吧？启用一个新人，这不是等于冒险吗？"

"很多时候，一个导演的能力在于他是在利用明星还是在造就明星。"辰荆羽说，"安丞塑造过太多角色，就像是一张世界名画，而夏树稻，她更像是一张白纸，比起在名画上再精雕细琢，我更喜欢在白纸上自由挥洒。"他转过去问余导，"余导不是也跟夏小姐合作过？她难道让你不满意吗？"

"那倒不是。"余导合上面前的本子说，"你说的有道理，夏树稻确实是个不错的新人，投资方那边我去摆平，这幅画就交给辰导来创作了。"

夏树稻接到 Cris 的电话通知她成功拿下《海上花》女主角的时候，还以为自己听错了。

"拜托！你能不能有点儿自信啊？"Cris 越来越觉得夏树稻是个可塑之才，她笑着说，"改天跟我一起去辰荆羽的工作室，这部戏要准备的东西很多，而且，这是要冲击国际大奖的，压力很大，你要有心理准备。"

夏树稻现在什么都不怕，只怕自己没有往上走的机会，这次误打误撞拿下了一个这么好的角色，无论如何她都要演好。

夏树稻跟着 Cris 去辰荆羽工作室的时候心里有些忐忑，她知道，自己能拿下这个角色，辰导肯定也是扛着很大压力的。

"由于《海上花》角色的特殊性，所以在开拍之前你要学会唱戏、武打还有交谊舞。"辰荆羽把这部戏的相关资料递给夏树稻，问，"怎么样？看你的脸色有些为难？"

"不不不，只是觉得这些……听起来不像是短期可以学会的。"

辰荆羽微微一笑说："当然不是让你做到艺术家那个水准，不过也不能马虎，你要拍戏，怎么也得做出个差不多的样子来。"

夏树稻手里拿着资料，其中有一张她要学习的课表，她看了一下之后，觉得咬咬牙好好学习也没什么问题："好，放心吧辰导，我一定不会让你失望的！"

辰荆羽很喜欢看着她这股子不服输的劲头，这种感觉现在基本上只能在新人身上看见了，那些老演员，有了经验，哪还有人愿意这么拼。

"加油，我们都看好你。"

Mocca 有时候觉得特别不能理解夏树稻，他从来没见过一个女孩子这么拼命的。

"夏姐，你忙得过来吗？"Mocca 打着哈欠说，"《海上花》要集训上课，《七天六夜》也要开始录制了，你一个女孩子，干吗要这么辛苦呢？"

夏树稻笑了笑说："姐姐不忙，怎么给你开工资？"

"啊哈哈哈这么看的话，那姐，你还是多辛苦一点吧。"Mocca 一手开车一手递了一杯咖啡给夏树稻，"虽然很心疼你，但还是希望你能多给我发点儿奖金。"

夏树稻接过咖啡喝了一口，看着他笑道："说起来，你长得这么帅，为什么要来当助理？"

"当夏姐的助理我觉得特别好，见了很多厉害的人，也学到了很多。"Mocca 突然想起了什么似的说，"对了姐，今天上午是戏曲课，Cris 姐特意给你找的老艺术家来上课。"

"嗯，那下午呢？"夏树稻最近确实累坏了，没有一天是闲着的，"下午能休息吗？"

"不行哦，下午是射击课，"Mocca 没等夏树稻继续问就接着说，"明天也是如此，不过，后天有一点点不一样。"

"嗯？哪里不一样？"可能最近生活太过规律，每天都是这样的行程，让夏树稻有些期待变化了。

"辰导说女主必须瘦成一道闪电，两颊凹下去的那种，就是李清照的感觉。"Mocca 偷瞄了一眼夏树稻，然后弱弱地说，"所以，后天要上瑜伽课，还有，电影开拍之前，你都只能吃蔬菜沙拉跟鸡胸肉，别的不可以哦。"

"……喂，话说李清照也没说她只吃蔬菜沙拉跟鸡胸肉吧？"夏树稻虽然平时就很注重身材保养，可是要是让她只吃这些的话，估计不用到电影开拍她就先吃吐了。

"反正就是要那种清瘦忧愁的气质，你懂的。"

夏树稻心说：其实我也挺忧愁的，刚刚失恋，又要这么高强度的工作，怎么可能不忧愁？

Mocca 像是看出了她的心事，有点儿担心地说："姐，你没事儿吧？"

夏树稻摇了摇头，没说话。

"那个……"Mocca 偷偷看她说，"我知道你失恋了心情不好，要不我给你讲个笑话吧！"

"嗯？你是怎么知道的？"夏树稻有些意外地说，"我分手的事没告诉过任何人啊！"

Mocca 怀疑地看看她："姐，你也太天真了吧！明星哪有私生活，你以为没告诉别人，大家就都不知道吗？"

夏树稻彻底被打败了，靠在椅背上说："好吧，确实是失恋了，一个眼瞎的男人跟我分了手，不过已经无所谓了，就让一切都随风去了吧。"

自从《海上花》定下角色之后夏树稻就开始努力学习，不过，除了这些课程之外，还有一件事让她无比苦恼，那就是走到哪都能看见一张她不想看见的脸。

不知道是不是萧晴明的工作重心开始转移回国内，这段时间，突然大街小巷都是他的广告牌，各种宣传，各种代言，各种夸张的说辞。

这种走到哪里都能看见前男友，就好像自己的一举一动都被对方看在眼里，怎么都觉得别扭。

"疯了疯了！"夏树稻好不容易抽空出来跟姜娜逛街，结果商场里都是萧晴明的海报。

"他没跟蕾昂娜拍个婚纱照放在你眼前就已经是天大的仁慈了！"姜娜拉着她要走，夏树稻不情不愿地说："婚纱照？去地狱里拍吧！"

姜娜无奈地笑笑，搂着她："行啦我的大小姐！今天咱们的目的不是多买几套衣服，美美地去上真人秀吗？"

夏树稻一脸不开心地瞪了一眼萧晴明的广告牌，然后转过头不再看，问姜娜说："对了，那个《七天六夜》到底怎么玩啊？我可是听说这次的总导演是你，真是出息了我娜姐！"

姜娜对她坏笑一下，小声儿说："那必须出息，我是谁啊？姜娜哎！我跟你说，这个真人秀吧……既然是情侣真人秀，那必须玩得刺激一点！"

"……刺激？该不会是要把我跟林茨木关在一起，让我们共度七天六夜吧？"夏树稻只觉得一震，有种不祥的预感。

姜娜冲她挑了挑眉，故意闹她说："你真是冰雪聪明，熟知套路，不过不只有你们两个，一共三组情侣，你们只是其中之一。怎么样，刺不刺激？惊不惊喜？"

"……刺激……惊喜……我就祈祷别出什么乱子就好！"夏树稻好奇地打听，"那另外两组都是谁？"

姜娜拉着她去试衣服："暂时保密，都告诉你了就不好玩了！"

两个人刚要进店，夏树稻突然站住脚步，严肃地问姜娜："娜娜，你有马克笔吗？"

"嗯？你要马克笔干吗？"

夏树稻神秘一笑，从姜娜手里接过马克笔，又跑回了萧晴明的广告牌前。

她四下看看，确定没人在看她，然后迅速在萧晴明的脸上画了两坨黑黑的"腮红"，画完，她终于心满意足地跑开了。

《海上花》因为要封闭拍摄，所以在开拍之前剧组所有的演职人员都要统一入住到酒店。夏树稻带着Mocca早早抵达，按照剧组的安排住进了酒店。

"夏姐！我刚刚听到一个八卦！"Mocca出去买了咖啡回来，一进屋就兴奋地到处找夏树稻。

"怎么了？"夏树稻正在整理自己的行李，因为要住很久，所以这次带来的东西也很多。

"你知道这部戏的女二号是谁吗？"

《海上花》因为要冲击国际奖项，而按照辰荆羽的习惯，在杀青宣传之前，关于剧组的一切都是对外保密的，甚至他们也是进组之后才知道参演的都有谁。

"谁啊？"

"安丞！"Mocca特别激动，"金马影后哎！给你做女配！姐，这次你真的是要大火了！安丞给你做配角！"

夏树稻看着眼前激动得双脸通红的Mocca，一时间有点儿反应不过来："等等，你说谁是女二？"

"安丞！"Mocca看着她笑了，抓住夏树稻的肩膀说，"姐，我就说一句话，苟富贵，勿相忘！"

夏树稻被他逗笑了，拍了拍他说："你在哪儿听到的？这也太不靠谱了吧！"

"真的！我刚刚看见她在前台办理入住手续，她的那个嘴巴特别碎的助理你知道吧？就是那个叫什么来着？反正挺烦的那个，她不停地在嘀咕说不明白安丞为什么答应来做女二号。"

夏树稻怎么想都觉得这事儿不太可能，她拿起 Mocca 买回来的咖啡，喝了几口，准备收拾完东西出去转转。

"姐，你真的不信啊？" Mocca 有点儿委屈，万万没想到自己在夏树稻面前的信用度竟然这么低。

"你要是说黄淑媛来做女二号我还能相信。"夏树稻想了想说，"不不不，这个我也不信，以她的演技，辰导不可能让她来。"

Mocca 委屈巴巴地回了自己的房间，他决定跟夏树稻冷战一小时。

夏树稻收拾完东西在床上躺了一会儿，觉得无聊，就打算到楼下转转，反正住进来的都是剧组人员，说不定真的能遇见合作的演员呢。

她从房间出来，在同一楼层闲逛，似乎是因为她来得太早了，这一层几乎还没有人入住。

突然，夏树稻听见一声摔打的声音，好像是玻璃杯碎裂，她觉得奇怪，循着声音看过去，紧接着就听到了吵架声。

是个女生，似乎有些不悦。

她本来想不要惹麻烦，但总觉得这个声音很耳熟，更何况，这层楼都是他们剧组的人，于是就走了过去。

吵架的声音越来越大，是一个男人跟一个女人，期间还伴随着摔东西的声音。

"放手！"

这一声，夏树稻吓了一跳，她快步走过去，听见女人开始求救。

"你放开我！"

夏树稻终于想起了这是谁的声音，同时也听见一个男人说："安丞，不就是一个《海上花》的女主角吗？想要这个角色，就自己来找我嘛，何必让助理给我打电话？怎么？拉不下面子？咱们俩，还讲究那么多吗？"

夏树稻来到门口，听声音觉得不太对劲，她没有贸然进去，而是站在门口准备看看情况再说，毕竟，那个男人说到了"女主角"三个字。

"张秘书，安排一下。"男人带着笑意说，"《海上花》的开机仪式，我要去。"

"陈杨！"安丞不悦地说，"我的事，希望你不要再掺和进来了！"

"哦？你还真是喜欢口是心非啊！"那个叫陈杨的男人调笑着说，"别跟我来这套了，你想怎样，我都清楚，放心吧，这次的投资方是我们盛都辰丽娱乐，只要我打个招呼，这个女主角还是你的。"

夏树稻听见"盛都辰丽"，又想起刚才安丞叫他"陈杨"，心想：这个男人应该就是盛都辰丽娱乐的太子爷了，听说他在跟安丞交往，原来人家是在幽会……

他往前走了两步，夏树稻听见衣物摩擦的声音，然后他又接着说："现在，你终于如愿以偿了吧？"

夏树稻没想到安丞竟然也玩这种把戏，不禁有些失望，她转身准备离开，却又听见安丞愤怒地说："你放开我！陈杨，我们已经分手了，我也不稀罕你给我什么帮助，你现在立刻从我房间出去！"

夏树稻觉得气氛不对，没有马上离开，而是再次靠在了门后。

"放开？你连房卡都让助理给我了，还在这儿跟我装什么圣女贞德？"陈杨戏谑地说，"不过……我喜欢的就是你这副假正经的样子。"

在外面偷听的夏树稻皱起了眉，她听得出来安丞并不愿意搭理这个陈杨，可是眼下，他们似乎正在预谋着要换掉自己女主角的事，如果现在冲进去，岂不是特别尴尬？

"你放开啊！"又是一阵推搡，安丞的声音听起来有些害怕。

夏树稻来不及反应就已经转身打开了门，这个举动她完全没有经过大脑，也没有想好理由跟对白，只是觉得安丞的表现很明显是抗拒的，这个时候绝对不能袖手旁观。

此时此刻的夏树稻只觉得自己血气上涌，仿佛是在演一个锄奸扶弱的女侠，她跑过去，趁着那两人都没回过神的时候一把将安丞拉到自己身后，顺势推开了陈杨。

陈杨毫无防备，再加上夏树稻有些武术功底，这么一来，他差点儿被夏树稻推得一个趔趄。

"安丞！你没事儿吧？"夏树稻回头关切地看着安丞。

惊魂未定的安丞看向她，眼睛都红了。

"你谁啊？"陈杨怒吼着，转过来的时候看见夏树稻的脸，冷笑一声说，"哟，原来是最近爆火的新人，你来做什么？"

"我来找安丞小姐对剧本，"夏树稻信口胡诌，"过来的时候看见门没锁，就直接……"

"少跟我来这套。"陈杨怒视着她说，"我不管你有什么理由，现在给我滚出去。"

他的态度极其恶劣，安丞害怕地攥住了夏树稻的衣角。

夏树稻安抚似的握住安丞的手说："小陈总，该走的人是你吧？很明显，安丞并不欢迎你。"

"你说什么？"陈杨一步一步逼近她们，"胆子倒是不小，你知不知道，得罪了我就是得罪了投资方，只要我一句话，你立马就得给我滚出剧组！"

"陈杨！"安丞一听他的话，立刻站了出来，"我们之间的事，不要牵连无辜的人。"

"无辜的人？我看她倒是挺想被牵连的。"陈杨冷笑一声，走到后面的大床上，往上面一坐，拍了拍旁边的位置说，"不如你们两个一起陪我玩好了，我倒是一点儿都不介意。"

夏树稻被他这副做派恶心得不行，拉起安丞就要往外走："安丞，他不走我们走！"

就在这时，门口突然出现两个身穿黑色西服的彪形大汉，陈杨冷着声音说："把这两个人给我按住了，今天谁也别想从这个房间出去！"

他走过来，玩味地看着夏树稻："听说练武的女人柔韧性都不错，今天我倒是想试试。"

夏树稻被陈阳的保镖控制着，根本无法动弹，她只能瞪着陈杨，被迫接受着对方的打量。

"我觉得你是红得太快了，忘了这个圈子的规则。"陈杨一边解领带一边说，"娱乐圈里，演员只是位于食物链最低端的，外表看起来光鲜亮丽，而事实上，只是我们赚钱的工具罢了。给你们脸的时候，叫你们一声明星，不想给你们脸的时候，你们就是戏子，是婊子！明白吗？"

夏树稻听着他带有侮辱的话语，心中的厌恶已经抑制不住的快要迸发出来。陈杨慢慢靠近，就在他马上凑到夏树稻面前时，房间的门再次被打开了。

"小陈总这番说辞，我萧某听着还真是觉得新鲜。"

夏树稻转过头去，怎么也没想到进来的会是萧烨雨。

他慢慢地踱步进来，狠狠地瞪了夏树稻一眼说："这个女的，就算真的位于食物链最底层，那也轮不到你们姓陈的欺负！"

"哟，原来是萧总。"陈杨站起来，把领带丢到床上，邪笑着说，"真是好久不见，不过，我教训自己剧组的女演员，应该跟萧总无关吧？"

"哦？是吗？"萧烨雨哼笑一声，"小陈总有什么雅兴怪癖我当然管不着，不过这个酒店是我 BW 旗下的，相信刚才陈总擅闯别人的房间，楼道里的监控应该拍得一清二楚。萧某有洁癖，容不得太脏脏的事发生在我的眼皮子底下，该怎么做，小陈总心里应该明白吧？”

“肮脏？”陈杨笑出了声，然后意味深长地看向夏树稻说，“那如果是两情相悦呢？我敢保证她会心甘情愿地跟我上床，因为，如果不这么做，明天我就会让她滚出剧组！”

萧烨雨走过去，挡住了陈杨的视线，脸上毫无表情地说：“小陈总说笑了，我想你应该忘了不仅是这个酒店，就连《海上花》的拍摄地都是 BW 集团的，如果夏树稻不再是《海上花》的女主角，那么，不用明天，立刻我就会让整个剧组滚出去。”

“当然，”萧烨雨又补充道，“贵公司投资的电影，BW 集团旗下的院线也不会进行排片，这其中的利弊，小陈总应该清楚的。”

陈杨被萧烨雨气得直磨牙，愤恨地说：“萧烨雨，让我们撤出去你可是要赔绝违约金的，放弃排片也是双输的局面，你可别告诉我就为了这个女的，你连钱都不赚了！”

“再说一遍，萧某有洁癖，不想跟肮脏的人共事，更何况，小陈总擅自闯入女明星房间这件事如果传出去，你觉得会对贵公司有什么影响？”

陈杨被萧烨雨气得哑口无言，不得不挥挥手，让保镖放开了夏树稻和安丞：“萧烨雨，你给我记住了！”

他咬牙切齿地离开了，出门前还回头看了一眼惊魂未定的安丞。

萧烨雨冷笑了一声，然后打了个响指，对一直跟在他身边的米希辰说：“米秘书，给安丞小姐换一间房，另外，安小姐以后住 BW 旗下的任何一家酒店都享受 VIP 折扣，以此来弥补这次不愉快的经历。”

“那我呢？”夏树稻见自己没什么危险了，又开始故意惹萧烨雨，她在一边假装委屈地说，“我也受到惊吓了。”

“你？”萧烨雨又瞪了她一眼，一边往外走一边说，“你纯属活该，不管不顾就乱来，咎由自取！”

他带着米希辰出了房间，米希辰小声儿地说：“萧总，既然都给安丞打折了，您怎么这么不给夏树稻面子？您不是说为了二公子也要好好罩着她的吗？”

“给她面子？”萧烨雨气得直瞪眼，“如果有和‘VIP 打折待遇’相反的‘傻瓜待遇’，我一定全都奖励给她！这个没长脑子的臭丫头，谁的闲事儿都要管，今天要是屋子里没有她，陈杨想做什么我才懒得管。”

萧烨雨带着米希辰往回走，嘟囔说：“再说了，今天要不是咱们恰好经过，还不知道……算了，不说了，气死我算了。”

米希辰突然想起前几天他的萧总还在抱怨自己那个弟弟沉迷女色玩物丧志，现在为

了帮他那个沉迷女色的弟弟罩着女人连合作方都得罪了，还真是"男人心，海底针"啊！他笑嘻嘻地快步跟上萧烨雨，小声儿说："萧总，今天这事儿我会不小心透露给二公子的！"

萧烨雨瞪了他一眼，别扭地说："随你的大小便！"

他快步离开了，米希辰在他身后打电话安排着安丞的后续事项，萧烨雨想起刚才的事，其实有些后怕，如果他们真的没有刚好经过这里，那夏树稻那个臭丫头就凶多吉少了，到时候他还不知道要怎么跟萧晴明交代呢。不过，生气归生气，萧烨雨虽然依旧看不上夏树稻，觉得那家伙又莽撞又愚蠢，可冷静下来想想，她身上还是有些值得肯定的地方的。

至少是善良的。

萧烨雨有点儿崩溃地想：好吧，那就勉强算萧晴明那个家伙没有太瞎好了。

萧烨雨走了之后米希辰就给安丞重新安排了房间，夏树稻自告奋勇地帮着她一起把东西都搬了过去。

等到两人收拾好一切，安丞总算是松了口气，她红着脸，有些不好意思地对夏树稻说："真是谢谢你，今天我……"

她停顿了一下，语气中又带着些许的懊恼："早知道他是这样的人，我当初就不应该惹上。"

夏树稻笑着安慰她："不用客气的，而且你也不用太难过，谁年轻的时候没爱过一两个人渣呢！不过，你以后要不要考虑请个男助理或者保镖什么的，这种事真的太危险了，像陈杨这种人，你要是总这么好欺负，他只会蹬鼻子上脸！你要是像个刺猬，他觉得扎手，以后也就不会再来招惹你了。"

安丞看着她笑了笑，觉得眼前这个女孩真的有些与众不同。在娱乐圈这么多年，什么妖魔鬼怪都见过了，人心不古，在危急关头愿意站出来帮忙的人越来越少了。

"呃……不过话说回来，有件事我还是要跟你道歉的。"夏树稻说这句话的时候心里特别纠结，她想了很久都不知道到底应不应该说。

"嗯？"安丞有些意外地眨了眨眼睛问，"你跟我道歉？怎么了吗？"

夏树稻略显尴尬，有些不敢直视安丞的眼睛，她微微低头，犹豫了一下说："我知道本来《海上花》的女主角应该是你的，如果不是我……"

安丞没想到她竟然在在意这件事，听了夏树稻的话她温柔地笑了笑，又过去拉了拉夏树稻的手说："嗨，那有什么的！演戏这种事凭的就是能力，作为演员，拼演技，谁演得好自然角色就是谁的，更何况，我觉得现在这个角色更适合我，我也更喜欢，而且说实在的，自从那天看过了你试镜之后，我就很期待和你演一场对手戏呢！"

夏树稻看见安丞笑了，自己也跟着笑了，她很意外安丞作为金马影后竟然毫无架子，也并没有因为自己的身份觉得演女二号而不甘心。她很佩服安丞的心态，不禁对她有了好感。

"对了夏夏，我知道这家酒店的温泉不错，我们一起去试试呗！"安丞突然像个小女孩一样调皮地对着夏树稻眨眼，"我都期待好久了！"

夏树稻一听她的建议，立马答应："好！走走走，温泉什么的最喜欢了！"

两个人兴奋地出门，结果刚走到门口就遇见了安丞的助理。

三个人你看看我，我看看你，助理突然不解地问夏树稻："你怎么在这儿？"

安丞见她竟然这么没礼貌，有些不高兴地问："她怎么不能在这儿了？"

本来安丞就因为她擅自联系陈杨有些气愤，现在还这样对夏树稻说话，就算安丞的脾气再好也忍不了了。

"还是说，你觉得应该是别人跟我在一起？"

助理被问得哑口无言，安丞冷下声音说："我出道以来就一直是你在照顾我，所以就算你偶尔做出出格的事，我也都睁一只眼闭一只眼，大事化小，不去追究。可是这一次，你真的突破我的底线了，一会儿我会给经纪人打电话，从今天开始，你就去另谋高就吧。"

"安丞姐！我都是为你好啊！"助理一听，立刻急着解释，"我是为了你！"

"你知不知道你所谓的为了她好差点儿害了她！"夏树稻看不过去了，忍不住开口说话。

安丞的助理一脸委屈地说："安丞姐，你辞退我可以，可是也不能跟这个女人做朋友啊！她今天抢了你的女主角，明天就会抢走你的一切！你要看清楚啊！"

安丞淡淡地看着她说道："夏夏会不会抢走我的一切不是你说了算的，也不是我说了算的，就这样吧，你什么都不用多说了。"

安丞说完，拉着夏树稻走了，留下助理一个人站在原地看着她们离开。

有些时候，自以为是对别人好，然而不过是自作聪明多此一举罢了。

《海上花》正式开始拍摄的时候刚好赶上小年夜，天冷得不像话，可夏树稻因为拍戏，只能穿一件薄薄的风衣。

一场戏拍了好久，当导演一喊"cut"，Mocca立刻拿了羽绒服过来给夏树稻穿上，然而已经冻得彻骨了，一时半会儿根本暖和不过来。

她跟 Mocca 准备回酒店，就在转身的时候听见有人叫她。

"夏小姐……"

夏树稻回头一看，没想到竟然是萧烨雨的那个秘书。

"夏小姐，萧总说今天是小年夜，让你过去……"

夏树稻有些意外，好端端的萧烨雨叫自己去干吗？正所谓"黄鼠狼给鸡拜年——没安好心"，她可是理都不想理那个人。

"不好意思，麻烦转告萧总，小年夜我有自己的安排了。"夏树稻不想再多跟他废话，赶紧裹着羽绒服跑去了休息室。

其实在这个影视基地拍摄的不止她一个，袁柏亚跟林茨木也在这里。

她听说林茨木正在拍摄古装奇幻电影《嗜血伯爵》，而袁柏亚则是正在拍摄一部警匪片叫《永夜追凶》。

夏树稻今天的戏分已经全都结束了，毕竟是小年夜，早早回去的话实在显得有些可怜，她索性决定去探个班。

"说起来，好久不见林茨木那个蠢家伙了。"夏树稻在袁柏亚跟林茨木中间犹豫了一下，突然想起之前萧晴明不停嘱咐自己不要跟袁柏亚有过多的接触，虽然她并不觉得那个人会对她做什么不好的事，但萧晴明的话还是要听的。

尽管，他们两个已经分手了。

夏树稻来到《嗜血伯爵》片场时，林茨木正在拍戏，她怕影响到他们，就一直躲在远处偷偷地看着，这段时间以来，林茨木的演技有了明显的提升，吊威亚也不再用替身了，夏树稻看着他竟然觉得有些欣慰。

只不过，林茨木帅不过十分钟，这场戏拍完的时候，他立刻在上面喊："快！快放我下去！我……我恐高啊！啊！啊！啊！"

林茨木喊得毫无形象，逗笑了在场的所有人。

可可拿着大衣跑过去等林茨木，他家小祖宗刚从威亚上解放下来，他就给对方披上大衣称赞说："祖宗，真的给你跪了，刚才那段儿太精彩了！"

林茨木洋洋得意地笑了笑，美滋滋地说："那当然，我林茨木认真起来谁能比得上？"

可可当然得顺着他的话继续赞美他家小祖宗："对对对，太对了！不过，你说说你，明明恐高，还非要自己上场，你再这样，替身都要没饭吃了！"

林茨木一听见"替身"两个字立马板起了脸："你还跟我提替身！"

可可嘿嘿一笑说："我就提了你能把我怎么样？不过话说回来，钱帆那个不知天高地厚的家伙，得罪了飞影跟BW，名声在圈内也臭了，小狼狗都没得当了，现在没地儿去，哭着喊着要回来继续给你当替身呢！"

"活该！"林茨木终于解气了，觉得钱帆就是罪有应得，"可别让他回来了，以后的戏都我自己拍！而且我之前也已经向粉丝保证过了，往后不管什么戏我都要认真，竭尽所能地拍好。"

"啧啧啧，我家小祖宗这回真是长大了。"

林茨木懒得跟可可在这儿斗嘴，嘟囔说："我这么辛苦，可是连个探班的粉丝都没……"

"茨木！"就在林茨木要抱怨没人来探班的时候，夏树稻及时出现，让林茨木觉得她就是踩着七色云朵来迎自己的仙女。

"可可，今天后面是不是没有我的戏分了？"林茨木一边问可可一边往夏树稻的方向走，"不管有没有了，反正我要去约会了！"

可可有些无奈，今天本来就没有林茨木的戏分，但是一大早他就张罗着非要来，说什么要跟夏树稻"偶遇"，可可看着林茨木乐颠颠儿跑过去的背影，觉得暗恋中的男人真是让人无法理解啊！

"今天是小年夜，小树苗，你收工了吧？"林茨木说，"我猜今晚你是一个人。"

"不只是小年夜，"夏树稻耸耸肩膀说，"我每天都是一个人，不然还是条狗吗？"

林茨木被她逗得笑到流泪，明明已经烂大街的梗，可这话从夏树稻嘴里说出来就觉得那么可爱，林茨木想：果然，喜欢的人做什么都是全天下最可爱的！

"那个，我父母都在加拿大，我也一个人，"他试探着说，"不如我们两个一起过？"

夏树稻原本过来探班也是有这个打算的，不过作为女孩子，还是要矜持一下，她稍微犹豫了几分钟，林茨木却等不及了："别犹豫了！就这么定了！咱们两个的真人秀《七天六夜》过段时间就开始录制了，我们也应该多交流交流，多互相了解一下！"

夏树稻笑了，催促着他快去卸妆，自己在外面安静地等他。

天气寒冷，夏树稻看着片场忙忙碌碌的人们，突然很想念此时此刻不知道身在何方的萧晴明，他们已经很久都没有联系过，自从那次她从美国回来之后，就像是从未相识过一样。

可她又清楚，那个人还在她心里。

爱不是轻易可以抹去的，如果可以说不爱就不爱，如果可以说忘记就忘记，这个世界上又怎么会有那么多的伤心人？

林茨木很快就回来了，从那个白发红瞳的嗜血伯爵变回了干净清爽的大男孩。

"走吧！"林茨木笑着叫夏树稻，"我知道有个地方特别好玩，早就想带你一起去了！"

林茨木把夏树稻从悲伤的思念中拉回到了现实，她冲着对方一笑，快步走向了林茨木。

夏树稻很享受跟林茨木在一起时的感觉，很轻松，没有任何负担，她知道这个人没心没肺，所以也不需要有任何防备，跟这样的人相处，是在这个圈子里最大的快乐。

小年夜，路上的车跟行人都不算多，大家都回去陪家人了。

夏树稻跟着林茨木走在街上，用帽子跟口罩把自己都挡得严严实实，以免被认出来。天气寒冷，一说话就能吐出白雾来。

"小树苗，其实今天……"他们走到一个小广场，人烟稀少，只有偶尔过路的行人，也都面色匆匆，林茨木身后是一块电子大屏幕，上面正在播放夏树稻代言的 BW 产品的广告。

"嗯？"夏树稻疑惑地看向他问，"你说的那个好玩的地方，该不会就是这里吧？"

不远处走来一个推着车子卖糖葫芦的老大爷，夏树稻笑着问："你要不要吃糖葫芦？我买给你！"

"不要！"林茨木一把拉住夏树稻的手，整个人都紧张了起来。

这一天，他其实已经等了很久了。

"我其实，有话要跟你说。"林茨木表白的话还没说出口，自己就先红了脸。

关于告白这种事，他向来没有什么经验，毕竟当大明星这么多年，都是别人跟他表白，整天被身边的人还有粉丝捧在手里恨不得供起来，哪儿用得着他主动表白呢。

"茨木……"夏树稻看着他，觉得气氛变得有些奇怪。

其实一直以来林茨木对她的心思她是清楚的，再怎么迟钝的人也能感觉得到，只不过，之前两次失败的恋情让她不敢再去相信别人，更何况，她心里其实还想着萧晴明。

无论那个人怎么伤害她，她都依旧对他念念不忘，这是她的无奈，也是爱情本身的无奈。

"小树苗，你先别说话行吗？"林茨木深情地看着她，那是他很少在生活中展露的一面，"我从来没有过这样的感觉，所以，接下来我要说的话，你不要打断我，让我说完。"

"刚进娱乐圈的时候我也是个有梦想有追求的人，"林茨木的声音淡淡的，伴随着晚风吹进了夏树稻的耳朵里，"那时候我也很努力地想去演好每一个角色，可是，他们只注重我的外表，久而久之就变成了无论我怎么演，他们都只会叫好，甚至说无所谓我演得什么样，只要长得帅就够了，虽然这么说有些欠揍，但我确实因此困扰了很久。后来我就开始自甘堕落，反正有一张脸就够了，还干吗要那么认真拼命地去演戏呢。之后你知道的，我就只拍特写，其他的都丢给替身。就这样混混度日，直到我遇见了一个女孩。"

夏树稻跟林茨木面对面站着，听着他用旁观者一样的语气说着自己的故事。

"她很努力，很拼命，从一个连脸都没法露的替身走到了今天，已经是个很多人喜欢的明星，她让我知道了这个圈子里还有人在认真拍戏，让我看到了别人身上所没有的魅力，更重要的是，她很善良，她信任自己的朋友。在我人生最艰难的那段时间，只有她是坚定不移站在我身边的，她还很聪明，如果不是她，我可能已经一败涂地身败名裂了。"

林茨木再次拉住了夏树稻的手说："小树苗，我的生命中从来没有出现过像你一样的人，你不是小树苗，你是小太阳，我心里每一处都被你照亮了。"

夏树稻仰头看着他，一时间不知道应该说些什么才好。

她把林茨木当成很好的朋友，她愿意相信朋友，愿意跟朋友一起成长，只是，这感情终究不是爱情，她没办法在心里想着萧晴明的时候，再去接受别人的爱意。

更何况，这个世界上真的有坚贞不渝的爱情吗？她曾经无比相信林晓羽，可林晓羽背叛了她，她又去相信萧晴明，却再一次重蹈覆辙。

爱情是这个世界上最不牢靠的东西，她真的不敢再去相信了。

"小树苗，你看那里。"林茨木回身，指着那个电子大屏幕。

原本正在播放夏树稻代言广告的屏幕突然放起了另一段视频，截取了她拍戏的各种画面，还有参加各种活动时的画面，伴随着甜蜜歌曲出现的还有一排字：夏树稻，我爱你。

林茨木当然没办法把自己的名字也署上去，他还不想让两人这么轰动娱乐圈，上头条有时候也会让他们很困扰。

过路的人也都纷纷看过去，毫不知情的他们以为这是哪位狂热的粉丝给偶像做的应援视频。

林茨木说："小树苗，能给我一个机会吗？你受过的所有委屈，我都能来补偿你。"

夏树稻觉得，如果她也一样爱着林茨木，那么这将会是一场最浪漫的告白仪式，只不过，很遗憾，她不得不拒绝。

"茨木……"夏树稻的声音有些发抖，她很怕因为这个自己会失去林茨木这个朋友，"我……"

"是要拒绝我吗？"林茨木苦笑一下，扭头看向她。

夏树稻没想到他竟然这么快就猜到，或许自己从一开始就表现得太明显，可既然这

样，又为什么非要表白呢?

"对不起……"夏树稻除了道歉，不知道还能说什么。

大屏幕上告白视频还在继续播放着，浪漫的情歌听在耳朵里显得有些讽刺。

林茨木突然抱住夏树稻，把脸埋在她的肩膀里，闷声说："让我抱一下……就抱一下就好……"

夏树稻站在那里没有动，微微蹙了眉，想要安慰，却说不出口。

她终究还是伤害了自己在乎的人。

"谢谢你。"林茨木轻声在夏树稻耳边说，"谢谢你让我遇见你。"

这座城市竟然难得一遇地下雪了，林茨木跟夏树稻站在那里，被甜蜜的歌曲包裹着，雪花飘落下来，使这场景看起来更浪漫了些。

没人知道，其实她拒绝了他。

同样他们不知道的是，萧晴明此刻就站在不远的地方默默地看着他们，他看着林茨木拥抱他心爱的女人，却发现自己没有任何立场可以冲过去拉开他。

当初是他推开了夏树稻，如今，他回来了，却依旧还没站稳脚跟，他原本以为时间还很长，以为夏树稻会一直等着他，却忘了，其实他的小公主一直以来都那么的受欢迎，少了一个萧晴明，还有无数的追求者。

萧晴明转身走了，有些落寞，有些难过，他上了车，调转车头，往曾经最熟悉的那个地方驶去。

回忆永远都是甜蜜中带着些许遗憾的，萧晴明开车回到他跟夏树稻曾经住过的那个老旧的小区，那个地方，早就物是人非了。

物是人非，人世间最苦涩的两个字。

多少甜蜜往事如今都成了空谈，他们在这里斗过的嘴、吵过的架，在这里拥抱过的白天跟黑夜，统统消失不见了。

他来到自己住过的房子门口，走时留下的画还在。

那幅丑兮兮的简笔画还有他留下的那句话，他曾说，希望他的小公主每天都快乐，现在，萧晴明很想亲自去问问她，是不是真的很快乐。

【林茨木的脑洞小剧场 07】

我是林茨木，我现在非常的气愤！

各位朋友们，你们应该知道我要跟我家小树苗一起上星空娱乐的一个情侣真人秀节目吧？那节目叫《七天六夜》，是不是听起来就很诱惑？

我当初也是这么想的，还以为能跟小树苗单独相处七天六夜，美滋滋地就签了合同。

结果呢！

结果！

好不容易我盼到流程单出来了，编导组竟然什么都不透露。

可可说："一共三组嘉宾，需要男女嘉宾都选择了对方才能在一起。"

这意味着什么？意味着万一小树苗不选我，我就完蛋了！

跟别的女明星一起相处七天六夜我才不要！

更气人的你们知道是什么吗？

袁柏亚那个天杀的也参加了这个节目，而且，我听说，在拿到流程单的时候，竟然有人给他发了嘉宾名单让他自己选！

这简直就是对我赤裸裸的侮辱！

凭什么他袁柏亚可以走后门我林茨木就不行？

我没有他帅？我没有他人气高？

不存在的好不好！

我真的太生气了，真的，要不是为了小树苗，我绝对不参加了！

好了，现在我要去拜一拜佛再转一转锦鲤了，希望老天开眼，让我跟我爱的小树苗一组吧！

谢谢您嘞！

第十章 最痛的往事

她像个好不容易走到半山腰的登山者
却被突如其来的雪崩给掩埋了

　　《海上花》这部电影让夏树稻体验了一次完全不同的拍摄风格，她以前总听别人提起辰荆羽导演，也知道这部电影是冲着国际大奖去的，在参与拍摄之前就知道这段日子一定会非常辛苦，但只有在真正经历之后才知道，所有的辛苦其实都是成长路上最宝贵的记忆，经过这些日子的拍摄，夏树稻觉得自己无论是从演技还是从心态上都彻底与之前不同了。

　　电影的拍摄已经接近尾声，一切进行得都非常顺利，只不过自从上次林茨木向她表白之后，尽管大家都在这边的影视基地拍摄，夏树稻也不会再经常去找对方了。

　　该避的嫌还是要避，夏树稻不想让林茨木误会。

　　不过话说回来，等到《海上花》结束之后，星空电视台策划了很久的那个情侣真人秀节目《七天六夜》就要开始录制了，她跟林茨木是嘉宾，而且要以"荧屏情侣"的身份出现，到时候自然是免不了要多接触的。

　　夏树稻觉得有些为难，她依旧把林茨木当成好朋友，只不过现在想想那个被告白的晚上，觉得有些不知所措。

　　"夏姐，怎么了？"Mocca拿着一盒蔬菜沙拉过来给她，"眼看着就要拍完了，怎么一脸苦大仇深的？"

　　夏树稻本来心情就有些复杂，现在再看见这盒蔬菜沙拉心情就更复杂了。

"又是这个……"她有气无力地接过来，"已经吃了一个月了。"

"没办法嘛，再忍一忍就好了。"Mocca笑着安慰她说，"不过，姐，你瘦成这样的时候还真的有一种跟以前不一样的韵味在，都好看，就是感觉不一样。"

夏树稻无精打采地吃着她的蔬菜沙拉，叹气说："你就会说好听的话，让你吃一个月'草'，你也能变得不一样。"

Mocca哈哈大笑了几声，连连说："不了不了，我还是不了吧。"

"怎么样？《海上花》杀青之后立刻开始真人秀的拍摄，你没问题吧？"Cris风风火火地赶过来，打量着夏树稻说，"你气色不太好，不过确实符合《海上花》的人设，这部拍完，好好调整，真人秀不比拍电影轻松。"

"嗯，我知道了。"夏树稻嘴上说着知道了，但心里其实在流血，她没想到自己竟然一点儿休息的时间都没有，明明也不算什么大牌明星，但工作却似乎只多不少，也不知道这到底是好事儿还是坏事儿。

"行，你好好拍戏，我还有事儿，先走了。"Cris特意嘱咐Mocca说："好好照顾你夏姐，到时候这部电影拿了奖，她的身价自然水涨船高，你的工资跟奖金也少不了。"

Mocca不好意思地笑着抓头发说："哎呀Cris姐，你这么说，弄得好像我就是为了钱似的！"

Cris冲他一笑说："难道不是吗？"

夏树稻从来没想过自己的人生还会发生什么巨大的、让她无力招架的变故，毕竟，现如今，她的每一步都走得稳扎稳打，认真磨炼自己的演技，为人也谦虚真诚，算得上是圈子里为数不多的好口碑艺人，只要是跟她合作过的工作人员没有一个不夸赞她的。

而且她也从来不觉得自己是个举足轻重、惹人眼目的明星，微博粉丝只不过是个虚拟的数值，哪怕现在有一群喜欢她的粉丝，哪怕现在只要她走在街上很快就能有人认出她来，那也不能代表什么，如果现在开始松懈了开始自我膨胀了，那么现在握在手里的一切很快就会失去了。

夏树稻因为深知这些道理，所以始终都谦逊努力，不忘初心。然而，让她始料未及的事情发生了，并且，对她来说，是致命的。

就在《海上花》杀青的那天，网络上疯传一段关于校园霸凌的视频，那段视频是很多年前拍摄的，画面清晰度并不算特别高，但大家依旧可以看出视频中的一个女生就是夏树稻。

如果夏树稻是被霸凌的那就还好，公众还能心疼一波，圈一波粉丝，然而事实上，视频中，夏树稻始终站在一边冷眼看着一个女同学被别人欺负，她的冷漠、那几个坏学生的暴戾、受害女生的无助，三者形成了鲜明的对比，简直就是最真实的社会现像。

导演一喊"cut"，夏树稻在工作人员的掌声跟欢呼声中微笑着鞠躬道谢，这一段辛苦又满足的旅程终于结束了。她还不知道发生了什么，心情愉悦地走过来找 Mocca。

"嗯？你怎么了？脸色这么难看？"夏树稻一走过来就觉得 Mocca 不对劲，平时她拍完戏他都是欢天喜地地给她披衣服、那咖啡，可是现在，手里攥着一个手机，一言不发地看着她，"不舒服？要不要赶快回去休息？"

"夏姐……"Mocca 跟夏树稻相处了这么久，他觉得自己很了解她是什么人，霸凌别人的事，他相信她绝对不会做。只不过，这次的视频很几乎不可能有作假的嫌疑，谁会去找出十年前的视频动手脚呢？这完全不符合逻辑的。

就在这时，夏树稻的手机响了。

她拍戏的时候手机都是放在 Mocca 这里保管，现在突然震动，吓得正在内心天人交战的 Mocca 一个激灵，手机差点儿丢出去。

来电人是 Cris，Mocca 犹豫着不知道要不要递给夏树稻。

"你这到底是怎么了？"夏树稻直接伸手拿过了自己的手机，按了接听键。

"夏树稻？"Cris 的语气非常不好，她略显焦躁地说，"杀青了吧？立刻来我办公室，一分钟都不要耽搁！"

夏树稻很少见到 Cris 用这种态度说话，突然间有了一种不好的预感，她挂了电话问 Mocca："发生什么事了？"

Mocca 不知道应不应该现在告诉她，抓耳挠腮地说："那个……夏姐……"

"说吧。"夏树稻皱紧了眉头，几乎可以肯定是出事了。

"还是你自己看吧。"Mocca 把手机打开，找到娱乐头条递到了夏树稻面前。

夏树稻不知道应该怎么形容自己当时的感觉，只觉得一股寒意从脚底直逼心头，视频里被霸凌的女生就是中学时期她最好的朋友苏雯雯，而那时，害怕惹是生非的自己只是在一边冷眼旁观，甚至都没有试图去阻止。

视频是十年前拍摄的，画面不清晰，可苏雯雯的每一个表情和眼神都深深地刻在了夏树稻的脑海里，重新被唤醒这段记忆，让她完全陷入了愧疚的旋涡中。

"夏姐……"Mocca 担心地看着她，"我们先去找 Cris 姐吧。"

夏树稻没有回应他，而是点开了视频下面的评论，果然不出所料，如潮水般涌来的斥责跟唾骂淹没了她，让她觉得自己仿佛是溺水的人，已经快要窒息。

夏树稻有些虚弱地点头："嗯。"随 Mocca 去找 Cris。

果然，人一旦做错过什么事，这一辈子都不可能彻底抹去那块黑色的污渍，这些年来，就算别人没有提起，夏树稻自己也始终没能迈得过这道坎。

那时候苏雯雯不止一次遭到那些人的霸凌，可夏树稻却从来没有站出来解救过她，如今想想，如果自己是苏雯雯，一定也会对这段友谊失望至极吧，明明是最好的朋友，却在危难关头袖手旁观。

在遭到霸凌之后，苏雯雯有很长一段时间没有来上学，夏树稻去找她，她也不见自己，再后来，夏树稻听苏雯雯的妈妈说她得了抑郁症，不得不暂时休学调整。

当初的夏树稻还没有意识到抑郁症的严重性，只是觉得或许苏雯雯在用这种方式来逃避学校、逃避她，她还在不懈地去找苏雯雯，想要见她，可是后来，他们一家都搬走了。就这样，直到最后她都没来得及跟苏雯雯说一句"对不起"，很多次做梦，她都梦见苏雯雯哭着质问自己为什么不帮她。

夏树稻这些年来因为这件事始终觉得不安，她很想再见一见苏雯雯，哪怕对方不原谅她，她也想真诚地道个歉。之后家中巨变，她疲于生活，根本没有时间去找苏雯雯。时过境迁，曾经的朋友是再也遇不到了，她伤害了她，却始终没有道歉，这件事成为夏书稻最大的遗憾。

回想起那段时间，夏树稻难过得有些无法呼吸。

"夏姐，你还好吗？" Mocca 在开车，一扭头看见夏树稻哭成了泪人，心疼地递了纸巾过去。

夏树稻接过纸巾，深呼吸一下说："这是我应得的。"

Mocca 带着夏树稻来到了 Cris 的办公室，他没有跟着进去，回到车上等她。

夏树稻推门进去的时候，看见 Cris 一边火急火燎地打着电话一边在办公室里来来回回地走着。

"你都知道了吧？" Cris 放下电话之后，另一部又响了起来。

她没有去管桌子上此起彼伏的电话铃声，带着愠怒问夏树稻："给我解释一下这是

怎么回事。"

夏树稻红着眼睛站在那里，她不知道应该怎么去解释，因为这一切确实是她做的，尽管已经过去这么多年，可事实是不会被抹去的。

"算了，估计你也说不出什么。" Cris 叹气说，"这件事也不能全都怪你，毕竟那个时候你还小。"

Cris 给夏树稻接了杯水，让她坐下说："本来大众对校园暴力这种事就很敏感，一旦有什么风声就群起而攻之，你倒是好，不偏不倚撞到了枪口上。"

从视频一爆出来开始，夏树稻的微博粉丝数就暴跌，很多以前的铁杆粉丝都转了黑，不过这些都在 Cris 预料之内，毕竟校园暴力这种事已经触碰了大众的道德底线。

粉丝就是这样，他们不会管你是因为什么原因做出的这种事，也不会去管你是否愿意，别说像以前那种没做过被泼脏水都要被骂得狗血淋头，这一次夏树稻是真真实实地做了，想要扳回这一局，实在不容易。

"Cris 姐，我知道都是我的错。"夏树稻低着头，她终于明白自己还是逃不过这一劫，想起刚才看见的那些评论，所有人都在骂她人品恶劣不配当明星。

"实在不行，你就休息一段时间。" Cris 虽然觉得很遗憾，现在夏树稻正处于上升势头，爆出这样的丑闻无疑是致命的。

夏树稻也知道，如果不是真的没有办法了，Cris 不会说出这样的话。她忍着眼泪点点头，站起来说："Cris 姐，我明白了。"

人都要为自己的行为负责，谁都不能例外。

夏树稻从来没想过有一天自己会成为人人喊打的人，她哪里都不敢去，也不想去，就仿佛无论走到哪里都有人看着她，说她是个人品恶劣的家伙。

她还住在 Cris 给安排的那个公寓里，但包括 Mocca 在内，任何人都不见。尽管知道这样逃避现实是错误的，可她还是觉得没有勇气面对那些曾经站在她身边的人，当然也没有勇气打开微博看那些曾经喜欢她的人如何表达对她的失望。

夏树稻自己也对自己很失望，她不明白自己当初怎么能那么冷漠、那么懦弱。关了手机，每天在家里看书睡觉，偶尔发呆，她的生活变得空空荡荡，人也无精打采起来。

夏树稻想起自己家里刚刚发生变故的时候，父亲因为压力过大跳楼自杀，留下她跟妈妈两个人，就是从那时候开始，她也变了。不再是那个众星捧月的小公主，而是摇身一变竭尽所能地低调处事，她再也没有张扬的资本，也不想再惹人注意，那个时候的夏树稻，整个人都像是抱着一叶孤舟在浩瀚无边的大海上漂浮，无助，却又无法求救。

那种感觉与现在，如出一辙。

她的人生再一次跌落谷底，觉得自己就像是一个好不容易走到了半山腰的登山者，却被突如其来的雪崩给掩埋了。

"还会有未来吗？"夏树稻抱着双腿坐在窗前发呆，最无助的时候，她又想起萧晴明，不知道那个曾经说要守护她的人现在在做什么。

"神经病！"萧晴明看完今天的娱乐新闻，恼怒地把手机往旁边一扔，对 Lisa 说，"有没有什么办法把这糟心的新闻给压下去？"

Lisa 耸耸肩，无奈地看着他说："别闹了，她自己公司都放弃了，你还操这个心干吗啊？"

萧晴明狠狠地瞪着他问："那如果你男朋友遇到麻烦，你会袖手旁观、任其发展吗？"

Lisa 娇媚地笑了笑说："首先，我没有男朋友，第二，他要是给我找麻烦，那就换个男朋友，最后，这位夏小姐，似乎已经不是你的女朋友了哦！"

萧晴明彻底被气晕，再次拿起手机准备打给萧烨雨。

"……你脑子没坏吧？"萧烨雨听完他的诉求之后，揉了揉太阳穴，"我为什么要去帮别家公司的艺人洗白？"

"因为她是你弟妹。"萧晴明充分发挥了"不要脸"的技能，说得理直气壮，毫不含糊。

"哦？是吗？"萧烨雨轻声一笑说，"你把她给追回来了？"

萧烨雨这一句话就把萧晴明堵得哑口无言，他不高兴地哼了两声，挂了电话。

萧晴明实在有些担心夏树稻，可是又不知道自己现在贸贸然出现在对方面前会不会适得其反，毕竟当初分手时他说过的那些话确实把她伤得很深。他倒在沙发上，发现自己原来还是不够强大，在他的小公主最艰难的时刻，依旧这么的束手无策。

就像以前 Cris 他们说过的那样，大众的记忆力其实没那么好，当有新的新闻袭来，哪怕是前一天发生的事，他们都可以迅速遗忘。

夏树稻的"校园暴力"事件发生之后不久，又一起娱乐圈绯闻出现，成功解救了她。虽然话题热度没有了，夏树稻自己却依旧没办法走出来。Cris 那边觉得时机还不够成熟，

也让她再等等。其实就算对方不说，夏树稻也没有勇气再站在大家面前了，这一次的事件跟以往都不同，过去的几次她都是无辜的，可这次，她怎么都脱不了干系。

一个没办法原谅自己过去的人，也没办法重新昂首挺胸自信满满地站在摄像机前面。

这么一"休息"就是一两个月，因为夏树稻的事情，原本她必须得退出《七天六夜》的录制，不过节目组临时有调整，节目录制推迟了。关于这件事，倒不是因为她夏树稻多举足轻重，而是林茨木跟袁柏亚同时提出延期申请，虽然大家都不说，可心里都明镜儿似的，知道他们都在为夏树稻争取机会。

夏树稻听 Cris 说起这件事的时候感动又感激，可是，她同样也没有勇气去见那两个护着她的人。

"我只是希望你不要因此一蹶不振，"Cris 鼓励她说，"虽然现在公司对你没有其他的安排，可是你也要时刻做好回归的准备，我不希望像你这么努力又有天赋的演员因为这些事毁了。"

夏树稻已经没有事情刚发生时的那么无助了，她也深知自己不能逃避一辈子，只是，她还需要时间，也需要机会。

"我知道的，Cris 姐。"她努力让自己的声音听起来平静轻松一些，"我刚好可以趁着这段时间多学习学习，让自己的演技更上一个层次，等到以后……如果有机会重返大荧幕的话，也算是给喜欢过我的人一个交代吧。"

Cris 是心疼她的，无论怎么说，自己都是亲眼看着夏树稻从最不起眼的替身演员走到了今天，有过艰难困苦，也有过光鲜亮丽，没有谁的星途可以一帆风顺，她希望经过这次以后，夏树稻能再次脱胎换骨，彻底涅槃为凤凰。

正如夏树稻自己所说，不管怎么样，日子还要继续过。现在，她没办法回归到自己最喜欢的大荧幕上，可是，她能做的并非只有无止境的等待。前阵子她出门想要透透气，无意间路过一家话剧院，剧院不大，观众也不多，当时台上正在演那一场最经典的《雷雨》，夏树稻以前从来没有接触过话剧，但突然间就被吸引了。话剧的表演方式跟影视剧完全不同，很多人说，绝大部分的演员可以演影视剧，然而到了话剧舞台上就原形毕露了，甚至连袁柏亚都曾经说过自己不敢轻易去尝试话剧表演。夏树稻莫名地想要去试一试，这也算得上是一次难得的学习机会吧。

那场话剧结束之后，夏树稻直接去了后台，她辗转联系到了剧院的负责人，了解到那位负责人同时也是剧院的导演。

这位导演姓吴，为人低调，平生所有的精力都放在了话剧事业上。

"您好，请问是吴导吗？"夏树稻按照工作人员的指引找到了那位吴导，客气地过去和对方打招呼。

吴导看起来五六十岁，头发有些灰白，戴着一副黑色的框架眼镜，气质沉稳，俨然一个读书人。

"你好，我是。你是……"

夏树稻赶紧向他自我介绍："我……我也是一个演员，只不过最近……"她犹豫了一下，有些为难地说，"最近遇到些事情，不得不暂停工作，但是我很热爱表演，今天看了您导的话剧，受到了很大的启发，所以，想尝试着演话剧，希望您能给我一个机会。"

夏树稻的心情是十分忐忑的，她不知道如果吴导问起她为什么被迫暂停工作自己该怎么去解释，也不知道如果自己说了实话之后，吴导会怎么看自己，或许，根本就不会给她任何机会吧。

出乎她意料的是，吴导似乎对她身上的八卦并不感兴趣，而是问她："你以前接触过话剧吗？"

夏树稻摇摇头，诚恳地说："上学的时候有上过相关的课程，只不过实际演出以来没有过。"

吴导认真地打量了一下她说："没想到还是科班出身。"

夏树稻微微笑了笑说："希望您能给我一个学习的机会，我会竭尽所能去完成每一个角色，不会让您失望的。"

吴导摇摇头纠正她："不不不，这不是学习的机会。"

他指了指舞台说："在话剧的舞台上，没有暂停，没有重来，你每一处细小的失误都被观众看在眼里，而你的失误也会影响到你的搭档，所以，话剧没有你想象得那么简单。"

夏树稻明白他的意思，但还是想争取一下："我知道，可能您信不过一个影视剧演员，但请您相信我。"

吴导沉默了一会儿，工作人员已经把道具收拾得差不多了。

他突然开口说："既然你想试试，那我就给你一个机会。"

他扭头叫来一个男人，然后把手里的两张纸给了夏树稻说："你准备一下，跟他一起演一出。"

夏树稻第一次演话剧，但丝毫没有那种新人青涩稚嫩的感觉，相反的，短短的一幕戏，被她演绎得戏剧感十足。吴导惊讶于她的天赋，但其实只有夏树稻知道，这还是要

归功于曾经在学校里的认真和努力。

"不错，确实出乎我的意料。"吴导满意地肯定她说，"明天就过来排练吧。"

夏树稻受宠若惊，但同时考虑到自己现在的情况，不得不向吴导坦诚："吴导，非常感谢您能给我这个机会，不过，关于我自己……我想我必须要先跟您说一下我的情况。"

吴导有些意外，不过还是耐心听完了夏树稻的讲述。

他摆摆手说："每个圈子有自己的习惯，我选人也有自己的想法，你们在乎的那些，偏偏是我不在乎的，我不管你现在正面对什么，也不管别人说你什么，只要你把戏给我演好，其他的我一概不管。"

夏树稻不知道这是不是吴导故意给她的台阶，但在这个时候还愿意接纳她，夏树稻打心眼里感激他。

"谢谢吴导，我明天一定准时过来！"

那天之后，夏树稻就真的突然像朝九晚五的上班族一样每天去剧院报道，不管有没有她的戏分安排，她都会认认真真地在一旁看着。

她从一个身陷囹圄的女明星变成了一个一心只为了表演的话剧演员，这种体验让她觉得很奇妙，就像是自己在上一堂生动的人生哲学课。

萧晴明终于千辛万苦地把工作重心转移回了国内，当他重新踏上这片土地的时候，仿佛已经看到了未来自己闪耀登场的一幕。

萧晴明的经纪人 Lisa 一直对他回中国发展抱着忧虑的态度，毕竟中国不是他最熟悉的地方，要开发这块市场不是那么容易的，不过还好在，萧晴明的音乐风格虽然在美国不算特别但拿到中国来，可以说算得上是独一家了。

"你真的不用那么担心。"萧晴明笑着劝 Lisa，"我对自己非常有信心。"

因为之前萧晴明在蕾昂娜演唱会上精彩的亮相，加之后来 EP 不错的反响，在美国有不少音乐人对萧晴明非常看好，尽管他回了国，这些人依然在网络上对他表示力挺，一时间，萧晴明的名气响彻音乐界，回国发展的道路顺利了不少。

但其实，他之所以回来，一方面是为了站稳脚跟，另一方面就是打算好好调查一下父亲的死因。

当初他刚到美国不久父亲就病危去世，这件事来得太过突然，让他一时间没办法好好消化，如果不是凑巧他那时候为了夏树稻回了国，或许连父亲最后一面就见不到了。

无论再怎么不喜欢那个男人，可都割舍不掉这段亲情。他始终觉得父亲的死有蹊跷，原因无非就是萧烨雨的野心表现得过于明显，让他不可能不怀疑。

萧晴明在当时就跟萧烨雨闹翻了，总觉得如果那个人没有动手脚，为什么不好好跟他解释。

这些年，他们兄弟俩的关系变得越来越微妙，但其实，他始终相信萧烨雨还是小时候那个在乎他的哥哥，只不过遗憾的是，相比于这个家庭跟他这个弟弟，萧烨雨更在乎BW 集团的权力罢了。

一个人，一旦被利欲熏了心，就什么都看不到了，亲情只是被关在黑色房间里的牺牲品，迟早会被命名为"野心"的猛兽给吃掉。

"晴明，我联系到了你父亲去世前最后见过的那个律师。"

萧晴明接到这个消息的时候刚刚拍完广告，他妆都来不及卸，直接开车去往那个律师的家里。他在敲响律师家大门的时候，心里紧张得手有些发抖，他很怕得到自己不愿意知道的信息，如果真的是他哥动了什么手脚，他会怎么做？萧晴明不停地问自己这个问题，可是却没有办法回答。尽管目前来看他们兄弟俩已经闹翻了，又因为萧烨雨那个家伙，他不得不跟夏树稻分手，可说到底，他们还是家人。尽管恨他，也不希望他真的是彻头彻尾的恶魔。

律师来开门，看见萧晴明的时候也是一愣，显然没想到萧家的二公子会突然出现，尤其是脸上还化着夸张的妆容。

"周律师，我听说我父亲去世前您是除了萧烨雨之外最后一个跟他见面的人。"萧晴明被周律师迎进屋子，开门见山地说，"我想知道，我父亲有没有跟您说什么？还有，他真的连遗嘱都没来得及立吗？"

这个周律师跟着萧天成很多年，对萧家的事了如指掌，包括萧家这两个儿子。

他给萧晴明倒了杯水，让他坐下，说："既然你都来了，我也就不能再瞒着你了。"

他放下水杯，起身去了书房。再出来的时候，周律师手上拿着一个文件袋。

"当初萧总把这些东西托付给我，他说一定要等到你们兄弟俩中的某一个人来找我时才能拿出来，或许，他是为了你们之间的关系考虑，所以才做了这样的决定。"周律师把文件袋递给萧晴明，说，"萧总说，如果你们来找，就说明你们还在乎这份亲情，如果不来，那么这些东西看或不看意义就不大了。"

萧晴明手里的文件袋沉甸甸的，他没有立刻打开，而是站起来，向周律师道谢，准备回去一个人安安静静地查看父亲留下的遗物。

跟周律师道了别，萧晴明拿着那包东西回到了车上。他坐在车里，终于按捺不住情绪地打开了那个牛皮纸的文件袋。

里面有一个信封，还有很多照片。

他先是随便翻了翻那些照片，都是他们一家人曾经拍的，有父亲带着他们兄弟俩一起的，还有他跟萧烨雨单独的。

那时候他们都还小，父亲也还年轻，拍照的时候，两个小男孩一人牵着父亲的一只手，虽然都板着脸，一脸的不高兴。现在看着这个画面，他却红了眼眶。

他终于打开了信封，那是很长的一封信，萧晴明用了很长时间才看完。

开头，萧天成说：孩子们，我不知道第一个打开这封信的会是谁，我希望，等你看完，能拿去给哥哥／弟弟看一眼。

萧晴明已经很久没有这么入神地看过什么了，也已经很久没有去回忆自己的童年时光了，那是一段并不美好的日子。一开始，他跟着妈妈辛苦地过着日子，再后来，被爸爸接去，锦衣玉食，却还不如从前快乐。

萧天成在这封信里坦诚了所有的事，他叫自己"懦夫"，为了事业，抛弃了萧晴明的妈妈，跟富家女结了婚，那个富家女就是萧烨雨的母亲。

这两个女人都深爱着他，可他却任意妄为，同时伤害了她们俩。

萧晴明的妈妈去世那年，萧天成终于有了正当的理由把孩子接回来，因为对萧晴明妈妈的愧疚跟爱，自然也对这个小儿子更加偏爱一些，这些看在萧烨雨眼里，他们母子俩心里不可能好受。

直到临终，萧天成终于肯承认是自己错了，他辜负了爱他的人，也辜负了两个好儿子。

他的病其实潜伏已久，只不过碍于公司，没有让外人知道，他确实私心想要把公司交给萧晴明，只不过也清楚，这个小儿子对此丝毫不感兴趣。

萧天成说：你们兄弟俩有着截然不同的性格，也有着大相径庭的理想，我曾经试图让你们按照我的意愿去生活，直到现在才发现，原来我真的错了。

当萧晴明把这封信重新塞回信封时，他抑制不住地趴在方向盘上哭了起来。

这是长久以来压抑的委屈跟愤懑，他恨了这么多年的男人，偏偏在死后才肯承认自己年轻时有多混蛋。

一封信，一份告白。

萧晴明终于放下了对萧烨雨的偏见，他驱车驶向萧烨雨的住处，他想：或许应该让他看看这封信。

萧晴明知道，萧烨雨也跟他一样怨恨着父亲，原因是，这么多年来他始终觉得自己的妈妈是被父亲害死的。

萧晴明还能记得那个傍晚，他跟萧烨雨在门口目送萧烨雨的妈妈开车离开，而当天晚上就传来了他妈妈的死讯。

死于车祸，原因是刹车失灵。

萧烨雨一直都认为是有人动了手脚，而这个人只可能是萧天成。

但其实，这件事，与父亲无关。

他们兄弟俩都误会了父亲这么多年，直到他去世都没有听见儿子们说出一句原谅的话。

这个家庭，充满了悲伤跟遗憾。

萧晴明拿着文件袋走进萧家的时候，有一种恍若隔世的感觉。他已经很久没有回来了，这里变得格外的陌生。

"你怎么来了？"萧烨雨从楼上的书房下来，看见萧晴明，有些意外，有些欣喜，却还要掩饰自己的内心，做出一副冷酷无情的样子来。

萧晴明把文件袋往沙发上一丢，说："父亲的遗物，你最好还是看一下。"

萧烨雨听见"遗物"两个字的时候皱起了眉，他在父亲去世之后仔仔细细地收拾过他的东西，然而并没有发现什么有价值的遗物，现在萧晴明突然拿了这么一个袋子过来，他实在想不到那里面会是什么。

"是遗嘱？"萧烨雨冷漠地看着萧晴明，站在楼梯口，没有走过来。

萧晴明没想到这家伙心里就只惦记着这个，无奈地笑了出来："果然，你就是这么个势利小人。"

萧烨雨已经习惯了弟弟对他这样冷嘲热讽，随便这个臭小子说什么，他基本上也听不进去了。

"不敢看？"萧晴明又拿起那文件袋，走到萧烨雨面前有些嚣张地说，"没错，就是遗嘱，你确定不看看吗？"

萧烨雨怀疑地接了过来。

萧晴明笑着说："你看看你吓的！是不是担心遗嘱上清清楚楚写着BW集团归我啊？如果是真的，你会不会直接弄死我？"

萧烨雨瞪了他一眼，不跟他一般见识，打开了文件袋。

因为拿的角度有问题，文件袋刚一打开，那摞照片就纷纷掉落在地上，有记张还飘

啊飘的，最终落在了萧烨雨的脚边。

萧烨雨诧异地低头去看，萧晴明说："怎么样？爸爸的遗物是不是够精彩？"

他特意提醒说："里面还有一封信，是爸爸的字迹，我已经看完了。"

萧烨雨皱着眉看了他一眼："你看完了？你是在哪儿弄到的这个东西？"

萧晴明倒是毫不掩饰："父亲去世前最后见过的那个姓周的律师，你也认识吧？就是在他那里，爸爸告诉他如果有哪个儿子去找他就拿出来，没人去的话就算了。"

萧晴明因为自己的这个举动觉得有些得意，今天如果不是他，或许他们的心结永远都不会被解开了。

萧烨雨一声不吭地看完了那封信，他的反应跟萧晴明刚看完时如出一辙，过去那些日子，无论是充满期待的还是充满怨恨的都已经过去，唯一一过不去的，是他心里的遗憾。

人们总是容易犯这样的错误，有什么事情不摊开来说，偏要放在心里，让那心结越长越大，直到有一天，幡然醒悟，却已经追悔莫及了。

萧晴明从桌上抽了张纸塞到萧烨雨的手里，他突然间就想不起来上次看见萧烨雨哭是什么时候，毕竟，在父亲的葬礼上，他们兄弟俩除了吵架没有流露出任何一丝的悲伤。

这是生活对他们最大的惩罚。

人心是个很有趣的东西，你可以记恨一个人，也可以瞬间原谅一个人。

在萧晴明跟萧烨雨反复读完父亲留下的遗书后，两个人立刻就冰释前嫌了，说到底无论怎样他们都是亲兄弟。

"所以，搬回来住吧。"萧烨雨知道萧晴明的工作重心已经转移回了国内，而且，这个小子在国内的不少资源其实都是他在暗中帮忙。萧烨雨不是不知道萧晴明回国的原因，这一次他没有再继续阻止，主要是因为，他这个从来都不务正业的弟弟现在总算是差不多走上正轨了。

"不了。"萧晴明拒绝了萧烨雨的提议，解释说，"不是我不想回来，实在是最近忙，大部分时间都全国到处跑，而且……"萧晴明停顿了一下，苦笑着说，"咱们俩，还有件事儿没解决。"

萧烨雨有些诧异，不明就里地看向萧晴明。

萧晴明站起来，收拾了东西准备走，他故意冷着脸对他哥说："我把之前跟夏树稻住隔壁的那两套房子都给买下来了，就算是睹物思人吧。"

他这么一说，萧烨雨立马明白了他的意思。其实萧烨雨很想跟他说：你要是实在喜欢她，那就去找她好了。但当哥的总归还是有点儿拉不下脸来，轻哼了一声，不再理他了。

　　萧晴明走了，开车回了自己的住处，正如他所说，不久之前他让Lisa出面，买下了这两套房子，甚至犹豫着要不要把中间的那面墙打通。萧烨雨怎么说怎么想，萧晴明已经不在乎了，因为他相信自己，用不了多久，就能在这里站稳脚跟了，到时候萧烨雨想要摆布他也就没有那么容易了。

　　他躺在床上，看着天花板，往事又都纷纷挤到眼前，曾经在这里度过的那些日日夜夜，成了现在萧晴明寂寞时唯一的慰藉。

　　萧晴明走后，萧烨雨闷闷不乐地站在窗户前面看着对方车子消失的方向。

　　米秘书走过来，小心翼翼地问："萧总，你还好吧？"

　　"我看起来很不好吗？"萧烨雨觉得自己状态还行，就是不知道怎么向萧晴明低头认错。

　　米秘书不敢点头，但又觉得不应该违背内心去摇头，思考了一下说："有什么需要我做的尽管吩咐好了，哦对了，二公子下个星期的活动行程单我已经拿到了，排得很满了。"

　　萧烨雨突然转头看向米秘书，那眼神儿弄得本来就胆战心惊的米希辰倒吸了一口凉气。

　　"萧，萧总，怎么了吗？"

　　萧烨雨意味深长地一笑说："你给萧晴明打个电话，就说我说了，让他愿意找谁就找谁去。"

【林茨木的脑洞小剧场 08】

嗨，朋友们，我是你们的林茨木，现在，我很难过。

其实，我本来不想出来了，毕竟告白失败这件事对我打击真的非常大。

当初小树苗有男朋友，我不能违背良心去插足，可是，他们都分手了，我好不容易鼓起勇气告白，为什么还是会失败？

真的，我觉得我就是个 loser。

那段时间，我每天都在唱同一首歌。

"天灰灰，会不会，让我忘了你是谁……"

不会的，我是绝对不会忘记我的小树苗的，只不过，遗憾的是，她的眼里从来没有我。

情伤让我痛苦，我都已经这么痛苦了，老天爷还不放过我。

偷偷告诉你们，那个谁，就是那个之前在《狐妖之凤唳九霄》里面演女主角的那个，叫什么来着，好像是黄淑媛吧，她竟然来勾引我！

是不是非常不可思议？

我也很蒙，这简直就是外星人给唐明皇拜年——纯属瞎扯淡。

她最近应该挺不顺的，好像也没什么工作，已经糊得差不多了，我觉得这都是报应，当初她那么拱对我们家小树苗，她不遭报应，谁遭报应呢？

她来告白，我当然是拒绝的，不知道是不是因为这么一闹，闹得我心理平衡了，总之失恋的伤痛好像慢慢缓解了。

但是，朋友们，你们也知道，老天爷就喜欢提弄我们这些长得好看的。

我刚走出情伤准备跟小树苗继续做朋友，她就出事了。

说到这个，我真的挺难受的。

在我心里，小树苗就是小仙女，她努力又善良，是个特别特别正能量的女孩，我不相信她会在上学的时候欺负同学。

那段视频我看了好多遍，怎么说呢，我只能说，高中时候的小树苗，也是那么的好看。

总之，我相信我的小树苗不是那样的人，就像当初我身陷丑闻她对我的清白坚信不疑一样。

我相信，我最棒的女孩，肯定可以站起来！

哎，真的，好喜欢她啊！

第十一章 骑士的归来

为自己心爱的女人而战
是骑士爱慕女人最体面的方法

　　夏树稻有那么一段时间以为自己的未来可能就要留在这个话剧院里了，虽然也很不错，但一想到可能真的要永远告别她爱的大荧幕，心里还是会有些失落。当初拼死拼活地爬上去，日日夜夜地想要跻身一线，可却一步踏空，变得一无所有。她有时候也会想，其实还有机会演话剧也是不错的，至少比那些再也没有机会登台的人要好得多，可每每想起自己的梦想，午夜梦回的时候都会不自觉地流下眼泪来。林茨木跟袁柏亚都来找过她，表示可以想办法帮她，但都被夏树稻拒绝了。这种事，她不想牵连到任何人，更何况是两个她说什么也不想欠下人情的人。

　　已经自暴自弃的夏树稻在接到 Cris 电话的时候，以为自己出现了幻听，她已经在话剧院待了差不多两个月，公司似乎已经放弃了她，可 Cris 说："你准备一下，《七天六夜》就要开始了，不过你换了搭档。"

　　夏树稻一时间反应不过来，对 Cris 说："Cris 姐，我是夏树稻。"

　　Cris 愣了一下，然后疑惑地问："我知道，你有什么问题吗？"

　　夏树稻本以为是她打错了电话，听见 Cris 确认没有打错，立刻哽咽了。

　　"所以说，我可以回归了是吗？"

　　Cris 知道她的心情，这段时间以来公司不给她做任何安排，夏树稻本人也始终都在逃避面对，她们偶尔通话时，完全感受得到对方消极的态度。

"干吗？你是不愿意？"Cris故意逗她说，"你要是不愿意的话，那我可去推掉了啊！"

"不不不！Cris姐！我愿意的！"夏树稻赶紧阻止她，"我，我以为再也没有机会了。"

"傻姑娘，这次你遇见贵人了。"

直到夏树稻看见到她的新搭档时才明白Cris说的"遇见贵人"是什么意思，但其实，她一点都不想要这个贵人，与其让这个人拉自己一把，还不如就让她的青春被埋在小话剧院里。

因为，她的这个贵人，是萧晴明。

"我知道你们俩之间发生过一些很尴尬的事，但毕竟人家现在是星空求都求不来的大牌。"Cris把《七天六夜》的最新安排给了夏树稻说，"你休息的这段时间公司其实一直在想办法将你之前的事情给淡化，但这种事，可能今天大众忘记了，等到明天你出现的时候他们又会跳出来指责你，这也是为什么现在没有任何一档节目找你，更没有电影要找你去拍的原因。"

夏树稻翻着新的流程单，点头说："我明白的，只是……"只是她忘不了自己千里迢迢去美国看萧晴明的演唱会，结果被对方冷嘲热讽像是丢弃一件破玩具一样丢掉的那个场景。

"别只是了，是他要求跟你一起参加节目的，否则你还不知道得等到什么时候呢。"Cris拍了拍夏树稻的肩膀说，"有的时候，原则在现实面前可以适当让一让路，我不希望你最好的时候被负面新闻给毁掉，如果再不出现，很快大家就会忘了你是谁，那么你之前的努力也会全都白费，你也不想当别人提起你的时候，想到的不是你的作品，而是你的丑闻吧？"

Cris一语惊醒梦中人，夏树稻终于点头答应了。

"很好，等会儿我们一起去开会，跟萧晴明那边的人见面。"Cris打量了一下夏树稻说，"我建议你现在去做个造型再换一身衣服，旧情人见面，你也不想自己邋里邋遢看起来过得十分落魄吧？"

夏树稻这才反应过来，她来找Cris的时候穿得非常随便，头发也是胡乱扎了个马尾，不仅如此，还戴着一副框架眼镜，整个人看起来都朴素到像路人。

"我现在就去准备！"夏树稻突然燃起了斗志，就像Cris说的，她跟萧晴明重逢，就算这次是指望着对方她才能重新有了工作，但也不能让那个没有良心的背叛者看扁自

己，她必须美美地去见他！

夏树稻已经很久没有去理发也没有去买新衣服，前阵子突然没有了工作，尽管不至于手头拮据，但她也丧失了消费的心思，都没有工作了，打扮得那么漂亮给谁看呢。不过现在不同了，一想到等会儿要见到萧晴明，夏树稻立刻来了精神。她让姜娜陪着她，从头大脚都焕然一新。

"行啊姐姐，你简直就是一副洗心革面重新做人的感觉！"姜娜笑她说，"你该不会是打算用美人计再把萧晴明给勾引回来吧？"

夏树稻傲娇地笑了笑说："我才不会，他那种人，怎么配当我的男朋友？"

姜娜看着重新振作的夏树稻，终于放下心来，这段时间好姐妹过得不好，她自己也总是悬着一颗心，想了很多办法，但唯一能做的就是尽可能拖着节目组，等待夏树稻的回归。

"看着你振作起来，我真的特别开心。"姜娜挽着夏树稻的手臂，跟她一起往前走，"你不知道，我有多担心你。"

夏树稻听着姜娜的话，鼻子有点儿酸。

因为当年苏雯雯的事导致她对友情一度非常敏感，转学之后也正是她家里出了变故的时期，到了新的学校、新的环境，她不敢交朋友，整个人都封闭了起来。她一度觉得自己不配有朋友，不配得到别人的友情。那个时候，夏树稻总是拒人于千里之外，很多想接近她的同学都被她冷冷的态度给击退了，唯独姜娜留了下来。可以说她们之间的友情在一开始是姜娜努力来维持着，不管夏树稻是什么样的态度，她都不放弃她，就算夏树稻露出不耐烦的表情，姜娜也不介意，依旧陪在她身边。就像是有一首歌里唱得那样"第一次见面看你不太顺眼，哪知道后来关系那么密切，"渐渐的，夏树稻封闭的内心终于向姜娜敞开，两个人终于成了最好的朋友。对于友情，夏树稻有过最痛苦的回忆，所以当初传出她跟方奕寒的绯闻时，她极度不安，生怕因此失去了姜娜。她已经失去了苏雯雯，如果再因为这种事被姜娜记恨，夏树稻觉得自己可能真的这辈子都不会再有朋友了。

"娜娜，"夏树稻靠着姜娜的肩膀微笑着说，"这段时间真的挺难熬的，但是一想到我还有你，你还愿意陪着我、相信我，就觉得自己一点都不孤单。"

姜娜笑着摸摸夏书稻的头，给了她一个大大的拥抱。

夏树稻曾经无数次幻想过自己与萧晴明重逢时的场景，那些场景里，有一些很温馨，有些很伤人，她甚至觉得，很有可能当他们再见面时，蕾昂娜或者其他的女人正挽着萧晴明的胳膊。

只不过，她从来没想过自己竟然会跟萧晴明在公司的会议室见面，更想不到他们见面的原因并非要谈私事，而是聊工作。当初他们俩在一起的时候，萧晴明还是一个默默无闻没有出道更没有作品的菜鸟，而当时的夏树稻已经拍完了《狐妖之凤唳九霄》，在红毯上碾压了黄淑媛，走到哪里都有狗仔偷拍。如今，世事变迁，萧晴明成了星空电视台请都请不来的大咖，归国发展的超级新星，正在准备自己的巡回演唱会。夏树稻呢？身处困境，艰难地往前走着，硬生生地被对方拉了一把，否则很可能就一蹶不振了。

这太讽刺了，夏树稻走进会议室之前深呼吸一口气，努力让自己看起来不那么没底气。

Cris 推开门，夏树稻一眼就看见了坐在那里的萧晴明。

那个人还是老样子，坐在一群人里，也能让人一眼就看见他。

他太闪耀了，有种遥远得无法触摸的感觉。

在两个人对视的一瞬间，那些前尘往事统统袭来，夏树稻强忍着，微微一笑，跟在场的其他人打了个招呼。

会议期间，主要是 Cris 还有萧晴明的经纪人 Lisa 在敲定未来的合作内容，因为原本是定下了夏树稻跟林茨木一组，结果现在临时换人，总要找些合适的理由。

"就说我们在恋爱好了。"萧晴明突然开了口，"反正这件事很久以前大家就知道。"

"不行。"夏树稻立刻反驳说，"我不同意。"

Cris 偷偷地用手肘撞了撞夏树稻的胳膊，示意她不要乱说话。

"夏小姐竟然这么抗拒跟我公开恋情？"萧晴明话里有话地说，"不过当初你跑到机场追我的时候，可不是这种态度啊！"

夏树稻想起那一次，她从红毯现场一路跑到机场，身上穿着白色的礼服，萧晴明说她就像是他的新娘。明明也没有过去很久，但现在想起来就仿佛已经是上辈子的事情。

"我只是不想因为自己最近的事影响到萧先生的形象。"夏树稻调整了一下心情，故作轻松地说，"萧先生应该也不愿意跟一个传出'校园霸凌'的女人有什么恋爱关系吧？"

夏树稻说出这句话的时候，萧晴明微微蹙了蹙眉。

"我无所谓。"萧晴明对 Lisa 说："就这么定吧。"

夏树稻还想说些什么，但是看了一眼身边的 Cris，还是决定作罢了，毕竟，现在自

己确实得指望着人家才能上节目。

这种感觉，还真是不太好。

之后的讨论内容她都兴致缺缺，满脑子都是自己即将公开跟萧晴明的"恋情"，想来也是好笑，当初他们真的在谈恋爱时没有公开，还不得不谈异国恋，然而现在，早就撕破了脸分了手，却要在所有人面前假惺惺地演恩爱的情侣戏码，简直就像是被生活玩弄于股掌之间。

"如果夏小姐没意见的话，那么我们就这么去操作了。"萧晴明的经纪人Lisa冲着夏树稻挤眉弄眼地说，"我们其实不介意二位假戏真做哟！"

夏树稻瞬间就红了脸，她小声儿嘟囔说："谁要跟他假戏真做啊！"

萧晴明坐在她对面，眼含笑意地看着好久没见的这个女人，开口说道："夏小姐，希望我们合作愉快。"

"喂，你明明就整天惦记着人家，为什么不好好地去坦白然后把人追回来？"上了保姆车，Lisa不解地问，"你们中国人都喜欢这么拐弯抹角的吗？"

萧晴明得意地笑着告诉Lisa："你不懂，像夏树稻这种性格，我要是直接去找她，她肯定不会理我的，必须得用点儿别的手段才行。"

Lisa还是不能理解，觉得他就是在自找麻烦。

"下个星期开始录制节目，在这之前我们要公开你们俩的恋情，因为现在她的处境很微妙，你的粉丝又很疯狂，所以，一旦公开了，你要做好心理准备。"

Lisa对这件事其实有些担心，但萧晴明却丝毫不在乎外界怎么说。

"随他们去吧，只要一切都在按照我的计划进行就OK。"他突然想起萧烨雨，于是问Lisa，"这件事我哥知道吗？"

"你不是叫我给你保密吗？在公布之前都不告诉他。"

萧晴明满意地点点头，还有些得意地想：很好，萧烨雨，你不是说什么都不帮忙吗？那我把麻烦事儿揽到自己身上来，看你还能不能见死不救！

自从跟萧晴明一起开过研讨会之后，夏树稻一直都活在忐忑中。她实在忍不了了，给姜娜打电话："娜娜，我真的很焦虑。"

"看得出来，不然你不会每隔一小时就给我打一次电话。"姜娜被她折磨得都快疯了，无奈地笑着说，"我的大小姐，你怎么这么没出息？不就是跟萧晴明公布恋情吗？

这算什么啊？你们又不是没谈过恋爱，你怕什么啊？"

"我当然怕啊！"夏树稻躺在沙发上一脸的生无可恋，她叹了口气说，"如果是以前，那我肯定没有异议，能跟他光明正大的谈恋爱是我求之不得的，但现在……"

姜娜等了一会儿，见她没说话，便问："嗯？现在怎么样？"

夏树稻犹豫了一下，轻声说："其实我只是不想连累他跟着我一起被骂。"

自从出了霸凌事件的视频之后，夏树稻已经几乎不发微博了，不仅如此，她连网上的评论也不敢看，看一次，就足够她难受一个星期了。在这种时候萧晴明做出这样的提议，无疑会招惹到麻烦，虽然现在在圈子里萧晴明算得上是相当惹眼的新人了，但也正是因为这样才更可怕。

"说到底，你还是在担心他。"姜娜语重心长地对她说，"傻丫头，难道你还看不出来吗？萧晴明之所以在这个时候非拉着你一起上节目，还要公开跟你恋爱，其实就是在告诉你，他还爱着你啊！"

这句话敲打在夏树稻的心上，她不是没想过萧晴明这么做的理由，可当初分手时对方的那些话犹在耳畔，怎么可能那个人还爱她。

"不会的，娜娜。"夏树稻毫无自信地说，"在萧晴明的世界里我只是一个被他玩腻了的玩具而已，他现在这么做的原因只不过是想借机羞辱我，让我知道他跟我分开之后发展得有多好。"

"你可真是……"姜娜快被她气死了，终于放弃挣扎说，"随便你吧！夏树稻，你就笨死好了！"

《七天六夜》的真人秀正式开始录制前，夏树稻跟萧晴明的绯闻就已经在网上传得铺天盖地，夏树稻不敢特意去看，总觉得闹心，当初两人是真正的恋人时都没机会这样走到大众面前，如今，她被伤得体无完肤，却为了事业跟这个带给自己无限伤痛她却依然爱着的男人假扮情侣，这对她来说，就像是一场凌迟。

"休息"的日子彻底结束，夏树稻再次开工。

她并没有像之前期待的那样兴奋，反而是有些紧张。紧张的不是要面对摄像机，而是要面对萧晴明，更让她有些不知该如何面对的是，她还要在摄像机前跟萧晴明演出一副恩爱的模样。可是明明那人对她已经没了兴趣，恐怕到时候拍摄，也不会给自己好脸色吧？

夏树稻实在猜不透萧晴明的想法，为什么在事业正好的时候跟她这样一个负面新闻

缠身的女演员纠缠在一起，这算什么呢，夏树稻心里隐隐有些期待，却又不敢多想。万一再次失望，她只会更加伤心。

"嗨！这不是小美女嘛！"

夏树稻刚到录制现场，就有人过来跟她打招呼。

这个人她认得，是萧晴明的经纪人 Lisa，说起 Lisa，倒真是个神奇的人物，典型"女装大佬"，夏树稻第一次知道的时候也吃了一惊。

"Lisa 早上好。"夏树稻微笑着跟他打招呼，往后一看，果然一脸面瘫的萧晴明戴着墨镜跟在他后面。

夏树稻有些尴尬，不知道应不应该打招呼，她看了一眼萧晴明，立马就转了回来。

Lisa 意味深长地冲她笑笑说："等会就要开始录制第一期了哦，小美人紧张吗？"

"还好。"夏树稻挤出一个笑容，虽然嘴上说着"还好"，但心里早就已经七上八下了。她为了避免跟萧晴明有过多不必要的接触，跟 Lisa 寒暄了几句之后就赶紧离开了。

Mocca 递给她一杯咖啡，小声儿问她："姐，你心里是不是始终放不下那个男人？"

夏树稻被他问得一愣，又反问说："为什么这么说？"

Mocca 笑笑，有些不好意思地说："就直觉而已，感觉你在面对他的时候，和平时的你不太一样。"

夏树稻听他这么一说，忍不住回忆起从前，跟萧晴明在一起的时候，她可以忘记一切，忘掉自己是个演员，是个被人时刻关注着的明星，他们在家里斗嘴、甜蜜，每一面都是最真实的她，那些模样的夏树稻，只有萧晴明一个人见过。想到这些，夏树稻心里就止不住的怅然。然而，心中所想她都不能表现出来，无论怎样，既然已经分手了，那么重逢的时候就不能让对方看扁自己。真人秀正式开始拍摄了，从一开始夏树稻就觉得自己落了下风。

"你不用紧张。"萧晴明站在她身边，略带笑意地说，"咱们俩什么没做过，彼此什么样都了解，就把最真实的一面展现出来就行了。"

"……最真实的一面？"夏树稻笑了笑，故意装作不屑地说，"那估计我们的粉丝会变成负数！"

萧晴明嗤笑一声，突然靠近夏树稻："不会的，我会让所有人知道，咱们俩是最配的一对。"

夏树稻微微往后退了退，她实在受不了萧晴明这种暧昧的态度，明明已经分手，明明是这个人亲口说的对自己没有了兴趣，现在还这样撩拨她，实在不能更差劲了！

"我拜托你跟我保持安全的距离。"夏树稻毫不客气地说，"我们只是假情侣，请不要越界！"

萧晴明站直身子笑着看她，带着些痞气地冲她一笑："哦？假情侣？你这么说，对得起那些一心一意喜欢我们的粉丝吗？"

夏树稻不想再跟他讨论这些没有意义的话题，转身就走，他们接下来的拍摄任务非常重，她只希望这个家伙不要闹出什么不好收场的幺蛾子。

《七天六夜》这个节目的流程安排做得非常走心，为了让每一对嘉宾能更好地表现出最真实的一面，在第一场双人互选之后，要求每组嘉宾独处。

夏树稻在录节目的时候不是没想过故意不选萧晴明，可是，自己来都来了，也很明显就是倚靠着萧晴明的势力她才有这么个回归的机会，如果自己真的不按照之前说好的计划进行，那么，怎么看都有些不识相。她犹犹豫豫还是选择了萧晴明，最后做出决定时，还在想会不会萧晴明打算趁着这个机会给自己难堪，故意不选她。不过，萧晴明显然没有她想得那么幼稚，两个人很顺利地配对成功。

这档节目的第一期就是配对环节，三组嘉宾都选完之后，六个人顺利碰面。

到这个时候夏树稻才知道原来安丞也参加了这个节目的录制，而她的搭档正是夏树稻犹豫了一番不知道该不该选择的袁柏亚。

林茨木已经退出，原因当然不言而喻，不过在今天录制节目之前，夏树稻完全不知道袁柏亚也会来，最近她的全部精力都集中在应付萧晴明上，根本没有留心别的事。

站在夏树稻身边的萧晴明一看见袁柏亚瞬间变了脸色，他不动声色地将夏树稻揽在怀里，贴着她的耳朵小声说："你是我的人，眼睛不要总是盯着别的男人看。"

夏树稻微微皱了皱眉，想要躲开，但因为摄像机一直在拍摄，她不好有过于明显的动作。

她也偏头，小声儿说："谁跟你说我是你的人了？这位先生，麻烦你不要想太多！"

萧晴明才不管夏树稻说什么，好听的，他就听听，不好听的，他就当作耳旁风，反正这次他来参加节目有自己目的，现在"革命"尚未成功，他萧大明星仍需继续努力。

撩妹的诀窍其实就是"不要脸"三个字，这档节目的拍摄也跟别的综艺不同，要一口气拍个真实的"七天六夜"，在来拍摄之前，所有的嘉宾都已经调整好了自己的档期，就像电影的封闭拍摄一样，在录制期间不管发生什么事，除非嘉宾弃权，否则是不能离开拍摄地点。由于这种拍摄综艺的方式很特别，老早就引起了大家的兴趣，在网络上的讨论度也非常高。

三组嘉宾分别到了节目组为他们安排的别墅里，没有摄影师跟拍，房子里的各个角落都安装了摄像头，除了卫生间以及个别的房间，他们的一举一动都能被完整地拍到。

"万万没想到竟然来真的……"夏树稻很想吐槽一下节目组，不过就是个综艺，干吗弄得这么认真，说是"七天六夜"全方位拍摄，其实就算是中间做了什么剪辑分成不同的时间段来拍摄，观众也是不知道的。

"不错，不错，"萧晴明在别墅里走了一圈，满意地点点头说，"就看这个节目组这么认真，这档真人秀就肯定能大火。"

夏树稻在心里默默地吐槽：就算不这样，这档节目也一定会火，因为嘉宾中除了我都是重量级的，不火才怪呢！

有的时候真人秀节目能很轻易地暴露一个人的真实面目，所以，其实很多明星都不喜欢参加真人秀，生怕自己哪里处理得不好给自己招了黑，而且这种恋爱真人秀更危险，尤其是男明星，他们的粉丝大多都是"女友粉"，一旦自己的偶像开始谈起了恋爱，不可避免的有些人会脱粉。

夏树稻很想找个机会问问萧晴明到底是出于什么考虑来参加的这档节目，她做了很多的猜测，却觉得没有一个是对的。

《七天六夜》第一天的拍摄开始，夏树稻在"家"里怎么都觉得别扭。

她跑去阳台，看着那些生机盎然的植物发呆，萧晴明不知道什么时候来到了她的身后，手里拿着喷壶，侧着身子给那些花喷水。

"你知道吗，我小时候也养过这种植物。"萧晴明看着花盆里的花，看着被打湿了的叶子，淡淡地说，"只是那时候不知道珍惜，没有好好照顾它们，后来，它们可能对我太失望了，就选择离开了我。"

夏树稻听着他的话，总觉得是一语双关，然而，当初萧晴明说分手的那些刺耳的话依然异常清晰，她觉得，或许是自己想多了。

"你有过什么遗憾的事吗？"萧晴明语气淡然地问。

夏树稻沉思了一下，垂下眼睛，点了点头。

"人生这么长，谁能没有遗憾呢？"

两个人对视了一眼，各怀心事，却不知道对方能不能懂自己的心情。

接下来相处的每一天都让夏树稻觉得很奇怪，萧晴明让她觉得这个人可能真的得了失忆症，忘记了在美国的时候对她说过些什么难听的话。

她是一个演员，可萧晴明不是，她始终觉得在这档真人秀中，她可以发挥演员的特长，出演一个合格的"女朋友"角色，然而她发现，自己在面对萧晴明的时候总是有意无意地把现实跟录制节目搞混，尤其是，萧晴明似乎真的入戏了，每一天都在温柔地对待她，就像从前两人在一起时一样，哪怕一个眼神、一个细小的举动都充满了爱意跟宠溺。这让夏树稻无比恐慌，她很怕自己再陷进去，对于她而言，现在的萧晴明就像是一个设下了陷阱的猎人，随时等着她这个猎物跳进早早准备好的大坑里。

"萧晴明，我们谈谈吧。"节目组为每一户都准备了一间没有安装任何拍摄器材的房间，以便两人有矛盾时毫无顾忌地去解决。

夏树稻说出这句话的时候萧晴明正在给她煲汤，两人已经在这里住了三天，三天里，萧晴明承包了一切家务，让夏树稻觉得自己仿佛是一个被宠爱的小公主。

但这种就是错觉，夏树稻自己心里再清楚不过，这都是萧晴明表现出来给别人看的假象，都是为了更好地圈粉。她一直都知道萧晴明排斥袁柏亚，说不准这个家伙正计划着利用这次机会抢走袁柏亚"国民男友"这个称号呢。

萧晴明回头看了她一眼，回答说："等一下吧，等吃完饭，不然菜就不好吃了。"

他都这么说了，夏树稻也不能非拉着人家现在就去聊，只能尴尬地坐在餐桌边等着吃饭。

她一手托着下巴，一手搭在桌边，眼睛盯着萧晴明的背部看。

这个男人跟之前几乎没什么变化，还是那么帅气，但多了一点儿成熟跟霸气，果然不一样了，夏树稻想：毕竟现在萧晴明已经是归国的新星了。

他们之间走上了不同的路，虽然重新遇到，但身份已经大有不同，这让她无比唏嘘。

这顿饭吃得夏树稻心事重重，萧晴明倒是镇静自若，还不停地给她夹菜，像是一个贴心照顾女朋友的男人。

这更让她难过了，想起以前两人吵吵闹闹但恩爱有加的日子，如今竟然有些讽刺。

"有时候想想也挺有意思的。"萧晴明开了口，打破了尴尬的宁静，"我在国内的时候从来没想过学做菜，反倒是去了美国，每天想着多学一点儿，回来好做给你吃。"

他的这句话不偏不倚地击中了夏树稻的心，她瞬间红了眼眶。

萧晴明是从小被宠到大的萧家二公子，可以说是多年来两手不沾阳春水，如今不管是不是为了节目效果在作秀，为了她下厨，都值得让人心动。

"人都是这样吧，都有些后知后觉。"夏树稻低着头吃饭，说话的时候尽量让声音听不出哽咽的感觉。

她实在受不了了，这几天以来，萧晴明对她的关心照顾可以说是无微不至，她总有

一种错觉，好像他们还在谈恋爱，还是令人羡慕的一对儿恋人，她不喜欢这种错觉，因为到最后，受伤的还是她自己。

这顿饭好不容易吃完了，夏树稻站起来，深呼吸一下说："萧晴明，走吧，我们该好好聊聊了。"

爱情到底是什么？夏树稻觉得这根本就是一道无解的题。她对萧晴明真心实意爱过，她也觉得萧晴明是真心实意地爱过自己，既然爱过，那么现在就该彼此尊重，她希望能听见萧晴明对她说句实话，哪怕那实话让她心痛。

他们俩到了那间没有摄像机的房间，夏树稻把门关好，又是一次深呼吸，她需要调整心态才能面对萧晴明。

"大家都是成年人，也彼此……很熟悉，那么我就不拐弯抹角了。"夏树稻说话的时候闭上了眼睛，她很怕自己没出息地掉下眼泪来，"我很感谢你，因为你，我才有机会重新回到大众面前，这几天来你对我也是……尽管是作秀，做给别人看，但我也很感动，只不过……"

"如果我说不是作秀呢？"萧晴明突然打断了夏树稻的话，他往前两步，来到了她的面前。

夏树稻猛地睁开了眼，不可思议地看着他。萧晴明的手搭在夏树稻腰间，微微低头与她对视，眉头微蹙，无比认真地说："本来不想这么早让你知道的，但是，既然你都坦白了，那我也不能再瞒着你了。"

他慢慢将已经不知所措的夏树稻抱在了怀里，放柔了声音，像是生怕吓到她一样说："我知道你心里不安，也知道这么说你可能并不会相信我，但是，亲爱的，从开始到现在，我始终爱着你。"

萧晴明的声音顺着夏树稻的耳朵一直流淌进了心里，在她的心尖儿上打了一个转，然后慢慢融化了，那种感觉，让她浑身都发软，整个人变得轻飘飘的，像是踩在了云朵上。这个怀抱依旧是她熟悉的感觉，从前他们无数次紧紧相拥，只有他，才让她觉得踏实安稳又幸福。

"你一直都是我的小公主。"萧晴明将人抱紧，这个拥抱是他等待了许久的，这么长时间的期待，在今天，终于要有结果了。

夏树稻用了很多时间去消化萧晴明的告白，她犹豫纠结，不知所措。

"萧晴明，不要再骗我了。"夏树稻有些无力，她被伤得太深，然而心却依旧在动摇。

"我没有骗你。"萧晴明有些急躁地解释说，"当初跟你分手时说的那些话才是骗你的！你不知道我看见你的时候有多想拥抱你亲吻你，可是我不能，我不能因为自私地想把你留在身边就毁了你好不容易打拼来的一切。”

夏树稻愣住了，她仰头问萧晴明："你这是什么意思？什么叫毁了我好不容易打拼来的一切？"

"对不起。"萧晴明轻吻着夏树稻的额头，他不知道应不应该把那些事都一五一十地告诉她，可如果不说，他们两个人心中始终都会有解不开的心结，那对于他们的感情来说，是致命的。

"你知道我想听的不是你的道歉。"

"我知道。"萧晴明看着她的眼睛，虽然觉得有些对不住他哥，可还是全盘托出了，"萧烨雨为了逼我好好在美国唱歌，让我跟你分手，我要是不答应，他就会在国内施加压力，让你在娱乐圈没办法继续下去。"

夏树稻听到这件事，震惊到无以复加，她知道萧烨雨一直以来都不喜欢她，但没想到这个人竟然用这种手段逼迫他们分开。

"所以你就答应了？"夏树稻有些气愤，也不知道自己是在生萧烨雨的气还是萧晴明的气。

"我不想拿你的前途做赌注。"萧晴明把夏树稻抱得更紧了，他的头埋在对方脖颈上，闷声说，"那时候我想不到更好的办法让你离开我，所以说了那些言不由衷的话，原谅我好吗？那个时候看着你哭，我心里也在滴血。"

夏树稻忍不住红了眼睛，她怎么可能不相信萧晴明，爱一个人的时候，哪怕明知对方说的是谎言，也还是心甘情愿地去相信。

她抬起手，抱住萧晴明，轻轻抚着他的背说："你当初就应该跟我实话实说的，有什么困难不能一起面对呢？"

来路坎坷，去路也未必一路通畅，但夏树稻觉得，只要两个人在一起，就没什么跨不过去的坎。

午后的阳光从窗户洒进来，温暖的光打在他们两个的身上，暖了的，不只是身体，还有他们的心，相爱的两个人，绕了一圈之后，终于还是走到了一起。不管过去经历了什么，也不管未来还要面对什么，至少此刻，他们的心是连在一起的。

萧晴明轻声对夏树稻说："我的小公主，现在你的骑士回来了，从今往后，再也没有人能够让你受委屈了。"

心结解开了，分手的旧情人重归于好、破镜重圆，录期节目来更加得心应手了。

夏树稻也不再故作矜持，跟萧晴明俨然一对热恋中的小情侣，萧晴明更是在节目中不遗余力地宠着她，恨不得把天上的星星都摘下来送给夏树稻做耳钉。

夏树稻问他："你就不怕节目播出后你的粉丝脱粉吗？"

萧晴明笑着回答："我之所以走到今天，都是为了你，别的人如何对我来说不重要，我的眼里只有你。"

这句话虽然肉麻，但对于夏树稻来说却无比受用，她喜欢听萧晴明说情话，因为这个人在她生活中缺席了这么久，必须让他全都补回来。

《七天六夜》录制到最后一天时，夏树稻做了一个大胆的决定。

自从校园霸凌的视频被发出来之后，她一直处于逃避的状态，之前躲在剧院里演话剧，也是抱着避世的心态，非常消极，并不是积极的选择。

现在，她或许是受到了萧晴明的影响，突然觉得，是时候站出来面对一切了。

"大家好，我是夏树稻。"她站在摄像机前面，只化了淡妆，语气诚恳地说，"我知道有很多人觉得我不配再出现在镜头里，但是，我想真诚地道歉，为我年少时的选择道歉。那个时候，我太过懦弱，在最好的朋友遭遇霸凌的时候非但没有站出来制止，还冷眼旁观，现在的我再回头看那段时光，我都为自己的选择感到羞愧。我很抱歉，是我错了，如果人生能够重来一次的话，我一定会做出跟当年不同的选择。我不会说当初我太小不懂事这样的话，那完全就是借口，错了就是错了，寻找借口和逃避现实都是错上加错的选择。今天我站在这里，就是想面对自己也面对你们，还有，如果当年因为我的选择而心寒的那位朋友也能看见我的话，我真的想跟她说一声对不起。"

说到这里的时候，夏树稻满脑子都是当年苏雯雯看着她的眼神，她实在忍不住，流下了眼泪。

"我知道有些事情发生之后无论怎样都弥补不了了，我也不指望她能原谅我这迟到多年的道歉，可是，我希望她能过得好，是我不配和她做朋友。"

夏树稻已经泪流满面，站在镜头外的萧晴明看着她，心疼不已。尽管心疼，他也不能出面，这是夏树稻必须自己面对的事，只有勇敢地迈出这一步，以后才能继续走下去。

夏树稻在镜头前哭成了泪人，她不知道这段视频播出之后会迎来怎样的评价，或许会有人说她是在演戏，可她至少无愧于心了。她很庆幸自己参与了这档节目的录制，因为在这七天六夜里，她不仅重新获得了爱情，也解开了多年以来的心结。

录制结束之后，夏树稻跟萧晴明久久相拥，虽然命运喜欢捉弄人，可至少，眼下他们得到了解脱。

《七天六夜》录制完成的第二天，萧晴明在微博上发了自己跟夏树稻的合照，并且艾特了夏树稻，配字是：我一生唯一想要守护的小公主。

他发这条微博的意图显而易见，一时间，萧晴明跟夏树稻的恋情霸占了热搜跟热门话题，更有一些粉丝扒出了很久以前夏树稻在机场跟萧晴明相拥告别的照片，那时候萧晴明还只是个准备奔赴美国发展的白纸，而夏树稻才刚刚拍完《狐妖之凤唳九霄》，是个不折不扣的新人。如今，两个人身份都不似从前，一个是新晋巨星，一个是丑闻缠身的女星，各种猜测纷至沓来。

夏树稻知道自己现在处于什么位置，被骂怕了的她连萧晴明微博下面的评论都不敢看，倒是萧晴明粘着她，专门挑一些甜蜜的、祝福的评论念给她听。

夏树稻的手机突然响起来，她拿过来一看，来电人竟然是袁柏亚。

萧晴明皱了皱眉，有些不悦地说："他为什么要找你？"

夏树稻摇摇头，迟疑了一下，还是接起了电话。

"小稻草，是我，袁柏亚。"

夏树稻轻轻地"嗯"了一声，她知道萧晴明一向不喜欢袁柏亚，现在当着自己男朋友的面跟对方通话，让她觉得有些别扭，都不知道应该说些什么好。

"你跟萧晴明……"袁柏亚说到这里，停顿了一下，他很少会这么冲动，但当他看见夏树稻跟萧晴明"破镜重圆"的新闻时，大脑不受控制地立刻打通了夏树稻的手机。

"我们俩一直都很好。"萧晴明一把抢过了夏树稻的手机，对袁柏亚说，"袁先生还是操心一下自己吧，你的那些令人不齿的秘密，到底打算什么时候摊牌呢？"

夏树稻看着萧晴明跟袁柏亚说话，有些不明白他在说什么，什么叫作"令人不吃的秘密"？袁柏亚向来口碑极好，他会有什么惊天秘密呢？

就在夏树稻走神的时候，萧晴明已经挂断了电话。

"喂，你干吗要抢我的电话？"夏树稻虽然嘴上抱怨着，但其实还是有些庆幸的，如果萧晴明不把电话抢过去，她跟袁柏亚也不知道能说些什么。

"袁柏亚这个人不是什么好东西。"萧晴明搂着夏树稻准备继续念评论，想了想，又补充了一句说，"你离他远一点是对自己好，我真的不想看着你再受伤。"

萧晴明的话让夏树稻更加疑惑了，她跟袁柏亚本就不认识，尽管后来对方时常会帮自己一把，但他们终究没有走得太近，这其中的原因自然是萧晴明，很久以前萧晴明就

告诉过夏树稻让她不要跟袁柏亚过分相熟。

那时候虽然不知道为什么，但夏树稻无比信任萧晴明，觉得他说什么都是对的，而且她也不想让自己在乎的人不开心，于是，刻意跟袁柏亚保持了一下距离，现在，这件事再被提起，刚刚萧晴明的话燃起了她的好奇心，夏树稻忍不住问："你到底知道袁柏亚什么秘密？为什么还跟我有关？"

萧晴明不愿多说，只是抱住夏树稻，转移了话题："我们官博涨了五万粉丝了，我觉得有必要让 Lisa 再给他们买点儿僵尸粉，凑个十万更好看！"

《七天六夜》这档节目在前期宣传的时候做了一个新的方案，姜娜找到夏树稻，打算说服她把那段关于校园霸凌告白的视频提前剪出来放到网上。

这样，一来可以在节目播出前就为夏树稻的复出造势并且进行第一波"洗白"，二来也可以给《七天六夜》刷一波存在感，可以说是一箭双雕了。不过，有利自然也会有弊，如果这波宣传做得不好，水军没能正确引导舆论，那么很可能会适得其反。

Cris 听了姜娜的提议后，沉思了一会儿说："我觉得这么做完全是可行的，要复出当然不能一点儿水花都没有，起码要来个前奏给大家点儿准备，而且，校园霸凌那件事必须做出解释给大家一个交代，否则等到《七天六夜》的时候，大家也是不会买账的。"

夏树稻点了点头，也认同 Cris 的说法。

正如夏树稻自己预料的那样，那段告白视频一放出来，各种声音都席卷而来，好在，Cris 跟姜娜联手，很快就成功将舆论引导向了有利于夏树稻的方向，萧晴明更是站出来转发了那条视频微博，力挺自己的女朋友。

这一难关，夏树稻终于挺了过去，像是一场海啸过后，她发觉自己竟然是个幸存者。

袁柏亚始终关注着发生的一切，他反反复复地看着夏树稻的这段视频，这个女孩红着的眼睛，流下来的眼泪，还有那些带着哭腔的话，全都被他看在眼里记在了心里。

"哥，你没事儿吧？"柯基看着袁柏亚有些担心，他很少会看见这个男人如此失神，在他的心里，袁柏亚是个无坚不摧的男人。

"柯基，你说我是不是应该勇敢点？"

"啊？"柯基扭头看他，不明白他在说什么。

袁柏亚叹了口气，收起了手机："连她都那么勇敢，我又怎么能心安理得地做一个胆小鬼呢？"

柯基皱起了眉，总觉得袁柏亚要做什么大事了。

正如柯基预料的那样，袁柏亚在第二天参加一个谈话节目的时候，终于袒露了自己的心声。

"我不是什么神秘的人，之所以大家有这种错觉，是因为我也曾是个犯过错的人。"袁柏亚当着所有观众和主持人的面，一把揭开了自己的面纱，"可能有些朋友知道，我以前是坚决不踏入演艺圈的，我是个记者，我热爱我的职业，但是，在一次采访过后，因为我，一个家庭毁了。没有经历过这种事的人或许永远无法体会我的感受，那个时候我觉得自己就是一个恶魔，是我亲手把那个男人从楼上推下去，是我亲手把那个家庭给摧毁了。我不配做记者，可是又想赎罪。因为找不到那个男人的家属，所以我只好努力让他们看到我然后来找我，我希望他们找我报仇，希望他们夺走我的一切以此来惩罚我。"

夏树稻在看见袁柏亚这段采访的时候终于明白了萧晴明为什么让自己离他远一点，从前那些痛苦的回忆涌现在眼前，袁柏亚这个人的身份突然变得清晰了起来。

原来，在她父亲生前采访过他的那个记者就是袁柏亚，而袁柏亚，因为自己刚采访完她父亲，她父亲就跳楼自杀，自责了这么多年。

如果说没有恨过，那是不现实的，在最初失去父亲、家庭变得支离破碎的时候，夏树稻无比痛恨那个让她的家庭变成这样的人，她觉得，一切都是因为那个记者，然而，后来她妈妈告诉她，她们的仇人并不是那个记者，她们的仇人是那段失败的过去。

袁柏亚有错吗？不能说没有，但真正杀死夏树稻父亲的人不是他，而是父亲自己。

一个人，如果真的连自己的命都不再珍惜了，那么不管是谁都救不了他，就算袁柏亚不来采访他，他也逃不过这样的结局。

这就是宿命，他们每个人都躲不过的宿命。

长大了的夏树稻从来没有记恨过那个记者，甚至在漫漫时光长河中，她已经把他遗忘。如果不是今天袁柏亚再次提起并表现得无比痛苦，夏树稻觉得自己很可能有一天把当年发生的一切都忘掉。

人们都是健忘的，如今她过得幸福，已经是最好的结果了。

"我没想到他会这样说出来。"萧晴明握着夏树稻的手，陪着她看完了这集袁柏亚的专访。

"谢谢你一直都在保护我。"夏树稻靠在萧晴明的肩膀上说，"我的骑士先生，你才是这个世界上最好的宝藏。"

夏树稻跟袁柏亚见面的时候，对方看起来有些憔悴，她知道这些日子袁柏亚不好过，

其实，每个人在面对最真实的自己并且把自己隐藏得最深的一面展现给别人看时，都是极度痛苦的。这一点，夏树稻可以对袁柏亚感同身受。他们都是从炼狱中走出来的人，但好在，他们走出来了。

"小稻草，"袁柏亚坐下后，声音有些虚弱，"希望你还能允许我这样称呼你。"

夏树稻尽可能地让自己表现得轻松些，她很不习惯面对这样的袁柏亚，在她眼里，这个男人应该永远都是自信满满、风度翩翩，无论走到哪里都格外闪耀，被万千少女追捧着。

"你当然可以这样称呼我，不仅是现在，以后也一直都可以。"夏树稻不愿意看着他这样，开门见山地说，"我看过你的采访了。"

原本盯着桌面看的袁柏亚皱起了眉，他整个人身上的气势都没了，像个畏首畏尾的失败者，那是不应该出现在袁柏亚身上的感觉。

"上次我送你去医院的时候给你办住院手续，当时需要拿你的身份证，无意间看到你的钱包里有一个女孩的照片。"夏树稻当时并没有抽出来仔细看，只是匆匆略了一眼，照片过于模糊，她丝毫没有认出那照片上的人是谁。

"那是你很小时候的照片了。"袁柏亚声音低沉地说，"出了那件事之后，我一直想要找到你们母女俩，可是，唯一有的就是这张你小时候的照片，我想弥补你们，却又有些愧对你们，各种复杂的情绪互相拉扯着，那段时间，我几乎精神崩溃。"

"可是你又有没有想过，或许这一切根本就与你无关？"夏树稻看着袁柏亚的表情再次变得痛苦，她说，"我们之间，根本说不上原不原谅的事，因为我爸爸，在接受你的采访之前就已经决定自杀了。"

没有什么词汇可以形容袁柏亚听见这句话时的震惊，他不知道这是不是夏树稻用来安慰他的方式，但是，在那一瞬间，压在他心头多年的郁结真的解开了。

他像是一个濒死的病人，竟然起死回生了。

袁柏亚靠在沙发椅背上，睁大了眼睛看着天花板，他一边听夏树稻说话，一边流着眼泪。

"这是真的，后来我妈妈在整理爸爸遗物的时候发现了他很早就写好了的遗书。"夏树稻不敢去回忆当时他们母女两人看那封遗书时的场景，只要稍稍回想一下，妈妈悲痛的哭声就震得她无法呼吸，"所以说，这一切都不是你的错，错的是爸爸自己，是他不勇敢，丢下了我们俩。"

所有的痛苦都在这一刻释放，袁柏亚毫无形象地流着眼泪，觉得自己的人生终于可以重新开始了。

谁也没有想到"国民男友"袁柏亚竟然会宣布退出娱乐圈，当他在微博公布这一消息时，所有粉丝都蒙了。

夏树稻也完全没有听他提起过有这种打算，一时间不知道应该做何反应。

"为什么会这样？"夏树稻不敢相信地看着网上的消息，犹豫着不知道是否应该打个电话问一下袁柏亚到底发生了什么。

她很怕对方是因为她父亲的那件事受了影响，在她心里，那件事早就已经过去，他们所有人都应该放下了。

"这种事你就不要管了。"萧晴明双手按住她的肩膀说，"每个人都有自己的选择，这是他做的决定，一定有他的理由。"

夏树稻明白袁柏亚不是那种做事草率的人，可是她还是没法理解为什么要突然退出娱乐圈。现在袁柏亚的地位是多少人想争都争不来的，他却这样轻易地就放弃了，总该有个说得过去的理由吧。

"我只是担心。"夏树稻说，"我很怕他是因为我……"

"你想太多了。"萧晴明笑着拉住夏树稻的手，带她去吃饭，"袁柏亚那个人，无论做什么，其实都只是为了自己罢了。这一点，你仔细想想，其实就能明白了。"

夏树稻回忆着之前发生的那些事，自从她入行以来，没少得到袁柏亚的照顾，但其实，袁柏亚对自己一切的好都是在为自己赎罪，只不过，他根本不需要这么做。

"放心吧，袁柏亚要做什么，他自己心里最清楚。"萧晴明不愿意看着夏树稻这样，搂着她说，"我说，你可是我女朋友，当着自己男朋友的面儿惦记别的男人，你不觉得有点儿过分吗？"

夏树稻无奈地笑笑说："好了好了，知道了！不想他了，我们赶快吃饭去！"

"哥，你这也太……"柯基抱着 iPad 倒在沙发上，一脸的生无可恋，那天袁柏亚跟他说要退出娱乐圈，有合作的那些，该赔偿的赔偿，该尽快拍完的就尽快拍完，当时柯基以为他在开玩笑，没想到竟然动了真格的。

"那你接下来到底要干吗啊？"柯基偷偷看了一眼似乎正在沉思的袁柏亚，总觉得自己突然失业了。

"柯基，你还记得我以前说过什么吗？"袁柏亚看向他，淡淡地说，"我说过，记

者是我最热爱的职业，我想为了这个职业奉献我全部的青春。这些年，我的心结终于解开了，接下来，我也应该去过自己的生活了。"

"哥，你的意思是，你要继续当记者？"柯基从沙发上弹起来，不可思议地看着他，"这……真的假的啊？"

袁柏亚笑了，这是几天来他第一次露出笑容。

"当然是真的，而且我已经想好了用什么方式回归我的舞台。"袁柏亚对着柯基神秘一笑说，"我问你，你愿不愿意帮我？"

柯基不知道能说什么，从以前在电视台工作开始，他就一直跟着袁柏亚，到了现在，他怎么可能说不愿意。

"哥，你知道我的，你说什么我都愿意的。"

正如袁柏亚所说，他重新做回了自己最热爱的职业。虽然夏树稻告诉他她爸爸的死与他无关，可袁柏亚在面对夏树稻的时候还是有些没有底气，除此之外，他还欣赏夏树稻的勇气跟坚定的意志，很少会有人像她这样，在娱乐圈这个鱼龙混杂的地方，坚守自己的原则。他觉得，无论怎样，都应该为她做些什么。

袁柏亚处理完自己作为演员的一些事务之后就带着柯基开始筹划一个以"校园暴力"为主题的纪录片，这个主题无论在什么时候都是社会最为关注的，而夏树稻又恰好刚刚被卷入其中。

他辗转找到了当年视频中欺负那个女生的另外几个人，经过时光的打磨，这些人都已经变了模样，而提到当初那段往事，无一不觉得后悔不已。

年轻时犯的错在后来重新被提起，她们尽管不愿意面对，可还是站出来诚恳地道歉了。

校园暴力，这对于那些人生观尚未成熟的孩子们而言是致命的，受欺负的同学所承受的痛苦是他们这些人无法想象的。

她们其中也有人关注到了不久之前夏树稻的新闻，知道因为当初的这件事，给夏树稻造成了很严重的打击。

"其实当时那件事跟夏树稻没什么关系。"当年整个校园暴力事件的主导者说，"我们原本想要霸凌的是夏树稻，但那个时候，她有家庭背景，又是全校老师捧在手心里的优等生，我们不敢轻易碰，所以才选择了她的好朋友。"

袁柏亚问："那当初你们欺负的那个女生，现在还有消息吗？"

她摇了摇头说："那件事之后不久就转学了，据说得了抑郁症。"

说到这里的时候，她皱了皱眉，眼睛有些红了："苏雯雯，不知道你能不能看到这个纪录片，如果能看到的话，请接受我的道歉。"

袁柏亚看着她，知道此时此刻她是在诚心道歉，然而，当年犯下的错误、年少无知时给对方造成的伤害，并不是今天一句道歉就能修补的。

他很迫切地想要找到那个苏雯雯，只有找到她，这个纪录片才算是完整的。

寻找苏雯雯的过程异常艰难，柯基跟着袁柏亚回到夏树稻的母校，找到当年的老师，顺着各种消息一点一点地摸索，有时候他觉得他们俩就是福尔摩斯跟华生，这根本不是在拍纪录片，而是在破案。

好在，苏雯雯的去向有了新的线索，两个人连夜赶车，去了苏雯雯父母所在的城市。

让他们意外的是，这个苏雯雯原来一直都在他们的身边。

袁柏亚的纪录片终于进行到了收尾阶段，最后一个采访对象是夏树稻。

这部片子就是袁柏亚为了她才拍的，所以，自然少不了她。

接受采访的那天，夏树稻穿了一条深蓝色的连衣裙，看起来很低调。萧晴明跟着她一起和袁柏亚碰面，说什么都不肯让他们独处。夏树稻拿这个家伙没办法，只好随他去了。

其实在这段视频中夏树稻想说的话跟之前在《七天六夜》中说的告白差不多，只是现在因为有充足的时间，她可以更好地去表达自己的感情。

"雯雯，我真的很想再跟你见一面，你不知道，当初得知你搬走的消息时，我在你家门口哭了很久。"有些人的回忆是美好的，有些人的回忆尽是些遗憾的事，夏树稻的青春记忆就是属于后者，她曾经喜欢过的男孩连名字都没来得及问就失去了联络，她曾经最要好的朋友在被她伤害之后来不及道歉就离开了，"我不知道你现在过得怎么样，如果你看到我，求求你和我联络好吗？给我一个补偿你的机会，给我一个当面向你道歉的机会。"

在这个纪录片拍到最后的时候，夏树稻已经泪流满面，苏雯雯成了她不能再提起的痛，每次想起，都要难过好久。

袁柏亚关上了摄像机，萧晴明立刻拿着纸巾过来给她擦泪。

"其实，我们找到了苏雯雯。"袁柏亚的这句话像一颗炸弹引爆了夏树稻的心，她的眼泪还没擦干，立刻整个人都愣住了。

"是真的。"袁柏亚说，"其实，她离我们很近，而且，一直在我们周围。"

夏树稻不明白他的意思："你是说，雯雯她就在这附近？"

袁柏亚点点头，收好器材说："我原本不打算告诉你的，但是，我想，或许你应该知情。"

采访间的气氛变得凝重起来，连萧晴明都跟着加速了心跳。

"苏雯雯，有段时间你们几乎每天都见面，你之所以没有认出她，是因为她很早以前就整容了。"袁柏亚停顿了一下，看向夏树稻，"其实，当年你最好的朋友，就是你现在最大的敌人。"

夏树稻的眉头皱得更紧了，下一秒，她听见袁柏亚说："苏雯雯，其实就是黄淑媛。"

夏树稻觉得袁柏亚应该是在跟自己开玩笑，一个并不怎么好玩儿的玩笑。

"不可能。"她反驳说，"虽然有好几次我都觉得黄淑媛让我很熟悉，但她们两个一定不是同一个人，不可能的，雯雯她绝对不会……"夏树稻想说苏雯雯绝对不会害自己，可是又想到，当年的苏雯雯是不是也这样觉得，以为她一定会出手相助。

是她先辜负了苏雯雯。

"我没必要拿这种事跟你开玩笑，我找到了她，跟她谈过，只不过，黄淑媛不愿意出镜，甚至连声音都不愿意暴露。"袁柏亚摇了摇头，"你们两个之间的问题，还是应该你们去解决。要知道，解铃还须系铃人，她虽然做了很多陷你于泥沼的事，但说到底，也是因为当年的事情，等到心结解开，天自然就会放晴。"

袁柏亚的这部纪录片很快就放到了网上，因为主题的原因，也因为他的名气，很快播放量就上了千万。

在视频正式上线的那个晚上，黄淑媛推掉了所有的行程，一个人躲在关了灯的房间里一分一秒地看完了整个片子。

看到最后，她听见夏树稻哽咽着说："雯雯，我真的很想你。"

那一瞬间，她手中 iPad 的屏幕上落上了一滴透明的泪，她压抑着自己，竭尽所能地不想痛哭出声，然而，她做不到，多年来的委屈终于在此刻爆发，她恨了这么多年的人，在对她说想她，想见她。

【萧晴明的追妻小剧场】

"拜托你离我远一点！"

我数了一下，这已经是今天她第五次跟我说这句话了。

自从我们俩一起上了这档情侣真人秀节目，她就没怎么给过我好脸色。

可以这么说，一段时间不见，我的小宝贝儿更加傲娇了。

要知道，以我现在的身份来参加这种综艺，那是会掉粉的，可是，谁管那么多，我只想要我的小宝贝儿。

七天六夜，朝夕相处，有时候我真的觉得仿佛回到了以前我们都没成名的时候，有个词儿叫什么来着？

哦对，岁月静好。

录节目的时候我常常会产生幻觉，仿佛我们并不是在"演"给摄像机看，而是这就是我们最真实的生活。

她会跟我生气，会偷笑，会害羞，也会偶尔偷看我。

其实，相处下来，我觉得她一定可以感受到我对她的感情，只不过这个傻丫头，太不自信了，不断地否认着自己也否认着我。但这一点，其实是我的错。

当初说过的那些话让我追悔莫及，好几次想要道歉都不知道应该怎么开口。我知道，我伤了她的心，所以，我回来之后没有立刻告诉她真相，而是想用我的实际行动把她重新追回来。

路漫漫其修远兮，晴明追妻不容易。

我的小宝贝儿是个傲娇的小公主，不过你们瞧好吧，她这辈子都逃不过我的手掌心！

第十二章 爱让人勇敢

爱真的可以拯救一个人
有了爱人才会变得更勇敢

夏树稻把袁柏亚拍摄的那部纪录片反反复复看了不下十次，片子里出现的那些曾经的同学早就已经变了模样，大家彼此陌生，甚至走在路上都有可能认不出对方。

但他们有着共同的一段记忆，不光彩，没日没夜折磨着他们。

自从夏树稻知道了黄淑媛就是苏雯雯之后，一夜之间就明白了为什么当初对方总是针对她，先是抢走了她的男朋友，又是在片场难为她，夏树稻想着这些日子以来的种种画面，如果知道黄淑媛就是苏雯雯的话，她绝对不会因为对方的行为有一丝丝的抱怨。

当年的过错只能用现在来弥补，夏树稻始终觉得是自己亏欠对方的。

她唯一觉得庆幸的就是当年苏雯雯的抑郁症好了起来，看着现如今的黄淑媛，虽然变得让她陌生至极，但至少活得算精彩。

"在想什么？"萧晴明从琴房出来，看见夏树稻正发呆，从后面抱住心尖儿上的人，轻声说，"我希望你告诉我，你在想我。"

夏树稻笑了，百般无奈地说："你能别这么自恋吗？我在想苏……黄淑媛。"

萧晴明皱了皱眉，一脸不悦地说："你想她干吗？男朋友这么帅还不够你想的吗？"

夏树稻彻底被他打败了，拉着对方的手，认真地说："我觉我有必要跟她当面聊聊，我想知道她是怎么变成现在这个样子的，还有，我要向她道歉。"

之前黄淑媛对夏树稻做过什么，萧晴明知道得一清二楚，他不愿意让夏树稻再跟那个女人有牵扯，毕竟明眼人都看得出来，那个女人的心已经黑了。

"就算当年你对不起她，可是，她现在做的这些肮脏的小动作也已经不少了，没必要再去找她吧？"

夏树稻摇头说："不，不管她对我什么样，但是我毕竟还没有当面好好道歉，我过不去自己心里的这一关。"

萧晴明知道夏树稻善良，这么多年，什么都在变化，唯独这一点没有变，他爱夏树稻的这一面，总让他觉得生活充满着正能量。

"好，那就去吧。"萧晴明揉了揉她的头发说，"我陪你一起。"

最终夏树稻还是没有让萧晴明陪着，而是跟黄淑媛约了一个时间，找了个隐秘的茶馆碰面。她本以为黄淑媛会拒绝她见面的提议，没想到，她刚说完自己的想法，对方就一口答应了下来。直到现在夏树稻也依旧没办法把当年那个单纯善良的苏雯雯跟现在这个踩着她往前走的黄淑媛联系起来，她怎么都不愿意承认，自己曾经最好的朋友变成了这样，就像是被美化过的记忆突然被人扯去了华丽的外衣，这才猛然发现，原来一切早就已经面目全非了。其实夏树稻也清楚自己没什么资格指责对方，苏雯雯变成现在这样，自己也是有责任的。

夏树稻提前到达了见面的地方，等了好一会儿，黄淑媛才踩着她闪亮的高跟鞋姗姗来迟。

"雯雯……"夏树稻一看见她立刻就站了起来，情不自禁地叫出了自己好友的名字。

黄淑媛一愣，随即装作淡定地坐下，不屑地说："你不用这样，别演了，今天我过来没带针孔摄像头。"

夏树稻听了这话，明白黄淑媛在讽刺自己跟姜娜对她做过的事，但那件事，她觉得自己没错。她坐在黄淑媛对面，给眼前的人倒了杯茶。

"所以，你是什么时候发现我就是苏雯雯的？"黄淑媛以为夏树稻早就发现了自己的秘密，毕竟，好几次她都在暗示对方，什么"夺走你最珍惜的东西"、"让你感受被朋友背叛"这类的话她更是没少说。

夏树稻犹豫了一下，她猜到了黄淑媛的想法，如果实话实说，就告诉她自己是被袁柏亚告知之后才意识到原来她就是苏雯雯的话，估计对方会更加生气。

"雯雯……"夏树稻转移了话题，"我不知道现在是不是还可以这样叫你，知道你其实一直就在我身边的时候，我真的……觉得有些不可思议。"

黄淑媛冷笑一声，双手抱在胸前，高傲地仰着头，蔑视地看着夏树稻说："不可思议？怎么样，现在能接受这个事实了吗？"

夏树稻有些尴尬，还没能迅速调整好心态，她发现自己可以演好很多角色，却总是在现实生活中被弄得手足无措。她喝了口水来缓解紧张的情绪，黄淑媛接着说："夏树稻，你说的所有话我都听过了，那几段视频翻来覆去地播，我看都看腻了。"

"雯雯，对不起。"夏树稻放下杯子，诚恳地向她道歉，"我不知道为什么会突然爆出那段视频，但是，我想要道歉的心情并不是因为视频被爆出来才有的，当年你不去上学，我每天都要去找你，可是，你根本就不见我，而且，我……"

"行了吧你。"黄淑媛瞪着她说，"你说去找我，你以为这样就能解决问题吗？那个时候，我被她们打、被她们羞辱，像个愚蠢的窝囊废一样，连反抗的能力都没有，你是我唯一能指望的人，我向你求救，想让你拉我一把，可你是怎么做的？我最好的朋友，你看都不看我一眼！"

黄淑媛忍不住吼了起来，那是她最不愿意回忆的画面，她也曾经视友谊为生命，曾经觉得有夏树稻这样一个好朋友是自己的骄傲，只不过遗憾的是，夏树稻让她彻底失望了。

年少的友谊脆弱得不堪一击，年少的心也一样。

当时的黄淑媛之所以会得抑郁症，其中一部分原因也在于夏树稻。

在很长一段时间里，夏树稻是她最信任、最依赖的朋友。然而，最好的朋友伤害她最深。当时夏树稻的举动让她觉得，在这场友情中，只有她一个人是付出了真心的，那一瞬间，她只觉得自己可怜又可笑，为什么要去相信别人呢？那时黄淑媛的世界彻底崩塌了，她不再信任任何人，更不再对任何人抱有期待，后来，她终于想通，想要让所有人都不敢欺负自己，就只能逼迫自己变得强大，毕竟，这个世界上没有谁是可以真正依靠的。

她对友谊彻底失望了，爱情在她眼里也一样不堪一击，这一切都不如事业来得实在，也就是因为这一点，她开始改变自己，从内到外，彻彻底底地变了一个人。

"雯雯，我知道，这一切都是我的错。"夏树稻眼睛已经红了，她曾经幻想过很多跟苏雯雯重逢的场面，却没想到会是这样的，她看着黄淑媛的脸，看着看着，终于将黄淑媛跟苏雯雯重合了，仿佛突然回到了中学时代，苏雯雯喜欢粘着她，她也喜欢跟苏雯雯在一起，原本以为两人会是永远的朋友，却没想到，一切变得那么快。

"这些年来我一直活在懊恼中。"夏树稻不敢再看向黄淑媛，她盯着自己手里的茶杯说，"我几乎每天都在想，如果当时我能勇敢一点儿拉你过来，会不会一切都变得不一样。我的朋友真的很少，当年失去你之后，我真的……我真的再也没有遇见过一个像你这样的女孩。"

说到这里，黄淑媛的眼睛也红了。夏树稻说的这些，她又何尝不是这样想的呢。只不过，当年的事主动权不在她，正是夏树稻把她推下了河，如果不是她凑巧抓住了一根救命稻草，现在应该早就萎靡不振了。她是恨夏树稻的，可又不完全是恨，更多的可能是气，气夏树稻没有认出自己，气夏树稻忘记了自己，也气夏树稻在失去了自己这个好朋友之后又遇见了姜娜这样的朋友。

"雯雯，你原谅我好不好……"夏树稻突然握住了黄淑媛放在桌子上的手，流着眼泪恳求说，"你给我一个弥补过错的机会好不好？"

在夏树稻的手握上来的一瞬间，黄淑媛整个人都紧绷了起来，只是几秒钟而已，过去的种种已经重新回到了她的脑海中。

那个乐观积极的女孩，那个被众人捧在手心的女孩，那个从来都不嫌弃她太过普通的女孩……黄淑媛也终于忍不住哭了起来，说到底，真正的好朋友，哪来的真正的恨意呢。这些年，她只不过是在等对方给自己一个说法，就像一个别扭的孩子想要引起家人的注意一样，她做的这一切，都是想让夏树稻记住自己，想给自己争口气。

"雯雯……"夏树稻不停地叫黄淑媛的名字，这么多年了，她甚至都已经忘了上一次被叫作"雯雯"是什么时候了，当年她因为抑郁症住院，出院之后就改头换面，名字也改了，可直到如今她才终于明白，外在的一切改掉了，存在与内心深处的那些东西却永远不可能改变。

她听着夏树稻叫自己的名字，一遍又一遍，像是一把锤子一下下敲击在自己的心上。黄淑媛实在受不了了，她死死地握住夏树稻的手，在对方停不下来的道歉声中，跟这位老朋友拥抱在了一起。

这么多年了，她只是在等一句道歉而已。

今天，一切终于结束了，她也终于可以放下执念了。

有时候人与人之间关系的转变只是一瞬间的事，在这天之前，夏树稻跟黄淑媛还是每次碰面都要针锋相对的两个人，现在却已经冰释前嫌，把"茶"言欢。

夏树稻觉得自己真的是个无比幸运的人，尽管曾经遭遇过不幸，但后来，每走一步都能遇见贵人，这一次，如果不是袁柏亚，她可能一辈子也不会发现黄淑媛就是她苦苦

想念的苏雯雯，而她们俩，也不会敞开心扉重归于好。

放下偏执之后的黄淑媛整个人看起来都柔和多了，尽管依旧踩着那双十几厘米的高跟鞋也不再像之前那样具有攻击性。

由此可见，很多时候，友情的力量，未必就不如爱情大。

所有的问题都迎刃而解了，他们的生活也回到了最初的轨道上。

《七天六夜》播出之后大受好评，加上夏树稻的"告白"，这一次，她终于彻底翻了身，所有的广告代言、片约通告一时间全都回来了。

夏树稻有些感慨，但转念一想，大家这么做也没什么不对，毕竟，没有任何一个品牌愿意跟一个丑闻缠身的艺人有什么瓜葛。

重新忙碌起来的夏树稻觉得异常的幸福，爱情甜美，工作顺利，她觉得自己可以算是人生赢家了。

只不过，她不知道，在平静生活的表面下，正酝酿着一场巨大的海啸，那场海啸，差点儿就毁了现如今好不容易才得来的安稳生活。

不知道从什么时候开始，萧晴明跟夏树稻俨然成了"国民情侣"，两个人虽然自从《七天六夜》之后再没有合作影视剧或者综艺，但情侣代言倒是不少，每每接受采访更是少不了一番秀恩爱。

萧晴明是那种不甘寂寞的人，对于现在跟夏树稻的关系，总觉得还不够。

"我打算求婚。"萧晴明站在萧烨雨的办公室里，一脸的不容反抗，"你同不同意，我都打算求婚了。"

萧烨雨被他噎得不知道说什么好，这些年，他什么人都应付得来，唯独这个弟弟，永远都是他的克星。

"之前你逼我们俩分手的事你未来的弟妹已经知道了，如果这次我求婚你再来横插一脚的话，估计以后大家真是见面会很尴尬了。"

萧烨雨被萧晴明气得头晕，他挥挥手，有气无力地说："赶紧给我滚，爱求就求，关我什么事儿？"

听见他这么说，萧晴明露出了一个得意的笑容。

"很好，我会在你未来弟妹面前为你美言几句的，以后大家都是一家人，你们见面也不会那么尴尬了。"

萧晴明说到做到，他趁着这阵子没有那么忙了，就开始着手准备求婚的事宜，在他的计划中，两个人应该回到之前住的地方，或者回到最初相识的地方，但具体定在哪里，他还没想好。

本以为日子会这么一直甜蜜下去，却没想到，就在萧晴明准备求婚的时候，出了一件让他完全反应不过来的致命一击。

当铺天盖地的抄袭新闻传遍网络时，萧晴明对此还一无所知，他这些日子所有的心思都放在了求婚上。

Lisa 打电话过来，有些急躁地问："你看娱乐新闻了吗？"

萧晴明正在挑选戒指，听他这么一问，愣了一下："嗯？你知道的，我从来不看那些无聊的八卦新闻。"

"我建议你还是看看。"Lisa 说，"因为这次，你是主角。"

萧晴明以为自己跟夏树稻又不小心上了头条，这对他来说已经习以为常了，于是挂了电话之后，他也没有听话地去看娱乐新闻，而是专注地挑选了一枚求婚戒指，想着要尽快把它套在夏树稻的手指上。

夏树稻录完节目到了后台，Mocca 一脸忧愁地看着她。

"你这是又怎么了？"夏树稻一看见 Mocca 这种表情就想笑，一副忧国忧民的样子，特别有意思。

"姐，这次真的出大事了。"Mocca 作为助理不仅平时照顾夏树稻的工作跟生活，还肩负起了随时关注娱乐圈动态的任务，每天夏树稻工作的时候，他就不停地看各种八卦新闻，并且乐此不疲。

"什么大事？"夏树稻已经不太相信他说的"大事"了，上一次某个艺人家的小狗下狗崽儿他也是这么说的。

"是……是关于晴明哥的。"Mocca 脸色有些为难地说，"网上说他的新歌抄袭……"

当"抄袭"两个字扣在一个原创者的头上时，无异于是一个晴天霹雳，无论是不是真的，哪怕只是有心人故意泼的脏水，都会影响到原创者未来的路。

夏树稻心都揪了起来，她问："怎么回事儿？"

Mocca 抿了抿嘴唇，有些慌乱地说："网上有个大 V 做了晴明哥新歌跟另外一首国外经典老歌的对比，我不太懂音乐，但是……"他找到那条微博，把手机递给了夏树稻。

"新锐音乐人萧晴明竟然抄袭照搬美国音乐人的老歌……"夏树稻觉得头晕目眩，她扶住身边的椅子，一时间有些茫然无措。

她是相信萧晴明的，但也清楚，她一个人相信是没有用的，当初自己被黑得多惨、被骂得多惨今天依旧历历在目，她从来没想过她的骑士先生也要面对这种事，或许是这段时间过得太安稳，让她都忘了这个圈子就是一个吃人不吐骨头的地方。

她缓了缓神，然后立刻给萧晴明打电话。

这个时候，萧晴明已经看到了新闻，并非他听了 Lisa 的话去网上搜索娱乐新闻，而是他买戒指出来之后，商场里一个电视刚好在播放娱乐新闻，那个穿着粉色连衣裙的女主播正在说这件事。

她说："才华是偷不走的，没有才华的人注定会露出马脚。"

萧晴明站在那里，直到那档娱乐新闻结束也没有离开。

他口袋里的手机在疯狂地唱着歌，曲子就是他新歌的钢琴版，当初完成的时候，他特意为夏树稻录制了一版钢琴版，想要在求婚的时候弹给她听。

他浑浑噩噩地接起电话，半天才反应过来对方在说什么。

"晴明，你在哪里？"夏树稻急得不行，她知道音乐对于萧晴明来说意味着什么，在这个上面摔了跟头，那一定比在别的地方摔得更疼。

"亲爱的……"萧晴明皱着眉，眼睛还盯着那台电视看，"这到底是……怎么一回事？"萧晴明觉得非常不可思议，自己竟然成了一个"抄袭者"，他没办法相信这不是自己的幻觉，他说："我没有，我没有抄袭！"

"我知道！"夏树稻带着 Mocca 往外走，对萧晴明说，"你在哪儿？我跟 Mocca 去接你。"

萧晴明环顾四周，虽然他把自己捂得严严实实，可总是觉得有人在看他，他快步往外走说："不用来接我，直接回家见吧。"

他一刻也不能等了，在这个时候，他需要回家拥抱一下他的小公主。

萧晴明不知道怎么就传出了这样的谣言，他一看见夏树稻就说："我没有抄袭，亲爱的，你相信我。"

"我信！"夏树稻抱住他，轻抚萧晴明的背部说，"不管什么时候我都相信你。"

萧晴明用力地抱了一下夏树稻，然后放开对方说："既然没做过就不能平白无故被黑，等我去回应。"

萧晴明的微博还没打开，Lisa 的电话又打了进来。

"我知道了，"萧晴明说，"这些人真是够了，我现在就去……"

"等一下！"Lisa赶紧阻止他说，"晴明，你再回忆一下自己在做这首曲子的时候，到底有没有借鉴？我的意思不是说怀疑你，只是，我刚刚找了专家鉴定，你知道的，你们的曲子真的相似度非常高。"

"……你说什么？"萧晴明几乎不敢相信自己的耳朵，他说，"哪儿来的专家？什么意思？你是说，我真的抄袭了？"

"不不不，我不是那个意思，我是说，你回忆一下当初这首曲子的创作灵感是不是另外一首，因为真的……抱歉，我说不出来。"

萧晴明懒得多跟Lisa废话，他挂了电话，打开了钢琴的盖子。

"既然他们都说像，我就要向他们证明一下到底有多么的不像！"

夏树稻看着眼前这样的萧晴明非常担心，可是她完全不知道自己应该做什么，甚至连安慰的话都不知道该怎么说。

她无条件相信萧晴明，很想为他做点儿什么。

钢琴的声音传来，萧晴明熟练地弹奏着那首他的新歌，夏树稻在他身后，听得都陶醉其中了。

然而弹着弹着，萧晴明突然停了下来。

"嗯？怎么了？"夏树稻有些意外。

萧晴明沉默了好久，然后慢慢回过头来，对夏树稻说："我好像……真的……抄袭了……"

说完这句话，萧晴明立刻回到书房打开了电脑，他挨个文件夹查，挨个曲子翻，从天亮到太阳落山，他没有问夏树稻网上都在骂他什么，只是专注地在寻找。

萧晴明很想用事实证明自己真的没有抄袭，然而，经过仔细的对比，让人扼腕痛惜的事实摆在了他的面前。

他看了一眼夏树稻，然后播放了一首歌。

夏树稻听着他放出来的歌曲，才进行到一半，就已经彻底泄了气。

萧晴明觉得自己的梦想大概只能走到这里了，大众对于抄袭的容忍度从来都是零，这是绝对不可能有任何回旋余地的。

"亲爱的……"萧晴明像是一个茫然无措的小孩一样抱住夏树稻的腰，他无助地问，"我该怎么办……"

原定的甜蜜求婚被迫暂停，萧晴明在毫无准备的时候身陷"抄袭门"，这件事可以说是证据确凿，曲子的调色盘就挂在那里，清晰明了，就连不认识五线谱的人打眼一看

也知道是怎么回事。

萧晴明不敢出现在网上，他只能跟夏树稻解释说："我真的没有故意去抄袭，我不知道什么时候听到的那首歌，然后就喜欢上了那首曲子，或许是因为它对我的影响太大，所以最开始的创作中不可避免地受到影响，但是你要相信我，我真的没有故意抄袭啊！"

萧晴明有些歇斯底里，看得夏树稻紧张兮兮。

她只能抱紧怀里的人，安慰他说："是啊，你说的没错，我相信你。"

萧晴明无奈地摇了摇头说："不，你不要相信我，你忘了吗？我可是个抄袭经典的人渣，我甚至都不配留在这里。"

"不要说这些傻话！"夏树稻轻抚着萧晴明的发丝说，"你忘了吗？当初我寸步难行的时候，是你告诉我不能放弃的。人非圣贤孰能无过，更何况这是你的无心之举。"

萧晴明不吭声，想着自己努力了这么久却依然没办法让自己变得无坚不摧，他作为一个原创歌手一旦传出抄袭，那就是身败名裂的下场，现在的他，已经又一次失去了跟夏树稻站在一起的机会。

他实在不知道应该怎么面对夏树稻、怎么面对自己，只能趁着对方不注意，跑回了以前住过的地方。

那边的两间屋子都已经被萧晴明买了下来，当初就是为了回忆夏树稻，后来打算过些日子一起搬回这里住，给夏树稻一个惊喜，却没想到，这个时候，这个地方，成了他暂时的避风港。

一个人安安静静地躲在这里，萧晴明觉得，一切都好像回到了从前，他像一头躲起来舔舐伤口的狮子，在黑暗里，想着自己爱的人。

萧晴明从来都没想过自己竟然是这么胆小的一个人，当初夏树稻出事，他可以什么都不在乎地站出来维护她，可当事情发生在自己身上，他连面对的勇气都没有。网上那些人怎么说他，他一点儿都不知道，也不想知道，因为哪怕不看也会猜到他们会说些什么。

手机在疯狂地响着，可萧晴明一点儿都不想接听，不知道是记者还是公司还是……夏树稻。

他蜷缩在曾经躺过的床上，紧紧闭着眼睛，焦虑到几近抓狂。

不知道过了多久，门外传来一阵急促的敲门声，萧晴明吓了一跳，想不通会有谁来这里。

"晴明！你在吗？"

萧晴明听见门外传来夏树稻的声音，瞬间鼻子就酸了，想想也知道，只有夏树稻才是最了解他的人。

他从床上下去，光着脚直接走到了门口。

"晴明！你在这里吗？"夏树稻敲门敲得手心生疼，刚刚只不过一个不留神萧晴明就不见了踪影，夏树稻到处找他，可是这家伙电话也不接，哪里也没消息，最后，她突然想起曾经他们一起住过的这里，想过来碰碰运气。

房间的门突然开了，夏树稻看着眼睛通红的萧晴明，终于松了一口气。

然而紧接着，她开始心疼，认识这么久以来，她从来没见过萧晴明以失败者的模样出现过，现在这个茫然落魄的男人，不是她深爱的骑士。

"晴明……"夏树稻向前两步，抱住了面前的男人，她像是安抚一个小孩一样对萧晴明说，"你这么乱跑，不知道我会担心吗？"

陷在深渊中的人最受不了的就是爱人的拥抱跟温柔，夏树稻的出现让萧晴明再也绷不住了，他抱紧怀里的人，失声痛哭起来。

如果不是痛苦到了极点，没有哪个男人会哭得这样毫无形象。

夏树稻轻轻地拍着他的背，柔声说："还有我一直陪着你呢。"

夏树稻跟着萧晴明一起进了屋，刚进来，萧晴明的手机又开始响。

"不接吗？"夏树稻问。

萧晴明拉着她的手，没有说话，只是摇头。夏树稻轻轻地叹了口气，看了一眼手机的方向。

"还是看一下来电人是谁再决定要不要接吧。"夏树稻故意冲着萧晴明撒娇，"喂，这位先生，你知不知道，我们这些人可是很关心你的！"

萧晴明看着她，眼里都是伤感，他抬起手抚摸着夏树稻的脸，半天才说："亲爱的……我……很害怕。"

夏树稻微微地皱了一下眉，她何尝不知道萧晴明现在的感受，毕竟她自己也刚刚从沼泽地里爬出来不久，但是，之前的经历告诉她，逃避是没有用的，无论发生什么事，只有去面对才能解决。

"晴明，你听我说，我们都爱你。"夏树稻的手心覆盖上萧晴明的手背，她深情地看着对方，轻声说，"确实现在有一些不好的声音，但是，你要时刻记得，你是萧晴明。萧晴明怎么会被打倒呢？你有理想，有实力，犯了错误，我们去面对就好了。我知道你怕，我也怕，但是，我站在你身边呢，我愿意陪你一起面对任何事。"

"可是我……"萧晴明自己也清楚必须要去面对，然而，真的做到这一点，实在太

困难。

夏树稻为了让他宽心，笑了笑说："你看我，之前你不是还在鼓励我要面对、要勇敢吗？怎么到你这里就开始耍赖了呢？"

萧晴明的手机不再响，夏树稻的却响了起来。

她从口袋里拿出来，来电的是一个陌生号码。

"是 Lisa。"萧晴明无奈地揉了揉太阳穴说，"估计是在找我。"

夏树稻把手机递到他面前，不容反抗地说："你来接，快！"

萧晴明犹豫了一下，最后还是接过了手机。

"是我，晴明。"

他在跟 Lisa 交谈的时候，眼睛一直盯着夏树稻看，仿佛只要这样，自己就不会被打倒。

"我知道，我会去。"他们聊了很久，语气沉重。

挂断电话之后，萧晴明说："明天 Lisa 会召集一个发布会，到时候我会亲自解释并道歉。"

夏树稻心疼地看着他，她深知此刻还有未来萧晴明要面对的是怎样的声音和质疑，但她不会阻止他走出去，错了就是错了，这没有什么好争辩的，道歉才是最应该去做的。

未来的路还很长，他们谁都不会因为摔了一次跤就从此再也不用双腿走路。

那天晚上，萧晴明跟夏树稻留在了这栋老房子，他们互相依靠在一起，从过去聊到未来，或许是因为爱人就在身边，所以对于萧晴明来说，仿佛天亮以后需要面对的事情变得没有那么可怕了。

爱真的可以拯救一个人，有了爱，人才会变得更勇敢。

萧晴明的发布会并没有他想象得那么难熬，他在夏树稻的陪伴下到了会场，整个人看起来状态并不算太好，但也不至于蓬头垢面。

本来出门前他连收拾一下都懒得收拾，但夏树稻说："不能这样，虽然一整晚没睡，但也要干净整齐地面对大众，这是对大家的尊重，也是对你自己的尊重。"

萧晴明越来越觉得他的小公主其实是一个很有智慧的女人，他总是以为她需要自己保护，却在这个时候才明白，他们之间，明明就是夏树稻在给他最大的支撑。如果没有夏树稻，现在的萧晴明还不知道是什么样儿呢。

萧晴明换了身衣服，又简单地打理了一下自己的头发，他在出事之后还没有见过 Lisa，这会儿根本就不敢和对方对视。

"心虚了？"Lisa 满肚子怨气地说，"你知道心虚就好，我也不多说什么了，等会儿那些记者要问的问题已经经过我们的筛选，太尖锐的不会问，你只要把握好自己的尺度就可以，你知道我什么意思的啊？"

萧晴明点了点头，小声说了句："谢谢，辛苦你了。"

Lisa 一脸的震惊，有些夸张地说："我的天呐！刚刚我听到了什么？这位少爷是在跟我说谢谢对我说辛苦了吗？"

夏树稻在一边被他浮夸的表演逗笑了，萧晴明淡淡地瞥了他一眼又说："你差不多就行了，再演就过了。"

发布会很顺利，萧晴明诚恳坦诚的态度让大家对他的好感度有了回升。

在发布会直播的过程中，夏树稻时刻在关注网上那些网友的动态。

"还好还好……"夏树稻看着那些骂萧晴明的声音变得越来越少，有一种劫后余生的感觉。

不知道什么时候萧烨雨突然出现，站在夏树稻身边说："当然还好，你不知道我花了多少钱找水军引导舆论。"

夏树稻被他吓了一跳，发现时萧烨雨之后，立刻往旁边躲了躲。

萧烨雨扭头看了她一眼，嫌弃地说："躲什么躲？"

"当然是怕萧总讨厌我给我发射什么暗箭！"夏树稻小声嘀咕着。

萧烨雨轻哼一下，不屑地说："不要以为晴明认定了你，你就可以在我面前为所欲为了，做我们萧家的儿媳妇，你还有很多课程要好好学习。"

夏树稻偷偷撇了撇嘴，继续刷微博。

"不过，这件事能顺利解决，跟晴明愿意勇敢面对还是密不可分的。"萧烨雨突然转移了话题，语气深沉地说，"无论什么事，态度很重要。"

夏树稻又一次看向萧烨雨，不过这次两人没有继续斗嘴，而是对视一眼之后，各怀心事地把目光投向了正准备结束发布会的萧晴明。

不管怎么说，萧晴明的这场危机算是顺利解决了，但他为了弥补自己的过失，承诺一年之内不再发行新作品，并且将之前作品所得收入全部捐出做慈善。

他的这个举动，终于让大众满意，他自己心里的那道坎，也总算是过去了。

尾声 公主与骑士

关于爱情
他们有了最好的诠释

当大屏幕的字母滚动完毕，影院灯光亮起，坐在最后一排的那个男人情不自禁地鼓起了掌。

整个放映厅其实只有两个人，鼓掌的男人正是沉寂了一段时间但前阵子带着新作品刚刚回归的新锐音乐人萧晴明，而坐在他身边正微笑着看他的女人则是刚刚结束的这部电影的女主角——夏树稻。

距离萧晴明闹出"抄袭门"已经过去整整一年，他履行承诺，一年间没有任何活动，而是专心在搞创作，经过上次的事情，他也终于明白，遇到事情，不能逃避，勇敢去面对才是最好的选择。

他想用自己最真诚最优秀的作品重返乐坛，于是，便趁着这一年，专心打磨自己的音乐，等着再次一鸣惊人。

而在这过去的一年里，夏树稻的身价和地位也有了质的飞跃。

从前，她唯一接触到大荧幕的就是那部小妞电影《欲望职场》，票房还不错，但要说奖项或者更好的口碑，是绝对没有的，但现在不同了，她已经成为国际巨星。夏树稻觉得自己真的算是个被命运宠爱的人，她怎么都不会想到自己在深陷困境不得不到话剧院演出的那段时间竟然成了她演艺事业重要的一个转折点。

那时候，她完全沉浸在话剧的演出中，从来没有注意过台下坐着的都是什么人。

她怎么也没想到，台下的一个观众，竟然是好莱坞的导演。电影跟话剧是完全不同的表演风格，可是，那位导演仅凭着看过她的话剧表演就决定邀请她来参演自己的新电影，当时接到这个邀约的时候，夏树稻以为自己听错了。正因为这个，现在的夏树稻已经成为难得靠动作片闯进好莱坞的国际女星，身价比之前不知道翻了多少倍，真正地实现了自己最初的梦想。

　　"我的女主角，请少安毋躁。"电影结束，萧晴明站了起来，"接下来，有一个惊喜或者是惊吓想要为你呈现。"

　　他抬起手，打了个响指，放映厅的灯再一次突然灭了。

　　就在夏树稻茫然地适应黑暗时，四周传来音乐声，紧接着，大荧幕又一次亮了起来。

　　这一回，电影院的大荧幕播放的不是电影，而是萧晴明特意为夏树稻做的影片，里面有两人在一起时的照片，还有他们一起参加节目时的视频剪辑，夏树稻惊讶地看着那些过去最珍贵的画面，不禁感动得红了眼睛。

　　原本就站在她身边的萧晴明不见了，过了一会儿，怀里抱着一大束红色的玫瑰走到了大荧幕前面的空地上。

　　他大声地对着夏树稻喊："亲爱的！做好准备当我的老婆了吗？"

　　夏树稻彻底愣住了，她完全没想到萧晴明会在这个时候向她求婚。

　　每一个女孩都曾经不止一次幻想过自己的爱情，幻想过自己被所爱之人求婚的场景，此时此刻，在她最优秀的作品上映这天，她最棒、最心爱的人，又向着她迈出了生命中最重要的一步。

　　她站了起来，捂着嘴，生怕自己哭出声来。

　　萧晴明慢慢地走向她，然后在她的注视下，单膝跪地，从口袋里掏出了那枚一年前就已经准备好的戒指。

　　"亲爱的，嫁给我吧。"

　　夏树稻往前几步，幸福的眼泪顺着脸颊往下流淌，她先是接过花，然后说："喂，你倒是把戒指给我戴上啊！"

　　那枚钻戒套在夏树稻手指上的一瞬间，她知道，自己的这一生都将跟这个男人相伴了，没有什么比这更能让她觉得幸福、幸运了。

　　从中学时代到如今，他们的爱情终于开花结果，从前的那些遗憾从此也不再是遗憾，因为未来的每一天，他们都能过得更美满。

"所以，他们俩现在到底在哪儿？"萧烨雨不耐烦地坐在办公桌前扯了扯领带，"还真是不把我这个哥哥当回事儿啊！"

米秘书赶紧把iPad立到萧烨雨面前，说："萧总，二公子的新歌MV今天正式上线了，您要看看不？"

"我才懒得看！"萧烨雨虽然嘴上这么说，但眼睛还是盯着屏幕不肯移开。

米秘书偷偷笑了笑，没办法，他家萧总就是这么口嫌体正直。

与此同时，远在西班牙度蜜月的萧晴明跟夏树稻也在看这支MV，毕竟，这首歌是当年萧晴明跟夏树稻一起住在老旧的小区那会儿写成的，那个时候，他们都还是默默无闻的追梦人，如今，经历过了那么多风风雨雨，总算苦尽甘来了。

MV的女主角是夏树稻，他们两个靠在一起，听着充满爱意的旋律和歌词，完全沉浸在了甜蜜的生活中。

年少时的梦想，终于全部都实现。

关于爱情，他们也有了最好的诠释。

故事还在继续，他们甜蜜得就像手中逐渐融化的冰激凌，只需要一口，就甜进了心里。

【正文完】

图书在版编目(CIP)数据

亲爱的小鲜肉 / 茄子萌萌哒原著；西门八宝改编.

—武汉：长江出版社，2018.6

ISBN 978-7-5492-5845-1

Ⅰ.①亲… Ⅱ.①茄… ②西… Ⅲ.①长篇小说—中国—当代 Ⅳ.①I247.5

中国版本图书馆 CIP 数据核字(2018)第 153295 号

亲爱的小鲜肉 / 茄子萌萌哒 原著　西门八宝 改编

出　版	长江出版社	
	（武汉市解放大道 1863 号）	
选题策划	邹石川　李诗琦	
市场发行	长江出版社发行部	
网　址	http://www.cjpress.com.cn	
责任编辑	张艳艳	
特约编辑	栾字昂　杨　圆	
封面绘画	汪　雪　蜂蜜吃熊 Cc	
装帧设计	汪　雪　彭　微	
印　刷	中印南方印刷有限公司	
版　次	2018 年 6 月第 1 版	
印　次	2018 年 9 月第 1 次印刷	
开　本	787mm×1092mm　1/16	
印　张	17.25	
字　数	300 千字	
书　号	ISBN 978-7-5492-5845-1	
定　价	34.80 元	